galw

am

y

ddaear

*I Carole, y golygydd gorau*
*x*

# galw am y ddaear

richard eccles

llyfrau llyn

Cyhoeddwyd gyntaf 2025 gan Lyfrau Llyn.
Argraffnod o Red Hand Books yw Llyfrau Llyn
© Hawlfraint Richard Eccles a Llyfrau Llyn, 2025

Rhif Llyfr Rhyngwladol: 978 1 91034 632 7

Cynllun y clawr: Llyfrau Llyn

a chodir y mochyn daear difywyd
oddi ar y ffordd
rhag ofn niwed pellach

*galw am y ddaear: to decay (of a corpse)*
*(lit. to call for the earth)*

GPC Geiriadur Prifysgol Cymru

# 1

## *Cyfleus*

Dim llefrith yn yr oergell, felly mae rhaid i Halwn yfad y coffi'n ddu. Mae Gwyndaf yn chwyrnu'n ysbeidiol tra bod sŵn gennod yn chwerthin yn llithro i mewn i'r fflat o'r stryd o dan y ffenest. Sain sy'n atgoffa Halwn o'r ddynas ar y teledu neithiwr yn clirio tŷ anrhefnus ac yn rhoi'r holl lyfrau at ei gilydd mewn pentwr enfawr yn yr ardd. 'Bin,' daliodd hi ati i ddweud, 'rhowch nhw yn y bin...' a'r teulu i gyd yn syllu arni'n ufudd fel plantos.

Am eiliad, distawrwydd. Blas y hylif chwerw a diweddglo prosiect sydd wedi cymryd mwy na blwyddyn o'i fywyd o'i flaen ym mhob cornel o'r stafall. Mae Gwyndaf yn hanner cysgu ar hen gopïau o hen fapiau degwm o Bowys ond mae Halwn yn teimlo'n nerfus.

Ar y bwrdd anweladwy, mewn bryncynnau bach, talpiog a lliwgar, llyma benseli a phob math o offer arlunio, mesur a chofnodi – llinyn, padiau melyn mân, onglyddion, cyfrifianellau – yn llithro i'r pantiau papur. Dyma sawl map arall, rhai hen a threuliedig, rhai'n newyddach ac ambell o luniau Google Earth yn llawn pob lliw o wyrdd, wedi'u tynnu o'r gwagle, a dyna domennau o lyfrau ar y llawr, yn hongian dros ymyl y cadeiriau a dacw bentyrrau o lun-gopïau bron yn hofran yn yr awyr: Taliesin ac ôl bodio arno, *Hanes Cymru* J.E. Lloyd, y *Llyfr Du Caerfyrddin*, bron yn felyn gydag uwcholeuach, copi *Llyfr Coch Hergest* gyda sawl tudalen ar goll, Peniarth 20 a *Brut y Tywysogion* gan Thomas Jones. Yr un yr oedd Gwyndaf wedi piso arno mewn camgymeriad ar ôl noson hir allan. Dywed pob llyfr ei hanes wrtho, mae gan bob un stori sy'n dal i ddawnsio â drama a thensiwn. Oedd o wedi dechrau adrodd stori Gwyndaf a Llawysgrif 20, am ryw reswm, wrth lyfrgellwr ym Mangor dair blynadd yn ôl. Oedd ei phrydferthwch wedi pwyso ei fotwm toddi ac wrth iddi wrando a gwenu ar ei grwydriadau diddiwedd, cyflwynodd hen lyfr iddo gan ddweud, 'Dim ond ychidig o arogl cath ar yr un hwn, allwn ni ddim ei gadw', ac yna diflannodd. *Brenhinedd y Saesson* oedd y llyfr, olchwyd yn arafdeg gan Halwn lawer gwaith ers y foment honno. A phob tro yr oedd wedi mynd yn ôl i'r llyfrgell i'w gweld doedd dim golwg ohoni yn unman.

Mor aml y dyddiau hyn, byddai'n deffro o freuddwyd dydd heb unrhyw syniad o ba mor hir oedd wedi bod 'wedi mynd'. Cyfartha Gwyndaf. Clyw Halwn sŵn y blwch postio yn atseinio. Daw o yn ôl i fyny'r grisiau yn gafael mewn bil trydan brawychus. Mae Gwyndaf yn rhwbio ei hun yn erbyn *Llyfr Gwyn Rhydderch* sydd wedi syrthio i lawr oddi ar y bwrdd. Mae sawl achlysur yn dod i'w feddwl pan fydd wedi cael ei hun yn dychmygu bod mewn sgwrs â phobl o'r hen fyd hyn, yn enwedig Manawydan a Phryderi, a'u hanesion am grwydro mewn tiroedd estron a sut y daeth eu gwlad eu hun yn ddieithr iddynt, fel pe bai'r byd i gyd wedi'i reibio. A sut yr arweinodd ei holl gwestiynau at fwy o chwedlau, mwy o gymeriadau a mwy o gyfeiriadau i gyd yn arwain ymhellach yn ôl a wyddant hyd yn oed y ddau hynny.

Pan ddeffry o o'r troeon hyn mae'n hollol flinedig. O'i flaen mae swyn gwybodaeth ddiddiwedd yn ei wawdio yn dragywydd, *ad infinitum*, ac y mae llyfrau, nodiadau ac erthyglau'n dal i guddio eu gwirioneddau yn agored, yn barod i'w craffu ymhellach tra fod dadansoddiadau a doethuriaethau yn pentyrru mor helaeth fel y gallent wneud i galon dryllio yn hollol, heb wneud sŵn. Dalia ati, meddai wrtho'i hun, dalia ati.

Cydia Halwn ddarn crychlyd iawn o bapur a phen marcwr melyn arbennig a phlyg dros y ddesg lai. Ar hon, dim ond mapiau. Map o hannar gogleddol Cymru ydi'r un mwyaf.

Blwyddyn a hannar o waith yn dwyn ffrywth. Cael y maen i'r wal. Gwna gyfrifon cyflym â'r gyfrifiannell ac â dros y ffigurau unwaith eto i wneud siwr wrth iddo fesur â'r llinyn ar y map ym mhob cyfeiriad cyn iddo afael yn nalen asetyn glir. Dyma'r map yr oedd o wedi'i wneud ei hun, map arbennig o'r dref. Map tri dimensiwn. Am un tro olaf, cywira ei ffigurau ac yna gesyd y groes yn union iawn ar y mangre y bu'n chwilio amdano ers amser maith.

Saib. Cam yn ôl. Saib eto. Daw sŵn rhyfadd yn annisgwyl allan o'i wddf. Yn ofalus iawn, plyga ei ben dros yr asetyn gosodedig gan fod yn fwy gofalus byth i ddal ei anadl rhag ofn anhrefnu lleoliad ei groes. Mae wedi darganfod o'r diwedd canol manwl gogleddol Cymru, cywir o fewn un metr a hannar. Y lleoliad yng nghanol y wlad, man hanesyddol heb ei hail i'n hanes, ein diwylliant ac ein dyfodol. O dan y groes felyn hon gallai fod bron unrhyw beth yn aros i'w ddateglu: tomen gysegredig yr ysbrydion, ffynnon wen yr enaid, y pwll ailgeni, maen y cleddyfau cedyrn. Byddai'r groes hon yn nodi am byth pwrpas pwerus pererindod. Greal diwyllianol-gymdeithasol sanctaidd daeryddol. Y Delffi Cymraeg. Crud y diwylliant hwn.

Sawr Halwn y foment â chegaid o goffi oer a thry i'w gyfrifiadur i roi'r asetyn i fewn i'r peiriant bach arbennig a fydd yn gallu ei ddarllen a'i alluogi i ddod â'r byd rhithwir a'r byd go iawn at ei gilydd. Â chlic ar y lygoden bydd llun tri dimensiwn hyfryd Ceulan yn ymddangos ar y sgrin. Y groes yn ymrithio ar ffurf hologram dynol melyn. Hyd yn hyn yn dda. Da iawn.

Ni allai ymenydd Halwn dderbyn lle yn union oedd y hologram dynol melyn wedi glanio. Nid ar unwaith. Serch hynny, mae'r hologram dynol melyn yn gwneud popeth y dywedir iddo i'w wneud. Mae'n sefyll ar y groes yng nghanol y sgrin yn barod i'w symud. Ond rhywbath o'i le. Mwytha olwyn y lygoden yn dringar er mywn peidio â difetha ei waith hyd yn hyn. Yn araf, mae'r olygfa'n ymledu a Cheulan ac adeiladau cyfarwydd ar strydoedd culion a lledan yn dod i'r golwg wrth i'r hologram dynol melyn grebachu. Yna, mae'n troi'r olwyn y ffordd arall i ddynesu at ei nod, o fewn metr a hanner.

'Neno'r Tad!' meddai Halwn. Mae'n pwyso'n galetach o lawer y tro hwn ar yr olwyn. 'Cachu hwch,' meddai. Pwyso mor galed ei fod yn colli'r hologram dynol melyn. Plyga tua'r sgrin, mwytha'r olwyn yn reddfol, arlunia gylchau bach â'r lygoden. 'Dyma fo,' meddai, '*gotcha!*'

Edwyn y llecyn, y man hanesyddol y mae o wedi bod yn chwilio amdano ers hydion. Edwyn yr adeilad. Mae o wedi bod drws nesaf. Ond nid ydi drws nesaf drws nesaf mewn gwirionedd. Gall ddychmygu'r oglau'n drifftio dros y maes parcio'n atynnu rhywbath ym mherfeddion bodau dynol.

Saif yn sydyn, ymladd am ei wynt, teimla don ysgytwad yn mynd trwy ei gorff. Sioc, dryswch, anghrediniaeth mor annisgwyl ac annealladwy. Rhaid ei fod wedi gwneud camgymeriad. Yr holl ystyriaeth ofalus o bob testun hynafol o drysordai Cymru, dim ond i ganfod bod y Delffi Cymreig wedi'i leoli yn nhoiledau'r merched ym maes parcio Ceulan.

Sylla'r hologram dynol melyn a Halwn ar ei gilydd. Halwn wrth ei ddesg yn ei stafall byw, y hologram dynol melyn yn dal ar y funud i aros y tu mewn i doiledau cyhoeddus y menywod. Does dim byd yn digwydd nes i Halwn symud y lygoden a chychwyn ar daith o dri chant chwe deg o raddau o gwmpas llefydd chwech Ceulan tra ei fod yn ystyried ei sefyllfa.

Hannar ffordd trwy glirio y ddesg a'r bwrdd, â Halwn i eistadd yn ei gadair swyddfa IKEA a chydia yn ei ffôn. Geilw ei rhif ac erys am ymatab. Fel teiar fflat ar lôn wlad ydi yntau rwan. Mae hi wastad mor brysur. Byddai'r ffôn wedi cario ymlaen tincio am byth pe bai'n gadael iddo. Ni allai adael iddo ei drechu. Eiliad nesaf tincia'i ffôn gyda neges newydd. Dim byd gan Ddwynwen ond un yn Saesneg er syndod iddo.

*'Hi, Halwn, thanks for the submission of your article about the history of the Anglicisation of the Shrewsbury area but we've decided to decline publishing it for the moment. Keep sending us your ideas. Rob Jones, Editor, Shrewsbury Herald.'*

Roedd bron wedi anghofio am hyn ar ôl ei yrru atynt fisoedd yn ôl. A'r dyddiau a dyddiau o ymchwil i gwblhau'r peth. Mae pentwr arbennig o'i wrthodiadau papur ar y llawr cyn daled â model o nendwr. Mae o wedi cadw'r holl wrthodiadau electroneg a dderbyniwyd drwy e-bost, ond dyma'r cyntaf iddo ei gael drwy neges testun.

Gwthia Halwn ei gadair yn ôl ac â i'r oergell er mwyn osgoi meddwl am y cam nesaf. Lle diogel i fod ydi hwn. Dim gwrthodiadau yn aros yn yr oergell, dim ond byd o ddanteithion cyffrous yn lloetran i rywun mewn angen eu hecsbloetio. Egyr y drws. Nid ydi syllu i'r oergell am ddeng munud heb symud yn syniad da. Amser awyr ffres a chwibana ar Wyndaf. Edrych Gwyndaf arno yn amheus gyda gogwydd ei ben. Dydy o ddim yn hapus o gwbl wrth gael ei ddeffro yng nghanol ei freuddwyd helfa cwningod, lle mae'r bwyd bob amser ychydig allan o gyrraedd.

'Rhaid i ni fynd allan yn lle glafoerio dros fwyd nad ydi'n bodoli,' eglura wrth Wyndaf. Mae côt, hen esgidiau a thinc y dennyn yn gwneud i Wyndaf godi.

Y tu allan mae'r stryd yn dawel ond y gwynt fatha slap yn y wyneb. Mae Halwn yn penderfynu dilyn Gwyndaf. Haws. I lawr y stryd tuag at y lôn sy'n arwain at yr afon, y gwynt afreolaidd yn chwipio'r dau fel pe bai hwnnw am ddweud cyfrinach annymunol. Cyn bo hir, cerddant ar y llwybr ar hyd y goedlan. Mae'r gwyddau bach eisoes wedi dechrau dod allan yn weladwy, dim ond dyrnaid ohonynt, er gwaethaf y tywydd milain hwn. Rhed Gwyndaf nerth deng ewin yn ôl ac ymlaen, yn ôl ac ymlaen, fel pe bai wedi colli ei *tenner* olaf o fewn trideg llath. O blaen yr helygen erys Halwn a thyn lunia o'r blagur meddal, chwyddedig, pluog. Wrth ei ymyl yn y gwrych, mae yna ysgeintiad o flodau newydd, gwyn a bach yn perthyn i'r ddraenen ddu, *prunus spinosa*, yn ysgogi meddyliau am Imbolc, Gŵyl Fair y Canhwyllau, *shillelagh* a jin eirin. Erthygl orffenedig yn aros i'w sgwennu. Mewn mis mi fydd yr holl goeden yn ddrycin o wyn a phoena Halwn y bydd yn ei cholli.

O dan yr haul gwan, sgleinia esgyrn eira mewn pantiau gwarchodedig ar y ddaear galed, aeafol, oeraidd. Ac yn sownd yng ngwaelod y gwrych, hen bethau yn pydru: pecynnau sigaréts gweigion, caniau o gwrw rhad o'r nosweithiau hen fynd, potel plasteg hanner llawn llaeth brown o hyd ac ymhellach ymlaen clwt babi ac hannar mewnol ffôn symudol. Yr holl grynswth anwybodadwy o bethau anfarwol a di-gladdu. Efallai eu bod yn offrymau i'r duwiau gan yr hen gredinwyr. Chwibana Halwn y ci a thyn ei gôt yn dynnach. Unwaith y byddant yn gadael cysgod y coed, cânt nerth bôn braich y gwynt yn rhuthro i lawr y dyffryn ar wyneb yr afon. Gweledigaeth o noethni. Mae'r gaeaf yn para rhy hir. Cwsg, gaeafgwsg a marweidd-dra bron ym mhob man. Yna, cana'r ffôn. Clyw Gwyndaf y ganiad yn gyntaf a dechreua gyfarth ar Halwn.

'Paid â chyfarth,' gwaedd Halwn. Gwyndaf yn tawelu ond yn hylldremio ar Halwn yn ddiamynedd. Tery Halwn ei gôt yn ysgafn. 'Lle mae'r blydi ffôn, Gwyndaf?' Cyfartha hwnnw eto. Cymaint o bocedi ynddo. 'Paid, Wyndi, plîs!' Pan dyn Halwn y ffôn o'i boced fewnol fach o'r diwedd, etyl y ffôn gadw sŵn. 'Iesu mawr.' Ar unwaith, cana hi eto. Agora Gwyndaf ei geg heb sŵn. Yn ei hast, gollynga Halwn ei faneg chwith sy'n syrthio i'r llaid.

'Ia? Rho'r gorau i'r twrw 'na!' meddai Halwn.

'Pa fath o groeso ydi hwn, 'lly?'

'Ia, Tad y drwg! Gwyndaf, ty'd 'ma, y dyn drwg! Sori, Dwyn, mae Gwyndaf 'di dwyn fy maneg ac ar fin neidio i mewn i'r afon i chwarae efo hi.'

'Ci da, Gwyndaf,' meddai Dwynwen, yn chwerthin. 'Nest ti ffonio awr yn ôl?'

Mae hi'n clywad sŵn rhywun yn palfalu a bloeddiau aneglur. 'Halwn, be ti'n neud? Ti wedi dropio'r ffôn mewn ffishbowl? Halwn? Halo, byd i Halwn, byd i Halwn!'

Sŵn rhywun yn crafu ac yna yn dyheuo.

'Halwn? Ti'n neud imi *piss* fy mhants. Dwi'm yn mynd i ofyn hyd yn oed be sy'n bod. Mor ridicwlws. Ti –'

'Ia. Be?'

'Gwranda, t'isio *fish* a sglods am lunsj?'

Dim ymatab.

'Ti'n fy nghlywad i, brwsj twp bach? Be sy, 'wan?' Oeda hi. 'Ti 'na?' Clyw hi rywun yn bloeddio. Gwaedd hi i lawr y ffôn, 'Be ti'n neud, Halwn, rwan? Halwn!'

Saib.

'Be? Sori 'to, mae Gwyndaf 'di dŵad allan o'r afon o'r diwedd, ond wedi ngwlychu i o'r pen i'r traed wrth iddo fo ddawnsio 'nghwmpas i fel cyflwynwr teledu plant. Munud fach, iawn? Arhoswch.'

Rhy'r ffôn yn ei boced.

'Gwyndaf, paid, 'wan. Ty'd yma. Ci hurt.'

A dyna fo, Gwyndaf ar ei eistedd, ychydig allan o gyrraedd, bron yn gwenu. Medrai Halwn weld y faneg ddrud yn hwylio i ffwrdd yn siglo ar wyneb yr afon chwim, du. Yn araf try Gwyndaf ei ben i ddilyn llygad ei feistr. Am amrantiad, meddylia Halwn y dylsai yrru Gwnydaf i nôl y faneg ond eiliad wedyn, cana'r ffôn unwaith eto. Straffaglia Halwn drwy ddwy boced ei gôt heb lwyddiant cyn iddo ddŵad o hyd i'r ffôn yn clychseinio'n llawen ym mhoced ei hwdi.

'Mi fysai'n well gen i siarad â Wyndi, dw i'n meddwl,' meddai Dwynwen, 'mae o'n fwy cyfarwydd â thecnoleg fodern.'

Medrai Halwn glywad y chwerthin.

'Wastad ar gael ydi'r lloerig, os liciwch ddŵr ffres. Be dach chi isio?'

'*Finally!* Halwn, ti'n siwr ti'n barod am sgwrs? Pum munud a dwi *available* am bysgod a sglods i lunsj. Bydda i'n aros yn y car gyferbyn y Mabinogs siop pysgod. Os ti'n stryglo, gyrra Wyndi yn dy le. Actiwali, gallai'r ddau ohonoch chi ddod!'

'Deng munud a mi fydda i 'na 'fyd. 'Dan ni i gyd yn wlyb iawn. Chwarter awr, ella. Ugain munud. Bydd o isio cinio hefyd. 'Swn i'n cael chwedl a physgodyn, os dach chi'n talu.'

Oedd hi eisoes wedi gorffen yr alwad gan wrthod chwerthin.

Eistedda Dwynwen yn dawel yn bwyta ei sglodion yn beiriannol tra bod y car heddlu'n cael curfa o law. Craffa Halwn yn fesmeredig ar gynddaredd y tywydd mawr.

'Cofia dy lunsj, gydwladwr,' meddai Dwynwen.

'Ia.'

'Nest ti fwydo'r ci bach?'

'Do. Wn i ddim pam, tydi o ddim yn haeddu dim byd.'

Agora'r papur a dechreua fwyta.

'Pam ffoniaist ti?'

Ceg o bysgod yn dweud, 'Y?'

'Pam ffoniaist ti y bore 'ma?'

'O, ia,' a llynca'r tamaid cyn siarad. 'Be mae'r gair gwaethaf yn ein iaith?' Doedd dim angen arno siarad am waith ei fora.

Tro Dwynwen i dagu. A chwerthin fel pesychu. 'Ffoniaist ti i ofyn imi be mae'r gair gwaethaf yn Gymraeg?'

'Nid yn union. Ond rhan o'r rheswm ydi o, yn y diwedd.'

'Be ydi *riddle*, Halwn, achos ti'n siarad yn *riddles*?'

'Pos.'

'Haha, ridicwlws. Be?'

'Wel, 'dameg', hefyd. 'Gosod pos' neu 'siarad mewn damhegion'. Fysai'n well gen i ddweud fy mod i'n siarad mewn damhegion.'

Mae Dwynwen yn ysgwyd ei phen, tria ddal darn mawr o bysgodyn gwyn a chytew euraidd uwch ei gwefusau. Yr eiliad honno meddylia Halwn bod Dwynwen â'i gwefusau cochion, mawrion yn hardd iawn tra hithau'n meddwl am ba mor ridicwlws ydi yntau ac yn methu atal y ffrwydrad o chwerthin a gyrru'r pysgod a chytew dros y panel deialau a bron ym mhob man arall.

'O, *shit*,' meddai, '*shit shit shit*, pam ti'n neud imi chwerthin?' heb chwerthin. 'Rhoi mi'r *wetwipes* o'r *glove-box*, plîs.'

Mae hi'n llanhau'r olwyn lywio, y panel deialau, y silff o dan y sgrin wynt a'r sgrin wynt.

'Ychydig bach sydd ar ôl, yma o dan gornel eich gwefusau,' meddai Halwn, yn cyfeirio at ei gên bert.

'Ti'n wbod be ydi'r gair twpaf yn Gymraeg?' yn tynnu ei sylw oddi ar y *wetwipe* a'r staen saim, 'Halwn, ia, Halwn ydi gair twp. Am enw! Pa fath o enw ydi Halwn, eniwé?'

Chwerthiniad.

Mae'r radio yn bywiogi. Mae Dwynwen yn rhoi ei bys ar ei gwefusau.

'PC Jones, *go ahead.*'

Try Halwn ei ben i ffwrdd a rhestra ganlyniadau ac effeithiau'r geiriau gwaethaf yn yr iaith. Oni bai am ddadansoddiad yr iaith ni allem o bosib ddallt ein hun. Felly, mae effeithiau y geiriau gwaethaf yn eang ac yn ddwys ac yn y pen draw yn dŵad yn feistri i ni a nid y ffordd arall. Yn gyntaf, rhaid cydnabod grym geiriau. Yn ail, rhaid derbyn bod y geiriau hyn yn siapio ein meddyliau ac ymatab i'r byd. Ac yn drydydd, rhaid adennill ein defnydd o'r iaith.

Tyr Dwynwyn draws ei feddyliau.

'Wedi gorffen y sglods?' meddai hi ac estynna am lond llaw o'i sglodion, 'wedi mynd yn oer,' heb stopio eu bwyta.

'Do,' meddai fo. Sylla Halwn yn syth ymlaen. Ar y stryd mae ciw bach o bobl yn sefyll yn y glaw y tu allan i'r siop sglodion.

'Rhaid ini fynd. Nest ti glywad y *call* 'na?'

'Be?'

'Halwn, nath Officer Lovenuts ffonio fi, chlywaist ti ddim?'

'Dim clem, trio peidio â gwrando ar bethau ynghlŷn â'ch gwaith.'

'Iawn, rho'r *rubbish* yn y bin, os gweli'n dda,' a phasia hi'r papurau sglodion seimlyd a'r *wetwipes* budr iddo. Mae hi'n gwenu wrth iddo blygu i fynd allan o'r car. Craffa hi ei daith i'r bin. Tal ydi. Tic. Nid y fath stwcyn. Tic. Coesau hirion. Tic. Golwg tramor arno. Tic. Cymysgedd o letchwithdod a cheinder. Doniol. Tic. Edrycha ar ei hun yn y drych. Croen seimlyd o hyd wrth ymyl ei cheg. Blows rhy dynn. Dim tic. Mae eista yn y car ddim yn helpu. Mae popeth braidd yn dynn. Ni all neb edrych yn dda yn y wisg hon.

Amneidia arno i frysia. Mae'r tywydd wedi troi o ddifri. Mae o'n wlyb iawn pan ddaw yn ôl i'r car.

'Rhaid ini fynd dros i Nantbant. Rhywun wedi galw am gorff ger y ffordd. Wel, rhywun yn *dweud* bod nhw wedi gweld siâp od yn gorwedd ger y trac. Fi sydd yr unig ar gael, yn ôl Lovenuts. Iawn? Barod i ddod efo mi?'

'Iawn.'

Fel yr hed y frân mae Nantbant dim mwy na chwe milltir o Geulan, ond mewn car a heb adenydd fyddai'n cymryd pump munud ac ugain. Gweithia'r sychwyr ffenestri dros ben oriau.

'Nest ti ddim erioed dweud wrtha i pam ffoniaist ti.'

Mae Halwn yn trio ymdopi â'r ffordd droellog a'r newididau cyson mewn cyflymder.

'Mi ddes i o hyd i'r man manwl sy'n nodi'r canol gogleddol Cymru.'

'Wel, da iawn ti. Felly, dy brosiect di wedi gorffen? Ti wedi bod yn chwilio am hwn ers mis Tachwedd llynedd, n'dwyt?'

'I ryw radda ers ddeunaw mis, do.'

'Gwn i ddim yn siwr pam, ond, *there you go...*' Gwena yn bur.

'Oedd gen i syniad fyddai rhywbath pwysig yn cael ei ddatguddio. Os dach chi'n meddwl am dir Cymru, am gysylltiad rhwng y bobl a'r dir a fynegwyd dros y canrifoedd gan feirdd a phobl o bob math, am y berthynas rhwng iaith a lle, geiriau fatha cerrig enfawr a meini hynafol na fedrech chi symud ohonynt y dirwedd, o ystyried cryfder, cyfoeth a helaethrwydd o'n hagosrwydd parhaol at bob modfedd o bridd Cymraeg, ni fedrwn i ollwng gafael ar y syniad bod y Cyndadau i gyd wedi dŵad at eu gilydd i greu math o Ddelffi Cymraeg, yng nghanol y byd Cymreig.'

'Océ. Ti wedi trio esbonio hwn o'r blaen.'

'Gofalwch, dyna ddafad ag ŵyn, yn celu y tu ôl i'r rhedyn.'

'Nes i'u weld nhw. Ond diolch.'

Mae Dwynwen yn arafu yn eitha swta, bron yn stopio.

'Ylwch. Be dach chi'n gweld?' a â'i law amlinella'r olygfa o'u blaen.

'Halwn, sori, mae rhaid imi frysia, bydd y bos yn gofyn imi am pam mae o 'di cymryd cyhyd, ond wna i edrych ac ymatab.'

Mae'r car yn cychwyn eto.

'Yr hyn sydd angan yr Heddlu ydi'r Car Morgan Mwynfawr.'

'Ia.'

'O, chi'n ei nabod o?'

'Ym, fatha Morgan *sportscar* Cymraeg?'

'Ia, rhywfath o *sportscar* ond yn un o'r Oes Haearn.'

'Dwyt ti ddim o ddifri? Doedd gynnon nhw ddim *sportscars* yn y dyddiau hynny, oedd?'

'Pwy a ŵyr. Ond oeddan nhw'n byw mewn byd heb ei gyfyngu gan yr hyn sydd i'w weld, os dach chi'n fy nallt i. Mwy pryderus ydi pa mor brin ydi dychymyg bellach.'

Ar brydiau fel hyn y teimla Dwynwen feddyliau fel hynny yn bersonol. A ydi o'n cyfeirio at ei gwendidau ei hun mewn ffordd anuniongyrchol?

Petrusa.

'Dwi'n gweld lot o bethau gwahanol. Chwarae *i-spy* ydan ni?'

'Iawn. Be sydd o'n gwmpas ni?'

'Fe welaf i gyda fy llygad bach...ddefaid, gwair, creigiau, rhedyn, caeau. Ffermdy...ffermdai, un arall fan 'na. Waliau, lot o waliau.'

'Da iawn. A phwy sy'n biau'r hwn i gyd? Hynny ydi, y tir yma. Y caeau, y ffermdai ac yn y blaen?

'Dwi ddim yn siwr. Ffermwyr? Pobl gyfoeth? Rhyw *lord* mawr?'

'Mewn gwirionedd, dydi hi ddim mor amlwg. Y rhan fwyaf o'r hyn dach chi'n ei weld yn perthyn i'r ystad yn y dyffryn, Plas Caerwen. Mae darn o dir fan 'cw yn perthyn i gwmni o'r enw Philtips, cwmni enfawr swil iawn, ag am y gweddill, wel, does neb yn gwybod. Mae un peth yn sicr, dim llawer ohono yn perthyn i Gymro neu Gymraes.'

'Waw. Erioed wedi meddwl am y peth, ond mae geni gorff i ddod o hyd iddo, neu fag plasteg du. Mwy na thebyg dim ond rhyw *nutter* yn ffonio'r heddlu i wastraffu ein hamsar.'

Erbyn i'r rhostir rhuddlwyd a'r gweunydd geirwon gael eu gadael ar ôl mae yna arwyddion o law yn y dyffryn islaw, cymylau'n dywyll a bygythiol yn hongian yn isel. Oddi tanynt ar y dde gwea'r Afon Teirw o dan y coed noethion. Cwm cul ydi hwn ond gwelir tai gwyn unig yn y pantiau a'r cysgodion. Mae Dwynwen yn arafu i weld enw pob fferm ac anheddle.

'I fyny, dwi'n meddwl, n'does? Oedd Lovenuts yn dweud mai dim ond rhai metrau i lawr yr wtra i le o'r enw Maes yr Ysfa oedd rhywun wedi spotio person 'ta bag.'

'Bryn Coed fan 'na,' meddai Halwn, 'ychydig ymhellach, 'swn i'n dweud. Tir gwael, dwi'n meddwl, yn ôl yr enw, tir ymyl.'

Erbyn hyn, oedd y ffordd gul yn dringo allt fach ac yn mynd y tu ôl i goedwig dderw drwchus nes bod trac yn fforchio i'r chwith. Gyr Dwynwen i'r lôn a stopia'r car.

'Rhiw y Tyle. Yli. Dim yma, 'lly,' a bacia hi'r car.

'Arhoswch funud. Mae 'na fforch fach arall i lawr y trac 'na. A sbiwch ar yr enwbost o dan Rhiw y Tyle, dyna arwydd arall, mae'r hen hoelen o hyd yna.'

Neidia Halwn allan o'r car tuag yr hen bost. Plyga drosodd a chwilota drwy'r gwair bras nes iddo ddod o hyd i'r trysor. Dengys o i Ddwynwen.

'*Bingo!*' meddai hi. 'Os mae'r hen arwydd 'na yn gywir, yna dan ni wedi dod o hyd iddo fo.'

'Awn ni am dro.'

Mae'r awyr yn oeraidd, yr wtra yn garegog ond yn wastad, y caeau yn daclus. Dim defaid, dim sŵn heblaw'r afon yn atseinio yn arallfydol rhywle islaw. Y gwrychoedd yn unig sy'n bigog a bygythiol. Wrth y fforch a welodd Halwn mae arwydd arall ar bostyn llai yn dangos y ffordd i'r chwith i Riw y Tyle. Mae'r ffordd i'r dde yn ddienw, wedi'i bariedig gan lidiard metel cam, tan glo. Mae'r gwynt yn wenwynllyd ac yn chwipio'n ysbeidiol, yn gwythio cerrig bach a llwch mewn cylchoedd gwallgof.

Rholia Dwynwen dros y llidiart. 'Pum munud, dim rhagor, océ? Does 'na ddim byd i'w weld fan hyn.'

'Be yn union ydan ni'n chwilio amdano?'

'Dyn 'ta unrhywbath tebyg i ddyn yn gorwedd ychydig y tu mewn i'r mynedfa i Faes yr Ysfa. Neu rywbath annisgwyl?'

Edrycha ill dau o gwmpas.

'Dwi'm yn gweld lot o unrhyw beth.'

Neidia Halwn dros y llidiart.

'Mi af i i'r tŷ, wela i a oes unrhyw un yna.'

Y trac hwn yn hollol wahanol. Anwastad, tyllau mawrion llawn llaid, nid olion o draffig, coed ifanc wasgaredig yn tyfu yn y gwair hir hen. Mae'r trac yn troi ymhellach rhwng waliau cerrig bychain ac yna yn mynd y tu ôl i gysgod o binwydd.

Mae'r tŷ yn wynebu oddi wrth y coed. Tua'r de ydi tyb Halwn. Dim byd o'i le. Dim sŵn. Yn fwy tawel byth nag y buasai Halwn wedi disgwyl. Hen dŷ gwyngalchog, diraen, pedair ffenestr a drws du, fatha llun plentyn, ar wahân i'r llechi ar y llawr ac y dau glo clwt ar y drws a'r barrau pren aflêr dros dro ar bob un o'r ffenstri.

Cerdda Halwn o gwmpas y tŷ. Tomen o goed tân. Rhai potiau ar gyfer perlysiau. Cadwyn ci rhydlyd. Arwyddion bywyd, bron. Gweidda. Dim ymatab. Gweidda eilwaith. Atsain bechan. Cnocia ar y drws. Yr un ymatab. Try i fynd yn ôl i ddod o hyd i Ddwynwen. Ar gyrraedd y llidiart dyna Ddwynwen yn aros amdano ar yr ochr arall.

'Drycha be dwi wedi ffeindio,' meddai hi. Erys amdano wrth iddo ddringo'r llidiart ac yna cerdda hi ychydig metrau i ffwrdd i'r bin tywyod melyn, hannar cudd yn y chwyn uchel. Cam i fyny arno. Yna, cam arall ar rywbath arall mwy solet.

'Stondin llaeth.' Neidia hi i fyny ac i lawr. 'Mae 'na fwlch yn y gwrych. Tu ôl i'r bwlch cwymp eitha syth.'

'Cwymp dyn, wir. Ond dim corff? Gwaed, olion o drais, darn o ddillad? Dim unrhyw fath hyd yn oed o awgrym materol bod rhywun wedi gwneud unrhyw fath o weithred fan hyn yn y canrif ola?'

Chwardd Dwynwen. 'Dos i gael golwg o'r ochr arall ond 'sdim i'w weld.'

Neidia Halwn dros y llidiart a cherdda yn araf o hyd y gwrych gan syllu ar y llecyn o dan y stondin llaeth.

'Dach chi'n iawn, 'sdim byd i'w weld.'

Tyn o lawer o luniau dim ond rhag ofn. Yr un fath gwna ar ochr arall y gwrych.

'Rhaid sgwennu math o adroddiad yn y swyddfa,' meddai Dwynwen, yn ôl yn y car heddlu. 'Diolch am dy help. Gadawn ni iddo fo am y tro?'

Gyrrant yr un ffordd yn ôl. Yn y distawrwydd rhyngddynt, gedy Dwynwen i'w meddwl grwydro i'r dyfodol ac a oes rhan i Halwn chwarae ynddi. Yr hyn sydd ei angen arno fwyaf ydi swydd go iawn. Nid siwr ydi hi beth mae'n ei wneud drwy'r dydd ond mae un peth yn siwr, sef nad ydi o'n ennill llawer o bres fel newyddiadurwr efo ei erthyglau gwirion. O, *God*, ni ddylai hi byth ddweud hynny! Ddim hyd yn oed yn ei feddwl!

Mae Halwn yn meddwl am ei waith hefyd. I ryw raddau mae'n debyg i waith heddlu, gan fynd ar drywydd pethau heb unrhyw synnwyr y byddwch chi'n cyflawni unrhyw beth. Ond mae'n teimlo'n flinedig. Mae'r glaw yn codi'r felan arno. Efallai y dylsai drafod y dyfodol gyda Dwynwen ond mae'n wneud iddo deimlo ychydig yn bryderus. Efallai dim ond ei adael am y tro.

Wrth iddynt gyrraedd Ceulan, mae'r tywydd yn gwaethygu. Mae hi'n troi i mewn i'r gilfan yn y lôn gefn ar y ffordd i mewn i'r dref ac yn dweud, 'Difaru,' yn ddirybudd, gan edrych arno'n heriol.

'Be?'

'Y gair gwaethaf, cofia!'

'O, *edifeirwch*. Syniad da. Pam edifeirwch, felly?'

'Dwi'm isio edifarhau dim byd yn f'mywyd. Dim byd o gwbl.'

Gall deimlo cryfder ei theimlad.

'Diddorol. Llawn emosiynau. Pa fath o flas ydach chi'n ei gael pan dach chi'n ei ddweud o?'

'Mae *difaru* yn blasu'n hallt.'

'A *chyfleus*?'

'*Cyfleus*?'

'Ia, *cyfleus*.'

'Does dim blas arno, mae *cyfleus* heb flas.'

'Yn union. Meddyliwch am y gair a'i holl gynodiadau. Bwyd cyfleus, er enghraifft.'

'Rhaid i mi fynd, Halwn gwallgo'. Bydda i'n meddwl am y cwestiwn pan fydda i'n delio efo'r criw twp nesa o feddwon heno.'

Chwardd hi, amneidia o.

''Na i ffonio yn fuan. Cymerwch ofal, iawn?'

I ffwrdd â hi. Chwipia'r gwynt ei wynab noeth. Cerdda i'r dref a chynllunia ei gamau nesaf, yr rhai angenrheiddiol a'r rhai mwy pleserus: Gwyndaf a thro, bwyd i'r ddau ohonynt, ei erthyglau nesaf, y prosiect mawr sydd wedi dod i ben, y corff na ddaethpwyd o hyd iddo. A *difaru*. Be mae hi'n ei ddweud mewn giwrionedd wrth ddewis y gair hwn?

Yn y dref mae llawer mwy nag arfar yn siopa, ond pob un yn plygu i ewyllys y tywydd. Does neb yn ei gyfarch.

Ar wal allanol ei fflat ar y stryd fawr mae rhywun wedi sgriwio arwydd newydd arni:

*Ar Werth*
Twm Roberts
Gwerthwr Tai
Ceulan

# 2

## *Ceiliog y Domen*

Mi ddaw'r glaw mewn tonnau. Mae Gwyndaf ar y dennyn wedi'i glymu o amgylch canol Halwn. Mae gan Halwn deimlad o nofio i fyny'r allt. I fyny trwy'r goedwig arallbydol, crafu canghennau a'r sŵn diferu diferu diferu megis cyngherdd symffoni cyntefig yn cyfeilio i'w chwe choes yn taro'r pridd. Mae rhedeg yng ngolau tortsh pen gyda'r hwyr yn agor drysau'r ddaear i wynebu beth bynnag sy'n dal i fyw o'r pethau a fu unwaith. Sigla'r golau i fyny ac i lawr yn afreolaidd. Ymddengys Gwyndaf a diflanna o flaen ei gydymaith. Mae Halwn yn mynd i'r byd anweledig yn ddall ond i Wyndaf dyma'r byd na ddylai byth fod wedi'i adael. Melltithia ei hynafiaid a oedd yn hongian o amgylch mynedfeydd ogofâu bodau dynol cynhanesyddol. Buandroed ydi Gwyndaf, yn droetrwm ydi'r lall, ac yn ddieithryn.

Rhedeg heb stopio am anadl, cam ar ôl cam, allan o'r goedwig i'r lôn i Allt y Pen, y fferm uchaf am filltiroedd. Oerach ydi'r awyr yma, yn fwy trwm y glaw ond mae'r goleuadau y buarth yn galw ar enaid ar goll i ddŵad i mewn allan o'r tywyllwch. Rhedant heibio'r gwartheg yn y beudy metel enfawr a'r defaid cyfoen yn sied arall aflonydd. Prin y mae eu traed yn cyffwrdd â'r baw, prin y maent yn bodoli yn y mwrllwch cyn diflannu unwaith eto i drymder y nos. Bod yn rhy agos i bobl yn ei anesmwytho. Ar ôl bron milltir arall ar y feidir i'r rhos cyrraeddant ben y ffordd. O hyn allan llwybr cul sy'n dringo i'r murddun. Arafant. Gollyngir Gwyndaf o'r dennyn. Trwy'r grug gwlyb a'r glaw chwyrliog mae Halwn yn dychmygu'r llwybr yn fwy nag ei weld. Mewn silowét ychydig o'i flaen swatia torf o goed sibrydol sy'n gwasgu at ei gilydd ar y brigiad creigiog, symudiad cewri â gwreiddiau dyfnion fel cynulliad o bwysigion yn llys y tywysog yn paratoi ar gyfer rhyfel. Dringa Halwn bellach i fyny'r llethr serth olaf. Curiad ei galon, gwynt mwy awchus, tynnu ei hun i fyny â'i ddwylo, llithriad, crafiad, baglu, tir llyfn, gwlyb, simsanu, tynhau, anadlu. Ymlafnia a halia ei hun i fyny i gyrraedd wal amgylchynol yr hen luest yna sleifia o i mewn trwy'r fynedfa i sefyll ymhlith pentyrrau cerrig syrthiedig luniaidd.

Chwibana Halwn Wyndaf ac anadla yn drwm. Try'r coed ato. Sŵn sybridion. Rhy ei law dros y tortsh i rwystro'r golau rhag ofn tarfu ar yr ysbrydion a cherdda tua chanol y llys awyr agored hynafol gan amneidio ac anfon ei gyfarchion at bob un o ddynion yr henfyd. Symudant eu breichiau enfawr yn gynnes fel petaen yn plygu i'w gofleidio. Y tu mewn i'r cylch o goed mae Halwn yn cael ei amddiffyn rhag y gwynt a'r glaw. Gwena a dywed, *Henffwch, henffwch,* yn yr hen ffordd, heb ei ynganu. Yna, y tro hwn yn uchel, gan wybod ei fod yn ddiogel ymhlith y rhai y gellir ymddiried ynddynt, 'Henffwch, gymrodyr!' gweiddia nerth ei ben.

Mae lleisiau'r canghennau'n ymchwyddo ymlaen gyda sŵn sïon fel pan fydd y môr yn curo'n erbyn y twyni meddal. Gwena Halwn, sych ei wyneb â'i ddwylo a swatia ar y glaswellt. Ar ben pellaf y lloc, yn agosaf i'r murddun mae'r ddâr yn ymsythu, wedi sefyll yma yn gwarchod y deyrnas ers amsar y Teir Gormes a doeth y'r Enys Hon. Y Coraniaid ydi'r un gyntaf, Coranyeit efallai, corachaidd o'r Arabia neu Sir Gaerlŷr, a nid aeth yr un ohonynt drachefn. Nid yr un sŵn yn ymddangos heb fod nhw ei glywad. Am yr ail, daeth y Gwyddyl Fichti â gwynebau glas, a nid aeth yr un ohonynt drachefn. Y drydedd ydi'r un ni ddywedir amdani. Y rhai sydd ddim wedi mynd drachefn mewn faniau gwynion.

Yn yr un glaswellt hwn byddent yn eistadd ym mhob tymor, yn llusgo eu hun i fyny'r bryn i'w palas eu hun gan ddod â bwyd a pop wedi'i ddwyn, chwarae gemau ymhlith y cerrig a waliau, dewis ffrindiau a baglu heb wybod allan o blentyndod i'r anhysbysyn dychrynllyd. Mae o'n arogli'r glaswellt gwlyb, oer ac yn cyffwrdd â'r cerrig cyfarwydd y tu ôl iddo mor lawn atgofion.

Tŷ'r Cewri. Pum waith yn fwy na Halwn. Bryngaer, y ni yn erbyn y Rhufeiniad. Cerrig yn cael eu taflu fel gwaywffyn a phennau gwaedu eu torri. Mam yn gynddeiriog. Plas y Tywysog. Hafau o gariad goll. Gorsedd cerddi ar gof. Difyrrwch yr hen atgofion dim ond i adael y rhai chwerw ar ôl. Bethan yn cusanu Rhods yn yr hen gwt mochyn. Gwrthod ysmygu. Rhods yn mynd rhy bell ar ôl yfad tri chwrw ac yn dyrnu Halwn yn ei wyneb. Brad ym mhob man. Symud desgiau. Try ffrindiau efo'r llanw. Chwerthin. Gwatwar. Dilorni. Geiriau newydd. Dy ddesg yn ynys. Dim syniad pam. Surdod bywyd, casineb tuag at ysgol. Un diwrnod darganfod dy fod di bob dydd trwy'r amser ar dy ben dy hun. Y pethau drwg sydd ar ôl. A'r murddun.

Pan fu farw Nain daeth Taid i fyw efo nhw. Yr adag honno yr oedd Halwn yn byw ar ei ynys o unigrwydd. I Halwn oedd y musgrell hwn yn beth arall i'w osgoi ac anwybyddu. Yr adag honno yr oedd Halwn yn anymwybodol o'r gair 'musgrell'. Naill ai rhedag dros y bryniau neu swatio yn ei stafall, dyna'r cyfan y gallai ei wneud.

Cymer hi amser. Mor frysiog y dyddiau hyn. Cymer hi amser. Mae mwy nag un lle mewn un lle. Dewis y lle. Bydd y lle yn dŵad i'r golwg. 'All history passes through everywhere,' meddai, ''ta waeth y lle.' Cod Halwn yn araf, wedi dewis y lle.

'Nid pawb,' meddai, 'nid pawb yn barod, nid i bawb y golwg.' Mae geiriau Taid yn troelli wrth i Halwn gychwyn drwy adwy'r hen adfail. Dim lleuad yn golygu bod rhaid i Halwn fod yn ofalus, yn llusgo'i draed ac yn gostwng ei ben rhag ofn. Mae hen deils y llawr gwlyb yn disgleirio yn ei gof ac ei arwain at y simnai. Gyda'i gefn i'r simnai cerdda naw cam. Naw enw brenhinoedd o'r de. Try i'r dde i'r wal. Chwe enw beirdd o Wynedd. Fyddai ei Daid yn gwneud iddo i fynd drwy ddefod y naw cam. I ganol y llawr murddun. Tri o Drioedd y Meirch. Cerddad mewn cylch ac ynganu cymaint â phosib o enwau coed cysegredig i'r hen Geltiaid.

Wedyn, byddai Taid yn cynnau tân, berwi tegell a gwneud panad ac yna, fel trît, byddai'n dangos iddo sut i ddewis carreg a'i hogi ac wedyn dewis cangen addas. *Onwayw*, cofia. Gwayw o bren onn. Ond ers talwn oedd hynny. Bellach yn y tywyllwch mi ddaw Halwn o hyd i ddarn bras o bren storm gaeafol. Gwna'r symudiadau a ddysgodd Taid iddo. Ymlacio, plygu'r pen-glinniau, coes chwith ymlaen, troi'r corff i wynebu'r gelyn. Pe bai unrhyw un wedi bod yn ei wylio o ymyl y llwyn byddent wedi gweld dyn yn ymladd yn erbyn criw o filwyr dychmygol o'r oesoedd canol gyda chadfloeddiau'n atseinio drwy'r coed.

Po fwyaf mae Halwn yn tanio ei gorff poenus y mwyaf o egni sydd gynno i ymladd a'r mwyaf y daw'r gelynion yn wirioneddol. Ar y dechrau mae'n cogio, dim ond gwneud y symudiadau yn chwareus, yn actio'r rhan fel plentyn o dan gyfarwyddyd tiwtor ond bellach, chwysa, anadla'n drwm, cofia'r symudiadau mwy cymhleth, try ar y fan, ysguba goesau gwrthwynebyddion o'r neilltu, try'r gwayw mewn cylchoedd fatha gwron gwyllt.

Ac felly ymddangosa'r gelyn yn fwy bywiog. Yn gyntaf, yn hongian oddi wrth bob cangen y coed gwêl Halwn fagiau plasteg du, deg ohonynt, y math yn llawn cachu ci, wedyn mae ugeiniau mwy yn sydyn yn ymddangos o bobtu. Slasia â'r gwayw, hacia ar y bagiau, trawa yn erbyn y tail. Wrth iddo ymladd a thorri'r gelyn rhyddheir yr arogl wrth iddo ddifetha pob bag fel bod yr holl stwff brown yn saethu allan fel ffrwd yn y gwanwyn. Caiff ei foddi mewn hylif budr o ben i droed. O'r tu ôl i'r coed ymddengys y perchnogion cŵn, yn ddieuog, mor lechgîaidd, hyd yn oed rhai yn hunanfoddhaus yr olwg. Mae rhai yn gwadu. Hacia Halwn yn ddidrugaredd arnynt yn ogystal, ond wrth iddo ymladd yn erbyn y llu anhysbys, maen nhw'n troi'n bobl yn fwy cydnabyddus, gwynebau cyfarwydd y cigydd lleol swil, y bostladi â'i gwallt cwrliog coch, yr hen ddynes annwyl o'r hen blasty, hyd yn oed Marian, y gantwres operatig enwog,

19

ymhlith torf sy'n syllu arno ac yn dal eu hun yn ôl.

Ai nhw sy'n elyn? Ai nhw dramgwyddasant?

Gostwnga Halwn ei wayw. Dynion y coed wedi tawelu. Ar ei ben ei hun, yn sydyn, mae o. O'i gwmpas gorwedda darnau bach o bren ar y llawr lle mae wedi taro'r cangennau. Ychydig o law eto. Mae'r holl oleuni a fu unwaith bellach ei ddiffodd, ac mae Halwn yn sefyll mewn tywyllwch eto. Ni all gofio beth ddigwyddodd i'w dortsh. Nac ei gi. Llawn braw, mae'n chwibanu Gwyndaf.

'Gwyndaf, Gwyndaf,' bloeddia, o nerth ei ben.

Mae'n cychwyn ond bron ar unwaith yn baglu dros garreg finiog. Bloeddia mewn poen. Mae'n sylweddoli ei fod yn oer ac yn crynu. Rhaid bod yn ofalus. Rhaid dod o hyd i Wyndi, ei annwyl Wyndaf. Bloeddia Halwn ei enw ond symuda'n arafach.

Ar ôl peth amser rhaid iddo eistedd. Ffwndra'n lân. Does dim siâp i bob dim. Mor oer ydi o, teimla mor oer a chrebacha i gornel. Mae'r waliau yn ei gynhesu'n raddol wrth iddo suddo i gwsg. Mae o'n siwr bod tân yn ei wresogi a chi wrth ei draed. Pobl y llys yn mynd o gwmpas eu pethau. Sŵn y delyn o bell, chwerthin, cod rhywun i annerch yr uchelwyr, chwerthin, sŵn curo dwylo. Adferir y lle. Ymadawodd y gelynion.

## 3

## Dŵr Cymru

Mae stêm yn dod allan o'r stafall ymolchi fechan yn rhif 15. Mae 'na ddigon o stêm i bweru injan stêm, meddylia Dwynwen yn ei gŵn llofft yn syllu ar y cymylau gwyn bach yn dianc allan o dan y drws. Gwaeth na'r ager ydi'r giglo. Yna chwerthin gwrywaidd twp sydyn ac yna chwerthin a phwffian benywaidd twp. Iesu Grist, byddai'n well gan Ddwynwen pe baent yn dal i daflu pethau at ei gilydd. Hi, Enfys, sy'n gyfrifoldeb am y pwffian oedd yn gyfrifoldeb am farwolaeth hoff gwpan Dwynwen dim ond wythnos yn ôl. *Cofiwch Dryweryn* arall yn deilchion yn y bin. Anrheg gan Wncl Paul o Lerpwl. Nid bod Wncl Paul yn ewythr go iawn. Doedd gan Enfys druan ddim syniad be oedd ystyr y peth. Bu bron iddi daro ei ben ag o. Y pen sy'n perthyn i'w chariad, Mr Envious. Mae Dwynwen yn cnocio ar y drws eto. Ni all wynebu eu gweld yn dod allan efo'i gilydd yn boeth ac yn gynhyrfus. Cnoc heb ei ateb arall ac mae hi'n ymlwybro yn ôl i'w stafall ei hun.

Bum munud wedyn mae Dwynwen yn clywad y drws yn agor ac yn cau ond dim ond un set o olion traed. 'Sdim amser golchi gwallt bellach oherwydd Enfys ac Mr Envious. Dim text gan Halwn. Anarferol. Neges i Halwn: **Bore da, sut ti, hansom? Gei ddiwrnod braf.** *Smiley* (x ddau). Mae hi'n licio ei bryfocio gan sgwennu bach o Wenglish. Er nad ydi hi'n sicr be sy'n cyfrif fel Wenglish ar y funud. Dim atab. Chwarter wedi wyth.

Mae hi'n agor ei drws ei hun, 'Enfys, plîs, mi fydda i'n hwyr.'

Dim atab. Stêm yn codi.

A ydi'r amser wedi dod i newid pethau? Sgwennu rhestr gyflym ar ei ffôn: swydd, tŷ, partner...be arall? Ffrindiau, ffrind orau/gorau, diet, a phethau *boring* fel *exercise*, gwario pres, Amazon *shopping*, amser sbâr. Mae hi'n edrych ar y cloc.

'Enfys, fforffycsseic!' Y tro 'ma gwaedd o'r galon.

Dim atab. Mae hi'n sgwennu, *Newid Pethau* ar dop y rhestr. Dim cweit. Cael gwared o hynny. Yn ei le, *Pethau i'w newid.*

Ar ei hoes ac yn ei hamser, a ddylai hi fod yn byw efo'r ddau *idiots* hyn mewn stafall fyfyriwr-*y* fel hon a oedd yn teimlo ar ddiwrnod da fatha pod mewn sioe teledu realiti sex ac ar ddiwrnod gwael fel cylch dros dro am ymladdfa cawell. Gwisgo ei hiwnifform. Dim pwynt aros. Mae stêm ym mhob man ar y landin. Bron ni all hi weld top y staers. Fatha prynhawn niwlog ar Gadair Idris yn Nachwedd ydi hi rŵan yn hannar uwch y tŷ.

'Barod' meddai llais cynorthwyol o rywle.

Dim werth ei ymatab.

Yn y gegin mae hi'n taflu dŵr dros ei gwep a brwsio ei dannedd â'i bys wedi'i ddipio mewn halen. Mae hi'n pesychu, tynnu tursiau a phoeri yn y sinc. Coffi instant a thrwsio gwallt nad ydi'n ffitio tu mewn i'r het heddiw. Rhuthro allan, agor drws y car a thaflu ei het i mewn gan deimlo yn sticlyd â gwylltineb wrth iddi danio'r injan.


Mae pobl yn meddwl bod nhw'n lwcus iawn bod gynnon nhw ddwy siop bysgod a sglodion yn eu tref. Does un arall am fwy na deuddeg milltir ym mhob cyfeiriad. Ceulan, hen faerdref, adnabyddus am ddau beth – tagfa a dŵr. Ond i rai pobl â syniadau eraill mae'r dref yn cynnig llawer o bethau. Cyfyngiad a rhyddid. Dadeni. Dianc. Adra. Llyn llonydd, afonau aflonydd. Hediad isel yr adar ar wyneb y dŵr byw, yn pori yn yr awyr. Gwyliau. Carchar, aelwyd. Teithio drwy, gadael am byth, pobl y filltir sgwâr, twristiaid, beicwyr, cerddwyr, ffermwyr, dieithriaid, dod a mynd, pobl yn breuddwydio. Dŵr bendigaid, bedydd i ailgeni. Ceir. Ceir mewn rhesaid, ceir yn cael eu parcio, ceir wedi eu gadael gan rywun. Ceir mewn confoi a cheir eraill, yn unigol, yn dod dros y bryn, yn arafu ychydig a thrwy'r rhwystr nesaf i fynd i dir yr addewid dros y bryniau golau i mewn i'r machlud melys fel gwyfynod mecanyddol yn pwyso'u hun yn erbyn y golau trydan.

Mae'r dref yn aros am ddim byd.

Gyda munud i fynd mae Dwynwen yn cyrraedd y swyddfa. Mae Lovenuts ar y ffôn. Chwifio â'i law at y rhestr jobs mae o, yna rhoi ei law dros *speaker* y ffôn. '*Shouldn't take you long*,' meddai.

Mae hi'n gwenu, troi ar ei sodlau a cherdded allan o'r swyddfa heb air, gan ddal ei restr yn ei dwylo. Weithiau'n haws iddi bod yn wasaidd na cheisio gwneud iddo licio hi.

Yn ôl yn y car heddlu, sbia Dwynwen ar rif un: adroddiad o fandaliaeth yn y cyfleusterau cyhoeddus. Dim ond pump munud i gyrraedd y maes parcio a lleoliad y drosedd. Mae rhywun wedi torri cwarel o wydr. Yn ddiddorol, mae'r darnau o wydr y tu allan. Byddai wedi disgwyl i'r gwydr fod ar y tu mewn. Mae gan y cyhoedd bellach olwg glir o weithrediadau yn y toiledau merched. O un o'r ciwbiclau daw dynes allan â chi bach a dechreua siarad yn syth.

'*Just hard to accept I were here a year ago with my husband and then, just a day after being in these lovely toilets, he was dead*,' meddai hi wrth Ddwynwen.

'O,' meddai hi.

Dydi hi ddim yn rhoi'r ci i lawr wrth iddi olchi ei dwylo.

'*Last place I saw him alive when I poked me head in the gents. He collapsed in here, you sees*.'

Nid ydi hi'n hollol siwr sut i ymateb i hynny. 'O,' meddai, eto.

Mae'r ci yn llyfu dwylo'r ddynes. Yna dechreua'r ddynes yfad o'r tap a chyda ei llaw dan y tap mae'n rhoi ychydig o ddŵr i'r ci.

Mae angen peth o awyr iach ar Ddwynwen. Rhywbath am y tafod gwlyb a llaw y ddynes sy'n gwasgu botwm cyfog Dwynwen. Gorfod ei hun i beidio â chwydu.

'*Bella loves the water here*,' gan gusanu'r ci, '*and we loves your*

23

*toilets here in Wales. They shut all our conveniences down so we comes here special, like, and for Bob. He loved 'em as well.*

Tyn Dwynwen luniau a gwna nodyn o'r niwed.

'*Tararabit*,' meddai, wrth i Fela gael pisiad ger wal y toiledau.

Am fod cawod bach wedi dechrau, neidia Dwynwen i mewn i'r car. Rhif dau ar restr Lovenuts. Mae wedi bod i'r cyfeiriad nesaf unwaith o'r blaen. 17, Rhodfa Begw. Tŷ aneithriadol mewn rhes gyffredin. Byth lle i barcio, rhenc o geir ar un ochr, y stryd yn culhau yn y canol wrth i hen ffatri wthio wal brics allan heb ymddiheuriad. Rhaid parcio pum munud o gerdded i ffwrdd.

Dienw, paent du yn daclus ym mhob man, gardd ddifywyd, llenni wedi'u tynnu. Mae hi'n cnocio ac yn syllu ar y camera ar y wal uwchben gan wenu. Agorir y drws yn dawel a cherdda'r heddferch i mewn heb air. Tywyll, mwll, digynnwrf. Dilyn hi'r fenyw arall lawr y coridor i'r gegin. Esbonia Dwynwen bod hi am siarad efo Cerys.

'Eisteddwch, os gwelwch yn dda,' meddai'r fenyw.

Rheolwraig, tybia Dwynwen.

Trwy'r ffenest gegin fechan daw'r sŵn lleisiau a'r oglau ysgafnaf mwg sigarét o'r ardd gefn. Gall glywad synau traed o gwmpas y tŷ. Daw'r fenyw yn ôl.

'Munud bach, rhaid iddi fod yn yr ardd,' meddai hi. Mae Dwynwen yn gwenu.

Funud yn ddiweddarach, mae hi'n dod yn ôl efo merch yn arbennig o hardd.

'Cerys, shwmae? PC Dwynwen Jones ydwi, ista lawr, plîs,' meddai.

'Iawn. Na, os dim ots gen ti,' meddai Cerys.

'Sut mae'r lle 'ma? Ti'n iawn?'

'Océ. Pobl océ.'

'Ti'n teimlo'n saff?'

'Ti'm 'di troi i fyny i siarad lol fel 'na, ia? Be t'isio?'

Craffa Dwynwen ar y llall yn fanwl. Mae'n synnu at ei golwg. Er ei bod yn dal paced o ffags a leitar yn dynn ati'i hun mae ganddi groen perffaith, maint perffaith o golur a gwallt du wedi torri i'r dim. Gwep fechan dlws, byddai ei mam wedi'i ddweud. Audrey Hepburn yn dod i'w meddwl. Ac am steil hefyd o drowsus du tynn a siwmper ddu dynn. Mor syml, mor waw. Dim ond trwsio'r agwedd a byddai hi'n dduwies. Tybia Dwynwen pam na all hithau fod mor dduwiesol mor ddiymdrech. Ond yna teimla'n euog achos nad oes rhaid iddi fyw yn lloches i ferched.

'Cerys, ti wedi bod yn siarad efo fy nghydweithwyr am be ddigwyddodd iti. Dw i 'di darllen yr adroddiad ac mae gen i dim ond gwpl o gwestiynau.'

Edrycha Cerys ar ei watsh. Ni ddaw ymateb arall.

'Cerys, a welodd neu glywodd unrhyw un arall be ddigwyddodd i ti pan ymosoddodd dy ŵr arnot ti? Dywedaist ti yn dy ddatganiad dy fod di allan efo pobl erill.'

'Wel, nes i newid 'natganiad. Dw i 'di deud hyn sawl waith wrth y *cops*. Mi ddylat ti wbod hyn yn barod. Dwi 'di deud hefyd, tydi o'm fy ngŵr, océ? Tydi Gareth Rhys ddim yn perthyn i mi. Dan ni 'di gorffan.' Tafla Cerys olwg sarrug arni. Styfnig ydi hi ond â golwg wedi blino.

'Sori, Cerys.' Mae Dwynwen yn ymwybodol bod yn rhaid iddi fod yn ofalus. 'O'n i'n meddwl fyddet ti isio helpu pobl – merched – erill. Mae Gareth wedi neud pethau fatha yr ymosoddiad hwn arnot ti o'r blaen. Gareth a dorrodd ddau o dy asennau, tarodd dy ben mor galed oedd rhaid i ti gael tri phwyth, mi dorrodd o dy arddwrn, achosodd gleisiau –'

'Paid. Dwi'm isio clywad. Dwi'n gwbod, cariad.' Try hi i fynd.

'Cerys, plîs, mae'n ddrwg gen i. Sori. Jyst isio helpu ti ac yn gwneud siwr nad ydi o'n medru ymosod ar rywun arall. A chael ychydig o gyfiawnder ar dy gyfer di.'

'Sgenti fawr o glem. Gad lonydd ini.'

'Iawn, dwi'n dallt. Os ga i dy helpu di mewn unrhyw ffordd o gwbl, ffonia.' Rhy gerdyn ar y bwrdd.

'Wsti be o'dd nain yn arfar deud, 'Cadw cathod mewn cwd." Gwena ac â i ffwrdd yn ôl i'r ardd gefn.

Caiff Dwynwen yr argraff yn bendant bod y reolwraig yn gwrando achos bod hi bron yn syth yn ymddangos o'i blaen gan wenu ac yn agor y drws i'r coridor.

'Diolch,' meddai hi yn swta, a chae'r drws ffrwnt.

Yn ôl yn y car mae Dwynwen yn trio gwneud synnwyr o'r sgwrs. Pam nad ydi Cerys naill ai isio siarad mwy am yr ymosodiad neu ddwyn cyhuddiad erbyn y gŵr? Pam hefyd naeth hi newid ei hadroddiad? Yn ogystal ag o leiaf un ymosodiad, mae Gareth wedi dwyn ei ffôn, ei chyfrifiadur ac agoriadau ei char ond doedd ffeuen o bwys gan Gerys yn yr un ohonynt. Rhyfedd, meddai hi wrth ei hun.

Ar y ffordd i'r dref, ymgasgla sawl llais ym mhen Dwynwen a phob un yn siarad yn uwch na'r lleill. Llais Cerys, oer a gwatwarus, llais y reolwraig yn amddiffynol ac yn ffug, llais Lovenuts, *bossy*, amhersonol, llais ei nain, yn feddal, acen y de. Yr hyn oedd Cerys wedi dweud am ei nain, be oedd o, 'wan? *Cadw cathod mewn cwd.* Pam fyddai dynes fatha Cerys yn dweud rhywbath felly? A oedd rhybudd iddi? A oedd ei nain ei hun yn arfar dweud pethau felly? Mae hi'n trio cofio'i nain. Cynnes, oedd hi'n cerdded mewn ffordd fatha woblog, *cute*, mor annwyl, wastad yn pobi yn ei thŷ cownsil tra oedd taid yn chwarae efo ni yn yr ardd enfawr. 'Cadw draw o'r eglwys,' fyddai hi'n dweud gan wincio, '*treat 'em mean, keep 'em keen*', bron yn canu. Stopia Dwynwen y car i adael i hen bensionwr groesi'r stryd fawr.

'*Shit*,' meddai hi, yn uchel. Ar y chwith mae tŷ Halwn. Wedi anghofio yn llwyr am Halwn. Parcia'r car gyferbyn, ffonia, â hi allan o'r car, popeth ar yr un pryd. Dim ateb. Neb yn y fflat ar ôl iddi gnocio ac aros. Dim cyfarth Gwyndaf. Does neb o gwmpas fedrai hi ofyn iddo.

Halwn, meddylia hi, lle wyt ti, lle ar wyneb y ddaear wyt ti wedi mynd? Euog mae hi'n teimlo. Oedd wedi gyrru tecst ac wedi anghofio amdano. Mae o wastad yn ymateb iddi yn syth. Ydi hi'n gorymateb? Rhaid aros a mi fydd popeth yn iawn. Ffonia hi o unwaith yn rhagor, anfona decst, gwthia ebost fach iddo.

Ping. Tecst wedi cyrraedd, o'r diwedd medr hi ymlacio. Neges gan ei mam. O, *shit*. Ton o euogrwydd ond o fath gwahanol, ond mae'n ei dadebru. Apwyntiad ysbyty, dweud bod hi wedi anghofio amdano, fedrai Dwynwen fynd â hi achos mae'r tacsi mor ddrud. Malu rwtsh fel arfer.

'Wela i,' sgwenna hi'n ôl. Dim ond hwnna. Mae 'na lawer o fathau o loches, meddylia, ac mae gwaith yn un ohonynt.

Dreifia Dwynwen allan o'r dref i fyny tua'r cymylau llwyd-dduon sy'n hongian uwchben y dyffryn, heibio'r caeau anniddorol a'r coed trist a'r defaid yn ymochel rhag y gwynt. Gall weld yr afon ar ei chiwth yn llamu a sboncio'n wallgof yn ei helaethrwydd sy'n ei gwylltio, am ryw reswm. Gallai'r syniad hwn sydd ganddi fynd y naill ffordd neu'r llall. Ond y peth gwaethaf a allai'n digwydd iddi ydi y byddai hi'n cyrraedd mur diadlam. Yna wal briciau arall. Can metr heibio i'r hen Gapel Saron mae rhaid iddi stopio wrth yr arwydd coch cyfarwydd:

ARHOSWCH YMA NES BOD
Y GOLAU'N WYRDD

Da iawn. Lwc mwnci. Munud ac mae'r golau'n troi. Araf araf heibio. Cyrraedd hi ben y llethr a dal i fynd ymlaen mae'r gwaith ffordd. Dwy fan gwyn wedi'u parcio y tu mewn i'r conau. Tyn hi i mewn rhwng y conau lle gall weld tri dyn yn eista ar set fawr flaen y fan cyntaf. Nid ydi'n bwrw glaw, nid ydi'n amser cinio. Mae werth gweld yr olwg ar eu gwynebau wrth iddi gerdded tuag atynt.

'Hogiau,' meddai hi, 'bore da i chi. Sori am eich styrbio chi yn eich gwaith ond dwi'n chwilio am Bleddyn Prys. Bleddyn Blewyn, ei lysenw, dwi'n meddwl. Byw yng Ngheulan, Tŷ Gwallt.'

'*He's not here, is he,*' meddai'r gyrrwr. Mae'r boi agosaf i Ddwywen yn edrych ar y gyrrwr yn anesmwyth.

'Chi'n siwr? Jyst *a quiet word*, dim mwy na hynny,' meddai hi. Llygadrytha o arni hi.

'Yn y fan 'na,' gan amneidio tuag at y fan arall.

Maen nhw'n pendwmpian i gyd yn y fan arall. Mae rhaid i Ddwynwen gnocio ar y ffenest. Gwingant mor hurt nes bod hi'n chwerthin yn uchel, sef yr unig sain yn y gweithle hwn ar wahân i'r defaid yn pori ar y ddaear.

'Ie?' meddai un drwy'r ffenest.

'Agora'r ffenest, plîs. Bleddyn Prys?'

'Ie, be t'isio?' meddai, ond wedi gwrido.

'Gair bach, os gweli'n dda.'

Â o allan o'r fan. Gallai Dwynwen weld nhw yn brathu eu pennau allan o'r ffenest.

'Bleddyn, dwi angen dy help. Ac mae Cerys angen dy help hefyd.'

'Na, dwi'm yn wbod dim byd. Ma Cerys yn 'neud be ma isio.'

'Aros funud. Ti'n nabod Gareth yn eitha da, ia? Brawd yng ngyfraith?'

'Ie, o ryw fath.'

'Chwarae pêl-droed yn yr un tîm, mynd am beint, ia? Wel, lle mae o rŵan, 'te? Wedi diflannu.'

'Yli, dwi'm yn siwr. Ma Cerys wedi gofyn imi edrych ar ôl eu tŷ nhw tra hi i ffwrdd.'

'Bleddyn, jyst isio siarad efo Gareth, dim mwy. Cwpl o gwestiynau.'

'Byddi di'n stryglo 'neud hynny. Planio trip i Sbaen oeddan nhw y tro ola nes i siarad efo nhw.'

'Sbaen?'

Mae Bleddyn yn gwneud ystum di-hid.

'Ydan nhw wedi ymwahanu? Mae Cerys yn deud bod nhw ddim efo'i gilydd rŵan.'

'Ella, pwy â wyr. Dim syniad.'

'Ond aeth Cerys at yr heddlu i riportio'r ymosodiad gan Gareth. Pam fysai hi'n gwneud hyn os doedd 'na ddim i'w ddeud? Welest ti unrhyw beth? Welest ti pwy ymosododd arni hi?'

'Ma Cerys yn gwbod mwy na fi. Siarad efo hi.'

'Bleddyn, yli, os awn ni i'r fan a dwi'n medru aroglau cyffuriau yn y fan a ffonio i'r stesion, be ti'n meddwl fydd yn digwydd?'

Mae Bleddyn am godi ei ysgwyddau eto ond nid ydi'n gwneud dim mwy na syllu i lawr fel hogyn ym Mlwyddyn Wyth yn swyddfa'r pennaeth.

Daw cawod o law dros y gronfa.

'Dim yma. Ty'd i Dŷ Gwallt heno, yn gynnar,' meddai, heb ei llygadu.

Try Bleddyn i ffwrdd yn ôl i'r fan. Gallai Dwynwen glywad lot o chwerthin.

Mae'r glaw brwsio ei gwallt. Ysgogwir hi i neidio ar draws y ffos mae'r bois wedi'i chloddio a cherdded i ymyl y dŵr. Mae'r ffos yn hollol wag, dim ond toriad taclus i'r ddaear sy'n rhedag mewn linell syth o yna i yna, gan greithio'r wyneb wyrdd a dinoethi'r clai brown afiach ar gyfer pibell sy'n bwydo dŵr wrth ymyl cronfa dŵr sy'n bwydo dŵr i bibell hynod o hir sy'n dod i ben mewn stafall ymolchi yn Warrington. Mae diferyn tew mawr o law yn ymgasglu ar ben ei thrwyn ac ei chosi ar yr union adag mae o ar fin disgyn. Ni all hi ei oddef a sychu ei thrwyn yn rymus. O'r awyr i'r trwyn, o law i law, medd hi, yn syllu ar y tonnau'n cael eu gwthio'n erbyn waliau'r gronfa, mae'r dŵr yn ymgaledu.

# 4

## *Y Bachwr*

Ar ôl lunsj unwaith eto mae Gwilym yn teimlo'n gwla. Mae o wedi mwynhau'r cyfle i ginio yng nghwmni Sebastien heddiw, etifedd ystadau yr Arglwydd Shakeston, yn berchennog hanner Sir Henffordd ac ei dro oedd i roi gwin a bwyd dda iddo yn ei glwb bonheddigion yn Westminster. *Parmesan fries, Orkney scallops, 'nduja. In-dul-gent*, meddai Gwilym wrth ei hun. Mae Sebastien yn hoff iawn o siarad am yr hen ddyddiau yn Rugby pan oedden nhw'n yn yr un dosbarth ac er gwaethaf ei brotestiadau a sylwadau am ei gorffoldeb a'i ddiffyg hyfforddiant, mae Gwilym yn cytuno i roi cynnig eleni ar y *Crick*, y ras hir rhedeg tradoddiadol. Mae Sebastien yn eu cofrestru yn syth bin o'u bwrdd tŷ bwyta yn Llundain. Ar ôl potel a hanner o win.

Edrych Gwilym ar ei ddyddiadur.

'*Sebastien, I've got fifteen days in which to not look like a tit. It's ten miles, for goodness sake.*'

Mae Sebastien yn chwerthin yn uchel iawn. '*The honour of the house is resting on our heads, Willie,*' a chlincia wydr Gwilym.

Mae Gwilym yn ffieiddio'r enw yna, ei lysenw, '*Willie*', neu '*Little Willie.*'

Sebastien ydi'r un â'r broblem hyn.

Maen nhw'n ymwahanu ag ysgwyd llaw ac mae'n addo i Sebastien i siarad â'r Gweinidog Tai i drafod prosiect yr oedd Gwilym yn ei wthio ymlaen yn *Oxfordshire* a oedd yn sicr o fod yn anboblogaidd gyda'r criw *NIMBY*. Pobl *NotInMyBackYard*.

Ychydig o ddiffyg traul yn ôl yn ei sywddfa ac mae'n gorfod iddo ffonio Jane am ryw dabledi Gaviscon. Un o Abertawe yw Jane, ond dim ond pan mae hi'n siarad Cymraeg y mae'n bradychu ei tharddiad.

'Jane, mae'n ddrwg gennyf fod yn boen ond oes gennyn ni unrhyw dabledi diffyg traul a gwydraid o ddŵr soda? Actiwali, wnei di ffeindio potel yn lle gwydr, os gweli'n dda?'

'Ie, wrth gwrs. Ma Rennies yn iawn? Ma dŵr Sainsbury's yn iawn hefyd?'

'Unrhyw Gaviscon a Perrier?'

'Byddai'n rhaid i fi fynd allan i'r siopau.'

'O, duw, beth bynnag sydd gen ti. Dere ag e cyn gynted â phosibl, ie?'

Yr hyn y mae o angen yn ogystal â thabledi diffyg traul yw rhywbeth i esmwytho ei anniddigrwydd. Cofiodd hefyd nad yw'n bosibl iddo yfed dŵr ar ei ben ei hun. Pam ar wyneb y ddaear gytunodd i wneud y ras twp 'na? Dim modd yn y byd allai hyd yn oed gerdded deg milltir, dim gobaith o'i redeg.

Mae'r ffôn yn tincian.

'Helo, sut wyt ti?'

'O, cariad, sut wyt *tiiii*?' ateb o.

'Da iawn, diolc. *In a bit of a hurry, so won't bother with the old* hen iaith, *if you don't mind. Are we still on for this weekend? Can you pick me up? Amwthig is good for me, if it's* iawn *for you.*'

'Atgoffa fi, os gweli'n dda.'

'*Sorry, Gwil, at-what-you what? And I always get confused about when you say* 'os gwel yn da.'

'*Remind me,*' meddai Gwilym.

'*Why do you say* 'os gwel yn dda' *to me but I always have to say* 'os gwelwch yn dda'?

'*No, remind me of the arrangements and I'll explain all that to you later.*'

'Pwmp o'r clock, Nos Gwener, Amwthing. Shrewsbury.'

'Wrth gwrs. Pryd bynnag, lle bynnag, popeth ar dy gyfer di.'

'*All those* 'binnags' *sound rude. Preedbinag is whenever, lebinag is wherever, they all sound so rude,'* gan gilchwerthin.

'Byddaf – i'n– ys – grif – ennu – e – bost – i – ti, océ?' meddai Gwilym, wrth iddo dywallt y dŵr soda Tesco a bwyta ddwy Rennies a fu Jane yn dod ag iddo. Gwenna ar ei ysgrifenyddes.

Mae Jane yn gwefuso, *'Tesco's. Nothing else,'* cyn iddi fynd allan.

*'You've lost me now,'* meddai ei wraig, Darcy, ar ben arall y ffôn.

Mae rhywun yn cnocio ar ei ddrws ac yn dod i mewn heb aros am ganiatâd.

*'Check your emails, darling,'* meddai wrth Ddarcy a rhy'r ffôn i lawr.

*'Hello, Charles,'* meddai Gwilym, yn llyfn, *'sorry I wasn't able to see you sooner. Come in, please, have a seat. I'll get Jane to bring us some coffee.'*

*'Was that the second or third wife, Will? You've got that haunted look,'* ac mae Charles yn cilwenu.

Awr yn ddiweddarach mae'r ebost i Darcy yn barod:

**Annwyl Darcy,**

**Mae'n ddrwg gen i iawn oedd rhaid i mi orffen y sgwrs ar y ffôn mor sydyn.**

**Mae dy Gymraeg di yn ardderchog a dw i mor falch dy fod di'n ei dysgu mor gyflym.**

**Mae gen i newyddion da iti! Dwi wedi sicrhau dy fod di'n gallu mynd i'r Eisteddfod Genedlaethol gyda thocynnau arbennig – math o *sponsors freebies* – ac byddi di'n cyflwyno cystadleuaeth arbennig a rhoi'r gwobrau i bawb, ac hefyd, bydd ein cwmni'n sponsor o leiaf un neu ddwy sioe extra arbennig! Mwy yn y car ar y ffordd o Amwythig.**

**Cariad,**

**Gwilym.x.x (dy ŵr perffaith!)**

Mae o'n ei ail-ddarllen ac yn pwyso ar *Send*. Gweithio'n y swyddfa'n hwyr yn y nos. Pawb arall wedi gadael fesul un. Trio cofio mae o a oedd cymaint o waith papur ar y dechrau, fwy nag ugain mlynedd yn ôl, pan fu'r swyddfa gyntaf yn gyferbyn â King's Cross. Cymaint o hwyl ar y pryd. Yn rhyfedd ddigon, o'r pedwar a oedd wedi dechrau ar yr un pryd, Robat, Jamie, Alun ac yntau, dim ond fo oedd yn dal i fyw. Cynhaliwyd angladd Robat dim ond mis yn ôl, mis Chwefror, yn Llanrwst. Yn anffodus, doedd bron neb yno yn gyfarwydd iddo, wedi colli adnabod arno oedd Gwilyn ac yn ymwybodol iawn na fyddai'n bosibl iddo pontio'r bwlch rhwng yr hen fyd a oeddant wedi'i rannu yn Llundain a'r bywyd newydd y oedd Robat wedi'i greu iddo ei hun yn ôl yng Nghymru. Ni wyddai fod gan Robat deulu yn Llanrwst. Y peth gorau o'r holl brofiad damnedig oedd dod o hyd i hen blas adfeiliedig, hanner cudd yn y coed uwchben y clwb yr oeddent wedi'i logi ar gyfer y digwyddiad. Yr unig person y oedd yn siarad ag ef oedd y farforwyn. Oedd hi'n ddeg a thrigain oed o leiaf ac yn llawn egni.

'Dwi wedi ymddeol deirgwaith,' meddai, 'ond does unrhyw fabis modern isio bustachu fel ni. D'dach chi'm nabod neb yma, yndach?'

Mae Gwilym yn cofio'r sgwrs a sut y ceisiodd adrodd hanes pedwar dyn ifanc o bob cwr o'r wlad iddi a gyfarfu yn Llundain a chlicio yn syth, y pedwar ohonynt yn dod yn ffrindiau gorau. Yr Oes Aur. Sylweddolodd ei fod yn gwneud iddo swnio'n hen.

'Mae'n drueni be ddigwyddodd iddo fo,' meddai hi, wrth iddi roi gwydrau yn y peiriant golchi. Mae hi'n plygu dros y cownter ato. 'D'dan nhw dal heb ddal y gyrrwr, ydan?'

'Naddo. Dal i chwilio amdano.'

'Math o *hit 'n' run*, ofnadwy i'r teulu.'

Nodiodd Gwylim, yn dod yn fwy anghyfforddus.

'Lerpwl, am le i farw, hefyd!' mae hi'n parhau.

'Ie.'

'Mi glywais i oeddan nhw ddim am ddeud y gwir am yr holl amgylchiadau.'

'Heb glywed dim byd, bod yn honest, ond doeddwn i ddim yn gwybod bod gan Robat deulu yma yn Llanrwst,' yn ceisio troi'r sgwrs i rywbeth mwy positif.

'Oes, rhywfath o gysylltiad efo'r hen bobl yn y tŷ mawr i fyny fan'na,' meddai'r farforwyn, gan bwyntio drwy'r ffenest at yr hen adeilad yn y coed, 'ewythr neu gyfyrder o ryw fath. Neu ai cefnder yn unig ydoedd? Mi fysa'n rhaid i mi feddwl.'

'A ble mae'r hen ewythr nawr, dych chi'n meddwl? Mae'r hen blas yn edrych yn wag.'

'Mae o'n dal i watsio drosto, peidiwch â phoeni.' Gwenodd hi.

'Be dych chi'n ei olygu?'

'Wel, mae gynno fo olygfa ohono o gartref hen bobl ychydig ymhellach ar hyd y ffordd fawr. 'Dingly Dell' maen nhw'n galw'r lle, ond dan ni'n ei alw 'Stinking Hell'.' Gwenodd yn gyfrwys.

'Diddorol,' meddai, 'mae'n siwr ei fod yn gweld ei eisiau.'


Ymhell o Lanrwst yn ôl yn Llundain yn ei swyddfa daw atgofion Gwilym i ben. Mae'r glanhäwr wedi dod i mewn yn gwrando ar ei chlustffonau ac yn llusgo ei thraed i'r gerddoriaeth ac yn ei anwybyddu'n llwyr. Mae ei ffôn symudol yn canu. Darcy.

'*Hello, darling, where are you now?*'

'*That's nice to hear you smiling when I ring,*' meddai hi.

O'i flaen mae ffeil newydd sbon ar agor ar ei ddesg. Mae Gwilym bron yn ei hanwesu.

'*Plas Marchudd, Llanrwst, A superb example of a Mediaeval Welsh Aristocratic Home Ripe for Development.*' Mae'n darllen y geiriau hudol drachefn a thrachefn.

O fewn tair wythnos i'r angladd yr oedd wedi selio'r fargen.

'*What can I do you for, my* cariad?' gofynna Gwilym.

Ni allai neb ddweud na allai gyflawni'r addewid.

# 5

## *Tŷ Gwallgof*

Gan ei fod yn ddydd Iau, ar ddiwedd busnes yr wythnos, mae Dwynwen wrthi'n meddwl am sut i ddehongli'r amser apwyntiad yr oedd Bleddyn wedi cyfeiriad ato wrth ddweud, 'Heno, yn gynnar'. Ac am fraint i gael wahoddiad i'w gartref, Tŷ Gwallt. Byddai boi fel Bleddyn yn cael beint yn un o dafarnau Ceulan yn gynnar ar ôl gwaith a chyn ei swper. Efallai y bydd chwe o'r gloch amser priodol i'w ffeindio adra. Gadewir y car yn y maes parcio ac mae Dwynwen yn cerddad i ben ei thaith.

Fel gwylfa wrth fynedfa i harbwr môr-ladron mae Tŷ Gwallt, ond yn lle ynys ramantus sy'n torheulo o dan haul y Caribî, castell naw deg wyth metr sgwâr hwn ar lain cornel o'r ystad gownsil fwyaf yng Ngheulan, Gerddi Danadl, ydi. Tu ôl i'r rhes o dai mae rhodfa sy'n rhoi mynediad i'r gerddi a drysau cefn. Mae Dwynwen wedi newid allan o'i gwisg gwaith i bâr cyffredin o jîns, siwmper a chôt. Dim isio tynnu sylw at ei hun, er bod pawb yn gwbod popeth cyn iddo byth gael ei wneud yn yr hen dref hon.

Mae nifer o ddamcaniaethau ynghylch sut y gafodd y tŷ hwn ei enw yn mynd o gwmpas. Arferai hen ddynes dorri gwallt yn y fan hyn, mewn tyddyn, ymhell cyn iddo droi'n ystâd cyngor. Mae rhai eraill yn awygrymu bod cysylltiad rhwng y maes gwreiddiol, o'r enw Cae'r Beirdd, a ddaeth yn Erddi Danadl, oherwydd bod bardd eitha enwog dros chwe chant o flynyddoedd yn ôl o'r enw Gwallter wedi tarddu o'r leoliad a oedd yn aelod o'r teulu brenhinol Powys. Trwy Halwn y daeth y perl bach hon i'w sylw. Ar ôl y sgwrs hon sydd ar fin cymryd lle mae Dwynwen yn gobeithio gwneud rhywfaint o waith difrifol i ddod o hyd i Halwn.

Mae'r giât iard cefn yn hongian i ffwrdd ond ni allai ei hagor yn hawdd. Pentyrrau o deganau ym mhob man, tractorau a beiciau bach a thrampolinau, hyd yn oed. Be 'swn i wedi rhoi am gael teganau felly, meddai hi wrth ei hun. Mae'r byd wedi newid cymaint mewn amser byr. Dau drampolin. Un yr un? Yng nghhornel yr iard mae cwt ci mewn rhywfath o gawell mawr. Trio cofio a oedd gan y teulu gi. Ia, baw ci ym mhob man.

Ar y dechrau, daw neb at y drws. Mae Dwynwen yn medru clywad synau tŷ llawn. Mae hi'n cnocio eto ond yn gryfach. Dim atab. Â hi at y ffenest a chura yn galed iawn. Ymddengys wyneb ifanc wrth y ffenest a diflanna bron mor gyflym. Yna, dechreua ci gyfarth wrth i Ddwynwen ymddangos wrth y ffenest. Daeargi ag un glust a hanner. Yna, gwyneb arall wrth ochr arall y ffenest a'r ci'n cael ei wthio oddi ar y silff.

'Ty'd at y drws, os gweli'n dda,' meddai Dwynwen, hanner yn uchel ac hanner ag ei dwylo. Diflanna'r wyneb newydd. Yna dau wyneb newydd ymddengys sy'n syllu arni.

Gofynna'r un hynaf, 'Be?' Dynes ddi-wen.

'Os gweli'n dda, wnei di agor y drws?'

'Be t'isio?' Gwthia hi'r ci i ffwrdd eto. Mae yntau'n dal i gyfarth yn ynfyd.

'Bleddyn, ydi o adra?'

'Pam? Pwy sy'n ofyn?'

Cyn iddi fedru ymateb mae'r naill fenyw yn troi i siarad yng nghlust y lall.

'PC Jones ydw i. Dim ond siarad efo Bleddyn, dim mwy.'

'*He's not here,*' mae'r lall yn sydyn yn newid i'r Saesneg.

Yna agorir y drws ac mae'r ci'n rhuthro'n syth am Ddwynwen sy'n troi i ffwrdd mewn pryd i osgoi ei ddannedd. Rhag cael ei siomi, mae'r ci'n dal ati i geisio brathu'i fferau. Agorir y ffenestr a theflir potel o ddŵr ato. Saif Dwynwen yn hollol lonydd gan aros am ei heiliad i'w gicio rhag ofn iddo gael gafael arni ond yr adeg nesaf mae Taison, y ci, yn cael ei godi a'i daflu yn ôl i mewn i'r tŷ gan lanc yn ymddilladu cymysgfa o gyfwisgoedd gothig. Eitha siwr ydi Dwynwen ei bod yn medru clywad sŵn ci mewn poen.

Yna caeir y drws yn swta ac mae synau dadleuon i'w clywad o'r tu mewn. Anadla hi'n ddyfn a phenderfyna efallai bod hi'n amser cymryd diod. Lladd dwy aderyn ag un ergyd. Bleddyn a pheint. Canolbwyntia ar osgoi camu yn y cachu beth wrth adael yr ardd cefn.

Yr Asyn Tew. Am hydoedd oedd yn ôl pob sôn yng Ngheulan mwy nag ugain o dafarnau o bob math. Wedi'i lleoli'n wreiddiol mewn adeilad cul Yr Asyn Tew presennol ydi un o bum tafarn weithredol. Mae'n gymysgedd hyll o frics coch a cherrig, paent sy'n plicio a chlystyrau o ysmygwyr yn wyliadwrus o amgylch y drws. Dwy ystafell fawr, un o bobtu a *snug* yn y cefn. Trwy'r ffenestri does dim lot i'w weld, dim criwau mawr allan heno eto. Sleifia Dwynwen i mewn i'r *snug* lle gwyddai y gallai ddod o hyd i Osian, y tenant newydd. Does neb yma. Â hi i'r bar lolfa. Gair doniol ydi lolfa, meddylia. A faint o 'lol' oes yn y lolfa? A chwardd yn uchel. Tric Halwn ydi hwn, i ddadansoddi pob gair.

Wrth y bar rhaid iddi aros, does neb o gwmpas, neb yn gweithio. Cethern yn y cysgod yn ffurfio cylch bach ac yn mwngial. O'r bar arall gall glywad tonnau o leisiau a thynnu coes yn aneglur. Yn rhyfedd mae hi'n teimlo yn fwy ddiamddiffyn yma wrth y bar nag yng ngardd Tŷ Gwallt ac yn daer gobeithio y daw rhywun yn fuan i'w gwasanaethu. Teimla lygaid arni o bob pwynt o'r cwmpawd ond ar yr un adeg yr holl sefyllfa'n teimlo braidd yn afreal.

'*You ok?*' meddai llais gan dorri ar draws dechrau ei hunllef.

'Ie, ie. Jyst hanner lager efo leim, plîs.'

'*Is that half a lager 'n' lime, love?*' ofynna'r llall.

Tra mae hi'n aros, mae hi'n sbio ar ei ffôn. Negeseuon gan ffrind yn Llundain, Mam, Lovenuts, y banc. Dim sibrwd gan

Halwn. Anfona neges i Lovenuts, efallai y fod o'n medru helpu.

Cyn gynted ag y mae hi'n eistadd wrth fwrdd gludiog gwêl hi Osian y tu ôl i'r bar. Cyn gynted ag y mae yntau'i gweld mae'n diflannu. Neidia i fyny allan o'i sedd a rhed ar ei ôl, tu ôl i'r bar, i lawr y coridor ac i mewn i'w swyddfa.

'Osian,' meddai hi, 'Be ti'n neud, mêt?'

Mae gynno olwg ci wedi'i gornelu y tu ôl i'w ddesg fach yn ei swyddfa gyfyng.

'Yli, os ti'n mynd i ofyn i mi am y ffeit neithiwr, mater di-werth oedd hyn. Camddeall. Criw bach o ddieithriaid, mi aethon nhw adra yn fuan wedyn. 'Ta lle bynnag.'

Mae o'n gwenu mor ansicr. Dydi Dwynwen ddim yn disgwyl y math yma o ddatgudiad o gwbl.

'O, ie. Wel, yn gyntaf, Osian, pam nest ti redeg i ffwrdd fel 'na?' Penderfyna hi fynd i bysgota.

Golwg anghyfforddus ar ei wyneb ifanc. Â o at y drws i'w gau. Cilia o i gornel gysgodol y swyddfa.

'Y job cynta fi ydi hwn, fy lle cynta i redeg ar ben fy hun, fy nafarn ei hun, ti'n dallt? 'Sdim'n hawdd, wsti. Dwi'm 'di bod yma hyd yn oed pedwar mis ond mae gen i blaniau mawr i'r lle. Bydd y lle yn, wel, fyddi di'm yn ei nabod o mewn chwe mis, honest, dan ni'n mynd i dransformio'r lle, heblaw...'

'Ie? Heblaw am be?'

'Idjots a wancwrs.'

'Fedri di ddim delio â nhw? 'Ta waeth, pam nest ti redeg i ffwrdd? Dwi'n gwbod lle ti'n byw, Osian.' Gwena Dwynwen.

Nid ydi'n ymateb.

'Osian, mi fedrwn ni helpu'n gilydd. Mae gen ti gynlluniau mawr, mae gen ti le neis yma, dy ddyfodol di ydi fan hyn yng Ngheulan. Y cyfan dan ninnau isio ydi bod pobl yn behafio'i hun a byddan ni'n trio cadw ein pennau'n isel a chadw llygad ar be sy'n digwydd fan hyn er budd pawb yn ein cymuned, ie?'

Mae o'n meddwl cyn nodio ei ben. Problem efo Dwynwen ydi bod hi'n ymddangos mor resymol.

'I ddechrau eto, lle mae Bleddyn Tŷ Gwallt?'

'Ddim yn y ffrynt, yn y bar?'

Mor falch o allu ateb cwestiwn ymddengys Osian.

'Welais i mohono fo,' medd hi.

'Oedd o fan 'na deng munud yn gynt. Oedd ei fan yno, yr un Dŵr Cymru, ychydig dolciog.'

'Océ, y peth nesa. Pam rhedeg i ffwrdd?'

'Dwynwen, rhaid cadw hyn rhyngddon ni. O'n i'n meddwl dy fod di wedi dod draw i ofyn i mi am, wel, am y ffeit neithiwr.'

'Nid y ffeit sy'n dy boeni di, ydi, Osian? Pwy oedd yno neithiwr? Dyweda wrtha i be ddigwyddodd.'

'Dwi'm yn siwr yn union be sy'n mynd ymlaen. Dwi'm isio colly fy lisens, Dwynwen, ond hyd yn oed yn fwy nag hynny, dwi'm isio colli fy –'

Gallai weld y gofid ar ei wyneb.

'Osian, wyt ti'n cael dy fygwth?'

Mae o'n syllu ar y wal heibio Dwynwen.

'Mae rhywun yn dy fwgyth di, Osian, 'lly,' medd hi, 'sydd yn erbyn y gyfraith. Ni fedrwn i ganiatáu i bobl fynd o gwmpas gan ddefnyddio trais neu fygythiadau i gyflawni'r hyn maen nhw ei isio. Pwy, Osian, pwy sy'n wneud y bygythiadau?'

'Neb yn uniongyrchol. Nid dyna sut mae'n gweithio.'

'Oes 'na gysylltiad rhwng y ffeit a'r bygythiadau?'

'Ni fedrwch chi ddod yma eto, hyd yn oed yn dy jîns.'

Tro Dwynwen i fethu siarad.

Am yr ail waith y diwrnod hwnna â Dwynwen allan trwy giât yr ardd cefn heb gyflawni lot fawr. Gall hi weld maes parcio'r dafarn wrth droi allan o'r ardd. Yn union fel y dywedodd Osian, dyna fan Dŵr Cymru dolciog. Rhywbeth od ynghlŷn â'r enw. Mae hi'n craffu ar y dau air ar yr ochr. Dylsai fod W glas mawr uwchben W gwyrdd mawr mewn siâp meddal fatha tonnau. Tyn luniau'n gyflym a sleifia allan i stryd gefn, y glaw yn drwm ar ei chôt.

# 6

## *Ar Werth*

Weithiau mae amhosib meddwl bod Duw neu'r Ysbryd Mawr neu'r Uncorn Hirllaes Gwyn yn bodoli. A oes unrhyw un ohonynt yn medru bod mor esgeulus? Ai diwerth ai uwchlaw eu gradd cyflog ydi'r digwyddiadau yn y byd dynol diystyr i'r bodau uwchraddol hyn. Oedd Dwynwen wedi wastad meddwl pa mor gymhleth ydi i un unigolyn gadw rheolaeth ar bob manylyn o'i fywyd ei hun heb sôn am y posibilrwydd bod un o'r ysbrydion mawrion yn cadw rheolaeth ar bob manylyn o bob trigolyn yng Ngheulan, a phob un wedyn yn y cantref, pawb ym mhob sir y wlad a phob enaid ym mhob gwlad yn y byd. Amhosib i unrhyw dduwdod, ai duwiol ai beidio. Profir hyn gan y difrod i'w char.

Wrth gwrs mae'r lle'n hollol wag. Does neb yn y maes parcio ar adeg hon o'r dydd. Dim camerâu. Mae'r glaw yn tywallt yng ngoleuni melyn y lampau stryd. Wrth iddi sefyll yna'n dawel, gall weld bod y drws gyrrwr wedi'i dolcio, sawl crafiad ar hyd yr ochr ac am ryw reswm drych y gyrrwr wedi'i dynnu i ffwrdd. A wnaethon nhw dargedu'i char yn benodol neu ai dim ond fandaliaeth ar hap oedd? Cost arall iddi ac yn flinedig iawn.

'Tybed os oes unrhyw jobs yn y Coop?' gofynna hi'n uchel. Ac yna troi'n ei meddwl at un o gwestiynau Halwn: pam nad oes gan y Gymraeg dri chant o eiriau am law? Glaw 'Stiniog ydi hwn yn ei throi'n nofyddes mewn côt nofio. Mi fydd hi'n gofyn llawer o gwestiynau i Halwn pan fydd hi'n ei weld nesaf.

Adra mae'n dawel iawn. Rhaid iddi ddadwisgo cyn gynted â phosib achos bod ei sanau a'i throwsus mor wlyb o hyd. Agora'r botel o win yn syth y mae newydd ei phrynu ym Margen Bŵs a dechreua wneud cawl pys.

Siecia hi'r ffôn ac anfona neges newydd i Halwn heb ddisgwyl ymateb. **Pam ti ddim yn rhoi wbod lle wyt ti? Actiwali eitha** *rude.* Anfona'r neges er ei bod yn bryderus. Daw ton o edifeirwch drosti ddau funud wedyn.

Ni all chwilio amdano yn y fath tywydd. Ni all ffonio Marek yn y garej i drwsio'i char chwaith, mae'n rhy hwyr. Mae Lovenuts wedi anfon cwpl o negeseuon diflas. Dylsai wneud rhestr o bethau i'w gyflawni yfory. Yna mae hi'n swrffio'r sianelau tra bod hi'n bwyta ei chawl sydd ei hoff bleser euog pan fydd ar ei phen ei hun.

Ar ôl gorffen bwyta a rhoi'r bowlen wag i lawr mae hi'n sylwi tomen newydd o bapurau am y tro cyntaf ar y bwrdd coffi. Am ryw reswm mae hyn yn ei phrocio i lygadu'r stafell y oedd mor gyfarwydd yn fwy manwl i chwilio'n araf am gliwiau pam bod hi'n teimlo bod rhywbath o'i le. Lle mae'r tomennau o smwddio Enfys, yr hen focsiau pizza Mr Envious, y llestri budr, y gwaith papur pwysig iawn Enfys yn ei swydd fel athrawes gwyddoniaeth, yr holl stwff ofnadwy eu bod yn arfer storio'n y stafell fyw? Dim byd ar ôl, dim olion o gwbl o'r hyn a arferai lenwi ei bywyd. Popeth wedi diflannu, darfod, peidio â bod. Ni all atal ei hun rhag dyrnu'r awyr. O'r diwedd, maent wedi penderfynu magu i fyny ychydig a chymryd cyfrifoldeb am les eraill. *Wow.* Buddugoliaeth!

Dim ond un peth wedi'i anghofio – y papurau ar y bwrdd coffi. Mae hi'n codi'r pentwr bach hwn. Od. Bodia drwy nhw wrth i'w meddwl fynd ar ras wyllt. Be mae hyn yn ei olygu? Pam ydan nhw wedi gadael manylion pump neu chwe o dai lleol ar werth yn yr ardal? Pam ydan nhw wedi tacluso'r tŷ os ydan nhw'n cynllunio symud allan yn fuan? Rhyfadd iawn. Cymer hi lasiad arall o win. Yn ara deg mae'n gwawrio arni y byddai hwn yn fath fwy o fuddigoliaeth. Mae hynny'n galw am ddathliad. Glasiad arall, os gwelwch yn dda!

Rhaid bod hi wedi syrthio i gysgu ond ni allai ddweud am faint o amser. Gall glywad synau o rywle ac mae golau wedi ymddangos. Yn reddfol, mae hi'n herio pwy bynnag sydd yno yn y tŷ efo cri eitha twp, 'Be ti'n neud? Dwi'n dy glywad di. Helo.' Ar unwaith teimla'n chwithig. Pan mae hi'n sefyll mae dwlni rhyfadd yn ei tharo yn ei phen. Traw ei throed ar rywbath ar y llawr a gweiddia'n uchel, 'Iesu Christ'. Ymddengys pen yng ngolau'r gegin.

'O, Dwynwenni, *you ok?*' Enfys yn trio canu grwndi.

Mae Dwynwen yn rhocian. Mae Enfys yn diflannu o'r golwg. Mae Dwynwen isio dŵr. Yn y gegin, mae'r dau ohonynt yn poitsio â bwyd. Ni all hi ddioddef y ffordd y mae Mr. Envious yn tywallt dŵr i'r tegell na'r ffordd mae Enfys yn blerio'r holl gegin tra wneud brechdan caws. Mae rhywun wedi cluro'r switsh golau â Branston. Rhaid aros am y tegell i ferwi.

Enfys ydi'r un cyntaf i dorri ar y distawrwydd ac yn gor-wneud y dôn tosturi.

'Ti wedi cael diwrnod caled yn y gwaith? Ti'n edrych ychydig bach yn flinedig. Druan fach o Dwyi!'

Does gan Ddwynwen eiriau addas am atab. Erys heb edrych i fyny am y tegell, yn fud. Ond ni all Enfys wrthsefyll manteisio ar gyfle i ofyn y pwnc llosg iddi wrth wancu darn o dost yn or-lawn â menyn tawdd.

'Weles ti'r pamffledi gwerthwyr tai ar y bwrdd coffi?' gofynna Enfys, yn ddieuog.

'Do.' Mae Dwynwen yn llygadrythu'r ddynes dosturiol. 'Syniad da. Pa un ti'n hoffi'n fwyaf?' Tywallt hi ddŵr o'r tegell i'w chwpan. Yr hen un coch Cymdeithas yr Iaith DWI EISIAU BYW YN GYMRAEG, yr un a ddefnyddia hi'n pwrpasol ar gyfer Mr Envious nad oes ganddo unrhyw syniad o'i arwyddocâd.

Yn y stafell fyw mae Enfys yn dechrau trafod fflat ddwy ystafell wely gan bwyntio allan maint y gegin a'r boeler newydd a'r olygfa o'r fynwent. Nad ydi Dwynwen yn cuddio'i dihidrwydd gan agor ei cheg led ei phen. Mae'r gwin yn cael effaith arni.

'Sbia ar y pris, Dwy, dim mor ddrud.'

A ydi Enfys wedi wastad bod mor feichus? meddylia Dwynwen. Be weles i ynddi hi yr holl flynyddoedd yn ôl?

'Jyst dau bump chwech. Tebyg byddi di yn ei gael am lai nag dau bumdeg. Bargen yn y farchnad bresennol, 'swn i'n dweud.'

'Ewch amdani,' medd Dwynwen, 'rhaid mynd i f'ngwely fach. Nos da.'

Mae Enfys yn gorfod ei hun i'w ddweud. 'Dim i ni, cariad,' meddai Enfys, yn fetalaidd.

Nid ar unwaith ydi'r wraig arall yn ei dallt.

'I ti,' ac estyn Enfys yr holl fwndel o bamffledi gwerthu iddi.

Dydi'r hyn a ddigwyddodd yn yr ugain o funudau nesaf ddim yn hollol glir i Ddwynwen. Mae hi'n cofio wyneb Enfys yn mynd o un cydymdeimladol i un bygythiol, milain a choch. Mae Dwynwen yn eitha siwr bod hi ar un adeg yn tynnu ei gwallt ond dim mor sicr fod Mr Envious yn ei thynnu'n ôl trwy gydio'n ei chrys-t gan lwyddo i'w rwygo mor wael nes iddi sefyll yno o'u blaenau bron yn bronnoeth. Yr hyn dydi hi ddim yn cofio'n iawn ydi sut yr oedd y frwydr wedi dechrau. Ac a oedd hi mewn gwirionedd wedi'i ergyd? Byddai'n anodd iawn iddi y naill ffordd na'r llall.

Cofio cydio'n ei chôt oddi wrth gefn y drws wrth fynd allan i'r glaw tywallt ac yn lwcus iawn gan ddod o hyd i'r goriadau car yn ei phoced, cofio'r glaw yn ei tharo fatha cawod oer oer cyn iddi sgrechian nerth esgyrn ei phen wrth iddi eistedd yn y sedd flaen. Cofio ambell un o'r pethau a ddywedwyd mewn dicter a sioc ond ni allai wneud synnwyr o'r sgwrs yn ei chyfanrwydd. Mor gymysglyd ac mor flêr ac mor chwerthinllyd ac ar yr un pryd mor dwp nad oes galw amdano. Mymrynnau a phytiau o'r sgwrs a ddaw yn ôl ati o hyd: gwep fach, dlws Enfys yn troi'n fwyfwy dirdynnol tra bod gwyneb pwdlyd, llwfr Mr Envious dim ond yn pwffian fatha chwaraewr trwmped sy'n gwneud i Ddwynwen chwerthin dros ben.

Mae hi'n ail-chwarae darnau y mae hi'n gallu'u cofio:

'Pam wyt ti ddim jyst yn neis i Tim?'

'Pwy ydi y Tim 'ma?'

'F'nghariad ydi Tim.'

'Mr Envious?'

'Pwy ydi Mr Envious?'

Ac ar ryw adeg:

'Gad y tŷ. Fy nŷ i ydi hwn.'

'Gadawa chitha. Fi sy'n talu'r rhent. Mae 'na ddau ohonoch chi ond dim ond talu am un wyt ti.'

'Tim ddim yn licio dy job, dydi o'm yn cymeradwyo'r heddlu. Yn *politically*.'

''Sgan yr ynfytyn y syniad cyntaf am waith. Rhaid i ti fynd efo fo i'w helpu rhoi ei enw yn y lle dôl.'

'Dioddef o iselder oherwydd ei deulu estynedig.'

Ac ar adeg arall yn y ffrae:

'Wnest ti daflu dosbarth cyfan o bapurau arholiadau i'r bin o ran *spite*. Ti wedi bod yn genfigennus ohonaf i ers i ni fod yn yr ysgol gynradd.'

'Genfigennus o be? Chitha? Go brin, chitha sy'n mynd yn dew, *boring* ac yn troi'n dy fam di –'

'Paid â sôn am fy mam.'

Felly, dyrn hi Ddwynwen sy'n ei thalu'n ôl yr un mor rymus.

Yn ôl yn y car mae gwaed ar yr olwyn lywio. Mae hi'n cyffordd ei phen â'i llaw a darganfod dau grafiad ar ei thalcen ac mae ei llygad dde yn teimlo'n sensitif iawn. Llygad ddu, siwr o fod. Ymddengys, hefyd, darn bach o bren yn ei gwddf. Dim cof o hynny ond mae hi'n ei dynnu allan, eniwé.

Ni all yrru, wedi yfad yn ormod. Ni all ffonio rhywun achos does neb i'w ffonio. Ni all ffonio gwesty oherwydd ar ôl hanner nos ydi hi. Gallai Halwn fod wedi mynd i'r leuad am ŵyr hi.

Lwcus iawn bod hi wedi parcio'r car ym maes parcio cyhoeddus Ceulan lle darperir toiledau i'r gyhoedd er eu bod ar gau ar hyn o bryd. Yn oer, yn ddigartref ac yn hanner euog o godi helynt, bydd noson hir yn y car ac mae'n ysu am biso.

44

## 7

## *Cwning-gaer*

Os mai'r Ysbryd Mawr ydi, neu bwy bynnag sy'n gyfrifol am arllwyso cywilydd a chyfrinachau ar ffurff breuddwydion, fel gweithiwr metel, sgleiniog â chwys, yn tywallt y metel tawdd i'r mowldiau godidog o fain a chymlethog tra bod y lleisiau tragwyddol yn canu cyfeiliant, gallai'r ysbryd hwn sy'n gwylio'n uwchben y dref hon weld cymaint sy'n gyfarwydd yn y bore bach heddiw.

Dyna'r afon yn dduach byth ar ôl y dilyw parhaus o'r nefoedd. Dyna'r llyn bach mor dywyll â'r bedd sy'n gartref i'r adar cyfrinachgar ar nythu a'r chwedlau aflonyddol. Dyna'r gweithwyr sy'n cyrraedd eu gweithleoedd a adawodd wlâu ddihangol yn anfoddiog. Dyna'r cogfrain cyfuwch â'r wagenni coed sy'n taranu trwy'r dref fath â cherbydau rhyfel Cesar. Dyna'r strydoedd sy'n dod yn feysydd chwarae i'r sbwriel neu'r lonydd cefn lle y mae hanes yn araf farw, lle'r oedd yr hoelion wyth yn pregethu i'r bobl wyllt a orfodwyd i ddewis rhwng diod a Duw. Dyna'r pentwr tail Hendref sy'n dadfeilio ym mhen pellaf y dre sydd bellaf oddi wrth ddim ond un o ddau gant chwedeg wyth o domennau Normanaidd yn y wlad. Fath â bron enfawr ydi'r mwnt hynny, ar goll yn y ddrysfa o adeiladau, capeli a choed. Yna dyna'r llwynoges drefol, y cathod annibynnol, yr adar y to sy'n trin pob dydd fel ffair Gaer a'r cwningod sydd wedi brecwasta a chiniawa a swpera a chymryd tamaid bach yn y cyfamser. Annedd i lawer ydi'r nyth o frics a cherrig yma.

Wrth i Ddwynwen gysgu'n sownd yn ei chôt yn ei char, fyddai neb yn medru dweud am beth mae'n breuddwydio amdano. Does neb yn gwybod yn union beth mae'r cwningod yn ei feddwl am bobl Ceulan, na chwningod eraill yn meddwl am bobl eraill mewn mannau eraill. Ond, yn y cae bach anghofiedig wedi tyfu'n wyllt gyda chwyn, hannar can llath i lawr y ffordd i brif faes parcio Ceulan, mae'r *coneys* bychain yn pori yn ddiarwybod yng Nghae Bele.

Pe bai Dwynwen wedi bod yn ddi-hun, efallai y byddai wedi sylwi saith, wyth, dwsin ohonynt yn symud yn dawel bach i wledda ar swp newydd o laswellt ffres. Edrychwch yn ofalus ar yr un araf iawn sydd â llygaid gwahanol i'r gweddill. Pinc a chwyddedig ydynt o bell, ond wrth edrych yn agosach fyth a fe welwch yr holl wyneb chwyddedig a'r rhedlif o'r llygaid a'r trwyn, a phe baech wedi'i chodi byddech yn synhwyro pa mor anodd ydi'i hanadlu, y lwmpiau a'r briwiau ar hyd ei chroen ac efallai yn cydnabod y bydd wedi marw mewn dyddiau. Mae'r druan yn dioddef gan fycsomatosis.

Neb wedi gofyn i'r cwningod am y Ffrancwr a gyflwynodd y feirws i bâr ohonynt a oedd yn byw ar ei stad ei hun nid nepell o Baris. Heb sôn am y ffaith ei fod yn aelod o'r *Académie nationale de médecine* ac efallai y dylai fod wedi gwybod yn well, ond nid yn ofer oedd ei waith oherwydd cafodd fedal arbenning am ei waith o ladd yn agos i naw deg wyth y cant o'r pethau bychain blewiog yn Europ. Miliynau o gwningod marw ar yr un ochr a'r meddyg da addurnedig ar y lall.

Neb wedi gofyn i'r cwningod am y Normaniaid a gyflwynodd y cwningod i Loegr a Chymru, chwaith. Does dim gair cynhenid am 'cwningen' yn yr hen iaith. Math o fenthyciad ydi, ond does dim gair yn Saesneg chwaith cyn y Goresgyniad Normanaidd pan fabwysiadwyd y ffurfiau *cunig* a *cunyng* ar gyfer y newydd-ddyfodiaid. Ond y *cuniculus* bach wedi ymledu nes iddynt gael eu bwyta yn eu miliynau cyn i'r meddyg mawr dorchi'i lewys. O Dde Cymru i Lundain gwnaeth mwy na thair miliwn ohonynt eu taith olaf pob blwyddyn yn y 1940au.

Mae'r twristiaid cyntaf eisoes wedi gadael a'r rhai newydd wedi cyrraedd erbyn i Ddwynwen ddefro, yn boenau i gyd, yn enwedig yr un yn ei gwddf. Mae hi'n troi ei phen i'r dde heb broblem ond i'r chwith mae'r poen yn ofnadwy. Yn y toaledau cyhoeddus mae 'na byllau dwr ym mhob man. Gwasga ei dannedd yn dynn, gan beidio â meddwl am bob dim. Y dŵr oer ar ei gwyneb yn gwneud peth o wahaniaeth ond nad ydi'n barod i wynebu'r holl sioe-cachu eto. Y peth gwaethaf ydi'r ffwr yn ei cheg. A dim siawns o bâst dannedd. Am funud bach llawn braw ydi nes iddi gofio bod gynni ddiwrnod rhydd heddiw. Eistedda'r cwningod i gyd yn hollol ddisymud yn wynebu'r ffordd arall wrth i Ddwynwen ymestyn ei choesau a breichiau yn yr haul gwan, yn dod yn ymwybodol yn sydyn am y tro cyntaf bod hi'n dal yn ei pyjamas. Edrych i bob cyfeiriad a oes unrhyw un y mae hi'n ei adnabod cyn neidio i mewn i'r car.

'Twmffat, twmffat, TWMFFAAAAT!' Mae hi'n gweiddi ac yn llefain yn y car. Llawer o wylofain oherwydd rhwystredigaeth. Llygaid coch, diffyg egni. 'Blwdi ast fach, ti sydd ar fai, Enfys, ti *effin' smug bitch.*' Clywir y frawddeg hon mwy nag unwaith. Patia bocedi ei chôt am ei ffôn, prin yn mentro gobeithio. Ar ôl pum munud o chwilio a chwysu, ymddengys y peth o dan y sedd deithiwr.

'Diolch i'r duwiesau!' gweiddia gan ddechrau wylo'n hidl eto.

Y dorf arferol fore Gwener yn pori ac yn sgwrsio yn Lovin Muffin. Syrthiodd yr S oddi ar y *Muffins* flwyddyn yn ôl a thorri'n deilchion ond bu farw'r dyn a arferai eu gwneud. Penderfyna Dwynwen y byddai'n cymryd gafael yng nghyrn yr aradr a chael coffi cyn cymryd y cam nesaf. Ddim ar ei phen ei hun yn ei phyjamas yn y caffi ydi Dwynwen. Mae Siriol, y ddynas sy'n rhedeg y caffi, yn ei phyjamas wedi'u staenio hefyd, felly, mae Dwynwen yn cael panad coffi ac yn ymuna â hi. Mae Siriol newydd bicio allan o'r tu ôl i'r cownter am seibiant byr.

'Shwmae?' meddai Dwynwen.

'Dim drwg. A chitha?'

'Gallai fod yn waeth.'

'Ti wedi anghofio dy iwnifform,' medd Siriol.

'Be amdanat ti?'

'Dwi'm yn cynrychioli'r cyhoedd.'

'Ie, wel, dwi'n cynrychioli fy hun heddiw,' meddai Dwynwen.

'O, ie, be sy'n bod? Nath rhywun ddwyn dy ddillad o'r wasjin lein? Ti wedi'i reportio fo? Dim atab, mi fetia i.'

'Ie, *good one*. Haha. Wyt ti wastad siarad efo pawb mor felys?'

'Mi fydda i'n siarad efo ti sut bynna' dymunaf.'

'On'd ddylet ti fod yn golchi rhai potiau budr?' ydi'r hyn mae hi isio'i ddweud ond does dim byd yn dod, felly mae'n troi ei choffi yn lle hynny.

'Am wn i, ti fan hyn i sbio arnon ni,' gan boeri'r geiriau.

'Na. Dim ond mwynhau dy goffi hyfryd, dyna'r cyfan,' medd Dwynwen.

'Wel, 'sdim croeso i ti 'ma, cofia. Hynny yn wir am bawb o dy fath. Dim croeso yma,' ac mae hi'n sefyll ar ei thraed i fynd yn ôl i'r gwaith.

'Un cwestion bach bach cyn iti fynd,' medd Dwynwen, 'yr hogan honno sy'n hel llestri budr mor ofalus iti, on'd ydi hi'n perthyn i'r teulu neis o ffoaduriaid sy'n byw gyferbyn â'r hen eglwys?'

'A?'

'Wel, faint ydi ei hoed? 'Sgynni hi drwydded waith? On'd ddylai hi fod yn yr ysgol?'

'Pam ti'n dweud yr holl *bullshit* hwn?' ateb Siriol.

'Dim ond gofyn. O'n i'n meddwl hefyd bydd y *boys* o Hylendid Bwyd yn licio cael pnawn allan yma i flasu dy goffi a thrafod pethau pwysig eraill.'

Eista perchennog y caffi'n ôl yn ei sedd.

'Bydda i'n hapus iawn i'w croesawu nhw yma.'

'Da iawn. 'Na i ffonio nhw'n syth,' meddai Dwynwen.

'Paid â ffonio nhw. Gad lonydd i ni.' Mae Siriol yn ei llygadu'n wyllt. 'Galli di weld pa mor galad dan ni'n gweithio yma i gadw'r blaidd o'r drws. 'Sgen ti unrhyw syniad pa fath o uffarn nest ti'i achosi yma pan gafodd ein Paul ei 'restio? Mi gafodd ein Paul ei 'mosod yn ei dŷ ei hun gan criw o fastads efo *guns*. Ti sydd ar fai, wsti? Ti oedd yn sbio a thrio cael gwybodaeth ond ar yr un pryd actio'n *friendly* ac yn neis, ond bob amser jest trio ffeindio pob dim drwg amdano a phob un o ei fêts, dim ots os oeddan nhw'n *innocent* neu beidio. Ti'n codi cyfog arna i.' Mae hi'n crynu ond dal i rythu i lygaid Dwynwen. 'A dyma ti eto, yn gwneud yr un fath.'

'Oedd hynny dair blynadd yn ôl, 'ndoedd? Dim ond gwneud ein job. Oedd 'na lot o bobl yn y dre'n dychryn o'r hyn oedd'n digwydd ar y pryd, cofia. Oedd Paul yn y lle anghywir ar y pryd. Mae'n ddrwg iawn gen i.' Mae Dwynwen yn ei ddweud o ddifri.

'Mae'n lot gwaeth 'wan, ond dim byd yn ca'l ei neud amdano. Canwaith waeth ond *absolutely zero* yn digwydd iddyn nhw.'

'Canwaith waeth, be ti'n meddwl?'

Tawela Siriol.

'Dwi'm 'di gweld dy Paul. Ydi o'n adra 'wan?'

'Paid â siarad am Paul. Dim Paul ydi'r broblem,' dywed Siriol.

Tawela'r llall y tro yma.

'Fedrai o ddim dwâd adra. Ma' o 'di clywad fysa'n well iddo peidio â bod yma.'

'Pwy ddwedodd hynny?'

Tawela unwaith eto. Tafla gipolwg ar y bobl yn y caffi.

'Criw newydd, dod a mynd, byth yr un hogiau. Ffrend gorau Paul wedi bod yn fy helpu i siarad efo Paul. Mae Paul rhywle yn y De, dwi'n meddwl, ond isio dŵad adra i'n gweld ni. 'Ta waeth, mae Daf, y ffrend, yn dweud bo' rhyw foi, Crocs, yn rheoli pethau, yn sortio pob dim allan. Dyna'r cyfan dwi'n wbod,' cyffesa Siriol.

Tawela'r ddwy.

'Y peth leia dylet ti'i neud ydi neud siwr bod y bobl ddrwg go iawn *get what's comin'* yn lle gadael i bobl dda fel ein Paul fynd i'r carchar.'

Mae Siriol yn sefyll i fynd yn ôl i'r gegin eto.

'Nest ti dalu am y coffi?'

'Naddo, dwi'n mynd i neud *runner* oherwydd y pris.'

Dim ateb gan Siriol ond try'i chefn a cherdda tua'r gegin.

Mae angen seibiant ar Ddwynwen ar ôl sgwrs fel hyn. Mae hi'n eistadd yn ôl yn ei chadair, anadlu'n drwm a chymryd llond ceg mawr o goffi oer sy'n gwneud iddi deimlo'n sâl. Cyn iddi fedru rhoi'r mwg yn ôl ar y bwrdd, mae gwyneb hendraul yn ymddangos ar ochr arall i'r bwrdd. Cael ei synnu mae Dwynwen.

'*Heard you was a police lady,*' meddai fo.

'*Not today.* Dim heddiw.'

'*Well, I've bin to the police station an' there's never noone there, is there?*'

'*Sorry about that. Write to your MP.*' Fyddai'n well gan Ddwynwen gael ei thrin yn ddirmygus gan Siriol na rhaid gwrando ar hyn. Saif i fynd. Mae o'n mynd i afael yn ei braich. Yn reddfol, mae hi'n tynnu yn ei hôl ac yna'n paratoi i amddiffyn ei hun.

'*What's wrong?*'

'*Please don't do that. Don't touch.*' Ei holl hyfforddiant yn dod i rym.

'*Where you gone, me duck?*' dywed y dyn.

Nid ymateb Dwynwen yn syth.

'*Hello?*'

'*What you playing at?*' meddai hi'n bryderus, '*I could arrest you for assaulting a police officer.*'

Chwerthin mae o.

'*Miss, he aint gonnu attack you, he's blind, ain't he. This is his stick here.*' Llais dynes o fwrdd o'r tu ôl i Ddwynwen. Pan mae Dwynwen yn troi i weld y llais, dyma ffon yn cael ei chwifio gan hen ddynes surbwch. Ffon gwen. O bob bwrdd, mae pob un yn syllu'n fud. Eu llygaid marwaidd yn gwylio, fatha noson gwylio'r corff, gan edrych arni fel ei bod newydd ddod o'r byd ysbryd ond heb eu synnu. Ymddengys pen Siriol wrth y drws ac adlewyrchir yr holl olygfa yn ei llygaid.

Y tu allan i'r caffi, mae calon Dwynwen yn curo gyda dicter

yn hytrach na dim byd arall. All neb fynd i unman heb gael dal gan rywun, meddylia. Gŵyr pawb bob dim heb allu dweud dim byd. Daw swydd mewn siop yn Llundain i'w meddwl, heb orfod gwneud dim byd ar wahân i'r swydd. Di-enw ar y Tiwb, dewis caffi neu dŷ bwyta gwahanol bob diwrnod, osgoi cymdeithasu, osgoi hyd yn oed dweud 'Shwmae?', ac yn lle hynny creu hanes diddorol i'w hun bob tro mae'n cyfarfod â pherson newydd, gallu gwneud bywyd a byd bach iddi'i hun heb i unrhyw ffwcwit gael gafael arni, ei beirniadu, ei hanghofio, ei beio am rywbath mae hi wedi anghofio ei bod erioed wedi'i wneud. Rhyw fath o gawell ydi bywyd tref fach, yn frwydr mewn cawell i gynnal rhywfath o ymdeimlad o hunan, hyd yn oed o fod yn driw i dy hun. Beth bynnag y gallai hynny ei olygu.

Bydd hi'n ffonio'r tŷ yn gyntaf yn hytrach na mynd i wynebu Enfys ar ôl eu brywdr neithiwr. Y tu ôl iddi daw rhyw synau rhyfedd, *tap,tap, tap...tap, tap.* Mae hi'n troi i weld y dyn dall yn cerdded ar ei hôl, ar fraich y wraig surbwch, yn tapio'n ysgafn â'i ffon.

'*Hello?*'

'Ia.'

'*I didn't mean to frighten you, miss. I just wanted to ask you something.*'

'*OK, you didn't frighten me. I'm sorry if I didn't react appropriately.*' Yn y fagl rwan.

'*It's ok. I get it all the time. I can lipread.*'

Mae o'n aros am ymateb. Mae hithau'n aros iddo i bara.

'*I can lipread,*' meddai, unwaith eto.

'*It's alright, luv, she can hear ya, she's jus' bein' a mardy bitch,*' meddai'r ddynes.

'*What has this got to do with me?*' medd Dwynwen.

'*But I can't speak Welsh.*'

'*You're not on your own,*' meddai Dwynwen.

'*I heard you speaking it in there.*'

'*Yeah, well, we do, you know. I don't want to be funny, but if you're blind how can you lipread?*'

'*That's a long story, me duck.*'

Mae Dwynwen yn ymwybodol ei bod yn sefyll ar y stryd fawr, yn ei chôt a'i pyjamas ar ei diwrnod rhydd. Ac yn ddigartref.

'Wnewch chi fynd i'r stesion heddlu lawr y stryd 'na?'

Yr hen foi'n syllu arni fatha ci bach.

'*Sorry, forgot myself there. Please would you go to the Police station just down the road there. The Sergeant on duty will help you.*'

'*I want to to talk to you. You feel kind.*'

'*I'm not working today.*'

'*I dunno why you botherin' wi' 'er, Royston,*' meddai'r surbwch.

Teimla Dwynwen ychydig yn euog.

'*I'll wait,*' meddai fo.

Y diwrnod odaf yn ei bywyd erioed, meddylia Dwynwen.

'*I'll ring you if you give your details to the Duty Sergeant,*' a chyfeiria at ei gwisg, cyn troi i ffwrdd.


Deng munud yn ddiwidderach, mae hi'n petruso ar y stepan drws ffrynt. Pam bod hi mor nerfus mewn lle mor gyfarwydd? Mae hi'n trio gwrando am unrhyw sain. Efallai y fydd'n well os mae hi'n galw ar y ffôn tŷ. Erys am arwydd. Colomen yn cwynfan rhywle. Dril ym mhellach yn y cefndir. Yna, tawelwch a wnâi iddi deimlo hyd yn oed yn fwy unig. Stopia'r dril ar yr un adeg â chnocia hi ar y drws. Dim ymateb. Mae hi'n tacluso'i hun. Cnoc arall. Agorir y drws. Gwyneb cyfarwydd Mr Envious â golwg blin arno.

'Wedi anghofio fy ngoriadau, henffwch!' meddai.

'*You don't have to swear,*' medd Mr Envious, yn wan

Rhaid iddi feddwl yn dipyn cyn iddi ddallt be mae o'n ei ddweud. Penderfyna hi'i anwybyddu gan nad ydi o'n dallt dim byd eniwé. Â i'w stafall i ddod o hyd i bob dim y byddai ei angen arni yr wythnos nesaf. Pacia hi fag, rhag ofn. Mae ei ffôn yn mynd fel peth gwyllt. Mae hi'n ei anwybyddu. Gwisg, dillad, pethau ymolchi, esgidiau, sychwr gwallt. Dim rheswm i ostwng ei safonau. Dychmyga hi fynd ar ei gwyliau. Llyfrau, dyddiadur, *charger*. Mae hi'n cymryd cawod sydyn.

Mae cnoc ar y drws. Yn ei thywel ydi a dim lot mwy pan mae hi'n agor y drws.

'*Enfys says she wants to speak to you.*'

'Cymraeg? Cymraeg, Cymraeg!' bloeddia hi'n ei wyneb, 'CYMRAEG!'

Mae o'n siarad ar y ffôn efo Enfys.

'*I don't know what she's saying, Env, she's shouting,*' meddai fo, '*usual bluh bluh bluh. No idea what she's on about.*' Yna, i Ddwynwen, meddai '*She wants to speak to you.*'

'Dim ar y funud, Enf,' bloeddia Dwynwen lawr y ffôn, 'dwi'n brysur iawn,' a chau'r drws yn swta. Eiliad nesa ac mae hi'n gweld y ffôn yn canu ac enw Enfys yn ymddangos ar y sgrin. Mae hi'n ei hanwybyddu.

Nes ymlaen yng nghoridor y fflat ar y ffordd allan mae hi'n cael profiad arbennig o *déjà vu*: mor bell yn ôl bellach nad ydi hi'n cofio yn union pryd ond medr weld ei mam yn gadael efo bag pinc yn ei llaw chwith a sigarét yn y llall, heb ddweud dim i'w merch yn y gegin sy'n methu dallt yr hyn sy'n digwydd. Ni ddywedodd Dwynwen air am gael ei gadael ar ei phen ei hun wrth neb, leiaf holl wrth bobl yn yr ysgol. Bellach, ei thro ydi i wylia ei hun yn gadael twll o le, wedi ei chwythu fatha deilen mewn storm. Dydi hi ddim yn gwybod pam ei fod yn teimlo'n bwysig ond pan ddywedodd wrtho am siarad Cymraeg dyna'r cysyllt cyntaf go iawn a gafodd erioed efo Mr Envious gan ddweud yr hyn yr oedd hi wir isio ei ddeud wrtho. Mae yntau'n rhoi darn o fara yn y tostiwr wrth iddi fynd trwy'r gegin. Mae'n teimlo'n dda i fod yn onest. Heb un hwyl fawr i neb. Mae'n teimlo'n iawn.

'Dwynwen, ble wy' ti?'

Lovenuts yn bod yn Lovenut-lyd ar y ffôn.

'Diwrnod rhydd, *bro*.'

Newydd roi popeth yng nghist y car mae Dwynwen.

'Ar ben fy hun,' dywed Lovenuts, ''sneb o gwmpas, pobl a phroblemau ym mhob man. Dwy, wir wir *wiiir*, dwi angen dy help. *Overtime, time off, double time, threesome*. Beth bynnag ti moyn, byddi di'n ei gael. Plîs. Dydd Gwener. Blydi *schmonkers*. Jyst *had a* penwan in *who you're despo to help, apparently. How far away are you? I owe you big time.* Arnaf i ydi'r peint cyntaf a peint ola. Dwy, *do it for me.*' Dechreua ganu, 'Dwy, Dwy, Dwy, Dwwwy!'

Gallai hi ei glywad yn chwysu wrth falu cachu a chanu'n ddrwg.

'Yr unig amod ydi fod di'n sgwennu *reference* hynod o dda i mi,' ymetyb Dwynwen.

'Ie, ie, ie, beth bins. Dwi'n dweud *yeaaah*, ok. *Whatever you say, sister.* Pum munud, ok? Paid swmera.'

Mae Dwynwen yn siwr nad oedd o'n gwrando, dim ond yn dweud beth bynnag i'w chael i gytuno. Rhaid chwerthin. Mae'n debyg.

Pan ydi o o gwmpas mae'r lle yn ogleuo fel stafall wisgo sioe gadi. '*Forward facing*,' byddai o'n dweud, 'rydan ni, yn y 'busnes pobl', jest achos taw gorsaf heddlu yw, does dim rhaid bod yn gwt mochyn.' Wrth ddweud ei addroddiad, mae o'n gwenu unwaith yn normal, yr ail waith yn eironig ac y trydedd waith i'r *tabloids*. A ddylai o fod yn heddwas? ydi cwestiwn a ofynnir yn aml yng Ngheulan. Gwyddai Dwynwen beth oedd ei barn.

Pan ddaw Dwynwen i'r orsaf mae disgrifiad Lovenuts fel sefyllfa *bonkers* yn y prynhawn hwnnw'n ymddangos yn dipyn o orliwiad, braidd. Dau gwpl, un llanc ar ei ben ei hun a theulu efo ci yn aros yna yn dawel. Drwy'r sgrin gallai hi weld Lovenuts yn siarad efo tri phobl ar yr un pryd, un ar y ffôn stesion ac â'r ddwy arall ar ddwy ffôn symudol. Pan mae o'n ei gweld mae o'n dechrau chwifio'n wyllt.

'Siarada efo nhw, bron annealladwy,' ac mae'n pasio un o'r ffonau iddi.

'Pnawn da, Stesion Heddlu Ceulan, ga i'ch helpu chi?'

'*We've been passed around from pillar to post and we're running out of credit. That last bloke wasn't making any sense. All we want to do is to report a dog running loose on the king's highway. It's the second time we've rung and next time I'll just bloody run it over.*'

'*Hello, thanks for your message and apologies about the officer who was not making any sense.* Gwna Dwynwen nodyn o hwnna. Un da i bryfocio Lovenuts! *Please can you tell me exactly the problem and where you are and who you are.*'

Ysgrifenna bopeth maen nhw'n ei ddweud. Ci mwngrel, maint eitha mawr, budr, gwlyb, *daft-looking*, yn cerdded hyd y lôn i Lanfeilion ond wedyn, hannar awr yn ddiweddarach, yn mynd yn ôl i Geulan, golwg eitha dig arno ac yn bigog. Mr a Mrs. Overshowbruff neu Overshowyboro. Nid allai Dwynwen ddal yr enw'n iawn.

'Diolch i chi am y wybodaeth.'

Cyn gynted y gorffenodd yr alwad hon, oedd un arall yn aros amdani. Cathod ar goll. Yna un arall. Plant yn achosi problemau ar ystad. Dyn meddw'n bloeddio ger yr eglwys. Cwpl hanner noeth yn cerdded yn y coed. Hogan ar ei beic wedi torri ei sbectol a nid siwr lle mae hi. Car wedi torri lawr mewn corstir. Rhywun arall yn cwyno am ddyn sy'n dreifio sgwter anabl yn chwarae cerddoriaeth yn uchel iawn.

Machlud yn dod a'r byd ag ei bartner yn dal i ddod i'r fei a golwg. Yn ei stafell mae Lovenuts yn smalio ei fod yn chwarae *Whac-a-Mole*. Am chwe o'r gloch gyda'r nos mae Dwynwen yn sylweddoli ei bod yn dal yn ddi-gartre wrth i Lovenuts gloi drws y stesion.

'Ti'n mynd i fod yn iawn?'

'Siwr o fod.'

'Sori, cariad, mae'n tŷ ni'n llawn efo teulu Steve. Ein penblwydd priodas y penwythnos hwn.'

'Llongyfarchiadau, lufli, i'ch dau.'

'Diolch i ti am helpu allan. Cusan fawr.'

55

# 8

## *Dwy Henfache*

Wrth lyw ei Range Rover medr Gwilym edrych i lawr ar y bobl yn eu moduron bychain ar y draffordd uchel sy'n ymdroelli uwchben rhanbarthau hagr o Loegr fel Quinton, Rowley Regis, Dudley a Wednesbury, cyn groesawgar â'r lleuad i un tebyg iddo. Mor araf ydi'r traffig y gall o weld *blokes* yn ffugio gweithio mewn warysau enfawr neu drwy'r ffenstri ar drydydd llawr y swyddfeydd gall wylio merched yn eistedd wrth sgriniau cyfrifiadur mewn un adeilad neu wthio trolïau'n yr un nesaf. Popeth yn mynd yn ei flaen mor araf, y gweithwyr mor ddi-egni. Mae Gwilym wedi wastad eu dirmygu am nad ydynt wedi gwneud mwy o'u bywydau er nad oes gynno'r syniad lleiaf am eu bywydau sydd ynddo'i hun yn fendith fawr. Cychwyn atal, cychwyn atal fel arfer ydi natur y traffig pnawn Gwener a wastad ar y daith o Lundain i Amwythig i gasglu Darcy. Ac ni waeth faint o'r gloch y cychwynna Gwilym, ni chyrhaedda mo'r orsaf Amwythig mewn amser. Ni dderbynia'i wraig newydd mo'i esgusion yn hawdd. Dydi hi ddim wedi pasio'i phrawf eto chwaith, felly sut fyddai hi'n gwybod pa mor anghyfforddus ydi hi parhau newid gêr gyda choes chwith boenus bob tri deg eiliad. Gyr o neges testun i Ddarcy. '*Sorry, 6pm. Traffic shit*'.

Bron yn syth y gyr hi un yn ôl iddo: emoji troellog o gachu efo wyneb blin.

Awr ar ôl cyn iddi fachlud. Dydi o ddim yn mynd i feddwl am ei wraig na'i waith. Cymer ei gasgliad bach o gryno disgiau clasurol ac allan o un CD pecyn Debussy mae o'n tynnu CD Iron Maiden, *The Final Frontier*. Y peth gorau i oroesi'r M6. Erbyn iddo dynnu i mewn i faes parcio'r orsaf mae wedi gwrando ar 'Isle of Avalon' teirwaith. Am riff bendigedig yn curo'n ei wythiennau, yn leddfu poen ei goes.


Yng Ngheulan rhywbeth tebyg i'r haul yn hofran uwchben y gorwel ond i Hunydd yn ei gardd mae awel ffres ar ôl dyddiau o law yn arwydd o wanwyn yn agosáu, wrth i'r eirlysiau ddechrau gwywo. Cae'i llyfr, yn barod am banad pan ddaw ei ffrind draw am sgwrs. Darllen am Ryfel y Degwm yng Nghymru mae hi, ar yr un adeg â phori trwy'r archifau'n chwilio am aelodau teuluol a oedd wastad wedi cael eu galw yn 'wrthryfelwyr', a 'gwrthryfelwragedd', wrth gwrs. Nid ydi'r term 'gwrthryfelwr' yn un sy'n ei phlesio. Ers pryd ydi pobl wedi bod mor gaeth, tybed, ac yn yr un fodd, pam y bu cymaint o angen erioed i wrthryfela?

Mae hi wedi paratoi popeth am y noson: blawd codi, powdwr pobi, menyn, siwgwr mân, llaeth, wyau, rhin vanila, cyrens a syltanas, sudd lemon, halen. Digon yma i fwydo byddin fach. 'Sbeis cymysg, peidiwch ag anghofio hyn,' meddai hi'n uchel, 'a'r gliniadur. A dwy wydryn i'r 'gwin allor', fel mae Ceidwen yn ei alw.'

Rhywun at y drws, cusanau ysgafn ac o fewn hanner awr ar ôl i Geidwen gyrraedd y tŷ, mae'r ffwrn yn cynhesu, mae 'na flawd bron ym mhob man ar yr arwyneb gwaith a'r gwin wrthi eto yn gwneud ei waith.

'Dim mwy nag un glasiad, cariad,' meddai Ceidwen, ar y teras.

'Gwaith ofnadwy o bwysig i'r ferched, 'nde?' chwerthina Hunydd.

'Hoffwn i fod wedi byw yn llawer agosach at egwyddor y sgon,' meddai Ceidwen.

Ar glwyed hon y mae Hunydd yn poeri ei gwin allan a phesychu gyda chwerthin. 'Egwyddor y sgon,' meddai hi drachefn yn dal i chwerthin. 'Ceidwen fach, tua deg a thrigain o flynyddoedd ydyn ni'n nabod ein gilydd ac wyt ti'n dal i neud i fi chwerthin, diolch byth.'

'Ma wedi bod yn llawer mwy o hwyl i ni na'r lleill.'

Fflachiau o leoedd, pobl, digwyddiadau a jociau oeddynt wedi'u rhannu dros y blynyddoedd (yr holl chwe deg wyth ohonynt) yn ymddangos fel pethau go iawn o blaen eu llygaid ac am bum munud mae'r chwerthin yn para, wedi'i sbarduno gan ddim ond un gair, yn ddigon i arwain at ffrwydrad arall o floedd a chwerthiniad bras.

'Gobeithio nad yw dy egwyddorion di wedi'u llosgi,' meddai Ceidwen yn sydyn.

Mae Hunydd yn codi a rhuthro i mewn i'r gegin mewn amser i agor drws y ffwrn a rhyddhau ton o wres a chwa berffaith o sgonau wedi'u grasu i'r dim.

'Da iawn ni,' meddai Ceidwen, yn sefyll tu ôl i Hunydd. 'Faint wyt ti wedi addo iddyn nhw?'

'Tri dwsin.'

'Wel, gwna i brynu'r jam a'r hufen yfory ar ffor' i'r cyfarfod, iawn? Hufenchwip, ti'n meddwl?'

'Da iawn.'


Ar ôl aros am awr ychwanegol amdano mae'r cwmwl du o gwmpas Darcy yn araf iawn i fynd ar drai ond medr Gwilym ddechrau ymlacio ychydig o'r diwedd heb fod yn or-obeithiol o ei ffawd trwy'r penwythnos i ddod. Wrth iddi gamu i mewn i'r Land Rover caiff Gwilym ysgytiad rhywiol pwerus. Po ffyrnicaf yr olwg, mwyaf deniadol ydi hi. Twll cwningen ydi hwnnw na ddylai fynd i lawr, mewn gwirionedd. Dyna'r lle y daeth y briodas olaf i ben. Rhyfedd fod o ddim wedi meddwl am Leucu ers cryn amser. Am y tro byddai'n well iddo ganolbwyntio ar yr un hon.

Tywyll mae'r ffyrdd sy'n arwain allan i'r gorllewin o Amwythig. Ymddengys darn o olau lleuad allan o unman ac yna diflanna'n ddirybudd ar drofa nesaf y ffordd tra bod y coed aflonydd yn llewychu'n yr awel anwadal.

'Be t'isio neud heno, cariad?' tria Gwylim, yn dyner.

'*To be honest, I'm not in the mood for it, Gwil. I've got a headache, I'm hungry and there was some creep who I told to fuck off in the station cafe. OK? So..*'

'*Sure, darling. Once again, I apologise for being late. Not being funny, but maybe next time you should just book a reputable taxi and then you're not waiting for me. Traffic up from London is just awful.*'

Mae o am barhau ond mae'n ailystyried ac yn dweud dim.

Ar ôl Croesoswallt try Radio Cymru ymlaen yn dawel. Ar ôl Llansilin mae hi'n gofyn iddo am ystyr gair. Teimla bod hi'n meddalu ar ochr arall Llangedwyn. Ac yna mae o'n meiddio gofyn iddi am Lewelyn, eu mab. *Jacpot!* Yr hyn sy'n dilyn ydi rhaeadr o gariad sy'n ei gludo ymlaen mewn ffrwd o eiriau tyner am bopeth ym myd Llewelyn yn ystod yr wythnos ddiwethaf. Ei ysgol breswyl, y gystadleuaeth mabolgampaidd fach a ennillodd, y sgwrsiau efo hi ar y ffôn bron bob dydd, popeth mewn gwirionedd sydd wedi digwydd iddo tra bod ei fam a thad wedi bod i ffwrdd yn gweithio. Barn Gwilym ydi eu bod yn cael gwerth da o'r ysgol. Mae hi'n costio dros ben digon.

'*Here already?*' meddai hi, wedi'i synnu'n fawr.

'Yr amser wedi hedfan yn y car, naddo?'

'*How do you say it again?*' gofynna hi unwaith eto wrth iddynt yrru heibio enw'r lle.

'Hen, *as in the bird, and* v – aa – ch – e. Henfache. *Really,* Plas Henfache.'

Mae angen sglein ar y plât enw pres. 'Henfache', dywed hi drachefn a thrachefn yn uchel ar hyd y lôn hir i'r tŷ.

Sŵn roc a rôl yn dod erbyn hyn o stafell wydr Hunydd a dal i chwerthin ydynt. Pan mae'r gân yn dod i ben mae heddwch fach yn cwympo am foment a phopeth yn ddistewi. Gwena Ceidwen. 'Yr un ola i ti, nawr,' meddai.

'Ie, ti'n barod?'

Mae Hunydd yn gwasgu'r bwtwm a dechrau chwarae 'The Boys are Back in Town' gan Thin Lizzie. Wel, yr hwyl, y sbort a'r twrw tra mae'r merched yn dawnsio a chydganu â Phil Lynott yn beth rhyfeddol. Pan mae'r nodau olaf yn darfod mae ill dwy bron yn llewygu ar y cowtsh, yn tagu â chwerthin.

'Ni allwn barhau i neud hyn, Huni,' meddai, yn fyr ei gwynt.

'*Oh, yes we can,* 'sdim dewis.'

'Panad ac wedyn i bant â ni, ie?'

Felly, ugain munud yn hwyrach ac maent wedi newid eu dillad i fod yn barod am y tywydd y tu allan.

'Dyw hi ddim mor oer, yw?'

'Wedi gwisgo fy nicers thermol.'

'Ti'n gwisgo unrhywbeth arall? Neu pen punt a chynffon ddimai?'

'Paid a neud i fi chwerthin eto, Geidwen ddrwg! Nid fi yw dy fam di!'

'Oes popeth 'da ti?' meddai hi, yn aros wrth y drws ffrwnt.

'Oes, tad. Ti sydd yn gynta.'

'Diolch.'

A mas i'r byd tywyll nos Wener â'r merched.

# 9

## *Corff Arall*

Hofran ydi Dwynwen rhwng y byd go iawn a byd ei dymuniadau, lle mae'r cynhesrwydd yn sidanaidd a gall ei chorff lifo fatha afon befriog. Mae bath go iawn mewn stafall westy'n teimlo fel trît arbennig, hyd yn oed os ydi mewn stafall rhad yn y Llew Coch, gan nad ydi hi'n mynd i fynd yn ôl i'w fflat efo Enfys a nad oes gynni unman arall i fynd, mae'n dal i fod yn wledd i socian yn y dŵr poeth. Isio golchi ymaith yr holl broblemau yn ei bywyd mae hi, hyd yn oed os mai dim ond ugain munud o lifo i ffwrdd mewn baddon plastig rhad ydi.

Rhyw dro amser maith yn ôl ar daith bws yn rhywle yng Ngwlad Groeg – Creta, efallai neu Nauplio – oedd y gwres yn annioddefol ac mae hi'n dal i gofio pawb ar y bws yn chwifio'u breichiau, eu hetiau neu beth bynnag yn eu meddiant y gellid ei chwimio. Oedd wedi ymuno â'r criw o bobl hŷn ar y daith bws fel ffordd o ddod oddi ar y traeth a gwneud rhywbath yn wahanol. Oedd y daith fel petai'n para am byth ac erbyn y diwedd oedd hi'n nofio mewn chwys a nid oedd gynni unrhyw awydd i adael y bws. Unwaith iddi ddod oddi ar y bws fe'i synnwyd gan yr awyr ffres a pha mor hawdd y fedrai hi anadlu unwaith eto. Yn edrych o'i chwmpas fe'i synnwyd yn fwy byth gan y dirwedd. Mynyddoedd anferthol yn codi uwch ei phen fatha lleoliad ffilm ffantasi, creigiau moelion gwynlwyd a choed tywyll ac adeiladau rhyfeddol mewn mannau lle na ddylai lleoedd o'r fath fod. Ac islaw iddi mae golygfa o ffilm hollol wahanol: cyfadeilad dinas hynafol lle mae'r dŵr yn llifo drwyddi â baddonau ag ymdrochleoedd i bobl a oedd yn byw yno mwy na ddwy fil o flynyddoedd yn ôl. Heb gofio'n llwyr sut ddigwydd, cofia hi dynnu dillad oddi amdani ac yn llithro i ddŵr yr afon i ffwrdd o'r dorf, yn nofio ar wyneb y dŵr arbennig hwn sy'n ffrydio o ffynhonnau'r duwia. Enaid coll mewn lle swyn oedd hi nes iddi guro ochr ei phen ar graig finiog a bloeddiodd mewn poen. Wrth iddi droi yn y dŵr i sefyll i fyny a chyffwrdd â gwely graean yr afon edrychodd i fyny i weld ci, yn debyg iawn i flaidd yn llygaid Dwynwen. Aruthrol, clamp o beth nid mwy na ddwy fetr ymaith, yn gwneud y syniau neilltuol mwyaf y oedd hi erioed wedi'u clywad. Ar y foment honno digwydda pob dim mewn hanner eiliad, ar unwaith, wrth ei ffôn lithro allan o'i dwylo ac wrth ei cheg lenwi â dŵr bath ac ewyn sebon ac wrth iddi geisio codi mae ei phen ôl yn llithro i lawr y bath ac ei phen yn diflannu o dan y dŵr ar yr union eiliad mae hi'n bloeddio yn uchel ond yn lle geiriau dynol mae hi'n poeri llawn ceg o ddŵr fel ffowntten.

'*Shit, shit, shit* a blydi twmffat. Mor dwp, mor dwp!' bloeddia bellach, tra mae'n tynnu ei hun i fyny allan o'r bath, hanner neidio ac hanner baglu dros ochr y bath gan gydio yn ei thywel tra'n dal ar ei gliniau. Mae hi'n cael ei hun ar ei phedwar, fel ci gwlyb, yn dyheuo ac yn dychryn. Mae'n crebachu i'r llawr ac yn ymbelennu, yn aros yn llonydd nes iddi ddechrau crynu.

Pan mae hi'n codi i'r wyneb o'r diwedd mae'r adrenalin yn cicio i mewn. Mae hi'n rhuthro cymaint mae'n cymryd tair munud iddi gael ei choesau yn ei jîns ac mae'n syrthio ar y gwely yn lluddedig. Mae am dorri allan i chwerthin ac yn dyrnu rhywun yn ei wyneb, i gyd ar yr un pryd.

'Bydd yn dawal, bydd yn dawal! Mi fydd popeth yn iawn,' medd Dwynwen yn uchel wrth ei hun. 'Mi ddylswn i fod 'di sylweddoli'n gynharach. Twpsen, twpsen!' Mae hi'n ffrwydro efo rhwystredigaeth.

Yn ôl yn y car gad hi faes parcio'r gwesty nerth ei olwynion. Sut yn y byd fedrai hi anghofio am bopeth pwysig? Sut ar wyneb y ddaear fedrai hi fod mor ymgolledig ynddi ei hun? Mae'r holl hyfforddiant yn atgyfnerthu'r pwysigrwydd ar fanylder a dyma hi'n ymddwyn fatha twysoges y dref, yn aros yn y gwesty grudiog hwn heb feddwl am ddim ar wahân i'w hun. Heb sôn am yr amser hanfodol eisoes wedi'i goll.

Tywyll ydi'r lonydd allan o Geulan ond bob hyn a hyn mae'r cymylau yn gwahanu a'r golau lleuad yn tywynnu ar liain o dir o'i blaen. Pan mae'r ffordd yn codi ac yn culhau mae hi'n arafu, dim ond dwy filltir i ffwrdd ydi'r pentref. Llanfeilion. Mae'n rhaid ei fod gweld y ci, Mr Overblownberry neu bwy bynnag oedd o, mae'n rhaid ei fod wedi'i weld yn rhywle ar hyd y darn hwn o'r lôn. Mae euogrwydd ac edifarwch eisoes yn codi yn annioddefol yn ei gwddf. Medr hi flasu'r ddau ohonynt.

Yn araf fach â chalon yn curo, prin y mae hi'n meiddio edrych tua ymyl y lôn na'r gwter rhag ofn, ach, rhag ofn y byddai'n gweld y siâp y mae'n ei ofni fwyaf. Ar ôl chwarter milltir mae hi'n parcio'r car ar ochr y ffordd a rhoi'r goleuadau rhybudd ymlaen i chwilio ar droed er mwyn gallu gweld yn well yn y gwellt ac o dan y gwrychoedd. Rasia'r cymylau, chwyrlia'r gwynt cyn tawelu eto, hwtia tylluan o'r coed ac yn rhedeg dros y ffordd mae math o gnofil bach sy'n ei synnu. Lle mae'r lôn yn arwain dros y nant, mae hi'n eistedd ar wal isel y bont gan wrando ar y dŵr anweledig islaw. Hudolus. Brawychus. Cyfuniad hynod. Mae adegau pan mae hi'n teimlo nad ydi'n normal o gwbl.

Edrych hi ar ei watsh. Chwarter i ddeg. Mae arni angen cynllun. Pum munud y ffordd 'na ydi Llanfeilen, pymtheg munud y ffordd 'ma ydi Ceulan, felly, wedi dreifio o Geulan eisoes mae cerdded i Lanfeilen yn swnio'n rhesymol. Ar y ffordd droellog trio rhoi ei hun yn ei le mae hi. Be fysai o'n ei wneud? Dechrau cyfrif yr amser ers iddi weld Halwn a Gwyndaf mae hi hefyd. Dydd Gwener ydi heddiw, ddoe oedd diwrnod ymladd efo Enfys, felly, a dim ond echdoe oedd y diwrnod diweddaf y wnaeth hi'i weld, wir? Tria gyfrif unwaith eto. Cymaint wedi digwydd o fewn cyfnod mor fyr. A pha bryd y bu iddi weithio ei sifft fechan fel ffafr i Lovenuts? Wedi colli cyfrif o amser yn

63

llwyr mae hi. Dau ddiwrnod ers iddynt fod yn yr un car. Ers hynny ni fedr hi fod yn siwr beth ydi o wedi bod yn gwneud neu ym mha le fu'n ei wneud chwaith.

O'i blaen cod y toeau a'r meindwr Llanfeilen, 'plwyf y dyfroedd chwerthin', yn ôl y chwedl, sy'n gwneud iddi chwerthin achos ei fod ei hatgoffa o Halwn yn canu 'Cân Hiawatha' a'r afon Minnehaha, mewn iaith Lakota ffug. Does neb o gwmpas, y dafarn wedi hen gau, pentref anghyfannedd, dim ond un golau ymlaen mewn deg ar hugain o dai. Cychwynna'n ôl i'r car, sŵn ei chamau yn atseinio i lawr y lôn dawel. Pan mae hi'n cyrraedd pont fach arall, daw car tuag hi, felly, tria fflagio'r gyrrwr a chwifia'i breichiau, ond dim ond cyflymu a mynd heibio y mae'r car. Yn fuan ymddengys goleuadau fflachiol ei char ei hun a lleinw teimladau a meddylia euog holl ei henaid ag argyhoeddiad o fethiant. Saif yn erbyn drws y car.

Be mae'r pwynt? meddylia ac agora'r drws a neidia i mewn. Wrth iddi ddiffodd y goleuadau rhybudd dalir ei sylw yn y drych gan beth arall sy'n fflachio. Craffa yn y tywyll ond ni fedr weld unrhyw beth yn symud. Try'r injan i ffwrdd ag â allan o'r car yn syth a cherdda ar hyd yr ymyl yn araf iawn i beidio â dychryn y peth sydd yna. Ugain metr ymaith mae giât cae a chysgod rhywbath yn hollol ddisymud i'w weld ar ochr arall y barrau.

Swatia Dwynwen a dechrau siarad babi yn feddal tuag ato. Dim ymateb. Ymestyn ei braich. Ar unwaith mae'r cysgod yn trio gwasgu ei hun drwy farrau'r giât a chyn gynted ag y gall, mae'n rhedeg i ffwrdd i fyny lôn y fferm gyferbyn ac yn diflannu.

Ci. Ofnus. Llawn braw.

Mae Dwynwen yn rhedeg ar ei ôl gyda nerth ei thraed, gan weiddi ei enw.

'Gwyndaf, ty'd 'ma, Gwyndy, Gwyndy, dy fam di ydwi, ty'd 'ma.'

Erbyn iddi gyrraedd pen y trac daw pen i'r golwg wrth ddrws y ffermdy.

'Pw' sy 'na?'

Yn reddfol mae hi'n dweud, 'Gwyndaf, ydi o 'ma? Gwyndaf?'

'Hayden ag Eira sydd yma, fy mach i! Dim Gwyndaf yma am gant ag hannar o aeafau.'

'Welsoch chi ddim ci'n rhedeg heibio funud yn ôl?'

'Naddo.'

'Chi'n siwr?' Anobeithiol. Mae Dwywen am grio. Am floeddio. Teimla hi'i choesau yn gwegian oddi tani. Mor flinedig, mor anobeithiol, mor bathetig. Dagrau'n dechrau. Dechrau siarad. Mae'r cyfan yn swnio mor wirion pan mae hi'n esbonio pam ei bod yn rhedeg o gwmpas yn y tywyllwch a does dim byd yn gwneud synnwyr. Hyd yn oed iddi. A heb dortsh.

Ni ŵyr Hayden beth yn union y dylsai ei wneud. Yn y buarth y gorwedd dynes estron yn dioddef o rywbath anesbonadwy, yn wylofus am un Gwyndaf. Ei gŵn yn ymuno â'r ddynes ddagreuol.

Ymddengys Eira wrth ei ochr.

'Be sy'n bod, chi'n meddwl?' sibrwda hi wrtho. Mae hi'n swatio wrth ochr Dwynwen. 'Och, y druan. Paid â chrio, 'wan. Ti'n iawn, bydd popeth yn iawn. Ty'd i mewn a 'na i bot o de. Helpiwch fi, Hayden, mi gymerwn ni hi i mewn.'

Felly cariwyd Dwynwen i mewn i gegin fferm Rhyd y Gro.

Nid yf hi mo'r te a baratir iddi. Maen nhw'n ei gosod ar y soffa lle syrthia hi i gysg y cyfiawn bron yn syth. Maen nhw'n ffwdani o'i chwmpas am ychydig cyn mynd yn ôl i wylio'r teledu yn y stafall wely.

'Rhyfadd iawn bo' ni wedi cael y ddau o'nhw'n dwâd a mynd ar ôl rhyw ysbryd o gi, 'ndi, Hayden?'

'Chi'n iawn, 'ndi, hynod iawn.'

'Chi'n meddwl ddylem ffonio rhywun?'

'Pwy, cariad?' meddai fo, ond dim ymatab gynni.

Try Eira'n ôl i 'Strictly', ei hoff raglen teledu.

Pan ddaw hi'n amser i bleidleisio rhywun oddi wrth y raglen, maen nhw'n gwasgu'r bwtwm Pause a mynd i'r stafall fyw.

'Mae hi'n cysgu'n sownd, y druan.'

'Wyddoch chi, dwi'n meddwl mai heddwas yn y dre' ydi,

dwi'n siwr mod i 'di ei gweld hi o'r blaen fan 'cw.'

'Ydi wir? Pwy ydi'r Gwyndaf 'na ma' hi'n chwilio amdano, 'na? Rhyw griminal *mastermind* 'ta be?' wrth iddi godi hen fisged 'Dolig.

'Troi'n Wuthering Heights ydi'r hen le hwn,' meddai fo.

'Siocled poeth 'ta te, cariad?'


Tydi Dwynwen ddim yn gwybod pam bod ei llygaid yn poeni gymaint. Maent yn teimlo mor ddolorus. Prin y meiddia'u hagor ond yn reddfol â hi at y drws a thua'r sŵn cyfarwydd crafu. Agor a chau'r drws heb fod yn hollol ymwybodol o beth mae hi'n ei wneud, ond yr un mor fecanyddol, mae'n mynd yn ôl i'w gwely ar y soffa a'i chwsg trwm difreuddwyd.


Rhywun yn symud yn y tŷ. Gwallt yn lled-gyffordd ei gwyneb. Gwallt sy'n drewi'n ddieithr. A oes ei gwallt ei hun sy'n cosi'i gwyneb? Rhywbath yn symud o dan ei braich, rhywbath cynnes a meddal. A mwy o gosi'n erbyn ei llygaid sensitif a phoenus.

Gorfod agor ei llygad pan mae hi'n clywad y peth sy'n gorwedd wrth ei hymyl yn ymrhyddhau'i hun o'i chofleidiad ac yna chyfarth o dair neu bedair gwaith.

Ci! Mae 'na gi yma yn y lle hwn, meddylia. Deffroa hi'n syth gan peri'r ci i neidio i lawr. Lle mae hi? Nid ydi'n adnabod y lle, y stafall, dim byd o gwbl o'i chwmpas.

Ymddengys pen wrth y drws.

'Bore da. Sut dach chi y bore 'ma?' meddai Hayden.

Ni all Dwynwen ymateb ar unwaith. Mae'r ci'n cyfarth at Hayden sy'n gwenu yn groesawgar.

'Panad? Dwi'm yn siwr be sy'n bod efo'r ci 'ma ond falle isio bwyd?'

'Ie, siwr,' i Hayden, 'a diolch,' ac i'r ci, 'paid, Gwyndaf, paid 'wan. Ti wedi dod o hyd i mi ac mae Mistar 'ma yn ddyn da.' Mae isio crio efo diolchgarwch ond gorfod ei hun i beidio.

Wrth y bwrdd yn y gegin pum munud yn ddiweddarach ceith pawb damaid o frecwast a chyfle i ofyn ac ymateb. Dyw

Dwynwen ddim am glywad am ddigwyddiadau'r noson o'r blaen ac ymddiheura sawl gwaith am sawl rheswm a gwaeth fyth ydi pan mae Hayden yn gofyn iddi a oes hi'n blismon a pheri iddi gochi.

'Chi wedi dweud wrthi am y llanc 'na oedd yn lletya fan hyn ddoe?' gofynna Eira i Hayden.

'Dim 'to.'

'O'n i'n dweud wrth Hayden oedd'n rhyfadd iawn bo' ill dau chi wedi glanio fan hyn o fewn cyfnod o oriau, bron.'

'Be dach chi'n meddwl?' meddai Dwynwen.

'Rhaid i mi fynd, mae'r merched yn aros amdana i', meddai Hayden, wrth ymateb i synau o'r sied wartheg

'Diolch i chi, diolch yn fawr iawn am eich caredigrwydd.'

Nodia Hayden arni a dianc trwy'r drws.

Mae Eira'n awyddus i siarad er mwyn darganfod mwy gan y ddynas newydd hon yn ei thŷ. 'Ia, nath o ddod o hyd i, wel, dweud y gwir, gorff, dyna oedd o'n meddwl ar y pryd. Corff o ddyn yn gorwedd fel peth marw ar y top, ger y murddyn. Ar y cwad ar yr adeg aru o'i weld o ac yn syth ddaeth adra i ddweud wrtha i fod o 'di darganfod rhywun wedi marw ar ein dir ni a doedd o'm yn wbod be ddylse i'neud. Aru ni drafod y peth gora i'w neud heb isio cael lluoedd o dy bobl di'n hel ni o gwmpas a Hayden yn cael ei atal neud ei waith fferm, dim diolch, felly, aeth y ddau ohonyn ni i fyny i'r Cae Murddyn ar y cwad i weld y corff hwn. Fatha mochyn daear o'dd o ar ôl damwain, ti 'di gweld lot o ddamweiniau'n dy amsar efo'r polis, mi fetia, naddo? Wel, dim syniad o'dd gen i am be i'w neud. Golwg meirw arno fo oedd'n sicr, ond dim gwaed, dim twll yn ei ben 'ta waeth, ond peth rhyfadd ydi marwolaeth, yndi, meddwliwch am gael dy roi di yn dy arch ddrud ond dal heb farw! Ach a fi, ti'n meddwl am bethau o'r fath wrth i ti fynd yn hŷn, wir ti. 'Na i ddweud wrthot ti, fy annwyl i, hunllef fel hyn dwi'n cael llawer. Ma' Hayden yn dweud yr un fath, fy mod i ddim wedi marw ond ei fod o 'di talu am y cnhebrwng a'r te angladd i mi. Dan ni'n chwerthin efo'n gilydd bob dydd. Wel, oedd o'n dal fan 'na, y corff fatha pry llwyd marw. 'Be ddywedant yn y capel, Hayden?' dwedes i, 'pan glywant yr helynt hwn? Duw a'n gwaredo rhag y fath beth! Ewch i weld be...' 'Weld be, Eira?' aru o ofyn. 'Weld be sy'n bod, a ydi'n hollol farw?' 'Wel,' chwarthodd Hayden, 'yn hollol farw, yn lle be? Yn rhannol farw?' 'Peidiwch â bod mor amharchus,' dwedes i, 'ewch i weld...'

Mae Eira'n oedi ond mae calon Dwynwen yn curo mor gyflym dyw hi ddim mor hawdd dilyn yr hyn mae'r ddynas hon yn ei ddweud.

'Mwy o de, 'ngeneth i? Mae dy gi di isio'r tŷ bach.'

Dim am adael Gwyndaf allan ar ei ben ei hun eto mae hi.

''Sgynt ti ddim tennyn, oes?'

Mae Eira'n taflu yr un hen iddi ac mae Dwynwen yn mynd am dro bach o gwmpas y buarth, yn ymwybodol nad ydy hi byth isio gadael y ci gwirion, annwyl allan o'i golwg eto. Mae'n haws gyda chŵn na bodau dynol. Halwn, am ei weld hefyd! Tennyn iddo byddai o gymorth hefyd. Pisa Gwyndaf yn ddiddiwedd am ddau funud.

'Mwy o laeth? Felly, lle o'n i arni? Ia, felly, aeth Hayden ato i weld a oedd'n byw 'ta peidio a swatiodd reit yn ymyl iddo a throdd ata i yn amneidio'i ben a dwedodd wrtha i, 'Mae'r twrch wedi wincio arno,' mor ddifrifol. Wel, mi nes i ddechrau chwerthin a doedd dim stopio fi nes ddod y dagrau. Pwy fysa'n dweud hynny, Hayden Gro, mewn adag fel hon?' Wel, rhaid fy mod i wedi chwerthin mor uchel nes i mi ddeffro'r marw, oherwydd yr eiliad nesa mi besychodd y peth 'na ar y ddaear a fwrodd olwg ar Hayden fel tasai o'n dweud, 'Be ti'n neud yma, trio cysgu dwi?" a dechrau Eira chwerthin unwaith yn rhagor.

'Felly, doedd o ddim wedi marw?' ofynna Dwynwen, yn betrusgar.

'Doedd y twrch ddim wedi wincio arno fo, nagoedd, fy merch i,' meddai Eira, 'dal i fyw, dal i fyw, mae o.'

Ar y daith fer yn ôl i Geulan mae gan Ddwynwen gymaint o gwestiynau o hyd a chymaint o bethau i'w dweud wrth Halwn.

Gallai fod wedi marw. Gallai'r ddau fod wedi marw neu gael eu hanafu'n ddifrifol. Prin y gall hi oddef meddwl o'r fath.

Mae Gwyndaf yn eistedd yn y sedd wrth ei hochr yn syllu ar y ffordd o'i flaen fatha hyfforddwr gyrru blewog. Yr hyn y mae pobl yn ei deimlo ar adegau fel hyn y mae'n rhaid ei alw'n gariad. Teimladau hunanol yn ofni colled, teimladau dihunan yn ysu gofalu am gi neu ddyn, teimladau syml o werthfawrogiad i bobl Rhyd y Gro, pobl halen y ddaear fel Hayden ac Eira a theimladau'n fwy anesboniadwy byth bod y ddaear hon sy'n bodoli mor ddawal o'i chwmpas, rywsut, yn rhan o'r pecyn amddiffynol o gariad yr oedd wedi dyheuo cyhyd. Y teimladau hyn yn fwy pwerus na'r dicter sy'n codi nad oedd o wedi'i galw ers tridiau. Tomen o feddyliau'n cyfrodeddu, pob un yn fyw ac angen ei ddadansoddi, yn dal i ddygyforio wrth iddi ganu cloch drws fflat Halwn.

'Lle ydach chi wedi bod?' meddai Halwn gan wenu.

Cyfartha Gwyndaf a neidia i fyny fel dyn o'i gof pan mae o'n ei weld. Maent yn cofleidio'i gilydd gyda chyfarthiadau, geiriau cariad a chwtsh.

'Fi a ddaeth o hyd iddo, blodyn tatws,' meddai Dwynwen, yn methu cofio'r holl bethau pwysig a oedd wedi cynllunio'u dweud wrtho.

'Gwyndaf, dywed wrth y ddynes pa mor ofnadwy wedi bod hebddi hi.'

'Dwyed o dy hun, medd Gwyndaf,' meddai hi.

'Dim ar y stepan drws ffrynt, meddai fo,' meddai Halwn yn dal i ddal y ci.

# 10

## *Y Cloddwyr*

Oedd Darcy wedi bod yn breuddwydio am y tŷ hwn yn y gaeaf ac am y cymhelliad rhyfeddaf i wisgo pob math o ddillad a nad oedd yn addas i'r tymor: gall weld ei hun yn rhedeg trwy ystafell ar ôl ystafell tra oedd ei gwisg yn newid o ddarn ysgafn o sidan fel nymff Roegaidd yn orsed eithriadol o dynn a'i gwasgodd y tu mewn nes mai prin y gallai anadlu. Deffrodd hi ym mherfeddion y nos efo'r ebychiadau rhywun yn boddi. Deffrwyd Gwilym gan ei phanig. Ar ôl iddo ei thawelu, daeth hi'n ymwybodol o ei gyffro ond methodd wneud unrhywbeth i'w atal ei chyfathrachu. Gallai weld ei hun yn ddisymud a difywyd o dan ei ymwthio arni.

Gweinir brecwast yn berffaith gan Rita, y forwyn Philipiniad a oedd Gwilym wedi dod o hyd iddi ar y rhyngrwyd. Glên iawn ydi Rita ac yn weithgar. Mae Darcy yn hoffi'r syniad o staff yn aros am orchmynion annwyl oddi wrth foneddigion annwyl. Rhamantus iawn yn ei meddwl. Mae'r stafell bwyta yn edrych allan dros y lawntydd ddi-ben-draw ond yn y niwl boreol ysgafn mae hyd yn oed y coed agosaf yn cuddio. Mae Rita'n difyrru Llewelyn ac yn gwneud iddo chwerthin wrth iddo fwyta ei uwd.

'*Rita, darling, please try not to make him laugh so much whilst he's eating, it's probably bad for his indigestion or something.*'

'*Sorry, Ma'am, very sorry.*'

Stopia Llewelyn fwyta a syrthia ei ên i'w frest.

'*Come on, now Lou, no sulking, got a big day ahead of us.*

*Mummy is going to be a judge today and she needs you to be fun for her all day.'*

Dim ond syllu i'r pellter heb ymateb i'r hyn mae hi'n ei ddweud mae Llewelyn. Mae ton o euogrwydd yn ymchwyddo trwyddi ac yna ton fwy o ddicter yn ei dilyn. Wedi cael llond bol ar gael ei hamgylchynu gan dyrfaoedd o wrywod hunanol yn cymryd beth bynnag maen nhw ei eisiau ac yn gwneud beth bynnag maen nhw ei eisiau heb unrhyw ganlyniadau o gwbl. Rhaid bod Gwilym wedi gweld ei hwyneb.

'*Rita, can you take Llewelyn to his room and get him ready for his day with his mother? There's no rush.'* Gwenodd Gwilym yn annwyl.

'*See you soon, Lou,'* meddai Darcy wrtho yn trio gwneud iawn am ei llymder funud yn gynt.

'*Darcy –*' dechreua Gwilym, ar ôl iddynt adael yr ystafell.

'*Don't start. I'm quite bruised after what you did last night.'*

'*Darcy, please keep your voice down.'*

'*Well, I am.'*

'*I thought you were quite enjoying it.'*

'*Oh, please, don't try that one, it was almost rape –*'

Cnoc ar y drws a daw Rita i mewn.

'*Sorry, sir, sorry, madam, I'm not sure what to make the boy wearing for this day, madam, sorry.'*

'*I'll come up with you, Rita,'* gan adael Gwilym i orffen ei frecwast.

Deng munud yn ddiweddarach ac mae Llewelyn yn gwenu unwaith eto yn ei siwt, crys gwyn a thei bô del. Tra ei fod yn chwarae efo ei set newydd Lego, mae Darcy yn gwisgo ffrogiau yn y drych. Mae hi'n ystyried a ddylai achosi cynnwrf mewn sgert ledr neu ei chwarae'n ddiogel er mwyn peidio â rhoi unrhyw esgus iddynt ei beirniadu yn y digwyddiad cyhoeddus hwn yn y pentref. Anghofia am y hogiau, mwynha'r ffrogiau. Felly, ar ôl lleihau'r dewis i ddwy mae hi'n mynd am ffrog polka dot las arddull pumdegau gyda het fawr neis i gyd-fynd â hi.

Pan mae hi'n ymddangos ar ben y grisiau grand dyna Gwilym

a Llewelyn yn aros amdani.

'Duwies y dre,' dywed ei gŵr gan wenu yn falch.

'*No idea what you mean, but it sounds nice.*'

'*The goddess of all she surveys,*' meddai.

'Dioc yn fower,' meddai hi. '*But not quite forgiven.*'

Gyr Gwilym yn araf lawr y lôn o Henfache yn gofalu nad ydi'r car yn taro'r twmpathau yn rhy gyflym. Mae'r niwl wedi lleihau erbyn hyn ond oer ydi'r awyr o hyd a chyn iddynt gyrraedd ben y lôn a'r giatws dywed Darcy wrtho fod angen iddo droi yn ôl am ei bod wedi anghofio ei chôt a chôt law Llewelyn.

'*Rita, you really should have made sure that Lou has his rainwear with him when we go out, please. It's often very bad weather here in Wales.*'

'*Yes, Ma'am,*' meddai Rita yn tynnu Llewelyn yn agosach ati.

Mae o troi'r car heb yngan gair ond mae ei feddwl yn crwydro yn ôl i'r cyfnod Lleucu a'r dyhead am blant. Syllu ar y niwl mae o nes iddi dod yn ôl â'r cotiau a dillad iddi ei hun ac i'w mab.

'O'r gorau, o'r diwedd,' meddai, 'ar ein ffordd.'

Troi pethau yn ei feddwl ar y daith i'r pentref a diwrnod mawr Eisteddfod y plwyf mae Gwilym. Garreg filltir yng nghalendr ei flwyddyn oedd y diwrnod hwn erioed wedi bod. Wastad wedi edrych ymlaen ato ers talwm gan ei fod yn gyfle i weld a chynnal sgwrs â ffrindiau, tenantiaid, brodorion a chymeriadau'r ardal, hyd yn oed â'r gwragedd lleol a fu'n gyfeillesau i'w fam annwyl. Mae'r teimlad hwn wedi hen ddiflannu. Mae sawl pethau wedi cyfrannu at hyn ond doedd o ddim yn siwr pam fod y llawenydd wedi edwino yn llwyr.

Gellir clywed Darcy yn parablu yn y sedd flaen am y diwrnod o'i blaen, am ei dylestwyddau, am ei diffyg hyder, am ba mor anodd ydi'r Gymraeg ac yn y blaen. Gall glywed Rita hefyd ar y sedd gefn yn sibrwd wrth Lewelyn ac mae o bron yn siwr ei bod yn dysgu Tagalog iddo, ei hiaith ei hun, gan fod nhw'n treulio cymaint o amser gyda'i gilydd. Boed hynny fel y byddo, tybed Gwilym sut ar wyneb y byd ydi pedwar o bobl mor wahanol wedi gorffen yn eistedd yn ei gar ar y bore hwn. A ydi bywyd ar Ynysoedd y Philipinos mor ddrwg nes i fenyw ifanc gael ei gorfodi i ddod yma i fyw ar drugaredd dieithryn llwyr? A'r hogyn 'na a fydd prin yn meiddio siarad ag yntau, Gwilym, er ei holl ymdrechion i ddod i'w nabod, i'w annog, i fynd ag o ar wyliau, i dalu am ei ysgol ac i roi cartref iddo, a dyna fo, yn sgwrsio'n rhydd â Rita fach. Ond pan mae yntau'n siarad mae'r bachgen yn syllu ar unrhyw beth yn lle arno. Roedd Gwilym wedi dychmygu eu bod wedi dod i gytundeb â'i gilydd heb lofnodi darn o bapur ond dyn wrth ddyn mewn cyfarfod perffaith o feddyliau. Yn lle hynny, mae Gwilym wedi rhoi'r gorau i freuddwydio am beth bynnag oedd yn ei ben ar y pryd. Yn syml, mae'r naill yn goddef y llall a dim llawer mwy.

'*Not sure you've been listening,*' meddai Darcy, ym maes parcio'r Neuadd.

Gwena Gwilym. 'Byddi di'n iawn, cariad. *You'll be fine, my darling.*' Mae'r holl fusnes o gyfieithu iddi wedi bod yn mynd ar ei nerfau ers tro bellach ond nid ydi'n siwr beth i'w wneud yn ei gylch.

'*Smile, say* Bore da *and* Shwmae? *till you are blue in the face and try to make sure everyone gets a prize. Even Mrs Wyn-Evans, whose bara brith is used for target practice at the shooting club.*'

Dim awgrym o ymateb ar wyneb Darcy.

'*See you later. I'll give you a bell, ok?*' a chyn iddi allu ymateb mae Gwilym wedi mynd. Mae angen seibiant arno.

Ar ôl iddo gyrraedd Henfache, mae'n newid i'w ddillad gwaith, yn edrych ar ei negeseuon e-bost, yn gwneud y pethau wedi'u addo o ran ei gysmeriadau, h.y., symud arian o un cyfrif alltraeth i'r llall ar eu gyfer, fel rhan o'r gêm o osgoi talu treth. Gan fod y tŷ'n wag, mae'n teimlo'n ddigon cyfforddus i fynd i'r hen stablau a gwirio'i gabinet gwn sydd wedi'i guddio y tu ôl i ddrws clo toiled y gweithwyr. Popeth yn ei le, llwch ym mhob man, neb arall sy'n nabod y rhif i'r sêff na lleoliad y goriadau. Iawn. Saith darn o fetel peryglus. Rhag ofn.

Nesaf, hanner milltir o gerdded i weld Iorwerth yn ei fwthyn. Mae'r awyr yn las bellach a Gwilym yn mwynhau'i hun i ffwrdd o'r tŷ, teulu, plentyn a chymelliad i siarad lol er ei fwyn ei hun. Dim digon o gerdded yn ei fywyd mae'n meddwl ac yn ystyried sut i roi mwy o gyfleon iddo'i hun yn amlach. Mae'r hen giper yn aros amdano yn ei ardd ffrynt a chan nodio ar y meistr heb air mae'n mynd at y sied yn ymyl y coed y tu ôl i'r tŷ.

'Dyma ni, un o'r gorau,' meddai Iorwerth, gan roi ci bach brown i Wilym.

Nid ydi Gwilym erioed wedi dod i arfer â'r diffyg golau yn y sied ond gall deimlo pa mor wydn a chryf ydi'r peth bach bywiog. Mae'n mynd ag o allan i'r golau ac yn ei ryddhau ac mae'r ci'n anelu'n syth at bentwr o bren ac yn dechrau trwyno.

'Ffres mae hon, gwyryf, mi liciech chi'r ast, siwr o fod,' medd y ciper.

Chwerddi Gwilym yn ansicr. 'Iorwerth, pob tro rhaid ofyn be ti'n meddwl gyda un gair neu'r llall.'

Darllena feddyliau arglwydd y faenor. 'Verjin. Gwyryf.' Syllu arno fatha llygoden wedi'i chornelu.

'Mi wela i,' dywed, heb fod yn hollol siwr beth mae'n ei weld. 'Diolch yn fawr iawn, Iorwerth. Mae'n edrych yn iawn. Mi bicia i mewn i gael y peth gyda'r nos.' Edrych Gwilym ar ei watsh. 'Wela i ti.'

Nid ydi'r llall yn symud, nid ydi'n yngan gair, dim ond syllu.

Eisoes yn ei feddwl mae Gwilym yn ymdrin â'r gorchwyl nesaf ac yn amlwg dim yn deall yr hyn y mae Iorwerth ei eisiau.

'Ci perffaith, dwi'n siwr,' meddai Gwilym, ar goll.

'*To hundrad an' fifty,*' ydi'r ymateb.

'Oh, sori, Iorwerth.' Tyn o ei waled allan ond dim ond deugain o bunnoedd ynddi. Rhy'r ddau ddarn o bapur iddo ond mae yntau eisoes yn agor ei ddrws ffrynt.

Erbyn canol dydd mae Darcy ar wastad ei chefn. Ddim yn llythrennol. Ar wastad ei phen-ôl, pe tasai dywedir y fath beth. Wedi siomi disgwyliadau pawb mae hi ym mhob ffordd. Tyn ddarn o bapur toiled oddi wrth y rholyn llaith a sychu ei llygaid. Mae arni eisiau piso, roedd gynni'r un teimlad yr holl fore ond wedi methu. Oedd mor awyddus i wneud yr un peth hwn yn dda ond wedi methu. Chwytha ei thrwyn ar yr un pryd ag y mae rhywun yn rhechu yn y ciwbicl drws nesaf. Dymuna y gallai orffen piso a mynd allan o'r fan honno cyn gynted â phosib. Mae dŵr budr ar y llawr a gall weld staen jam ar ei ffrog. Mae hi wedi bwyta cymaint o gacennau sbwng, cacennau siocled, cacennau ffrwythau, cacennau melys a hufen a fraith a gri neu dorth, marmalêdau, jamiau a dwsinau mwy o bob dim. Roedd rhywun wedi cynnig *quiche* mor ofnadwy nes iddi orfod camu allan o'r babell am chwa o awyr iach. Dim mwy na chant o bobl yn y pentref ond mwy na thriugain o ddosbarthiadau yn chwe adran ac o leiaf wyth eitem ym mhob dosbarth ac hithau roedd y prif feirniad oedd yn golygu ei bod wedi blasu 60 gwaith 6 gwaith 8 o bethau. Rhaid iddi sefyll a phlygu dros y toiled i gyfogi wrth feddwl am yr holl siwgwr-wyau-blawd-ffrwyth-siocled-hufen, ach a fi, yn cymysgu yn ei stumog.

O'r drws nesaf mae rhywun yn gofyn a yw popeth yn iawn.

'Ie, dioc, poeth yn da,' meddai hi. *Leave me alone, please,* meddylia, drachefn a thrachefn.

Pum munud yn ddiweddarach mae hi'n sychu ei llygaid a thrio unwaith yn rhagor i pi-pi. Ni all feddwl am unrhyw beth ar wahân i'r *quiche* hwnnw a'r bore ofnadwy. Roedd yn amlwg i bawb a oedd yn ei chynorthwyo, Mrs. Peters, Mrs. Jones Tŷ Uchaf a Mr. Parry-Morrison nad oedd gynni unrhyw syniad beth oedd i fod i wneud ond gwaeth fyth pan ddaeth Rita a Llewelyn i mewn i babell y gystadleuaeth achos roedd Llewelyn wedi colli ei waled fach a dechreuodd pob un o ei helpwyr siarad Cymraeg gyda Rita a ymatebodd hithau yn Gymraeg berffaith a throdd phob un wedyn i ddweud wrth Ddarcy pa mor gyflym oedd Rita wedi cael crap ar y iaith Cymraeg ac ei chanmol i'r cymylau. Roedd Darcy jest yn teimlo yn fwy *crap* byth. Mae hi'n cofio gwenu'n wan ar Rita. Nawr mae dafnau troeth yn ei phoeni a dod â dagrau i'w llygaid. Mae'r widdan yn y ciwbicl nesaf yn dal i rechu.

75

Yn y cyfamser ar ei ffordd i Drenewydd ydi Gwilym ar ôl newid ei ddillad, ei gar ac ei ffôn, ac wedi dod o hyd i'w hoff het bwced Wal Goch. Y penwythnosau hyn adra yn Henfache yn hedfan heibio ac mae'n teimlo ychydig o stress wrth drio ffitio popeth i mewn. Wrth iddo yrru tua'r dwyrain mae cymylau trwm yn casglu uwch ben a chyn bo hir dafnau glaw mawrion yn pigo bwrw ar y sgrîn wynt. Poeni am beth mae Darcy wedi gwneud neu ddweud, poeni am sut bydd Llewelyn yn ymdopi â'r sefyllfa, all o fod yn siwr bydd Rita yn rheoli pob sefyllfa yn syml gan fod yn wên i gyd a bron yn hollol fud. A ddylai fod wedi ei phriodi hi yn lle hynny? Ar y ffordd osgoi ger Drenewydd dychmyga ei dadwisgo ac yn ailadrodd yr un ffantasi nes iddo grensian y gêrs wrth y cylchfan a bron colli'r tro i Stepaside.

Mae'n parcio'r car yn y gilfan cysgodol. Neb erioed yma. Allan o boced o'i wregys pres mae'n cydio yn ei ffôn. Unwaith eto, mae'n gwirio nad oes neb i'w weld. Mae'n ei throi ymlaen ac yn chychwyn ar droed yn y glaw mân i ben y lôn. Yno mae'r signal yn hynod o dda am ryw reswm ac mae safle bws hen-ffasiwn ac ynddo mae'n deialu'r rhif. Tair thonc a thorrir yr alwad. Eto, tair thonc a thorrir yr alwad. Tair thonc a'r tro 'ma mae'n aros i rywun ei godi.

Yna, sgwrs:

| Gwilym: | Tywydd braf. |
| Llais arall: | Tywydd braf iawn. |
| Gwilym: | Bydd yn braf heno 'fyd. |
| Llais arall: | Bydd. Am chwech. |
| Gwilym: | Capel Griffiths? |
| Llais arall: | Na, Capel Williams. |
| Gwilym: | Iawn. |
| Llais arall: | Philippians 3:2 |
| Gwilym: | Amen. |

Ar hynny troir y ffôn i ffwrdd ac yn ôl yn ei gar am adra.

Falch iawn oedd Darcy i gael lifft adra gan wraig cyn-Barchedig Mr. Puw, Mrs Puw. Ar ôl y sesiwn affwysol yn y toiledau dros dro ym maes parcio'r Neuadd, doedd gan Ddarcy dim chwant ar fwy o'r Eisteddfod hon ac oedd wedi trio ffonio Gwilym yn aflwyddiannus a thacsi yn ofer. Ffrind Mrs Puw, Mrs Morris-Jones oedd yn pasio pan ddigwyddodd iddi glywed y sgwrs efo cwmni tacsi a chynigodd Mrs Morris-Jones lifft i Ddarcy gan Mrs Puw. Ymhen amser o'i gwely yn Henfache cofiai am Lewelyn. Roedd hi wedi dod adref hebddo ac wedi bod yn ffonio Rita yn daer i wneud yn siwr ei fod yn iawn. Roedd hithau yn dal i ofalu am Lewelyn a oedd yn mwynhau ei hun yn chwarae efo rhai o hogiau lleol. Ni ddywedodd Rita wrthi ei fod yn chwarae pêl-droed yn y glaw a thu allan ar y maes. Cymerodd Darcy bâr o dabledi. Efallai y byddant yn ei helpu.

Mae rhaid ei bod wedi syrthio i gysgu ond deffrodd pan ddaeth yn ymwybodol o rywun yn ei hystafell a wnaeth sŵn y drws yn cau iddi eistedd yn syth. Does ganddi ddim syniad o'r amser a gwisgo yn gyflym cyn gwastraffu ugain munud gan drio pi-pi eto. I lawr yn y gegin does neb i'w weld ac yn y diwedd mae hi'n canfod hen garton o sudd llugaeronen ac yn tywallt glasiad mawr i'w hun.

O bell mae hi'n gallu clywed injan car ac yn rhedeg trwy'r ddrysfa o stafelloedd i ddod i'r cyntedd mawr marmor a'r drws ffrynt trawiadol. Drwy ffenestri beintiedig y drws gall weld ei gŵr yn cerdded i fyny'r dreif graean. Mae'n cerddi fel pe bai wedi'i anafu. Hercian, ond hercian yn gyflym. Nid ydi'n sylwi arni yn ei wylio nes ei fod ar fin agor y drws. Mae'n stopio ac am un eiliad anhygoel mae fel pe baent yn ddieithriaid llwyr heb ddim yn gyffredin. Mae hi bron yn llewygu wrth iddo droi i ffwrdd, cerdded ychydig o gamau ac yna troi rownd i ddod trwy'r drws.

'*Hello, darling,*' medd.

'*Where have you been, Gwilym? And where is my son?*'

'*Can we not do this here, darling? I've been busy, sorry, and I understand you haven't been well so I didn't want to disturb you.*'

'*Stop batting me away like an annoying fly. I'm not well because of you, I've had an awful day here in this damp, shitty,*' *awful place and you've abandoned me while you go galivanting off doing whatever you like while I'm being sick on sponge cake and bad cooking.'* Hanner ffordd trwy ei haraith, dechreua wylo.

Mae o'n petruso, ansicr a ddylai ei chofleidio neu wneud y peth mwy greddfol a dweud wrthi i fwrw arni. Gwna'r pethau bychain. Gall glywad ei fam yn siarad efo ei dad pan gafodd ei dad y newyddion gan y feddyg ei fod ar fin colli ei olwg. Bob tro y gwelai Gwilym ei fam byddai hi'n rhygnu ymlaen am ei yrfa, ei briodas, ei ddiffyg pob dim da, ei daldra, ei fwynder, hyd yn oed ei ddannedd. Bob tro y siaradodd hi – oedd Gwilym yn amau ei bod yn gwneud hyn bob tro yr oedd yn siarad ag unrhyw un – byddai hi'n sôn am Henfache a llwyddo i wau'r hen dŷ i mewn i wendidau Gwilym a dod ag edafedd newydd o'i fethiannau aflwyddiannus enwog i greu ganfas lliwiog cyhyd â Brodwaith Bayeux yn darlunio'i anghymhwysterau. A'r peryglon i ddod. Daeth hyn i gyd i'w feddwl yn y foment hon o betruso.

Wrth iddo agosáu ati, mae hi'n sylwi wyneb yn ymddangos wrth ffenest yr hen Land Rover. Stopia wylo, felly gwena Gwilym yn fwyn, fel petai ei bod yn blentyn. Pan gwel y wyneb bod rhywun wedi ei sylwi dechreua hwn gyfarth.

'*Oh, how sweet,*' beichia, '*you've done something nice for Lou at last. A puppy.'* Ac â at Wilym i'w gofleidio.

'*Erm, yeah, well, not exactly, Darcy, you see –* '

'*Oh, a little brown puppy, soooo sweet, thank you,*' wrthi bawenni'r ffenest a dweud helo a phethau babi i'r ast, ac yna i ffwrdd â hi i mewn i'r tŷ yn galw, '*Lou, Lou, Llewelyn, come now, we've got something for you. Lou, Lou!*'

Gall Gwilym ei chlywad yn bloeddio am ei phlentyn. Gall glywed ei hun yn berwi drosodd oherwydd bob tro mae'r ddynes hon yn mynd ynghlwm yn rhywbeth mae'r cyfan yn mynd rhwng y cŵn a'r brain.

Byddai wedi atal amser pe gallai. Byddai wedi'i hatal rhag gweiddi pe gallai ond mae apwyntiad yn ei alw. Gall weld ei hun yn camu i mewn i'r Land Rover ac yn gwthio pob dim arall o'i feddwl. '*She'll be right,*' fel yr arferai ei nain ddweud. Wrth yrru i ffwrdd mae golwg Henfache a wyneb Darcy yn diflannu a'r ast yn fyr o dro yn ymdorchi ar y sedd flaen.

Erbyn cyrraedd 'Capel' Williams, sef fferm hen Williams, Pant yr Afanc, llawn ceir mae'r buarth. Goleuadau sigaréts mewn sied agored ar ben arall y iard yn fflachio yn afreolaidd. Os bydd yr hen Williams yn eu gweld bydd yn eu lladd, meddylia Gwilym. Mae gwair yn y sied.

Wedi troi'r glaw yn drwmach yn ystod y daith yma a thyn Gwilym ei gôt law arall o gefn y Land Rover. Neidia'r ci fach i lawr heb ei gofyn a dilyn Gwilym i mewn i'r buarth. Rhywun yn aros amdano yna.

'Dyma ti,' yn cynnig balaclafa iddo. Oedd o'n gwisgo un yn barod. Gwnaeth yntau arwyddion i ddod efo fo i ymuno â'r grŵp yn y sied.

'*OK, boys, fags out from now on.*'

Mae pawb yn gwisgo balaclafa. Gwilym yn gwylio un ohonynt yn cymryd y mygyn olaf cyn taflu'r bonyn i ffwrdd.

'*Stamp on it, yeah,*' dywed y bos i'r dyn arall. Gwna.

'*No names,*' meddai, '*no shouting, no arguing, no pissing about. We work as a team. I'm gonna give you a number, that's it, that's you for tonight. You,*' pwyntia fys ar Wilym, '*number two, you number three, you number four, number five is the lad with the dogs. I'm Number One, OK? Plus, English when we're working, yeah? The old man looks after the cars. If anyone told anyone what we're doing we're fucked and if I find out who, you will be particularly so.*'

Mae gynno acen y De a siâp *prop forward*. Pawb yn nodio. Y tu ôl iddynt mae rhywun yn startio injan. Rhif Un yn amneidio i'w ddilyn rhwng y sied a'r tŷ i ochr arall y buarth.

'Cŵn yna, yn y cewyll,' dywed wrth Wilym a rhoi Patterdale Gwilym i rywun yng gefn cysgodol y van. Gwichia'r peth bach wrth iddo'i godi gerfydd ei wddf. Dywed wrthynt am frysio.

'*Ready?*' meddai'r bos, pan oedd y pedwar yn eistedd yn dynn yn y fan. Dywed 'ie' pob un mewn ffordd wahanol. Mae o'n cychwyn y car ond mae'n diffodd bron yn syth. Dair gwaith mae'n trio ei gychwyn ond mae'r injan yn dal i ballu pob tro.

'*For fucks sake*', dywed o yn uchel iawn. Try unwaith eto ond y tro hwn mae'r agoriad dim ond clicio yn y peirianwaith. Mae'n mynd allan i sbio o dan y bonet. Mae Gwilym yn clywed yr hogiau yn siarad yn isel yn eu hiaith eu hun.

Pum munud yn pasio. Mae hi wedi mynd yn dawel iawn.

Mae Gwilym yn agor y drws a dweud, 'Mae gen i syniad. Be am fynd yn fy hen Land Rover gyda'r hogiau a'r fan arall yn dod â'r cŵn?'

Mae'r llall taro'r bonet yn chwyrn felly mae'r fan yn crynu.

Pum munud yn ddiweddarach mae Gwilym yn gyrru ei Land Rover a'r tri arall wedi eu gwasgu i mewn ar ddwy sedd. Yr hogyn yn eu dilyn efo'r fan cŵn. Pwyntia Rhif Un at Wilym i droi i mewn i drac cul sy'n arwain i fyny allt isel i mewn i goedwig fechan o goed du. Gan metr yn ddiweddarach tyn Gwilym i mewn i gilfan. O'r fan y tu ôl gall Gwilym glywad cyfarth cyfarwydd ei Patterdale cyn i rywun ei thawelu.

Mewn tawelwch rhannir y rhawiau, y goleuadau a'r bagiau. Glaw meddal yn glanio mor ysgafn a chymer Gwilym gegaid neu ddwy o wisci o'i hen fflasg boced, rhodd oddi wrth Leucu. Ei amser, meddai wrth ei hun, unwaith y flwyddyn i ddianc o'r byd modern, ffug, rhagrithiol, atalnwydus. Ymuna'r boi cŵn â nhw a chyfrif Gwilym chwech ohonynt, ei gi ei hun yn eu plith, yn tynnu ar eu denynnau. Dilyn pawb y bos i fyny'r lôn nes iddo droi a dywed wrthynt i droi eu goleuadau ymlaen wrth iddo gychwyn i fyny'r foncen serth. Hen ddail llaith a'r sŵn crensian o dorri pren a chamau ei gymrodyr yn llenwi meddwl a chlustiau Gwilym. Ar goll yn ei dasg ydi, yn croesi ffin i'r deyrnas arall, yn tyfu ac yn canfod ac yn ymdoddi'n ei ddirnadaeth newydd y byd natur. Yr unig aflonyddwch ydi anadlu trwm y dynion y tu ôl iddo.

O'u blaen mae llannerch fach. Swatia'r bos, yn gwrando yn astud, y lleill yn gostwng eu tortshis, yn sefyll yn lletchwith. Dim byd i'w glywed. Clymir y cŵn wrth fedwen arian. Dechreua un ohonynt wichian a chael cic gan y boi cŵn. â'r bos yn araf i ganol y lannerch a chrafa ag ei esgid yn y pridd.

'Iawn! *Come on,*' dywedodd, '*found the bastards.*'

Gorchmynnir pawb i wneud job. Palu yma, palu yna, paratoi'r cŵn, un i wylio, y bos i oruchwilio.

'*Remember, kill the pigs! Faster we work, the more pigs we kill.*' Mae'r bos yn chwerthin wrth iddo'u hannog, yn ailadrodd yr un geiriau sawl gwaith.

Dechreua dau o'r hogiau ganu, '*Zabić świnie, kill the pigs, zabić świnie, kill the pigs,*' tra maent yn palu fatha peiriannau.

Dalia Gwilym un o'r cŵn tra bod y boi'n trio clymu coler am ei wddf. Sibrwd wrth Wilym yn Gymraeg efo acen Sir y Fflint, 'Ci gora ydi'r litl bastad nene, ma' ef gyn galan filen, maw ar glem, ti'n dallt?' ac ar y coler rhydd o ddarn bach o blastig du. Doedd dim clem gan Wilym am be mae'n sôn.

'Be 'di hwn, 'te?'

'Trwnsmita.' Gwylio fo'r bos. '*So we can fine 'em, innit?*' a dengys beth fatha ffôn symudol fach hen ffasiwn oren iddo. 'Fy llgaid, nacwes, dan daear ene,' a phwyntia i lawr gan chwerthin.

'*Hurry up, Tom,*' medd y bos wrtho.

Ciledrych Tom ar y bos yn gas ond peidio yntau â chymryd sylw ohono. Try'r bos at yr hogiau sy'n dal i balu. Mae Gwilym yn synnu pa mor gyflym y bechgyn wedi cloddio. Tair troedfedd i lawr yn barod. Mae'r pridd yn troi yn llithrig ar ôl yr holl oriau hyn o law ysgafn a gall weld pyllau bach o ddŵr yn ffurffio o amgylch eu traed, ond dal i ganu maent yn isel, bron yr unig sŵn ar wahân i drawiad y rhawiau yn y ddaear laith.

'*Ready, boss,*' medd Tom.

'*Ok, lads, get out,*' medd o.

Erbyn hyn mor ddwfn yn y twll a'r llethrau mor lithrig a nid ydi mor hawdd dringo allan ac mae'n cymryd dwy funud arall o dynnu, codi a gwthio gan bob un ohonynt cyn iddynt sefyll ar ymyl y pwll, wedi'u gorchuddio â mwd, wrth i'r glaw ysgafn yn trwmhau. Ac mae'r cŵn yn crynu yn erbyn y goeden.

'Ysgol o'r fan,' ac amneidia'r bos ar Dom, sy'n rhedeg i ffwrdd yn syth i nôl y peth gan dyngu a rhegi dan ei wynt.

Mae'n rhaid iddynt aros ychydig funudau annifyr cyn iddo ddod yn ôl â hi. Anfonnir o un o'r hogiau i lawr i'r twll a gollwng Rocky, y ci efo'r coler a'r trosglwyddydd, i lawr ar yr un pryd. Does dim angen dweud wrtho beth i'w neud. Yn syth i mewn i fyndefa'r brochfa.

'*Give it five for him to find a pig then we'll send the Patterdale to help finish it off.*'

Neidia calon Gwilym. '*You sure?*' he asks. Yn lle ateb mae'r bos yn troi i siarad efo Tom am leoli yn fanwl daith y daeargi trwy duneli y ddaear. Gall Gwilym weld y sgwrs rhwng y bos a Thom wrth iddynt canolbwyntio ar y teclyn i leoli y gweithrediad. Ymhen munud neu ddwy mae Rocky yn ail-ymddangos wrth y fynedfa. Mae Tom yn neidio i lawr i'w fwytho ychydig.

'*Light, yeah,*' gweiddia.

Un o'r hogiau Pwylaidd tafla oleuni ar yr olygfa. Gwaeda Rocky o'i wyneb a'i geg. Disgwyl Gwilym i Dom i wneud rhywfath o ofal i Rocky, glanhau'i glwyfau, golchi'i doriadau yn lle ei gydio o gwmpas ei wddf ac yn bloeddio yn ei wyneb, '*Kill the pig, Rocky, kill the pig!*' Yna, tafla'r ci bach i lawr unwaith eto i mewn i'r twnneli ar yr un pryd gan weiddio ar y bos, '*Throw me the Patterdale.*'

Gwna y bos fel y dywedir wrtho. '*Give me the Jack as well, fuckin' show it what to do.*' Teflir ci arall i lawr i Dom ac yn syth gwthia Tom y Jack Russell tu ôl i'r ci arall. Cura calon Gwilym bellach yn wyllt. Iddo oedd y ci yn beth di-nod ond yn y frwydr ym myd dynion, yn yr ornest gwroldeb a marwolaeth, gall o weld ei hun, cael math o ogoniant adlewyrchedig ac yn teimlo cyfeillach dynion y ddaear sy'n cynnal y fflam dros fedrau a chyfrwysterau, hynafol ac aruchel.

Torr y bos ar draws ei feddyliau. '*Dig down, you two,*' dywed, '*do what he says,*' a phwnytia at Dom. Pasia raw i Wilym, rhag ofn. Fel hyn, gwilia fo'r hogiau yn palu yn y glaw yn tyfu'n gyson drwmach, mewn pyllau o olau gwan, wrth i gysgodion coed a changennau a'r holl bethau anoleuedig wylio o'r ymylon y bodau dynol wedi'u socian a'r wynebau dan straen a thrwy'r amser mae Tom yn cyfarwyddo'r cloddio fel pe byddai'r dyn olaf yn sefyll yn amddiffyn ei wlad enedigol. Yna o'r tu ôl i'r bos, ymddengys siâp du yn siglo. Geilw'r bos ar Dom.

'*What's this?*'

Mae Tom yn canolbwyntio ar ei sgrin a nad ydi'n ymateb o ochr arall y twll mawr.

'*Tom, eh, Tom. What the fuck is this, Tom? Where's this come from?*'

Edrycha o i fyny.

'Y?'

Pwyntia ar y siâp. Erbyn hyn mae'r siâp wedi dod yn un efo'r ddaear a ni all Tom weld beth mae'r bos yn cyfeirio ato.

'Tŷd 'ma, wnei di. Rhoi'r *thing* 'na i lawr,' meddai.

Daw Tom draw. Swatia wrth y siâp. Fe'i cod. Cerdda Gwilym yn agosach i'w weld.

'Rhaid fod o 'di dianc o rywle arall.'

'Be ydi o?' medd Gwilym.

'*It's a fuckin dog, what you think it is?*' meddai Tom.

Nid ydi Gwilym mor hapus gyda'r ffordd mae Tom yn siarad â fo ond dweud dim am y tro. Wedyn, addo'i hun, bydd o'n cwyno i'r bos.

'*One of ours?*' medd, yn lle hynny.

Mae Tom yn codi'r ci er mwyn i Wilym yn ei weld yn well. Mae hi'n cymryd eiliad iddo gysylltu'r hyn y mae o'n ei weld â'r gair mae Tom yn ei ddefnyddio. Dim ond modfeddi o wyneb Gwilym ydi Tom yn ei ddal. Diferu â gwaed mae dwylo Tom a pan symuda o un llaw mae rhywbeth yn feddal ac yn wlyb yn dod i'r golwg allan o stumog y ci. Hanner ei wyneb ydi ar goll ac ei ffwr wedi mynd yn ddryslyd efo cymysg o waed a ddaear. Rhy Tom y peth i lawr yn fwy dyner nag y disgwylodd Gwilym ond yna fe'i gwthia âg ei esgid i beri iddo symud ond mae'n edrych fel petai ei goes ôl wedi ei thorri a ni symuda o gwbl. Mae Gwilym yn gwylio'r peth wrth iddo wingo'n afreolaidd.

Try Tom at Wilym, '*That's what comes working with fuckin' amateurs. That's my best dog, that is, Rocky, an' just fuckin' look at it...*' yna, cicia Twm y ci ar farw fel bod y corff yn chwalu a'r gwaed a'r perfedd yn hedfan trwy'r awyr i orchuddio'r hogiau sy'n cloddio yn y twll. Symuda'r bos i sefyll rhwng Tom a Gwilym. Mae Gwilym yn gwylio'r ci bach yn ysgytio'n arteithiol i lawr yn y twll.

'Tom, paid, *back off,* 'sdim bai arno fo. Sori am Rocky, ci da o'dd. *Calm it now,* Tom, océ?'

Mae Tom yn pwyntio ac yn sgrechio ar Wilym ond cael ei ddal yn ôl gan y bos. Dydi'r bois yn y twll ddim yn hapus hefyd ac mae'n rhaid i'r bos ddal Tom i ffwrdd o ymladd â nhw hefyd. Poethi pawb gryn dipyn ar wahân i Wilym sy'n ceisio rhwystro'r hogiau Pwyliadd rhag tynnu Tom o afael y bos. Mae un ohonynt yn bygythio Tom â rhaw a'r llall yn rhedeg at y bos a Thom ond, yn anlwcus, yn y tywyllwch mae'n llithro ac yn syrthio i'r twll ac yn dechrau bloeddio pob math o bethau mewn cymysgedd o Saesneg a Phwyleg.

Does neb yn sylwi ar y goleuadau sy'n dod trwy'r coed.

Mae Gwilym yn neidio yn y twll i helpu'r boi i ddod allan wrth i'r bos daro'r boi arall sy'n dal i ymladd â rhaw wrth i Dom gicio'r dau o'r tu ôl. Ar ôl dringo i fyny o'r twll mae Gwilym yn gweld un, dwy, tri, pedwar o oleuadau yn agosáu atynt, yn yr anhrefn o law, gweiddi, mwd, coed a thywyllwch mae'n colli pwyll a methu cyfrif yn gywir, methu gweithredu yn briodol, mewn ffordd y dylai'n ei wneud yn reddfol. Sefyll mae o. Gwylio, gogwyddo ei ben. Prin y medr symud.

Mae pawb yn stopio pan ddechreua'r y sgrechian. Yna chwislau. A sain ryfedd drymiau pell. Yn y coed? meddylia. Sut byddai drymiau'n cerdded trwy'r coed yn y düwch? Dryswch. Draed moch. Araf, pam mae hi'n mynd mor araf? Pam mae'r bos yn sefyll yna gan edrych fatha bwgan brain a pham mae Tom 'na yn rhedeg fatha gwallgofddyn yn chwifio rhaw at y goleuadau oni bai fod o'n mynd yn wallgof go iawn? A'r glaw yn clirio, meddylia. Diolch byth, meddai o, mi fydd yn llai llithrig.

Teimla ergyd ar ei ysgwydd. Y bos.

'Rhed, rhed, wancar, yn syth! *Get the fuck outta here.*' Mae'r bos yn gweiddi ac yna'n cychwyn rhedeg i'r goedwig. Mae Gwilym yn ei ddilyn. Llithra. Cod. Ergyd arall. Cangennau yn torri o'i gwmpas. Golau y tu ôl iddo. Syrthia i lawr ar ddaear laith y boncen, torri ei wyneb, amddiffyn ei ben rhag y carreg a'r coed â'i freichiau. Y tu ôl iddo gwaeddau. Syrthia yn bellach. Ymlusgo ar ei bedwar, codi, swatio, anadlu. Gorwedd. Mae eisiau stopio'r hyn sy'n digwydd. Sychu'r gwaed, trio agor ei lygad chwith. Gwingo. Poenau anodd i'w lleoli.

Yna, mae'r goleuadau wedi mynd, ni chlywir synau ar wahân i ddiferiad y diferion o'r dail o'i gwmpas. Dim ond gwrando ac anadlu. Mae arno eisiau dweud wrth ei hun, *Everything'll be ok,* sy'n gwneud iddo chwerthin.

Ymhen awr neu fwy, daw Gwilym o hyd i'r hen Land Rover. Agoriadau yn dal yn ei gôt. Does neb arall i'w weld, dim arwydd fod rhywun wedi bod yma neu aros amdano. Yn ofalus iawn startia'r injan. Popeth yn iawn. Dechreua'r cerbyd symud ac ar unwaith mae'n amlwg fod popeth ddim yn iawn.

Teiar fflat. Mor flinedig, mor oer bellach, mor wlyb hyd at ei groen a mor rwystredig nes ei fod yn dyrnu ffenestr y car. A newid y teiar yn y tywyllwch yn ei flino yn llwyr.

Yr holl daith adref gwynia'i law mewn clwt budr.

Parcia wrth fynedfa'r lôn ger y giatws fel nad ydi Darcy yn cael ei ddeffro.

## 11

## Prydau Bore Sul

*Bleddyn*

Ar long i Iwerddon ydi rhan o Fleddyn Tŷ Gwallgof wrth i ran o'i ymennedd yn dal i yrru neges ar ôl neges heibio synapsau wedi marw sy wedi cau am byth heb roi wybod i reolwr ei organau ymenyddol. Rhan ficroscopaidd o fater llwyd Bleddyn yn trio troi ei hun ymlaen, fatha cenhinen yn cynnig cymryd rhan mewn cystadleuaeth ddawnsio, ond methu dallt pam bod hi'n methu. Mae ei wddf sych yn methu llwncu ar y llong sy'n sboncio i fyny ac i lawr, i fyny ac i lawr. Bowns, bowns, bowns, yn araf, fatha ailddangosiad ar y teledu pan ddylse Cymru fod wedi cael gôl ond rhaid arafu'r holl beth i weld pam yn union na ddigwyddodd. Mor sych yn y geg. Sâl yn y pen. Mae'n meddwl am o le ddaeth y gair 'sâl'. 'Sneb arall ar y llong. Medr deimlo ei ben yn dechrau bownsio ond methu weld neb arall efo pen normal ond mae'n beth da fod ei ben yn bownsio achos bod 'na neb arall ar y llong i'w weld. Cofia ei lygaid. Tasai o'n agor ei lygaid fasai o'n gweld pobl eraill. Ar y llong. A gofyn iddyn nhw. Falle.

Metha Bleddyn gofio sut i agor ei lygaid. Mae'n cymryd cryn dipyn o amser o fownsio ar y llong cyn i'r pwysau ar y synapsau ildio fel dŵr yn llethu wal y gronfa a boddi pob dim yn ei lifeiriant. Mae'n dipyn o sioc pan mae Bleddyn yn agor ei lygaid a'i freuddwyd llong sboncio yn malu ar greigiau'r realiti budr ac yntau yn cael ei orfodi i ddod i'r casgliad ei fod yn llawer gwell pan nad oedd ond un synaps yn gweithio ac yn dal i fod yn ddiniwed o'i sefyllfa.

Pam mae rhywun yn bownsio i fyny ac i lawr arno? Ar ei wialen i fod yn fanwl? I le ydi'r llong wedi diflannu? Be sy'n bod efo ei wddf? Pwy sy'n bownsio a pham? Cael trafferth prosesu unrhyw beth gan ddefnyddio'i alluoedd meddyliol hyd yma. Trio siarad mae o heb gynhyrchu llawer mwy na chrawc ryfadd ac yn y cyfamser morthwylia'r din ar ei lwyn yn ddidrugaredd, yn ebychu mor ddi-sŵn â phosib. Yn reddfol estynna ei ddwylo o gwmpas ei chluniau i'w rheoli i rwy raddau tra mae ei bob du yn codi ei adenydd yn rhythmig ac yn niwmatig ond mae hyn yn ei gwneud yn waeth wrth iddi afael yn ei ddwylo'n rymus iawn. I fyny ac i lawr, i fyny ac i lawr mae ei ben yn curo'r gobennydd. Isio gweiddi ond mae ei wddf yn brifo'n ormod. Cae ei lygaid er mwyn peidio â thaflu i fyny. Mae hi'n goryrru ei cheffyl. Mae o'n meddwl am y daith ddiwetha i Iwerddon a gwasgu'r canllaw.

Pan mae hi'n stopio mae hi'n griddfanu mewn ecstasi, ond bron yn syth mae'n hanner syrthio i'r llawr, yn codi ei dillad ac yn hwylio allan drwy'r drws. Mae Bleddyn wedi synnu cymaint ei fod yn dal i ragweld cynnydd a chwymp y cefnfor chwyrn hanner ffordd i Ddulyn gan fod y tonnau yn dal i'w siglo. Welodd o mo'i gwyneb, dim ond ei thatŵ: yn tyfu allan o hollt ei phen-ôl mae draig Gymraeg burgoch â chrafangau yn gafael yn ei bochau hufennog. Rholia drosodd ar ei ochr ac yn chwydu i lawr ochr y gwely. Sy'n helpu. Ar y bwrdd gwêl flwch llwch efo hen sbliff ar ôl ynddo. Prin y gall ei oleuo. Syrthia i gysgu â'r peth yn llosgi yn ei law. Mae o wedi cyrraedd tir sych.

*Hayden ag Eira*
*6.27 yyb.*

Ddoe 6.29. Echddoe 6.31. Mae Hayden yn nodio'r amsar. Prin y gwaria'r wawr hon, mor drwm yn y dwyrain y tu ôl i'r bryniau ydi hi, mor ddu 'to, yn addo glaw. Sbia allan o'r ffenest gegin.

Leidis yn aros. Tydi o'm isio bwyd heddiw. Ei beipiau 'di bod yn corddi ychydig yn y misoedd diwetha, dim 'di dweud mymryn o'i ofid wrth Eira, dim rheswm i'w phoeni hi. 'Bit o wynt, dim mwy, warantaf' dywed wrth ei hun, yn patio ei stumog yn ysgafn. 'Mae'n well i mi siecio ar yr ieir', a chydia yn ei gôt law a chamu allan i'r eflyn boreol llwythog.

Yn ei blentyndod oedd ei fam wedi cadw dusinoedd o ieir i werthu eu wyau yn y farchnad yng Ngheulan, ond bellach ni all o weld y pwynt. Mae Eira wedi darganfod ei bod yn allergic i wyau a stopio Hayden yn eu bwyta yn y gegin rhag ofn iddo daenu'r darnau bychain drwg o wyau dros ei bwyd. Cnoi ei wefusau mae Hayden pan mae hi'n pregethu am fwyd. Wedi sbia lot o sorod yn y biniau nad ydi'n ei ddallt yn llwyr, pethau mewn potiau plastig, fatha Pot Noodles, Twizzlers, Sizzlers a Fully Loaded Fries a mathau o *Ready Meals* mewn pacedi, heb ddweud gair iddi am beth nath o ddod o hyd iddo. Yn waeth byth, doedd erioed wedi ei gweld yn bwyta'r math hwnnw o sothach.

Dim ond un wy heddiw ym mocsiau'r ieir. Clwcian o gwmpas ei draed maen nhw, yn disgwyl brecwast yn swil, ymwybodol nad ydan nhw'n ei haeddu. Gwell iddo frysio a'i goginio a'i fwyta cyn iddi ddeffro. Yr hyn y mae wir isio'i wneud ydi chwalu'r peth twp bach yn erbyn y wal.

*Lovenuts*

Mae Beyoncé am fynd allan i wneud pi-pi. I atgyfnerthu'r pwynt mae hi'n pawio llaw Lovenuts sy'n hongio dros ochr y gwely heb fod yn hollol effeithiol. Steve ydi'r cyntaf i gymryd sylw o Feyoncé fach, heb fedru geirio unrhywbeth arwyddocaol. Ym marn Beyoncé mae'r gwely newydd hwn yn ddiwerth oherwydd ei uchder, sy'n achosi problemau i ddaergi Efrog fel hi. Yr unig ddatrysiad ydi dechrau efelychu syniau dynol. Dyma sy'n deffro Darren, yn fwy adnabyddus fel Lovenuts. Darren Siegfried Löwnitz, Sarsiant o Heddlu Gogledd Cymru. Dau funud yn ddiweddarach gwna Beyoncé ei busnes yn daclus iawn yn yr ardd tra bod Darren yn paratoi darnau cyw iâr ffres ar gyfer ei brecwast.

*Cŵn Tom*

Tra bod y cŵn yng ngwalau cŵn Tom yn hanner cysgu, hanner aros yn dawel. Yng ngornel un cwt, mae'r plyciau olaf bywyd yn mynd trwy gorff daeargi tarw ar ei ben ei hun sy'n chwyddedig ac yn gwaedu o'i ben-ôl. Ni all y lleill wneud dim ond ei anwybyddu. Efallai y daw brecwast, efallai na.

*Halwn a Dwynwen*

Gwyndaf a wrthoda gymhellion Dwynwen i godi o'i gwely a gollwng ei choesau o dan ei gorff tew. Cysga o'n sownd ond ni all hi bod yn siwr nad dim ond smalio y mae o. Mae'n syml yn gwrthod deffro.

'Gwyndaf, be ti'n neud? Paid ag actio rwan. Rhaid i mi fynd i'r gwaith. GWYNDAF!' Gweiddi mae hi. 'Gwyndaf!'

Teflir y drws yn agored yn ddisymwth ac ymddengys Halwn wrth y drws.

Agora Gwyndaf ei lygaid ac eu rolio fel pe bai'n dweud, *Be sy?*

'Be sy'n bod?' gofynna Halwn. Symuda Gwyndaf mo'r un blewyn.

'Ni fydd o'n symud.'

Dechreua Halwn chwerthin. 'Gwyndaf, paid â bod mor ddrwg.' Cod Gwndaf ei ben ychydig.

'Mae o'n gwenu. Halwn, mae o'n chwerthin am ein pennau. Yli, siwr o fod, gwenu neu chwerthin.' Mae Dwynwen yn tynnu wyneb arno.

'Ci ydi o, ddel. Fedr o ddim chwerthin.'

'Wel, mae o mor drwm dwi'm yn medru dianc. Helpu fi, Halwn. A faint o'r gloch ydi?'

'Chwarter wedi wyth,' meddai fo.

'Na, na, na, mi fydda i'n hwyr eto. Halwn, plîs, helpu fi.'

'Iawn, 'te. Gwyndaf, hoffech chi frechdan gig moch?' gofynna o, ag wyneb difrifol iawn. Neidia Gwyndaf i lawr ac ysgwyd ei hun ac yna dilyna o Halwn i'r gegin.

'Chwarter wedi wyth,' gweiddia Dwynwen, heblaw nad oes neb yn gwrando. Mae hi'n gwisgo yn gyflym ac yn esgeulus ac yn rhuthro i mewn i'r gegin lle mae Gwyndaf yn eista'n daclus yn gwylio cartŵn ar y teledu bach tra bod ei was yn gwneud ei frecwast.

'Be dach chi isio i frecwast?'

'Dim amsar, hwyr yn barod,' gan drio gosod trefn ar ei gwallt.

'Coffi cyflym? Coffi i fynd?'

'Mi fysa hynny'n neis, diolch.'

Wrth i Halwn baratoi coffi o'r teclyn, trewir Dwynwen gan hurtrwydd y sefyllfa a dechreua rowlio chwerthin.

'Be sy'n bod?' gofynna Halwn wrth iddo roi'r coffi iddi.

'Halwn, lle i ddechrau? Rhy hwyr i egluro,' yn dal i chwerthin wrth iddi redeg allan o'r fflat.

## Gwilym, Darcy a Llewelyn

Gall Llewelyn weld defaid yn y cae o flaen y tŷ gyda'u hŵyn newydd. Mae'r glaw yn taro'r hen ffenestri a'r dafnau'n ymgasglu cyn rhuthro i lawr y cwareli. Wedi'i swyno mae Llywelyn ac ei sylliad yn astud, ar goll ym myd symudol y dafnau mae'n arlunio'r patrymau gyda'i fys blaen. Yn ei ddal mae Rita wrth iddi gribo ei wallt ac yna'n rhoi tei amdano fo. Mae ei fam eisiau iddo wisgo un gan y bydd o'n eistedd wrth y bwrdd grand i fwyta brecwast dydd Sul. Geiriau meddal Tagalog sibrwd Rita wrth iddi ddychmygu gwisgo ei mab o'r un oed ar ochr arall y byd. Ond mae hithau a Llewelyn yn deall ei gilydd a faint mae cariad yn ei olygu.

'*Napakaganda mo*,' medd hi, '*parang anak ko*,' gan fwytho'i foch ac yn sychu ei llygaid, '*beautiful like my son.*'

Dim ateb gan Lewelyn.

'Dywed, *Salamat*,' meddai Rita.

'Dwi'n gwybod,' meddai fo heb wybod sut mae'n teimlo bod yn hardd.

'Iawn, barod?' gofynna hi wrth iddi siecio ei hun yn y drych. Mae Madame yn mynnu bod Rita'n gwisgo math o iwnifform forwyn. Ni all Rita benderfynu a ydi hyn yn gweddu iddi neu beidio. Mae'n gwneud iddi edrych yn hen.

'Dere ymlaen, Lou, maen nhw'n aros.'

Ufuddha Llewelyn iddi ac ânt i lawr i frecwast.

Yn yr ystafell bwyta grand eistedd ei fam yn ei lle arferol ac ar ben arall y bwrdd wyneba ei dad ei fam. Nid ydi ei fam yn dweud gair wrthynt ond mae ei dad yn eu croesawu, 'Bore da, Llewelyn, *good morning*, Rita.'

Gwinga Llewelyn. Nid ydi'i dad yn gwybod dim byd. Mae ei fam yn dal ei phen yn ei dwylo. Dim geiriau eraill tra mae'r gogyddes yn ofyn iddo beth mae o eisiau. Diflanna Rita. Cuchia ei dad pan glyw iddo ofyn am Rice Crispies. Sylwa Llewelyn ar law wedi'i rwymo ei dad yn dal ei goffi, ac wrth i'r staen gwaedlyd dyfu yn fwy teimla Gwilym fod y bachgen yn syllu ar y crafiadau ar ei wyneb.

Hanner ffordd trwy'i Rice Crispies gwylia ei fam yn codi'i phen ac yn gwthio'i phlât, ei chwpan a'i chyllell a fforc oddi ar y bwrdd. Yna gafael hi yn y jwg llaeth porslen a'i daflu i'r llawr a gwylia Llewelyn wrth i'r llaeth ffurfio nentydd bychain ar draws y planciau pren. Yna gwêl o'i gwyneb â cheg enfawr yn gweiddi ar Wilym gan ddefnyddio pob math o eiriau drwg. Mae o wedi gweld ei fam yn colli'i thymer o'r blaen ac yn gweiddi ar bobl nad oedd yn dreifio yn gywir neu ar ei mam ei hun neu rhai athrawon a phobl sy'n danfon pethau yn hwyr, ond erioed fel hyn. Mae hyn yn wahanol. Erioed wedi gweld pob un o ei dannedd neu'r ffordd mae ei llygaid yn byrstio allan o'i phen neu hithau'n crio ar yr un pryd ag y mae hi'n rhegi ac yn sgrechian ac yn taflu popeth o fewn cyrraedd.

Ar y dechrau nid ydi Gwilym yn symud, dim ond gwylio'i ffrwydrad hi ac yn aros iddo basio. Ni all Llewelyn helpu ei hun

91

rhag syllu ar ŵr ei fam. Er nad oes gynno unrhyw syniad am yr hyn maen nhw'n ymladd mae Llewelyn yn canolbwyntio ar wylio wyneb Gwilym yn teithio pob arlliw o emosiwn ynghyd â phob tro o liw o binc i eiliwiau o lwyd i goch a phiws cyn terfynu yn wyn. Rhyfeddol ydi'r holl newidiau hyn i Lewelyn, gan obeithio â'i holl galon na fyddai'r olygfa hon byth yn dod i ben. '*Not in front of Llewelyn, Darcy*,' clywir yn aml nes i Wilym anghofio am Lewelyn a dechrau amddiffyn ei hun yn llygad y ddrycin.

'*No, I am not, that is not true. What are you saying? Who told you that? This is my house and I will do as i wish in it. I do look after you and your pathetic son. Don't speak to me like this in front of the children or the servants!*'

Pan does dim byd ar ôl ar ei hochr y bwrdd, mae Gwilym yn sefyll a stopio Darcy rhag taflu'r candelabrwm i gyfeiriad y ffenestri anferth sy'n edrych dros y ddôl lle mae'r ŵyn newydd yn chwarae. Wrth y drws y tu ôl i Lewelyn ymddengys rhywun. Mae'r tri ohonynt yn troi. Rita sydd yna yn gofyn a ddylai hi ofalu am Lewelyn neu lanhau'r llanast, yn Gymraeg. Sgrechia Darcy unwaith eto a rhuthra at Rita wrth y drws ond ychydig cyn iddi ei gyrraedd, caeir y drws yn sownd. Mae'n tawelu.

'Os gwelwch yn dda, Darcy!'

'*Stop it, stop it, STOP!*' ateb Darcy, yn sefyll y tu ôl i Lewelyn ac yn ei gofleidio.

Tro Gwilym i syllu arni am nad oes ganddo'r syniad lleiaf o beth mae hi'n mynd i'w wneud nesaf.

'*I want him to know what you really are.*' Poer hi'r geiriau arno. Ond yng nghlust Llewelyn mae hi'n dweud, '*That man there is a liar. He has one chance to tell you the truth in whatever language he wants. If he doesn't tell you the truth, I'll bring this house down around his ears. Ask him where your little puppy is now. Ask him why he has scratches on his face and wounds on his hand. Ask him why his Land Rover has been daubed in red paint and horrible words written on it. Ask him where he was yesterday and last night. Ask him,*' gan weiddi yn ei glust.

Mae Llewelyn wedi dychryn a ddim yn ei deall, dim yn hollol. Cod o i ddilyn ei fam allan o'r ystafell ond mae'r drws eisoes wedi cau a gofynna Gwilym iddo i eistedd yn ôl yn ei le. Gwena ei dad yn rhy hir arno sy'n gwneud iddo deimlo yn anghyfforddus.

'Menywod, e?' yn dal i wenu.

O gwmpas eu traed mae sosejis, llaeth, gwydr, llestri, coffi a the, potiau, tost, matiau bwrdd, cyllyll a ffyrch a siwgr yn gorwedd ar goedd, yr holl lawr pren brown wedi troi yn fôr o batrymau lliwgar a chyffrous yn dal i ymledu ac yn aros am eu holion. Eisiau chwarae ynddo mae'r hogyn. Gwêl Gwilym ffocws sylw Llewelyn.

'Paid â phoeni am y *mess*, bydd rhywun yn ei sortio. Bydd Rita'n hapus i'n helpu i'w glirio. Nawr 'te, t'isio mynd i weld y ŵyn neu'r *puppies*?' Mae'n anwybyddu'r cyffro amlwg yng ngolwg y bachgen ar ôl y sgarmes ofnadwy a'r llanast dilynol. Nid ydi'r hogyn yn ymateb ond yn lle mae'n rhuthro at y drws ac i lawr y coridor. Gwilym yn ei glywed yn gweiddi enw Rita.

## Dwynwen a Hunydd

Wrecsam, Caer neu'r Wyddgrug? Bodio drwy'r posibiliadau ar y fwydlen ydi Dwynwen ar ei ffôn gan glafoerio wrth edrych ar y lluniau o fwyd têc-awe sydd ar gael pe bai hi'n gallu cyrraedd cyn amser cinio. Byrgers efo enwau ecsotig fel Spanish Stack, Meat Kingdom, Triple Chicken Legend with Double Size Fries Bel Grande yn cynnig eu hun iddi yn holl liwiau'r enfys. Yn dal i fethu bytheirio, mae mwy nag awr wedi mynd heibio ers iddi eistedd yng ngorsaf yr heddlu a bwyta grawnfwyd o'r enw 'Rhys' Puffs', math o belau siocled gyda blas o hen sarnau a gwead a phwys cardbord pigog. Taflodd y pelau olaf i ffwrdd a rhodd y paced cyfan yn y bin. Y dyddiad olaf gwerthu oedd wedi hen fynd hyd yn oed cyn iddi ddechrau gweithio fan 'na. Felly mae'n newynog ag awyddus iawn i gael gwared o'r blas yn ei cheg. Mae pelau Rhys wedi glynu wrth bob cornel ei dannedd cnoi.

Yn dal i fodio ydi hi y tu allan o'r Coop pan mae rhywun yn croesi'r stryd o'i blaen. Yr hen ddynas 'na y mae hi wedi'i gweld yn siarad â Halwn yn aml. Mae'r ddynas yn cuddio rhag y glaw yn ei chôt aeaf a'i het law plastig dryloyw. Nid ydi Dwynwen wedi gweld un ohonynt ers blynyddoedd. A oedd gan ei nain un? Mae'r ddynas wedi amseru ei dyfodiad yn berffaith, am ddeg ar ei ben, pan bydd y Coop yn agor ei ddrysau bore dydd Sul, a rhodio i mewn heb aros am 'Bore da' gan y rheolwr. Y cwsmer cyntaf.

O'i rhan, mae Hunydd wedi sylwi ar y car heddlu cyn croesi'r stryd ac mae rhan ohoni am droi o gwmpas a mynd adref ond brwydra'n erbyn ei greddf gyntaf a dal ar ei chyfeiriad. Atgofion anfelys yn llenwi'i meddwl yn yr eil fara. Atgofion o'i rownd papur pan oedd hi prin yn ei harddegau pan wasgodd dau o'r hogiau hŷn eu hun yn ei herbyn yn y siop a dweud wrthi am gymryd mwy o bapurau nag oedd angen arni a'u pasio iddynt rownd cornel y siop. Be ddylsai hi ddweud? Does dim atgofion gynni be dywedodd. Dim ond arogl ei anadl, y pwysau arni gan yr un arall nesaf ati, y tro cyntaf iddi brofi bygythiad, ei chalon yn curo'n ddigon i fyrstio. Pan gerddodd hi rownd y gornel gyda'i bag arbennig o drwm roeddant yn aros amdani. Yn fwy o rwystredigaeth roedd hi'n crio nag ofn, sylweddolodd misoedd yn hwyrach. Yn waeth roedd y pnawn nesaf, pan oedd'n mynd i'r siop bapur newydd i wneud rownd arall ar ôl ysgol, fe welodd hi gar heddlu yn aros amdani y tu allan i'r siop. Digwyddodd pob dim iddi ar unwaith: gwridodd, teimlodd yn sâl, chwydodd i fyny, dychmygodd cael ei harestio, rhewodd ar y fan a'r lle, criodd, gwaeddodd, crynodd fel deilen, siglodd. Ni chlywodd hi rywun yn galw ei henw. Perchennog y siop yn gweiddi dros y stryd, 'Hunydd, Hunydd, ti'n iawn? Be sy'n bod?' Mae'n rhaid ei fod wedi ei gweld ac er ni cherddodd o'n hynod o dda, roedd o wedi gadael ei sedd y tu ôl i'r cownter i'w helpu. Ers hynny, ni chaniateir dagrau. Ofn, ia. Calon yn curo yn uchel fel rwan, ia. Edifarwch, na, nage. Car Heddlu, dim diolch.

'Chi'n iawn?' meddai'r ddynas sy'n ei phasio yn yr eil iogwrt.

'Ia, ia, diolch' meddai Hunydd.

'Nes i feddwl bo' chi'n crio. Ddrwg gen i. Chi'n iawn, ie?'

'Ie, popeth yn iawn, diolch.' Sycha Hunydd ei llygaid yn reddfol. 'Diolch,' a gwenu arni.

Try'r ddynas i ffwrdd i bara siopa ond teimla Hunydd yn anghyfforddus. Mwy a mwy bellach gall hi gofio'r pethau lleiaf oll o saith deg mlynedd yn ôl yn well na pham y mae hi wedi dod i'r siopau y tro hwn. Peth rhyfedd yw amser.

Tyn hi'r rhestr o'i phoced: Bara rhyg, Gercinnau, Tafellau gaws almaeneg (dim Tsiec), Tafellau ham, Wyau, Cŵn poethion.

Danteithion i'w hatgoffa o'r amseroedd melysach, cyfrinachol pan fu hi wedi rhannu bwrdd yn llawn bwyd gyda bachgen nad oedd hi erioed wedi'i gyfarfod ar y pryd a oedd yn byw fwy na mil o filltiroedd i ffwrdd mewn tref ag enw na allai ei ynganu. České Budějovice. Am enw! Can mil weithiau gwell na Threfach yn Sir Penfro, ei thref enedigol. Yn gorwedd ar y bwrdd yn ei chegin roedd llun du a gwyn o Václav o hyd, ifanc, mor dlws o hyd byth. Unwaith y mis buasen nhw'n rhannu brecwast cyn i neb ddyfeisio'r byd rhithwir. Fydd hi byth yn anghofio'r pleser o gyfnewid llythyrau. Byd sydd wedi hen fynd.

Allan yn ei char, ar ddyletswydd yn y glaw, ni sylwia Dwynwen bod Hunydd wedi dod allan o'r Coop achos ei bod mor brysur yn symud ei bysedd dros luniau o fwyd rhithwir o ryseitiau ar-lein gan gogyddion enwog. Pethau rhyfygus i wneud efo wylysiau. Prin y gall gredu ei llygaid ei hun pan mae'n gweld beth y gallant ei wneud â rhywbath mor soeglyd a di-flas.

## Halwn

Ei archwaeth wedi mynd. Pa fath o air ydi 'archwaeth', 'ta waeth? meddylia Halwn.

'Ar + chwaeth', yn ôl y geiriadur. Mae 'chwaeth' yn berthyn i chweg, melys, pêr, o'r gwreiddyn celtaidd *suek- 'arogleuo yn dda'. Ni chaeir y geiriadur byth yn nhŷ Halwn. Ond oedd y frechdan gig moch a arogleuodd mor dda i Wyndaf ddim wedi apelio at Halwn. Sbia yn yr oergell ac ar ôl ychydig o betruso teflir y rhan fwyaf o'r bwyd i ffwrdd. Falch ei fod wedi coginio'r gig moch ar gyfer y bos. Ni allai gofio pryd y fe'i prynodd.

Gwna banad o goffi i'w hun. Diwrnod diflas, tymor rhwng dau feddwl, ci yn cysgu, ac yntau heb reswm dros wneud unrhywbath, ar fin cysgu ei hun. Mae yn codi'r cwpan ac ei ysgwyd i wneud i'r gronynnau coffi ddiflannu ond dim ond llwyddo i arllwys coffi a chreu llanast ar draws y bwrdd, yna'n rhuthro i symud pob darn o bapur rhag dod yn bentyrrau soeglyd diwerth. Mae'n cymryd bum munud i glirio a sychu'r llanast.

Eistedda'n ôl yn ei sedd a bodio drwy'r tudalennau soeglyd, hanner effro. Cymaint o syniadau, meddyliau, nodiadau, geiriau a darnau o barablau wedi'u clywad ar y stryd, yn y dafarn neu gan rywun adnabyddus. Hyd yn oed brasluniau wedi'u gwneud yn gyflym i'w atgoffa o bethau difyr a diddorol wedi'u gweld yn y misoedd diweddar. Tair modfedd o bapur pytiog i ddynodi bywyd rhywun fel fo. "Sneb yn debyg i ti,' yn ôl Dwynwen.

Daw Gwyndaf ato i roi ei ben ar ei lin.

'A does neb yn debyg i chi, Gwyndi, oes?' ac anwesu'i ffwr cyrliog, llwydfelen, bras. 'A, wyddoch chi be, nghi i, dydd Sul diflas gwlyb ydi heddiw a dim byd arall i'w neud heblaw rhoi trefn ar bethau leiaf oll y byd,' ac mae'n chwifo'r tudalennau o flaen trwyn Gwyndaf. Mae Halwn yn siwr fod Gwyndaf yn troi i edrych ar y cloc ar y wal, fel pe bai'n dweud, 'Mae gynnoch chi hanner awr'.

*Dwynwen*

Buodd Dwynwen yn barod i neidio i mewn i'r Coop am beth bynnag o sbarion oedd ar gael pan elwir i ffwrdd i ddelio â digwyddiad ym mhen draw'r byd. Pan gyrhaedda'r man anghysbell i lawr wtra droellog iawn, does dim byd i'w weld ond hen dractor Massey Ferguson 565 tolciog, gyda dwy olwyn flaen yn y lôn yn rhwystro'r ffordd, a'r ddwy eraill yn dal yn y cae. â hi at y tractor i weld beth yn union ydi'r broblem. Rhywun yn cysgu yn y cab. Cnocia ar y ffenest heb unrhyw ymateb.

*'You took yer time, dinya?'*

'Be dach chi'n dweud?'

'Cymraes wy' ti? Lle ti 'di blwdi bod, 'te? Oedd y blwdi twpsyn'n trio dwyn yr hen Massey, ndo'dd?' yn cyfeirio at y cab.

'Ydi o'n fyw? Ydach chi'ch dau wedi bod yn ymladd?' gofynna hi.

'Nid fi yw'r broblem, fy ngeneth, ydwi?'

'A phwy ydach chi, Mr...?'

'Pam t'isio wbod? Fo ydi'r un sy'n trio'i ddwyn, 'nte?'

'Iawn, iawn.' Teimla Dwynwen ei hun yn ei gopio. 'Be yn union dach chi am i mi i wneud, Mr Masseyman?'

'Mae 'na droseddwr yn y cab a dim byd gen ti i'w agrymu?'

'Os ydi o am ddwyn y peth pam nad ydi o'di mynd â fo?'

'Ti sydd y p'lismon.'

'Wnewch chi agor y drws, os gwelwch yn dda? A nabod o ydach chi?'

'Wrth gwrs. Fy nai, 'nte?'

'Dwi'n meddwl dwi'n mynd i adael i chi i sortio y boi 'ma allan, iawn 'te?'

'Meddwi y bore dydd Sul, gyrru o gwmpas fel tarw gwallgof, blocio'r lôn yma, cysgu *in charge of a tractor* a ti sy'n troi i fyny heb neud dim byd heblaw gofyn gofyn gofyn a deud i mi i'w sortio fo allan tra mae'i fam druan yn eista adref heb ddimai goch –'

'Agora'r drws a wnawn ni ei roi fo tu ôl i'r gwrych hwnnw, iawn 'te?'

Cryn dipyn o gnap oedd o ond yn y diwedd medrai Dwynwen ddweud 'Da boch' heb deimlo rhy amrhoffesiynol. Prin iawn ydi'r signal yna ac mae rhaid gyrru cwpl o filltiroedd i gael digon i fedru llwytho mapiau Google. Cyfrif hi'r oriau heb fwyd. Undeg saith ers y pryd diwethaf. Mae rhyw *drive-thru* ugain munud i ffwrdd ar yr A483. Sbia ar y fwydlen arlein yn dangos mwy o fathau o fyrgyrs na chwilod amazonaidd mae'n archebu'n hollol *random* tri ohonynt ar frys heb feddwl, heb yn archwilio'n iawn eu cynnwys. Mae'n gyrru'r holl ffordd yno gyda rhaeadrau o boer a'r angen cyson i lyncu nes iddi gyrraedd y ciw *drive-thru* nad ydi'n symud. Agora'r ffenest i adael i'r arogleuon ffrio melys olchi drosti. Ceith ei diffyg amynedd effaith ar ei gyrru gan nad ydi'i char dim ond dwy fodfedd i ffwrdd o'r car o'i blaen. Mae'r ffôn yn dechrau pingio, negeseuon yn pentyrru. Ni feiddia hi edrych ar y peth tra bod yr injan yn rhedeg yn ei iwnifform mewn car Heddlu Gogledd Cymru mewn ciw brysur am fyrgyrs tra bod pobl yn mynd a dod o gwmpas y caffi. Ni symuda'r ciw. Pen mewn dwylo, gan sychu ei cheg, dim codi ei llygaid gan wacáu ei meddwl o bob meddwl, angen piso mor wael. Pwy sy'n anfon negeseuon uffernol hyn? Be os fydd y ffôn yn canu? Rhywun pwysig? Pumtheng munud yn y ciw rwan. Y bobl y tu ôl iddi wedi parcio, y bobl o'i blaen yn symud naw modfedd. Gwna benderfyniad sydyn a bacio'r car mymryn a gyr hi dros y palmant, rhwng y goleuadau stryd dros y lôn i mewn ac allan trwy'r allanfa.

Chwarter awr wedyn mae hi'n tynnu i mewn i gilfan sy'n edrych dros yr afon Dyfrdwy, yn taflu'r drws ar agor ac yn rhedeg tu ôl i wrych i bisio. Mae gwaedd o ryhadd a rhwystredigaeth yn atseinio ar draws y ddôl.

Yn ôl yn y car mae hi'n darllen y negeseuon. Wyth oddi wrth Halwn. Mae hi'n cymryd peth amser i ddallt am beth mae o'n sôn. Adroddiad o'r bore, stori am Wyndaf, rhywbath am dywallt coffi, rhywbath am y fflat ac yn y blaen nes iddi gyrraedd o'r diwedd rhestr o gwestiynau:

**Dwynwen, ar ôl dim mwy na hannar awr o ymchwil ynghylch y corff a gofnodwyd ym Maes yr Ysfa, mae gen i beth diddorol i'w ddweud, ond yn y cyfamser, meddyliwch am y rhain:**

1. **Pwy ffoniodd? O ba ffôn? Pryd yn union? Oes 'na signal yn y llecyn 'na?**
2. **O le i le oedd y 'person' a ffoniodd yn mynd?**

3. Pam fysai rhywun yn ffonio heb weld rhywbath?
4. Pwy sy'n byw ar y fferm? Be welodd o/hi?
5. Ydi rhywun wedi mynd 'ar goll' yn ddiweddar yn yr ardal?
6. Olion teiars, olion traed, dillad, pethau ar ôl? Lluniau, forensig ayyb?
7. Mae'r lle ar lwybr pellter hir, dim mor adnabyddus.

Dowch adra yn fuan! Mwy i ddeud wrthoch.

Hwyl, Halwn.

Mae hi'n sylweddoli weithiau pa mor anodd ydi hi i gadw i fyny a fo. Tydi hi ddim yn cael cyd-testun llawn ei gwestiynau ar unwaith ond mae'n cofio'r alwad i'r man lle'r oedd 'rhywun' wedi gweld 'corff' ond pan gyrhaeddon nhw'r lle, doedd dim arwydd o gorff i'w weld.

Sbia Dwynwen ar y map. Maes yr Ysfa, Dyffryn Afon Teirw, dyna ni. Gwyriad bach o hannar awr oddi ar y ffordd fawr. Bysai'n rhaid aros am frecwast. Tydi hi ddim wedi dilyn yr achos hwn yn iawn. Ni fysai golwg arall yn brifo.

**Bwyd! Gwna ryw fwyd! Mae gen ti awr max! Dof adra. Gyrru luniau! Isio di fwyta hefyd!** Gwasga '*Send*' ac ehed y neges i Halwn.

Daw neges yn ôl ati. **Poeni bod hyn wedi digwydd o'r blaen. Mwy pan ddowch chi adra.**

Neges arall yn dod: llun o frechdan enfawr.

## 12

## *Caffi Cynamserol*

Glaw yn chwythu yn erbyn gwynebau coch y bobl dda o Geulan
y bore dydd Llun hwn wrth i'r cycyllau, boneti, hetiau a chyflau
yn cael eu tynnu yn dynnach o amgylch y pennau siopwyr a
phaswyr. Teirf sŵn y bwystfilod cochion rhydlyd ar y tonnau o
wynt a glaw, yn torri trwy'r awyr wyllt yn peri'r pennau droi i
wylio'r cythreuliaid yn mynd heibio yn ddianaf. Crynir Gwyndaf
ar ei dennyn gan ofn ac yn gwneud ei hun yn llai ar yr un pryd
â chwyrnu. Lorri pren cymalog ydi'r bwystfil, wedi'i llwytho â
phedair ar ugain o dunelli o goed wedi'u llusgo o'r dir Cymraeg,
wedi'u blannu yn groes ewyllys yr ymadawedig. Ac yn syth
wedyn, un arall, saith rhes o uchder, naw rhes o led o foncyffion
llaith pinwydd. Pynfarch i'r brenhinau ystadau ddi-frodorol.
Llun o ddaear foel yn rhywle ar lethr creithiog ymddengys ym
meddwl Halwn wrth iddo blygu i fwytho Gwyndaf a thrio'i
dawelu â geiriau mwynion. Gall o weld rhywun ar ochr arall y
stryd fawr yn peidio â chodi baw eu ci, yn hytrach yn ysgytio'r
ci yn ddiamynedd gan y dennyn ac yn dynnu eu penwisg yn
fwy sownd.

Wal o ager ydi ffenest y caffi a ni all Halwn weld pwy sydd
y tu mewn. Mae o'n dweud wrth Wyndaf eu bod yn mynd am
goffi cyflym sy'n ei atal rhag crynu. Y tu mewn mae pobl ym
mhob man ac mae Siriol, y perchnoges, yn dweud wrtho am
eistadd. Ânt at y fwrdd agosaf lle mae dyn hŷn â barf lwyd yn
siarad â grŵp o bobl. Gwrandawant yn astud arno.

'Ma'n ddiddorol iawn bo' chi'n gofyn i mi am y pwnc hwn, yn enwedig pan dan ni'n eistedd yma fel mewn lloches mewn storm. Dwi'n amau ein bod ni'n swatio ar hyn o bryd ar safle arbennig o hynafol achos bod ni'n gwybod yn eitha manwl gywir bod y ffordd Rufeinig yn rhedeg uwchben y dre ac yn osgoi'r tir is llaith a does 'na ddim arwydd o gaer neu wersyll neu drigfannau oddi amgylch. Ond yn ôl i'ch cwestiwn, oedd, oedd gan y Rhufeinwyr gaffis ond efallai dim fel dan ni'n eu hadnabod nhw, mewn gwirionedd...'

Daw Siriol draw at Halwn a saif o'i flaen gan aros am ei eiriau cyntaf. Bysai'n well gan Halwn gael bach o sbort â hi ond mae ei gwep flinedig yn dweud y ddylsai sbort aros ar y teledu. Dim heddiw, efo stafall llawn pobl a'r ffenest yn dripian â stêm a thomen o lestri budron yn codi.

'Coffi gwyn gwastad, os gwelwch yn dda.'

'E?' ateba hi.

'*Flat white*, plîs.'

A thry hi i ffwrdd wedi'i digio. Casáu gwneud *flat whites*.

Troi at y tywys i fwynhau mwy o'i daith mae Halwn.

'...cynnig da, cynnig da, ie, *thermo*, poeth a *polion*, lle lle mae pethau'n cael eu gwerthu, does 'na ddim byd newydd yn y byd hwn, felly, llefydd fel hwn,' yn cyfeirio at y stafell hon, 'allech chi eu galw, *thermopolion, thermopolia* yn y lluosog, lle cewch chi fwyd *fast food*, bwyd i fynd, rhad ag yn amlach na pheidio, efo gofod bach a chyfyng i fwyta ar gyfer pobl dlawd, yn ôl pob tebyg, heb y modd neu'r arian i goginio eu hun...'

Daw Siriol yn ôl yn dal y coffi gwyn gwastad yn ei llaw, reit yn ymyl pen Halwn gan wrando'n astud ar y ddarlith.

'Oi, y boi bach 'ma! Be ti'n deud am fy caffi, y? Lle i bobl tlawd heb bres a heb le i ista yn lle cyfyng? *Talking shit, you are!* Oi, siarad efo ti, ydwi.'

Ar y dechrau, nid oedd y dyn a oedd yn siarad yn troi rownd, felly, slapia Siriol goffi Halwn i lawr ar y bwrdd fel ei bod yn ei dasgu fo a'r bwrdd. Daw Gwyndaf allan o dan y bwrdd. Sbia Siriol arno a fe'i ychwanega i'r restr o bethau i'w sortio allan.

Gwthia'r hanesydd ei sbectol cochion yn uwch ar ei drwyn a phara siarad yn frwdfrydig, 'Ie, yn union, gobeithio nad ydach chi'n cymysgu *thermopolia* â *tabernae* a *popinae*? Lle i bobl dlawd i gael rhywfath o fwyd poeth, yn enwedig gan nad oedd ganddynt geginau ei hun, yn anffodus –'

'Yli, *matey*-malu-cachu, 'sgen neb yma y diddordeb leia yn y cachu ti'n sbowtio. Y lot ohonoch chi wedi bod fama efo tri coffis a glasiad o *tap water* rhwngthoch chi am yr awr ola yn llenwi'r lle ac yna jyst chwyno am y lle a gwneud hwyl am ben bobl normal fel fi. Dyna ni, allwch chi i gyd jyst *piss off* a sefyll yn y glaw y tu allan yn siarad *shit* yn y bus stop newydd a gwrando ar yr hen *beardy* yma,' a chan droi at yr hanesydd, 'a rhoi'r gorau i fod y *prat* mwyaf yn y dre yn fy *café* pan dwi'n trio rhedeg busnes ar gyfer pobl normal!'

Wedyn mae Siriol yn troi at Halwn, 'Dim cŵn chwaith. Pethau budr.' A diflanna hi o'r golwg i'r stafall gefn.

Am eiliad a hannar mae'r lle llaith yn anadlu yn drwm ond eiliad yn ddiweddarach a dechreua'r sgwrsiau eto fel pe na bai dim byd anarferol wedi digwydd, er bod rhai'n dal glasiadau dŵr yn teimlo ychydig yn euog.

Manteisia Halwn ar gyfle i ofyn i'r hanesydd barfog mwy am yr amrywiaeth o gaffis Rhufeinig.

'Sonioch chi am *popi*- rywbath a *tabernae*, be oeddach chi'n ei olygu?'

'Wel, dim mewn unrhyw ffordd ydwi arbennigwr, ond mae'r hanes bwyd-i-fynd yn ddiddorol dros ben ond mewn cytiau yr un faint ag hwn,' yn cyfeirio at y Lovin Muffin, 'gwerthwyd diodydd poethion a phethau bach i fwyta, ond, fel arfar, wedi eu gweini o gostrelau neu jariau friddwaith eitha mawr wedi'u gosod yn y cownter. Yn anffodus,' yn ciledrych at y drws i'r stafell gefn, 'yn amlach na pheidio, doedd 'na ddim lle i eistedd, ac yn ôl pob tebyg, nad oedd gan y cwsmeriaid amser i swatio fel ni heddiw ac yn cael seibiant o'r gwaith. Lle bwyd-i-fynd go iawn oedd hynny. Y gwahaniaeth rhwng y math hwn o dŷ bwyta, y *thermopolion* a'r *popinae*, oedd mai yn y *popinae* gweiniwyd gwin a oedd yn golygu eu bod nhw'n cael enw drwg am drosedd, puteindra, gamblo a phob math o bethau eraill anghyfreithlon. Mae'n dibynnu ar eich safbwynt ond gallech chi ddweud yr un fath am bob un o'r tai trwyddedig yng Ngheulan heddiw.' Gwena fo.

Yna amneidia o ar Halwn a'i griw ac â i'r drws â nhw. Wrth iddo eu bugeilio allan o'r drws, try yn ôl a gwaedd, '*Disce aut discede!*' fel math o brophwyd colledig ac mae o'n gadael i'r drws gau yn dawel. Y rhein sydd ar ôl yn syllu ar y diflanedig tra bod ambell un yn piffian.

Tyn Halwn ei gôt yn dynnach byth a sipia'i goffi oer ond ni fydd Gwyndaf yn eistadd i lawr ar ôl y tensiwn a lanwodd y gofod ychydig yn gynt. Gall Halwn weld tristwch yn llygaid ei gi nad oedd yna cyn y profiad o fod ar goll yn y murddun i'r dau ohonynt. Sut beth fysai gweld beth mae ci'n ei weld a chlywad ei fersiwn o hanes? Sut beth fysai dweud wrth rywun beth oedd yntau wedi'i weld? Wrth Ddwynwen, er enghraifft.

Ar ei ffôn daw neges testun i ddweud ei bod ar ei ffordd, deng munud i ffwrdd.

Mae rhywun yn curo ar y cownter. 'Helo? *Service!*' mae'n bloeddio. Tri o bobl yn y ciw. Pa mor hawdd y maent nhw'n trawsnewid o flaen ei lygaid. Wedi'u gwisgo mewn crwyn dafad a thiwnigau trwm gyda eu hwynebau wedi'u gerwino ac yn siarad mewn lleisiau tywyll ac yn cyfarth eu gorchmynion, '*Salve, cara, ubi es? Festina, nos mori...*' Gall Halwn deimlo amsar yn cael ei olchi i ffwrdd fel dŵr i lawr draen. Mae o mewn *popina* ac mae'r dynion wrth y cownter yn siarad Lladin ag acen drom ac yn gwylltio. Rhyw fath o ddrama nad ydi'n ei dallt. Mae Gwyndaf yn syllu ar y pobl wrth y cownter ac mae fel petai'n gweld yr un weledigaeth â Halwn. Ysgwyd y dau ohonynt a theimla Halwn ias rhyfadd, oer i lawr ei asgwrn gefn ac yr eiliad nesaf rhyw gyffyrddiad ar ei fraich yn peri iddo sgrechian.

'*Sorry, pal, t'all happens in this cafe, dunnit?*' Mae gan y siaradwr lais od.

Methu siarad mae Halwn. Peth amser wedyn mae'r llais

yn dŵad â glasiad o ddŵr iddo. Hen ddyn ydi. Llyncu'r ddŵr mae Halwn. Syllu ar Halwn mae'r dyn, yn rhyfedd. Fel cael ei besychu ar draeth gaeafol, mae Halwn yn crynu a chael trafferth anadlu. Sŵn y tonnau, blas halen yn ei geg, oer, cryndod, tria godi i gyrraedd y drws ond mae'i goesau'n ei fethu a does dim byd yn digwydd, dim ond ei goesau wedi'u hoelio i'r ddaear ac ei anadl yn rhedeg yn wyllt yn yr ewyn, yn ddiyamdferth fel pe bai'n boddi.

'Halwn, Halwn, lle ti 'di mynd? Halwn?'

'Ie, yma, yma, helo.' Peth hurt i'w ddweud.

Mae Dwynwen yn dal napcyn gwlyb ar ei dalcen tra mae'n siarad yn isel. 'Ti'n iawn? Ydi dy ben di'n brifo? Popeth yn iawn? Siarad efo fi, plîs, Halwn.'

'Helo, iawn, ie, poeth iawn.'

'Da iawn. Ti'n siwr, 'wan? Be ydi dy enw di?'

'Halwn. Chi sydd Dwynwen, dwi'n gwybod.'

'Bron ar fin ffonio ambiwlans o'n i, mistar,' dywed hi'n dyner.

'Be sy'n bod? Be ddigwyddodd i mi?'

*'You ok? You 'ad a funny turn, you did. I saw him, you know, one minute he were fine, then the next he were shaking and like fitting...like fitting, but not really. You're lucky your young lady is a police woman, you know,'* meddai Royston.

'Dwynwen, pwy ydi o? Pam mae o'n dweud hynny?'

'Paid â poeni, Halwn, fo a dy stopiodd di rhag syrthio oddi ar dy gadair. Royston, Halwn, he's ok.'

'Diolch,' meddai Halwn.

*'You're welcome. It was after that bloke came in an' were going on about stuff an' upset the cafe lady,'* ychwanega Royston.

*'Oh, thanks, Royston, maybe Halwn needs a rest now, do you think? Just leave me with him for a moment and I'll come over to talk to you.'*

'Ydi Gwyndaf yn iawn?' gofynna Halwn.

'Mae. Pwysicach, wyt ti'n iawn? Pan nes i gyrraedd oeddat ti'n hanner gorwedd ar y sedd a'r hen foi Royston yn dy ddal di i fyny ac oedd gen ti olwg gwelw fel rhywbath o'r *catacombs.*'

'Dim syniad be digwyddodd. Ond dwi'n iawn rŵan, diolch. Diolch i'r boi, dywedwch wrtho, os gwelwch.'

'Iawn. Dwy funud a bydda i'n ôl.' Ac â Dwynwen draw at Royston. Mwytha Halwn Wyndaf yn garedig a phwysa Gwyndaf ei ben ar ben-glin Halwn. Mae Dwynwen yn mynd i'w orfodi fynd at y meddyg, meddylia Halwn, ond dyna beth olaf mae isio. Edrycha draw at Ddwynwen yn siarad yn amyneddgar â Royston. Mae hi'n gwneud nodyn o rywbath yn ei llyfr bach du. Mae arno isio coffi arall ond mae'r ciw wedi tyfu i chwe o bobl heb arwydd o Siriol neu sŵn o'r stafall gefn. Saif Gwyndaf ac ysgwyd ei gynffon, allan mynna o fynd. Wedi iddo gyfarth, clywir gweidd o'r stafall gefn, 'Dim cŵn!' A thoc wedyn ymddengys Siriol ag arwydd papur yn ei llaw wrth iddi wthio'i ffordd heibio'i chwsmeriaid sy'n ciwio'n daclus wrth ei chownter. Mae hi'n glynu'r papur ar y drws ffrynt. 'Caffi ar gau'.

'Caffi ar gau, rŵan' dywed hi, wrth iddi frasgamu heibio i bawb i loches y stafall gefn. 'Caffi ar gau. Diolch. Ffeindiwch le cynnas yn rhywle arall. Mae'r caffi ar gau.'

Cyn i'r person olaf lwyddo i adael, mae'r goleuadau yn cael eu diffodd. Mae pawb yn diflannu i fwrllwch y dydd gan adael Halwn, Gwyndaf, Dwynwen a Royston ar y palmant yn y glaw.

'Halwn,' meddai Dwynwen, 'mae gan Royston wybodaeth ddiddorol ond mae ar frys achos gynno apwyntiad efo'r doctor, felly, gwranda am funud a na'i ffonio fo, os oes rhaid, iawn?'

'Iawn.'

*'I'm a soldier,'* medd Royston, *'and I like to tag along with Ernest's talks every month. Ernest's the beardy one talking today about Roman cafes and such like an' because I don't speak Welsh I 'ave my own personal translator, Gwyn, who it turns out, would you believe it, had been a soldier when I were an' we discovered a couple of years ago that we was both in Iraq in the first war there, an' we meet up sometimes an' walk the old Roman roads an' whatnot an' when I were talking to your good lady friend here it came up that I 'avent seen him for ages, in fact, I 'ave 'ad*

*to ask other people to translate for me, but since I'm blind an'
can't hear very well it's got to be someone patient, well, some of
these guys ain't so patient, you know an' I mentioned that I 'aven't
seen Gwyn for a while now, but my memory's going so I ain't too
sure when I sees him last, but his name's Gwyn an' he lives up
country somewhere an' he was private but very friendly, didn't
talk much about his stuff much, we'd just talk about the war an'
wha' happened to us mates an' at some point we always got round
to talking about seeing us mates killed an' what not –'*

'Dwynwen, pam yn union ydan ni'n gwrando ar y lol hon?'

*'Tell him the last thing you told me, Royston.'*

*'Yeah, ok, well, Gwyn always laughed, 'cos, well, me not
knowing the language and that an' him trying to teach me till he
gave up – haha, he did try, poor soul, well, he joked, didn't he say
that it was funny that he ended up living where he did.'*

Mae Dwynwen yn ei annog i fynd at y pwnc.

*'Oh, yeah. Eesvah. Eeshvah, Usva, something like that. Gwyn
lived at a place that was something like Husvah, which he said
meant Place of Destruction, like slaughter, he said once. He use to
tell such stories, could mek me believe anythin', he could.'*

Dim ond y glaw yn curo'r cerrig a'r gwynt yn ruo trwy'r coed
a phawb yn edrych ar y ddau arall.

'Dwi'm yn dallt, Dwynwen. Oer a gwlyb, awn i adra?'

'Ysfa, Halwn, mi ddylset ti wybod. Mae o'n trio dweud 'Ysfa',
Be arall fasai'n bod? Pa le arall sydd ag enw o'r fath?'

Dydi o ddim wedi gwawrio ar Halwn eto.

'Mae Royston newydd enwi'r boi sy'n byw ym Maes yr Ysfa,
ti'n dallt rŵan?'

'Iesu Grist, ydi o wedi?'

*'Sorry, I don't know what you're saying,'* meddai Royston.

*'Royston, write down everything you can about Gwyn, ok? I've
got your number, I'll ring you later today. OK?'*

*'Yeah, yeah. OK. Shall I write down the other thing I wanted to
tell you last week, as well?'*

*'Yeah, of course.'*

Cychwyna Halwn, Gwyndaf a Dwynwen am adra.

Mae Royston yn gweiddi trwy'r glaw, '*I can lipread, remember.*'

Mae Dwynwen yn chwifio'n ôl.

'Ydi o'n hollol wallgof? O'n i'n meddwl nathoch chi ddweud ei fod o'n ddall,' meddai Halwn.

'Hannar o'r ddau, dwi'n meddwl. Hannar gwallgof, hannar dall. Dwi'm yn siwr. Ond dwi'n meddwl ein bod ni wedi ffeindio enw i'r corff, mae'n rhaid i ni ddod o hyd i'r corff neu'r enaid byw. Be ti'n ei feddwl?'

Deng munud yn ddiweddarach yn fflat Halwn efo panad o de yn ei llaw a biro yn yr un arall, mae Dwynwen yn mynd drwy'r holl wybodaeth am y corff nad oedd eto wedi'i ddod o hyd iddo.

'Ti'n siwr dy fod ti'n iawn i'w neud hyn?'

O dan ei flanced mae Halwn yn cytuno.

'Ar ôl siecio'r cofnodion a'r rhif ffôn symudol 'sgynnon ni ddim syniad pwy ffoniodd i ddweud wrth yr heddlu am y corff ym Maes yr Ysfa. Mi wnes i wirio, ac oes, mae 'na signal mewn rhai mannau ond dim wrth y giat nac wrth y tŷ, mae'n rhaid i ti fod ar y ffordd tua chan metr i ffwrdd i gael digon o signal.'

'Dach chi wedi'i gadarnahau?'

'Do.' Sbia Dwynwen ar ei nodion. 'Ti yn llygad dy le bod 'na lwybr pellter hir yn pasio trwy'r dyffryn, felly, mae'r galwr naill ai'n lleol â '*burner phone*' neu ar ei ffordd i'r stop nesa ar ei daith. Rhaid siecio a oes rhywun wedi aros mewn *BnB* ger y llwybr. Cwestiwn nesa ydi un diddorol. Os t'isio gwneud galwadau niwsans, pam fyddet ti'n meddwl gwneud hyn? Pam ydi hyn yn hwyl? Reportio corff mewn lle mor anghysbell dim ond i fod yn ddoniol, ha-ha-ha. Dwi'm yn meddwl.'

'Cytûn. Pobl sydd isio bod yn boendod neu isio gwneud galwadau niwsans fel arfar yn anelu at rwyun gyda bwriad maleisus. Fel rheol. Pwy fydd'n cael ei effeithio gan yr alwad hon? Neb ys gwn i,' medd Halwn.

'Pwy sy'n byw yn y tŷ 'na? Yn ôl ein *supergrass* ni, Royston, mae Gwyn yn byw yna ar ei ben ei hun, cyn-filwr yn ei chwedegau, yn cadw ar wahân i bawb arall. Mae angen i ni wirio ei gefndir ac a oedd gynno gofnod troseddau o gwbl,' meddai Dwynwen.

'Dach chi'n meddwl fod gan Wyn bethau drwg yn digwydd?' gofynna fo.

'Onid oes gan bawb?' gwena Dwynwen. 'Ond, y cwestiwn o bwy sy'n byw yn y bwthyn efo fo'n dechrau mhoeni i.'

'Sut fedrach chi ganfod hyn?'

'Cofrestr *voting-thing*.'

'Cofrestr pleidleisio.'

'Job i ti, iawn?' gofynna hi.

'Iawn.'

'Dwi 'di gwneud nodyn yn barod o'r holl bobl ar rhestr 'Ar Goll' yn ystod y mis diwethaf yn yr ardal honno a bod yn onest, dwi naill ai eu nabod nhw neu does 'na neb a allai fod yn gysylltiedig â'r dyffryn hwnnw a Maes yr Ysfa. Felly, neb ar gael.'

'Gwaith da.'

'Yli, lunsj ar ôl y pwynt olaf yma. Dim gobaith am fforensigs neu help neu CSI New York, océ? Olion teiars ac yn y blaen, ti ar dy ben dy hun efo'r rheini,' gan wenu arno.

'Ie, ond cam ceiliog ydi cam ymlaen, fel nad oedd eich nain yn arfar deud.'

'Be am frechdan geiliog?' gofynna hi ag ei thrwyn yn yr oergell.

'Perffaith. Wnewch chi hon wrth i mi ddweud wrthoch chi be ydwi wedi darganfod?'

'Gwnaf. Branston a tomato, ie? Dyweda.'

'Mi ddechreuais i trwy roi'r elfennau sylfaenol, 'Gogledd Cymru', 'hen dŷ', 'anghysbell', 'person sengl', 'trosedd', 'diflaniad', 'corff' i mewn i Google. Dwi'm yn gwbod pam, math o arbrawf oedd o. Do'n i ddim yn disgwyl gwyrth.'

'Ia. Mwy Branston?'

'Na, diolch. Ond peidiwch ag anghofio'r ciwcymbar.'

Estyn hi frechdan iddo. Mae'r peth yn chwyddo.

'Diolch yn fawr. Yli, llawer o lol, wrth gwrs, ond dim ond ar ôl pump neu chwe chynnig a chan newid y geiriau i lai na thri, 'tŷ', 'trosedd' a 'pensionwr', edrychwch be wnes i ddarganfod!'

Darllena Dwynwen drwy'r dudalen papur newydd arlein.

'Iesu Grist! Halwn! Ydwi 'di'i ddallt yn iawn?' Chwe mis yn ôl, mis Hydref y llynadd, mae dyn yn ei chwedegau yn mynd ar goll am gyfnod amhenodol cyn troi i fyny mewn ysbyty iechyd meddwl preifat ger Llandudno, er ei fod yn byw mewn bythyn yn Nantglyn, mwy nag ugain o filltiroedd i ffwrdd heb wybod be ddigwyddodd iddo yn y cyfamsar. Wow. Rhyfadd.'

'Ia,' medd Halwn, 'ac yn rhyfaddach byth, tydi o ddim yn cofio sut naeth o gyrraedd y lle na pham gafodd friwiau a chlyseiau ar ei wynab a'i gorff a rhywsut oedd o wedi torri ei ên a'i law aswy.'

'*The case is still open,*' darllena hi. 'Job bach arall i ti, 'nde? Cyfweliad â'r hen foi o Nantglyn. Be 'di ei enw fo?'

'Ym, Roberts. Peter Wyn Roberts, dyna fo.'

Canu'i ffôn.

'Ie? Ô, plîs, Lovey, paid ngorfodi i i'w neud hwn, plîs! (tynnu wyneb) océ, iawn, chwarter awr, ie, mae o'n aros amdana i, dwi'n ei adnabod o (tynnu wyneb) ie, wrth gwrs, dwi'n gwbod lle mae o'n byw, pawb yn ei nabod (tynnu wyneb) tara.'

Brath hi'r frechdan yn wyllt a siarad â chegaid o gyw iâr a bara gweledig. 'Rhai-yn-iwran-o-ary-wanga-yn-noa-all-rhai-heha-i-o-n-ô-Wu-nu-s-a-dnod-ii-o-o-o-pom-kwo' ar hyn, tyn Halwn ddarn bach o gyw iâr o'i lawes sydd newydd hedfan o geg Dwynwen, heb iddi sylweddoli hynny, '...y toswr.'

'Ddim yn hollol siwr fy mod i wedi cael hynny i gyd. Chi wedi bod yn dysgu Lakota? Neu Ojibwa? Da iawn chi.'

'Sori,'

'Pa 'doswr' dach chi'n meddwl yn enwedig?'

Chwerthina hi a dabia'i lawes â napcyn. 'Sori, sori, rhaid mynd i wrando ar y 'toswr' yn Toad Hall a behavio fy hun, yn ôl Lovenuts, a nodio i gytuno â phob un o ei gwynau.'

Mae hi'n codi ac hel at ei gilydd ei phethau gwaith.

'Dwynwen, chi'n arbenning iawn, wyddoch chi?'

'Ie, *lovable* iawn.'

'Hawddgar.'

'Tara. Paid a neud dim byd arall. Feindia'r dyn hwn.'

'Dwynwen, rhywbath arall...' ond diflanna hi i lawr y grisiau.

Ar y ffordd i Toad Hall, penderfyna Dwynwen fod yn gwrteis ac yn gwrando'n astud ac yn siarad y lleiaf posibl. Mae'n groes i'r graen iddi ei wneud hyn gan fod hi wedi bod yn Noad Hall sawl gwaith o'r blaen. Mae pob cwnstabl yn yr Heddlu wedi gorfod gwrando arno fo yn y ddwy flynadd ddiwethaf. Pan mae hi'n gyrru lawr dreif Llys y Llyffant dyna fo, yn aros amdani.

'Helo, cwnstabl' meddai, ei wddf yn barod yn goch, yn gwisgo ei hoff siaced fôf sydd mor dynn fel ei bod yn dal ei freichiau yn ôl. Penderfynol o wneud hyn yn gywir ydi Dwynwen a thyn ei ffôn allan a dod o hyd i'r ap iawn.

'Helo, Mr Jagger. Sut dach chi heddiw?' Mae hi'n gwybod ei fod wedi gwylltio'n fawr ond mae'n werth gofyn iddo ta waeth.

'Da yown, dioch,' medd o, mewn acen Lloegr Canolbarth.

'Ac y broblem ydi heddiw?'

'Y problem *is*, cwnstabl, *as* –'

Y funud honno yn union, gwasga Dwynwen y botwm 'recordio' ar ei ffôn. Wrth iddo aildraethu'i stori, mae hi'n amneidio'n rheolaidd â'i phen mecanaidd swyddogol ond yn ei meddwl dechreua hi ymdrochi mewn môr o feddyliau hyfryd, yn gyntaf, am ei brechdan gyw iâr sy'n arwain yn hawdd iawn at ffantasi o fwyta gwahanol rannau o gorff Halwn – corgimychiaid a chluniau cnawdog a stêc suddlon yn bennaf, sydd wedyn yn arwain at saws siocled poeth gyda hufen ia fanila'n toddi i lawr ei stumog ac i mewn i'w gluniau ac ni all hi gadw draw o'i rannau preifat. Mae'n hollol hyfryd a gall deimlo'i hun yn llyfu ei gwefusau tra mae ymchwydd cynnas yn llenwi'i chorff. Does gynni hi ddim syniad faint o amsar mae hi wedi bod yn ei dreulio'n llyfu'i groen perffaith mewn tro o bleser. O, mae blas gwrywdod blewog a'r pleser o fwyta yn cyfuno. Blasus dros ben!

'Oi, cwnstabl, eh!'

Ei lais a fe'i deffrodd. Am eiliad, meddylia fod llais Halwn yn galw arni o'r ochr arall gwely moethus. Ond, na. Dyn byr, moel, tew, cynddeiriog, undonog a llydan iawn sy'n cyfarch arni.

Gwna hi'r ystum llaw cyfarwydd sy'n golygu, *Wedi gorffen?*

'Dac ci *gorritall?*' gofynna fo.

'Wel, dioc, Mr Jagger, ffonio, ie? Rhywun ffonio rhywun, ie?' Gwena hi nes ei fod yn brifo'r holl ffordd yn ôl i'r car. Tydi hi ddim yn teimlo'n euog o gwbl am siarad Saesnag drwg. Ar y ffordd allan tyn hi lun o'r broblem.

Hen, hen dŷ ydi tŷ Mr Jagger ond mae Mr. Jagger wedi newid enw'r tŷ. Gan nad ydi o'n brin o bres mae wedi cael arwydd ffansi iawn, wedi'i wneud gan rywun yn Dudley, yn cyhoeddi'r enw newydd, sef, Toad Hall, i'r byd a thrigolion Ceulan. Felly, ymatebodd y byd, ond neb o'r dre, wrth gwrs, i'r enw newydd a llurgunio'i arwydd: Turd Hall. Wedyn, Toad's Hall, Toad's Balls. Sbel eitha hir fel Toadstool a oedd yn weddol boblogaidd yn nafarnau y dref, yn ôl pob son. Ar ôl pob anffurfiad o'i arwydd gwnaeth Mr Jagger ei orau glas i rymusu'i enw mor gadarn â chlogwyni Dofr. Pan losgodd rhywun ei arwydd i ludw, ffoniodd o Gomisiynydd Heddlu Gogledd Cymru. Mewn ymateb, anfonwyd llythr i bob gorsaf yn dweud y drefn – dim dychwelyd i losgi. Ymddangosodd arwydd newydd, hyd yn oed yn fwy nag yr un diwethaf. Mwy o fetal i lesteirio'r byd rhag ei losgi neu ei newid. Fis yn diweddarach, oedd hwnnw hefyd wedi diflannu. Dim ond gweddillion pedair sgriw yn gwthio allan fel pedwar tafod bach. Seibiant yn y rhyfel dros y gaeaf. Yn y gwanwyn dilynol codwyd arwydd papur a llythr amgaeëdig (y ddau wedi'u lamineiddio) yn esbonio ei safbwynt ac ychydig o ei hanes a phwysigrwydd yr ymadrodd, *An Englishman's Home is His Castle* ac yn gofyn i bawb i barchu'i eiddo. Trafodwyd yn nafarnau Ceulan ymatab addas. Fel aelod o'r Heddlu yn rhwym o gadw'r heddwch, mi gadwodd Dwynwen draw o'r tafarnau a'r trafodau am fisoedd. Cofiai hi symud o leia pump o wrthdystiadau ymlaen, gan amlaf doedd dim mwy na thri neu bedwar o unigolion ym mhob un ond daeth y rhain i ben pan un bore braf ddeffrodd Mr Jagger i ddarganfod bod rhywun wedi chwistrellu ei arwydd papur wedi'i lamineiddio, ei lythr wedi'i lamineiddio, yn ogystal ag ei giat, ei ddreif, ei wrych a'i gar â chachu buwch. Ffermwr o ryw fath rhaid bod, oedd barn y byd, ers pwy arall fysai â chymaint o gachu i'w daflu o gwmpas? Bu'r druan yn dawel am rai misoedd nes iddo osod arwydd pren bach mewn math o gawell ar bostyn pren. Diwrnod wedyn ceir arwyddion o lif gadwyn ar fon y postyn yn weledig. Mae pob cynnig gan yr heddlu i ddod o hyd i bechadur, neu bechadurion, wedi dod i ddim. Wal o fudandod.

Mae naw mis wedi pasio bellach ac mae rhywun wedi dechrau unwaith eto i ddifwyno'i arwydd bach bach pren newydd sbon. Yn lle dirmygu'r enw Saesneg mae rhywun wedi sgriwiau arwydd newydd ar yr hen bost gyda hen enw'r tŷ: Llys y Gwayw Eiddew.

Dyna'r arwydd y mae Dwynwen yn tynnu llun ohono pan fydd hi'n cau giat un o dai hynaf a mywaf gogoneddus y sir.

# 13

## *Yr Adroddiad*

Daw Dwynwen o hyd i'r ffurflen gywir ar y silff yn yr orsaf. Gwasga'r botwm ar yr ap ar ei ffôn i ailwrando ar y sgwrs rhwngddi a'r Arglwydd Toad Hall. Mae hi'n hapus iawn i fod ar ei phen ei hun yn y swyddfa achos mae'n siwr y bydd hi'n chwerthin yn uchel wrth wrando ar y sgwrs. Mae hi'n gwrando ar y recordiad ddwywaith ac yna'n llenwi'r ffurflen.

Adroddiad: O gyfweliad yn ymwneud â fandaliaeth arwydd enw tŷ Mr Jagger, Toad Hall, Ceulan
Rhif digwyddiad: 2211666

Mae Mr Jagger, perchennog Toad Hall, wedi cwyno sawl gwaith o'r blaen am weithredau o fandaliaeth ynghlŷn â'i arwydd enw tŷ. Cwynodd Mr Jagger hefyd ei fod wedi reportio'r digwyddiad dros y penwythnos diwethaf ond ei fod wedi gorfod aros tan heddiw am ymweliad gan yr Heddlu. Ymdrinnir â'r gwyn ychwanegol mewn adroddiad ar wahân.
Canfuwyd bod yr arwydd pren diweddaraf Mr Jagger wedi'i orchuddio ag arwydd metel mwy yn cydnabod enw gwreiddiol y tŷ, sef, Llys y Gwayw Eiddew. Mae Mr Jagger yn esbonio bod 'rhai elfennau yn y dre' wedi mynd yn ei erbyn oherwydd newid yr enw ond byddai rhaid i bobl leol dderbyn y newid gan fod gan y perchennog newydd yr hawl i newid yr enw. Ychwanegodd Mr Jagger ei fod o wedi trio dysgu Cymraeg sawl gwaith ond

roedd llawer o athrawon yn dda i ddim a'i fod yn deall yr iaith, mwy neu lai. Honnwyd gan Mr Jagger nad oes llawer o bobl yng Ngheulan yn defnyddio'r iaith ac ni ddefnyddiwyd yr enw gwreiddiol gan bobl leol ac oedd y rhan fwyaf yn gefnogol iawn i'r enw newydd. '*It's a stupid name anyway and it's too hard to say*,' ychwanegodd, ac yn ôl Mr Jagger, does neb yn gwybod naill ai sut i'w ddweud na beth mae'n ei olygu ac mewn gwirionedd mae newid yr enw yn helpu pobl i gyfathrebu â'i gilydd yn well. Ei bwynt olaf oedd ei fod yn dal i aros am ymateb gan y Cyngor. Dylid crybwyll yn ogystal y oedd rhaid i mi rybuddio Mr Jagger rhag unrhyw ymddygiad bygythiol a allai arwain at ddwyn cyhuddiadau yn ei erbyn ar ôl iddo ddweud dro ar ôl tro: '*I'll rip the f\*\*king b\*\*llocks off the p\*\*llocks doing this to me and my property*.'

Daeth yr ymweliad i ben am 2.45 yyp.

Canlyniadau:
1. Rhoi mwy o sylw i ardal hon o'r dref o amgylch tŷ Mr Jagger
2. Holi trigolion y rhan hon o'r dre am fandaliaeth yr arwydd
3. Cysylltu â 'chenedlaetholwyr' lleol adnabyddus i drafod y mater o newid enwau lleol
4. Cysylltu yn fwy rheolaidd â Mr Jagger i'w gysuro fod pob dim yn cael ei wneud i ddiogelu ei eiddo.

Anfonir copi'r adroddiad hwn at y Comisiynydd.

# 14

## *Rhagdybiadau*

Mae Halwn wedi ffonio ymlaen i sicrhau fod y lle yn derbyn ymwelwyr ond ar ôl mwy nag hannar awr o yrru chwennych o dynnu i mewn i gilfan neu gaffi am fychan. Mae'n beio'r glaw llwyd, oriog, trist. Y tu allan i Gorwen mae ciw araf o gerbydau'n sefyll yn aros am hydoedd i'r goleuadau newid. Dilyn o'r traffig gan ymwingo yn ei sedd ac yn poeni ynghylch ei bledren, neu'n waeth byth, ei brostad. Be os oes rhywbath difrifol o'i le arno? Be fysai'n newid ei flaenoriaethau? Sudda ei galon wrth feddwl am salwch terfynol a rhestrau bwced. Yn bennaf oherwydd y rhestrau bwced. Wedi'r cyfan, onid ydi pob dydd yn fath o restr bwced?

Y Dyfrdwy. Rhug. Afon Alwen. Y Ddwyryd. Y Maerdy. Afon Ceirw. Dinmael. Cerrigydrudion. Dyna restr. Lleoedd ar yr A5. Mae'r holl hanes yn myned drwodd ym mhobman yn y pen draw, ond yn araf bach, achos bod y ffordd, hyd yn oed y ffordd newydd, yn efelychu'r afon troellog ac mae Halwn yn cael cipolwg arno trwy'r glaw a'r cangennau gaeafol, yn gyntaf ar yr un ochr ac yna ar yr ochr arall. Dŵr, dŵr ym mhob man ond dim fawr o le i biso. Am ryw reswm mae'r Smiths ar y radio, '*From the ice age to the dole age there is but one concern some girls are bigger than others some girls' mothers are bigger than other girls' mothers...*' Meddylia am Ddwynwen. Ei hoff fand hi.

Cana'i ffôn ac yna ysfa boenus arall i leddfu'i hun. Yn y drych mae'n gweld rhes o geir yn agos iawn at ei gilydd, o'i flaen colofn o geir yn symud yn araf iawn, y rheswm am yr arafwch yn anweledig. Gwylia am rywfath o gynhwyswr sydd yn y car i'w defynyddio. Mae ei ffôn yn dal i ganu. Sbia arno ar yr union foment pan mae'n sylweddoli ei fod newydd basio'r caffi dros y ffordd o'r troad i Gerrigydrudion. Mae'n codi'r ffôn i weld pwy sy'n ffonio, yna'n rhoi arwydd ei fod yn troi i'r chwith, yna ei ateb, gan roi'r ffôn o'r golwg fel na ellir ei weld yn ei ddefnyddio.

'Helo?' meddai fo.

Rhyw sŵn aneglur yn dod o'r ffôn.

Deil o ychydig yn agosach. 'Helo?'

'Halwn,' meddai rhywun yn egwan, 'Halwn?'

'Helo, Halwn sydd yma.'

Gall weld goleuadau glas yn fflachio yn ei ddrych. Daw car heibio iddo ar gyflymder uchel, yn canu corn arno fo.

'Helo?'

Rhy Halwn y ffôn i lawr ar ei lin. Mae car heddlu heb ei farcio sy'n tynnu i mewn y tu ôl iddo. Mae'n brysur iawn â llif o geir yn dod yn ei erbyn yr ochr arall i'r ffordd. Dal i arwyddo ei fod yn troi i'r chwith. Tria droi ei ffôn i ffwrdd. Mae car yr heddlu'n fflachio'i oleuadau arno. Yn ei ddrych gall weld dau bâr o lygaid yn syllu arno. Mor sych ydi'i geg. Yr ysfa i bisio'n cydio'n gryf iawn. Maen nhw'n fflachio'r goleuadau eto ddwywaith neu dair. Mae'r sawl nad ydi'n gyrru'n gweiddi arno. Yn syth o'i flaen mae o'n gweld mynedfa i ryw le. Dal i ddangos ei fod yn troi i'r chwith. Mae'r car y tu ôl iddo'n fflachio ac yn troi'r seiren ymlaen. Halwn yn arafu. Yna maen nhw'n canu corn arno a'r ffôn yn canu yn ei lin. Mae ei galon yn curo a'i bledren yn ymwingo. Mae'n meddwl am Wyndaf am yr eiliad leiaf ac yn diolch i'r Ysbryd Mawr nad ydi yntau yn y car, mi fysai wedi mynd yn wallgof. Mae'n nesáu'r fynedfa ac yn arafu tra ei fod yn gwthio'r fraich ac yn rhoi arwydd i'r dde yn lle hynny. Yr eiliad nesaf mae car yr heddlu'n tynnu allan i fynd heibio iddo. Y car sy'n dod ato bellach ddim yn arafu a rhaid i Halwn droedio ar y brêcs hyd yn oed yn fwy. Mae'r car sy'n dod tuag ato'n dal i ddod. Mae'r goleuadau glas a goleuadau blaen car yr heddlu'n fflachio ar y car sy'n dod ato. Mae'r fynedfa mor agos y bydd rhaid i Halwn wneud ei droi yn syth neu ddim o gwbl. Mae bron â chau ei lygaid wrth iddo droi.

Yna, ni ddigwyddodd dim byd.

Rhywsut cyrhaedd car Halwn ofod y fynedfa, cyrhaedd car yr heddlu heb ei farcio ofod Halwn yn y ciw traffig ac hwylia'r car arall i'r dwyrain glawiog. Mewn eiliad fel milion o rai eraill, ni ddigwyddodd dim byd anarferol i adael olion eu bod yno erioed. Yn sydyn iawn stopia Halwn a neidio allan. Y tu ôl i'r wal gerrig pisia Halwn am dri funud. Dim fflachio, dim goleuadau glas, dim sŵn o gwbl ar wahân i'r sŵn dyn pisio a thrydar adar y to. Edrycha i fyny dros y wal. Mae car trydan wedi tynnu i mewn i'r fynedfa heb ei glywad a'r gyrrwr yn mynd tuag at Halwn. Gall yntau glywad ei ffôn yn seinio unwaith eto yn y car.

'*Alright, mate, what you doin' here, if you don't mind me asking?*'

Mae Halwn yn ochneidio ac yn camu o'r tu ôl i'r wal wrth iddo ysgwyd ei bastwn i sychu yn y glaw mân.

'*Well, you're trespasing, innit, here and your car is blocking the drive of a private business.*'

Mae'r dyn yn para i siarad fwy fwy yn nerfus a thrwy'r adeg Halwn yn ysgwyd ei waywffon garu. Cama ymlaen Halwn, cama'r dyn yn ôl.

'*Pervert, I'm ringing the Police,*' meddai.

Cae Halwn ei falog cyn i'r boi fedru tynnu lluniau. Â yn ôl at ei gar ac mae'r blydi ffôn yn mynd eto. Meddwl am ateb, ond yn hytrach ailgychwyn ei daith ar yr A5, yn fwy blinedig nag erioed, ond nid cyn dal enw'r lle. Glan y Gors. Enw'r lle hwn yn mynd ag o yn ôl cymaint o flynyddoedd: yn ôl i gegin ei fam, pob nos Fawrth a pharatoadau. Mae 'na dân yn y grât sydd ddim yn rhoi llawer o wres ond mae o'n sefyll o'i blaen tra bod ei fam, na welir byth heb sigarét, yn chwarae ag un rhwng ei gwefusau meinio gan wthio cylchoedd o fwg allan a bob hyn a hyn yn gwneud synau amwys i'w annog i'w wneud yn well, yn uwch, yn glirach wrthi iddi syllu ar y testun ar y bwrdd.

'Ni ddichon i neb wybod pa faint o freintiau anianol sydd yn perthyn iddo, heb yn gyntaf ymddiosg, a thaflu o'r nailldu holl hen arferion, a chwedlau gwneuthuredig, ac ofergoelion, ag y sydd wedi cadw amryw wledydd helaeth mewn pensyfrdandod, a ffoslineb, ac anwybodaeth, trwy laweroedd o oesoedd a aeth heibo...' Mae Halwn yn adrodd o gof.

'Pan fo dyn...' mae hi'n cofweini arno.

'Pan fo dyn...pan fo dyn wedi cael ei arwain er yn faban, i wneuthur rhyw hen arfer, neu i roi coel ar rhy hen chwedl, mae'n anhawdd hynod ganddo ymadel a...'

Pwffiad hir o fwg.

'...ymadel a'r arfer hono, o herwydd, iddo glywed hen bobl anllythrenog (ac o herwydd hynny...'

'*More stress, remember the brackets...*' meddai hi yn gryglyd.

'...ac o herwydd hynny, yn anwybodus, yn dywed fod coel –'

'yn dywedyd fod coel...' mae hi'n cofweini eto.

'...yn dwyedyd fod coel ar lawer o hen arferion, a bod chwedlau goruwchnaturiol a phabaidd yn wir. Nid ydyw dyn felly ond fel faban yn ei grŷd, yr hwn, er ei fod yn ddigon hen i gysgu heb ddim dadwrdd, na suo iddo, a fydd yn nadu –'

'*Hang on*, fuo iddo...?' Mam yn gwneud camgymeriad.

'...na fuo iddo, a fydd yn nadu o sisio cael i siglu gan ei fam, o herwydd, ei bod hi arfer a gwneuthur hynny pan oedd yn angenrheidiol.'

'*Let's do it again.*' Cylchau gwyn yn swirlio allan o'i cheg.

'O, mam, plîs.'

'*Once more, Hali. The competition is the day after tomorrow.*'

Mae'n sylweddoli ei fod yn gwybod y geiriau i agoriad T*oriad y Dydd* yn well bellach nag yr oedd bryd hynny. Sut y fysai wrth ei fodd yn cyfarfod â'i awdur, Jac Glan y Gors, bardd, tafwrnwr.

Mae ei feddwl yn mynd yn ôl i'r byd o'i gwmpas. Waterloo Bridge, Betws y Coed. Pont filitaraidd dros afon hudolus.

Paid ag anghofio i droi i'r dde, Halwn, meddai wrth ei hun.

243, sef, dau gant pedwar deg tri o filltiroedd o ffordd dda ar draws Loegr a Chymru wedi cael eu adeiladu ar ôl adroddiad Tŷ Cyffredin oedd yn cael ei gyhoeddi ar y chweched Mehefin, 1815, dim ond wythnos a hannar cyn Brwydr Waterloo ar y deunawfed o Fehefin. Y bont ei hun yn ymffrostio ei bod yn un oedran â gorchfygiad Napoleon er ni chyblhawyd yr holl ffordd rhwng Llundain a Chaergybi am bron bymtheg mwy o flynyddoedd. Fe'i adeiladwyd er mwyn gyrru milwyr y ffordd fwyaf uniongyrchol i Iwerddon ar ôl Y Ddeddf Uno, 1800. Crëwyd hefyd i adael i wleidyddion a thirfeddianwyr o Loegr teithiau haws a chyflymach i reoli eu hystadau ac eu bwrdeistrefi pwdr. Un o'r gwleidyddion hyn oedd, rhyfaddol iawn, Wellington, yr oedd tan 1798 yn Aelod Seneddol yn Senedd Iwerddon yn Nulyn. Pe bai o wedi aros blwyddyn a hannar tan y Ddeddf Uno byddai wedi cael iawndal golygus o bymtheng mil o bunnoedd yn ogystal â sedd yn y Tŷ Cyffredin Newydd.

Llanrwst. Y darn syth olaf.

Ar yr un pryd oedd hogyn fferm o'r enw Jac Jones yn brysur yn meddwl am y byd. Am yr anghyfiawnderau, yr anghydraddoldebau, y gyfundrefn wleidyddol, y frenhiniaeth, yr iaith Gymraeg, hanes Cymru a chyfuniad Cymry. Ac oedd yr hyn a sgwennodd am yr holl bethau hyn mor fodern, eglur a grymus i'r Cymry uniaith. Mor lwyddiannus, a dweud y gwir, bu'n rhaid iddo ffoi o Lundain, lle oedd yn byw, oherwydd bygythiadau gan awdurdodau Prydeinig. Ar y llaw arall, daeth Wellington, mab yr uchelwyr Eingl-Wyddelig yn AS dros Trim yn Senedd Iwerddon yn 1790 hyd 1797 ac yn ei yrfa arall fel milwr collodd y rhan fwyaf o'r Iseldiroedd yn Ymgyrch Fflandrys ac yna dychwelodd i Lundain i ddod yn Ysgrifennydd Rhyfel yn Iwerddon. Wnaeth hynny ddim gweithio allan, felly, hwyliodd i Ynysoedd y Caribî ond fe'i gorfodwyd i ddychwelyd i Brydain oherwydd storm enfawr. Yn ystod yr un cyfnod, ymddangosodd *Seren Tan Gwmwl, neu Ychydig Sylw ar Frenhinoedd, Escobion, Arglwyddi & gan John Jones, Glan-y-Gors, Bardd. 1795.*

Mae'r naill yn cael ei gofio a'r lall ei anghofio.

Yn Llansanffraid Glan Conwy mae Halwn yn sgwennu neges at Ddwynwen i ddweud ei fod bron â chyrraedd ac un arall i grynhoi'i feddyliau am Wellington a Jac Jones, Glan y Gors ac un yn rhagor i ofyn pam nad ydi pobl yn fodlon meddwl drostynt eu hun a pham nad oes dim wedi newid ers amsar cyfaill Cymraeg Tom Paine? Yn ogystal â deg calon pinc. Nid oedd yn disgwyl unrhyw ymatab.

Câr Halwn yr olwgfa dros yr afon llydan yma gan ddychmygu'r llanw a thrai o ddŵr, tynfa hud y lleuad dros yr holl ofod ac amsar hwnnw i sugno, halio a dadlwytho mynyddoedd o ddŵr dros dro ac mae rhaid bod yn wir, tra fod uchdwr y môr ar hyd draethoedd Chile yn mynd i lawr llenwir agorfa Afon Conwy gan ymchwydd dŵr brown, dugoch sy'n gwthio ei fysedd cyn belled â Thanlan, bron milltir o Lanrwst.

Cana'r ffôn. Wedi anghofio am y blydi peth.

'Helo?'

'Helo, Halwn? Ti nghlywad i y tro hwn?'

'Ie. Yndw. Pwy sy'n siarad?'

'Tom, Halwn. Gwranda, ti 'di cael llythr gan y cwmni?

'Do.'

'Océ. Iawn. Wel, dan ni 'di siarad efo perchennog y tŷ ac ma' o'n barod i gynnig mwy o bres i ti, ac os wyt ti'n cofio'r cynnig yn y llythr, wel, mae o'n barod i'w ddwblo fo i fil o bunnoedd. Dim amodau. Cynnig da iawn, os ga i ddweud. Be ti'n meddwl?'

Ni fedr Halwn yngan gair. Mae'n dawel am eiliad.

'Na i ffonio yn ôl,' gan orffen y galw.

Neges arall i Ddwynwen. 'Rhaid siarad heddiw pan ni adra.'

Ar fin Llandudno, rhwng Penrhyn-side a'r dref, i lawr lôn fach, bron yn guddiedig gan hen sied amaethyddol, lleolir tŷ plaen mawr, The Larches. O'r car gall Halwn ganu cloch yr intercom. Dywed ei enw wrth y ddynas ac agorir y giatiau haearn electronaidd. Mae'n cael ei groesawu yn y tŷ gan yr un ddynas a fe'i arweinir yn syth i stafall i lawr coridor plaen. Gofynnir am gerdyn electronaidd i fynd trwy bob drws. Nid ydi Halwn erioed wedi gweld cymaint o ddrysau gyda'i gilydd fel hyn. Yn hollol dawel.

'Fel y bedd,' meddai fo, i ysgafnhau'r naws.

'Be oeddach chi'n disgwyl?' meddai hi'n niwtral.

Gad hi o mewn stafall ag olygfa dros y môr a'r Gogarth.

Funud yn ddiweddarach a daw dyn i mewn.

'Ken,' dywed.

'Hello, Ken. Halwn. *Thanks for seeing me. How are you today?*'

'Mae'n iawn, gelli di siarad Cymraeg. Dywedodd Marian y byddai'n well gen ti,' yn gwenu ac yn gwthio ei sbectol yn ôl.

'Perffaith. Buaswn.' Mae Halwn yn gwneud nodiadau yn ei lyfr. 'Ydach chi'n cofio'r noson pan ddaeth Peter Wyn Roberts yma chwe mis yn ôl? Allwch chi gofio be ddigwyddodd y noson honno?'

'Ie, dwi'n cofio'n dda iawn achos dwi'n wneud dwbl sifft unwaith yr wythnos, Dydd Mercher a Nos Fercher, mae'r bos yn gadael i mi gael cyntun Dydd Iau ar ôl newid y sifft. O ble dwi'n dod, Mr Halwn, ti'n cymryd beth bynnag gelli di gael, os ti'n deall.'

'Wrth gwrs. Felly, Dydd Mercher, hwyr ym mis Medi...?'

'Ie, ond gyda'r nos oedd, mor braf, mor fwyn, buaswn i'n dweud y machlud gorau erioed a dwi'n cofio, mi es i allan i gael *sneaky break*, jyst am bum munud o awyr iach ac oedd'n mor hyfryd i weld yr adar a'r haul yn mynd i lawr pan nes i glywed sŵn yn yr ardd. Ond dim byd i'w weld unrhywle. Dach chi'n gweld pa mor gudd ydi'r lle yma, gwrychoedd mawr, giatiau ym mhob man, dim *access* ar wahân i'r un brif fynedfa yna? O'n i'n synnu fod rhywun yn trio hefyd dod i mewn, rydan ni'n treulio'r rhan fwyaf o amser yn stopio pobl rhag ffoi.'

'Ie? O'n i'n meddwl bod y rhan fwyaf o'r bobl yma wedi wario llawer o bres i fynd i mewn, pam fasan nhw isio dianc? Mae'n edrych yn hyfryd.'

'Buaset ti'n dweud hynny pe bai gen ti ddewis, Mr Halwn. Mae rhai ohonyn nhw wedi cael eu, wel, rhoi yma. Y gair cywir? Mae'r rhain sy'n dewis dod yma, hwyr neu hwyrach, eisiau dianc. Rhai o'r pethau sy'n mynd ymlaen yma...wel.'

'Iawn. Be am Mr Roberts?'

'Oedd o'n chwyrnu, creda neu beidio, ar ei eistedd oedd o, yn erbyn y cwt bach jyst y tu mewn i'r fynedfa. Gwaed dros ei wyneb i gyd, ei geg ar osgo, lot o doriadau a chleisiau i'w ddwylo a phen.' Ysgwyd ei ben mae Ken. 'Ti'n gwybod, Mr Halwn, yn fy nghwlad i, dwi'n gweld lot o *shit*, esgusoda fi am ddweud y gair yna ond mae 'na gangiau a rhyfeloedd turff a chyffuriau a *paramilitaries* ac i fyny yn y gogledd nhw'n delio efo rhyfel cartref, ie? *Nigeria ain't Disneyland, know what I'm saying?* Yma ydwi i weithio, yma i gadw fy mhen i lawr, i helpu fy nheulu, gweithio yn galed, dim angen problemau, dim angen *any grief*, Mr Halwn.'

'Ken, dwi'n dallt, dwi mor falch bod chi'n fodlon i siarad â fi. Diolch.'

Tawelwch am funud.

'Y rheswm o'n i'n son am Nigeria...' edrycha o'i gwmpas yna sylla'n graff ar Halwn, 'oedd fel pe bai rhywun wedi dod â thipyn o fy hen fywyd i mewn i fy mywyd yma, ti'n deall?'

Edrycha Ken i ffwrdd. Sbia Halwn ar gopi o lun gan Kyffin ar y wal. Dyn coesgam a chi defaid yn cerdded tuag at yr artist ar wtra garegog. Oedd hi'n ei atgoffa o Wyn a Maes yr Ysfa.

'Fel rhywun wedi ei guro nes ei fod yn ddu-las. Curfa cosb, *punishment beating*, oedden ni'n arfer ei alw. Yn aml, ei oroesi oedd y canlyniad gwaethaf.'

'Neges i bobl eraill, felly?'

'*Look, Mr Halwn, you seem a nice guy.* Dwi ddim yn dweud dim byd. Pwy a ŵyr? Dwi ddim yn gwybod dim byd. Jyst *saying*, dwi wedi gweld digon o waed a digon o Mr Robertses i...i beidio eisiau gweld mwy ohonyn nhw. Iawn?'

'Be ddigwyddodd iddo wedyn?'

'Wnes i ffonio 999 a'r House Doctor yma. Camgymeriad wnes i. Dywedais i nad oedd yn argyfwng ac achos mai ffonio o fath o ganolfan iechyd oeddwn, dywedon nhw bydden nhw'n dod pan gallen nhw. Pum awr cyn cyrraedd yr ambiwlans. Erbyn hynny oedd y doctor wedi ffeindio gwely iddo yma ac oedd o'n cysgu yn sownd. Wedyn, wel wnaeth o fynd ar goll yn y system ar ôl i ni ei adael yn yr ysbyty go iawn dau ddiwrnod wedyn.'

'A ddywedodd o unrywbath o ddiddordeb i chi?'

'Oedd o'n strugglo siarad, dweud y gwir, oherwydd ei ên wedi ei thorri.'

'A faint oedd ei oedran?'

'Chwedeg, chwedeg pump. Ond ffit, buaswn i'n dweud.'

'Ie?' gofynna Halwn.

'Wedi clywed ei fod o'n filwr, a byddwn i'n cytuno, a phwy bynnag ei gurodd, wel, mwy nag un ohonyn nhw a byddai o wedi ymladd yn ôl.'

'Iawn. A ddywedodd o pam fyddai rhywun yn neud hyn iddo? Neu bwy?'

Nid ydi Ken eisiau dweud mwy.

'Mr Halwn, dwi wedi dweud digon yn barod. Ond arhoswch yma am funud. Dwi'n dod yn ôl, ok?' Heb aros am ymatab, diflanna Ken allan o'r stafall.

Sbia Halwn ar ei ffôn. Tair rhes o galonnau gan Ddwynwen. 'Tom wedi galw', mae o'n sgwennu yn ôl iddi, 'Tom, Asiant Tai'. Rhes o wyneb-cachu yn dod yn ôl gynni.

Ymddengys Ken wrth y drws. 'Dere gyda fi. Dwi'n mynd â ti at y giat.' Ychydig bach yn anghyfforddus mae o'n ymddwyn.

Ar y ffordd allan dywed Halwn, 'Mae rhaid i mi ddweud pa mor berffaith ydi'ch Cymraeg, os ga i.'

'Diolch yn fawr. Iaith ddiddorol. Rydyn ni i gyd yn dysgu iaith ein cymodogion, ffordd arall bydden ni'n brwydro trwy'r amser.'

'Gwir iawn, Ken. Wel, diolch yn fawr iawn,' meddai wrth iddyn nesáu at y giat.

'Diolch i ti, Mr Halwn, pob lwc. Un peth ola. Ti wedi clywed o Chinua Achebe? Dylet ti ei ddarllen. *Sorry, but he said it in English, 'My people are somewhere between a tribe and a nation.' I am one of his people. Maybe you understand. Debe nchekwa.'*

Gwylia Halwn o wrth iddo gerdded yn ôl i'r gwaith.

Yn ôl adra ar ôl y daith hir. Cyfarcha Gwyndaf. Angen mynd am dro. Mae pethau ym mhob man sydd ag arwyddocâd iddo. Mae'n gynnes tu mewn ac mae Dwynwen yn potsio'n y gegin. 'Helooo,' bloeddia hi, mewn ffordd hurt, i wneud iddo chwerthin allan o'r golwg. Plant ar y stryd isod yn chwarae ac yn fflirtio. Nabod eu lleisiau, gwybod eu henwau, nabod eu teuluoedd. Hyd yn oed mae Gwyndaf yn nabod eu cŵn. Peidio â dweud ei fod yn eu hoffi nhw na dim. Hyd yn oed y goeden sy'n chwifio yng ngardd y gymdoges yn perthyn i'w fywyd. Cyfarwydd. Cynefindra. Adra. Gan wybod nad ydi'r cylch ar y dde ar gefn yr hob yn gweithio. Gan dderbyn y lol a'r wres.

'Mae o'n chwarae tric arnot ti. Hogyn drwg, Gwyndaf, pam ti'n dweud fod dy ddim wedi bod am dro pan aethon ni 'mond hanner awr yn ôl?' Gwenna Dwynwen mor annwyl nes i galon Halwn fyrstio. Bron.

'Gwyndaf?' Gofynna Halwn i'r ci.

Mae o'n mynd i eistadd i lawr.

'Iawn. Ti'n hogyn drwg drwg drwg ond ti'n berffaith a, gorau oll, ti ydi fy mherffaith i.' Mwytha ei berffaithrwydd.

Yn ddiweddarach dros bryd o gawl ffacbysen a bara ffres gofynna Dwynwen iddo am ei ddiwrnod.

'Ken oedd uchafbwynt y diwrnod. Wellington oedd yr isafbwynt.'

'Pwy ydan nhw, 'wan?'

'Boi o Nigeria ydi Ken, dwi'n meddwl, sy'n siarad Cymraeg adderchog am resymau da a naeth o ddod o hyd i'n boi ni, Roberts, yng ngardd The Larches. Milwr, yn ei chwedegau, wedi cael ei guro yn wael, prin y medrai o gofio ei enw ei hun. Ond 'curfa cosb' oedd y geiriau a ddefnyddiodd Ken am ei anafiadau sy'n ddiddorol. Wedi gweld gwaith y giangiau adra a fe'i atgoffodd o gan gyflwr Roberts y noson honno. Cwestiwn ydi, wel dau gwestiwn ydi mewn gwirionedd, sut nath o orffen yng ngardd The Larches a phwy nath o iddo?'

'A pham?'

'Tri chwestiwn, ia.'

'A oes 'na gysylltiad rhwng Roberts a Gwyn Maes yr Ysfa?'

'Pedwar cwestiwn.'

'Coffi? Glasiad o win? A pwy ydi Wellington? Ci? Cath? Ceffyl?'

'Ha!' a dywed Halwn yr holl hanas am ei daith i Landudno ac am ei brofiadau ar yr A5 a alwodd eisteddfodau yr ysgol ar ei gof ac atgofion ei fam.

'Dwi erioed 'di cyfarfod efo dy fam di.'

'Mi ai i â chi i ddweud helo, os chwenychoch.'

'Tro mi i chwerthin rŵan. Be yn y byd ydi'r gair 'na, chenychychychwoch?'

'Isio, ond y math o air a fyddai Iac Iones o Glan y Gors yn ei ddefnyddio.

'*Halwn, you should be in the bloody Larches, not old Roberts,* Iesu Crist, ti wedi fy ngholli i'n hollol!'

Adrodda Halwn y stori a'r testun a berfformiodd pan oedd o'n bedair ar ddeg oed.

'Wow. Be oedd hynny?'

'Llinellau agoriadol *Toriad y Dydd* gan Jac Jones.'

'Nest ti ennill?'

'Yn anffodus, naddo.'

'O, bechod, Halwn. Ti sy'n caru'r iaith gymaint. Be aeth o'i le?'

'Bardd lleol o farnwr a ddywedodd fy mod i wedi neud camgymeriad sylfaenol.'

'Dwi'm yn credu. Be?'

'O'n i'n nerfus a mi ddywedais i 'heb ddim dadwrdd na fuo iddo...'

'Ie, a be sy'n bod?'

'Be mae 'na fuo iddo' yn golygu?'

'*Dunno.*'

'Yn union. Camgymeriad, rhaid bod 'na **suo iddo**...'

'Dwi'm yn dal i ddall.'

'Doedd fy mam ddim yn siarad Cymraeg ond trio fy helpu i

oedd hi, weithiau, ac o'n i mor bryderus am beidio ei chynhyrfu hi o'n i'n neud a dweud beth bynnag ddywedodd hi. Ar gof. Dim ond fi a hi yn y bwthyn a dim ond yr un llyfr, T*oriad y Dydd*, hoff lyfr ei thad. Ac mae'r hen lythyren 's' yn edrych fel llythyren fodern 'f'. Oedd hi'n nghywiro o hyd.'

'O, Halwn, fy Halwn druan annwyl. Oedd gynnon ni deledu ym mhob stafall yn cynnwys y tŷ bach a nes i ddim gweld llyfr tan ar ôl y *laser eye surgery* pan o'n i'n ddeunaw oed!'

Mae hynny'n gwneud iddo chwerthin yn fawr ac yn tynnu ei feddwl oddi ar alwad ffôn Tom, y gwerthwr tai. Ddim yn mynd i drafod hynny heno o bob noson.

# 15

## *Diwrnod wedyn*

Mae Halwn a Dwynwen yn gyrru negeseuon at ei gilydd.

H: Ddrwg gen i. Dylwn i fod wedi dweud hyn neithiwr. Twm wedi ffonio.

D: Pa Tom? Neithiwr oedd'n berffaith.

H: Twm, yr asiant tai. Ynfytyn. Anfonodd lythr bod rhaid i ni adael y fflat. Mewn 2 wsnos.

D: O, Halwn, pam na ddywedaist ti wrtha i cyn hyn?

H: Ga i ffonio ac esbonio? Ffoniodd ddoe yn ddi-stop.

D: Na. Mewn cyfarfod pwysig. Ha! Lle wyt ti?

H: Ar fainc ger yr afon efo Mr G. Rhedeg yn wyllt efo ei ffrind gorau. Cenfigennus.

D: A finnau. Rhaid gwrando ar jerk o HQ yn malu cachu am Delivering National Policing at a Community Level.

H: Perthnasol iawn.

D: Mae'n glawio. Sut ti'n medru ista ar fainc ger yr afon? Wyt ti'n hiraethu amdanaf?

H: Achos fod Gwyndaf yn hapus. Dwi o dan binwydden felly bron yn sych ar garped o nodwyddau pinwydden.

D: Yyyyyy????

H: Dim ots. Beth am y llythr?

D: So pissed off, Halwn. Do'n i'm isio gadael fflat Enfys ond dim dewis. Gorfod gadael y bitsh a'i moron hi. A DIM isio gadael dy fflat di. Plîs plîs plîs. Paid a neud i mi symud eto.

D: Sori, tipyn o emosiwn yn y neges 'na.

H: Dallt. Nath Twm gynnig 1K ini i adael. Be ddylem ni neud?

D: Dim ffordd, Gwynfor! Licio ti hynny? Mae'n odl dda, nde?

D: Na, mor ddrud, mor brin a mor anodd ffeindio rhywle arall ar hyn o bryd yn enwedig mewn llai na ddwy wythnos. Naaaaaa...!

D: Lle ti 'di mynd? Halwn, cer i weld Tom a dweda'r drefn. Dim gallu neud hyn i ni.

D: Mae Lovenuts yn dweud rhaid i mi ganolbwyntio ar y sgrin a gwneud nodiau. Tara, cariad. Caru ti a MrG

Pan mae Halwn yn cael Gwyndaf yn ôl ar y dennyn, mae'n stopio i ddarllen negeseuon Dwynwen. Penderfyna beidio â gyrru rhagor o negeseuon ati a thry ar y brif stryd. Drwy ffenest siop Tai Asiant Twm Roberts gall Halwn weld dyn wrth y cownter yn siarad â Thwm. Cyfrifa faint o dai sydd ar werth yn yr ardal: 12. Yn y dre: 4. £233,000 ydi'r un rhataf. Yn ôl yr arwydd mae hwn wedi'i ostwng yn barod. Sawl tŷ sydd ar osod: 1. Dim yn y dref ydi hwn ond mewn pentref tua phum milltir i ffwrdd. £899 y mis. Daw'r dyn allan o'r siop ac â Halwn i mewn.

'A, Halwn, diolch am ddod, ty'd i mewn i'r swyddfa. Eitha gwlyb heddiw. A sut wyt ti heddiw?' Mwytha Wyndaf heb ei gyffwrdd ag o. Ânt i'r swyddfa gefn fach oer.

'Oce, ti'n wybod pam ti fan hyn a dwi eisiau dweud diolch am hynny. Dan ni 'di deud sawl gwaith bod ni'n hapus iawn i dy gompensait di am y drafferth o symud allan ac rŵan mae perchennog y fflat yn deall yn union sut ti'n teimlo ac yn barod i gynyddu'r gompensaisiwn. Sortia bopeth allan mewn ddwy wsnos, neu'n gynnarach, a byddan ni'n rhoi mil o bunnoedd i ti *in cash* yn syth a, fel ecstra, dim rhent i'w dalu am weddill dy *stay* yn y fflat. Be ti'n deud i hynny, cyfaill?'

Eistedd Halwn yn dawel. Lle i ddechrau? mae o'n meddwl.

'Halwn, gobeithio dy fod ti'n deall y sefyllfa. Mae'r byd yn newid, mae pobl eisiau joio Ceulan a'r pethau o gwmpas ni a dwi'n meddwl ti'n lwcus iawn ti'n cael *offer* fel hyn. Da iawn, 'swn i'n dweud. A dim ond yr hyn mae'r cleient eisiau ydwi'n ei neud, dyma fy job. Meddwl am be allet ti'n neud efo *grand* yn dy boced di. Gwyliau, rhywbeth arbennig i dy ledi di, lot o bethau gwahanol, ie, 'ndoes?'

Eistedd Halwn yn dawel.

'Dwi'n wbod mai *bit of a* sioc i ti ydi hwn, ond, nid diwedd y byd o gwbl, 'de?' Twm yn siarad braidd yn anghyfforddus.

Eistedd Halwn yn dawelach byth.

'Be na i ddweud wrth y perchennog, Halwn?' yn sbio ar ei watsh. 'Yn anffodus mae gen i apwyntiad arall mewn pum munud.'

Mae Halwn yn symud ei sylliad o'r wal y tu ôl i Twm i gyfeiriad llygaid Twm.

'Wedi bod yn meddwl am yr hyn yn union o'n i isio ei ddweud i chi, Mr Roberts.'

Saib.

'Yr hyn dwi 'di bod yn meddwl amdano ydi sut fedra i losgi'r lle 'ma.'

'Be?' meddai Twm. 'Halwn, ti'n bod yn dwp 'wan. Mae hynny'n siarad peryglus, fy ngwas i.'

'Taflu pobl allan o'u tai ydi'r hyn ydach chi'n ei neud ac effallai bydd pobl yn sylweddoli'ch rhan wrth greu'r sefyllfa. Onid ydach chi'n cytuno, Mr Roberts? Math o ffantasi ydi, wrth gwrs, ond mae llawer o bobl yn eich casáu am yr hyn ydach chi'n ei neud.'

'Os ti'n bygwthio fi, mi wnaf i ffonio'r Heddlu.'

'Dwi'n eich bygwthio chi â ffantasi. Chi sy'n fy mygwthio i â realiti.'

'Jyst gwneud fy job. Dim angen i ti *get all worked up.*'

'Bysai pobl yn dweud fy mod i'n jyst gwneud fy job hefyd.'

'Halwn, bydd yn *reasonable*, ok, Be na i ddweud wrth y perchennog?'

'Gwenwyn llygod mawr.'

'*Pardon?*'

'Yn lle llosgi'ch siop wystlo fach druenus, gallwn i roi rhywfaint o wenwyn llygod mawr i lawr. I ladd llygod mawr, pobl fel chi, sy'n bwydo fel parasitaidd ar bobl ddieuog ac yn taenu'r clefyd trachwant a difetha'r da yn y byd. Sbiwch ar y siop dros y ffordd sy'n gwerthu cig a'r siop drws nesa sy'n gwerthu llyfrau. Faint ydan nhw'n codi'u prisiau er budd neb ar wahân iddyn nhw eu hun? Ceiniogau, Mr Roberts, gallen nhw fesuro eu helw mewn ceiniogau am bob peth yn eu ffenestri'u hun. Mae rhai ohonyn nhw wedi cynhyrchu pob dim, wedi gwneud cyfraniad i'r byd ar wahân i'w helw eu hun, mae rhai wedi astudio'u crefft ers blynyddoedd, wedi sefyll arholiadau, wedi ennill graddau. Ond chi, y Llygoden Fawr, be dach chi'n gwneud i'r da, er lles pawb, ym mha ffordd ydach chi'n cefnogi cymdeithas, yn iacháu pobl, bwydo pobl, yn gwrando ar yr eneidiau coll, y tlodion, yr unig, y bobl ar farw?'

Erys am ymatab ond dim ond pesychu a ffrwtian mae Twm.

'Nagoes, does gynnoch chi ddim i'w ddweud.' Mae Halwn yn ymatab ar ei ran.

'Rhaid i mi fynd. A titha.'

Eistedd Halwn a syllu arno.

'*Fine speech but fuck off before I call the police*.' Mae Twm yn poeri braidd yn ddig wrth iddo sefyll a chwilio am ei ffôn.

Chwardd Halwn. 'Wnewch. Sesiwn hyfforddiant yn cael ei chynnal ar hyn o bryd, *Delivering National Policing at a Community Level,* er gwybodaeth i chi. Bydd'n cymryd y diwrnod cyfan. Un o'r swyddogion a fydd yn ymateb i'ch galwad heddiw ydi un o'r bobl sy'n byw yn y fflat hoffech chi fy nhaflu allan ohono. Efallai bo' chi'n adnabod PC Dwynwen Jones? Felly, ewch amdani, ffoniwch nhw, y Llygoden fawr. Arhosa i nes iddyn nhw gyrraedd fan 'ma, rhagfynega i y bydd hynny ymhen rhyw bedair awr. Neu bump.'

'Wnei di plîs adael y swyddfa. Rhaid i mi fynd.'

'Twm, er fy mod i'n eich casáu chi, mi ddyweda i hyn wrthoch chi. Mae gen i ffrind sydd yr un oedran â chi. Mae hi'n cofio i chi fod yn hogyn difrifol, annwyl a oedd yn hoff iawn o weithio ar y fferm a gofalu am anifeiliad. 'Ddim yr un fath â'r hogiau eraill', meddai hi wrtha i. Be sydd wedi dod ohonoch chi, Twm, eich bod chi'n taflu pobl o'u cartrefi a chymryd manteis o bawb o'ch gwmpas? A'r peth gwaethaf ydi bo' chi'n barod i werthu ein hetifeddiaeth ni i bob un *twat* sy'n cerddad heibio.'

Edrych ar ei watsh mae Twm.

'*Twat*, Tom, wedi'ch galw chi yn *twat*. Wnewch chi ddweud yr un fath i'r perchennog? Diolch.'

Mae'r drws yn cau y tu ôl i Halwn wrth iddo gerddad allan.

Anelu at gopa'r mynydd ddwy awr i ffwrdd mae Halwn, Mynydd y Geg ddu. Nabod y ffordd mae Gwyndaf a bydd'n gyfle i edrych i lawr ar y byd yn lle dioddef ei dwpdra oddi isod. Cyn iddo gychwyn mae'n anfon neges destun at Osian, ei gyngyfeill a pherchennog y fflat: **Hi, fêt. Diolch yn fawr iawn am fod mor deg â mi. O'n i'n meddwl dy fod di'n mynd i siarad â dy fam. Yn amlwg na. Diolch. Mynd i gael ein taflu allan o'r fflat. Diolch. Yn amlwg ti ddim yn rhoi *shit* amdanaf. Diolch. Os sgent ti *guts* o gwbl dylset ti ffonio fi cyn gynted â phosib. Diolch. Neu wnei di rywbath i helpu? Diolch.**

Pobl eraill ydi uffern.

# 16

## *Pob Math o Gyfryng*

'Fy annwylaf Darcy,

Dwi'n ôl yn fy swyddfa drist yn Llundain ar ôl ychydig ddyddiau o ddiflastod mawr. Rwy'n teimlo fy mod i'n colli fy mhwyll ar ôl yr holl bethau sydd wedi digwydd rhwngddon ni ac o'n cwmpas ni yn yr wythnosau diweddar. Hoffwn pe gallwn gynnig esboniad rhesymegol am yr holl bethau hyn ond ni allaf ei wneud yn hawdd.

Dyweda wrtha i lle wyt ti a'r bachgen annwyl, os gweli yn dda. Heb wybod bod y ddau ohonych yn hollol ddiogel, dwi ddim yn siwr a fyddaf i'n gallu cysgu eto. Nid nes i mi wybod yn sicr, beth bynnag. Dyweda wrtha i a fyddi di'n gwrando ar yr hyn bod gen i'w ddweud, os gweli'n dda. Dyweda wrtha i a fyddi di'n gallu rhoi cyfle arall i mi i brofi fy nghariad tuag atat ti.

Dwi'n gwybod y dylwn i fod wedi bod yn fwy agored a threulio mwy o amser yn dweud wrthot ti am yr holl bethau a oedd yn digwydd yn fy mywyd ac yn fy ngwaith ond doedd byth yn ddigon o amser pan mae rhaid i mi fod yma bum diwrnod yr wythnos a thitha yn Telford a Llewelyn yn ei ysgol yn Ellesmere. Ond, arna i ydi'r bai, coelia fi neu beidio, dwi'n cyfadde nad ydwi wedi gwneud digon ym mhob rhan o'n bywyd gyda'n gilyd. Maddeua i mi, os gweli'n dda, Darcy, er mwyn popeth!

Mae cymaint o'n bywyd gyda'n gilyd wedi mynd trwy fy meddwl yn yr wythnosau diwethaf, dim yn hollol siwr pam ond atgofion melys oedd y rhan fwyaf ohonynt. Ti'n cofio'r penwythnos hir cyntaf gyda'n gilydd yn y gwesty rhad hwnnw yn Nghei Newydd pan lawodd hi'n ddibaid am bedwar diwrnod a nofion ni bron yn noeth yn y glaw a gwynt a chwerthin ar ein pennau ein hun yn y bae bychan nes i ni grio? Neu pan ddwynon ni'r hen feiciau hynny ar Skiathos fel na fyddem yn colli'r fferi yn ôl i Athens? A'r penblwydd cyntaf a ddathlon ni ynghyd â Llewelyn a oedd yn dathlu ei chweched penblwydd yn y tŷ bwyta posh posh hwnnw a'r holl le yn ymuno â'r staff yn canu Happy Birthday? Ti'n cofio y pethau hyn, n'dwyt, Darcy?

Byddai'n gas gennyf golli popeth oedd gennym gyda'n gilydd. Rhaid dweud, Darcy, mai'r dydd Sul diwethaf oedd un o'r dyddiau gwaethaf yn fy oes erioed. Er fy mod i'n trio deall beth sy'n mynd trwy dy feddwl a thrio gweld y sefyllfa o dy safbwynt di, mae rhaid i mi ddweud hefyd, Darcy, fy mod i'n poeni ychydig am dy gyflwr meddwl. Dwi eisiau dy helpu di ymdopi â beth bynnag sy'n dy gynhyrfu gymaint ac os oes unrhyw ffordd y gallaf dy helpu neu dy gefnogi yn y cyfnod anodd iawn hwn i ti, os gweli'n dda, gofynna am gymorth, dwi yma i ti.

Rhaid cyfaddef cwpl o bethau eraill. Dwi wedi cael gafael o gi bach yn fwy addas i hogyn fel Llewelyn. Ti'n iawn, yr un a welaist yn y car oedd i fod yn anrheg fach i Lewelyn, ond doedd o ddim yn addas o gwbl, ac mae'r un sydd gen i bellach yn fwy annwyl a bydd yn gi teuluol da.

Rhaid cyfaddef hefyd i mi fynd allan nos Sadwrn i weithio gyda'r cŵn i weld a fyddai hwn yn gi da i dy fab. Ti'n gwybod yn dda pa fath o groeso gennyf gan y meibion ar yr ystad a dyna'r prif reswm i mi ddod adra mor hwyr yn y nos. Mae'n ddrwg gen i iawn na wnes i esbonio'n well.

Rhaid cyfaddef hefyd i mi adael y Land Rover ger mynedfa'r Lodge oherwydd doeddwn i ddim eisio dy ddeffro ar ôl dy ddiwrnod anodd yn yr Eisteddfod. Oeddwn i mor falch dy fod wedi ymdrechu mor galed i ennill calonnau pobl leol a ni chlywais ddim ond clod i ti am dy waith mor dda gan bawb. Ni sylweddolais i bod y meibion wedi splasio'r Land Rover gyda phaent coch chwaith. Hen jôc ydi hwn, dyna i gyd. Yr un peth gyda fy nillad, oeddent yn chwarae gyda'r paent y tu allan i'r dafarn ac mae'n rhaid bod ychydig bach wedi tasgu arnaf. Dim gwaed, Darcy, dim o gwbl. Ond mae'r dillad wedi cael eu golchi yn llwyr rŵan felly, paid â phoeni am y peth. Jôc a aeth o chwith, dim mwy.

Gobeithio dy fod yn deall popeth yn yr e-bost hon. Gobeithio dy fod yn gweld yn glir dy fod yn annwyl iawn i mi a bydd lle i ti yma yn Henfache yn y dyfodol, y dyfodol a dy fod wedi bod yn breuddwydio amdano ers y funud gyntaf i ti gyrraedd yma yr holl flynddoedd yn ôl. Camdealltwriaeth ydi'r holl bethau a ddywedest. Down ni drwy hyn gyda'n gilydd!

Darcy, os wyt ti wedi cyrraedd y paragraff hwn, mae'n golygu'r byd i mi. Dwi'n gwybod dy fod wedi fy mlocio ar dy ffôn ac anwybyddu fy negeseuon a, wel, os na chlywaf gen ti yn fuan, byddaf yn mynd i'r eglwys i oleuo cannwyll, ac yn syth wedyn, gyrru i lawr y A5 i ddweud wrthot ti ar stepan drws dy dŷ, wyneb yn wyneb, faint dwi'n dy garu di.

Gyda chariad,

Dy Gwilym xxxxxxxxxxx'

Tybed a ydi o wedi gor-wneud pethau ai peidio. Amau y byddai hi'n ei ddeall. Ddylai adael iddi fod. *Sleeping dogs* ac hynny i gyd. *Dozy bitch*, yn debycach. Ond o hyd, mae pwll o euogrwydd yn llechu o dan y wyneb. Ond hoff iawn o'r hogyn mae o, gallai o fwynhau ei fagu, pe bai'n cael y cyfle. Ond y ffordd yr oedd ei fam yn ymddwyn, oedd hynny'n anfaddeuol. Nid ar ôl cyfrif yr holl ddifrod oedd hi wedi achosi. Byddai'r bil lanhau ar ei ben ei hun yn fwy na dwy fil o bunnoedd. Oedd difrod i'r dodrefn yn aros am arbenigwr, ond oedd yn disgwyl talu llawer o arian a gwastraffu llawer mwy o amser yn sortio allan pob dim. Anrhefnu oedd ei phrif nodwedd, ei gall i fedru peri anrhefn ym mhob man, ym mhob person ac ym mhob sefyllfa.

Oedd Gwilym yn cerdded erbyn hyn o gwmpas ei ddesg, wrth iddo adael i feddyliau dial i fynd drwyddo, dro ar ôl tro.

'*If he doesn't tell you the truth, I will bring this house down around his ears.*' Doedd ei geiriau ddim am ei adael, dim yn mynd i ffwrdd, nid allai ddychmygu unrhyw fath o lawenydd nes iddo ymateb i'w geiriau a rhoi dau chwech am swllt iddi.

Peth gweuedig ydi bywyd, medd Gwilym, fel pan fo llinyn o weithredoedd yn cyfarfod â chelwydd noeth neu gyddigwyddiad yn dilyn gair anystyriol neu ddyn anffodus yn chwilio am rywbeth gan ddynes friwedig. Gwaethygiad nad ydi byth yn dod i ben yn dda.

Mae Gwilym yn siecio'i e-byst a ddim yn synnu bod mwy na thrideg pump ohonynt wedi cyrraedd yn yr awr ddiwethaf. Pan oedd'n clirio ei flwch sbam tybed sut ydyn nhw'n gwybod ei fod yn dioddef mor boenus o ffwng ewin troed? Wyth ebost yn cynnig cymorth â'r broblem. Yn ogystal â sawl yn cynnig merched Wcreinaidd a'r dwsinau arferol ar gyfer Viagra. Am ryw reswm mae'r hysbysebion hyn yn ei atgoffa o'r cweryl rhyngddo a Darcy ar yr adeg y cyhuddodd hi o o roi herpes iddi. Roedd hi wedi'i alw i weiddi pob math o bethau annifyr i lawr y ffôn pan oedd o mewn cyfarfod eitha pwysig gyda phobl o'r Cyngor Llandrindod. Cymerodd bythefnos iddi dawelu. Canlyniad arall oedd iddo roi'r gorau i'r berthynas gyda'r ferch yn Marchnata. Nina o Southend.

1 yp. Lunsj. Cyn iddo fynd allan mae'n dileu'r rhan fwyaf o'r e-byst newydd. Ddoe y cyrhaeddodd rhywbeth gan ei gyfrifydd, y dyn mwy diddychymyg a gyfarfu erioed a chyfaill i'w dad yn hytrach nag iddo, ond nad ydi o wedi'i agor, eto. Un arall yn fwy diddorol yn ei wahodd i gynhadledd flynyddol yng Nghaerdydd sydd wastad yn hwyl. Ac un sy'n cynnwys pris am rywfaint o waith ar eiddo yng Nghroesoswallt. Ac un arall gan ei ffrind, Eric, sy'n byw yn Sbaen bellach, a'r un fyr, olaf sy'n gwneud ymholidau ffurfiol am eiddo:

*Empty farmhouse and land for substantial family, SY10 0AD*
*We are very interested in a property at the above address.Space and*

*tranquility and room for dogs for family use.*
*Please respond forthwith with details. After 1pm, please.*
*Best wishes.*

Yn gyflym iawn, mae'n edrych ar ei fap. SY100AD. Llanrhaedr ym Mochnant. Mae'n cloi'r drws a thynnu llenni rholer i lawr. Mae ei swyddfa yn dod yn ogof. O ddrôr ei ddesg mae'n tynnu ei ffôn 'llosgwr,' cyn troi ei gefn ar y drws ac yn wynebu'r ffenest gyda golygfa dros y stryd yn Tottenham, wrth iddo ddarllen y negeseuon sy'n dod ar ei ffôn.

'7NZ' ydi'r neges cyntaf.

Emoji 'bawd i fyny' yn ôl.

Edrycha ar Google unwaith eto.

Yr ail neges: 'dordell'. Un gair un unig.

Ysgrifenna'r gair ac yna dileua'r neges. Yna, â at y silffoedd wrth y wal a daw o hyd i'r ffeil, 'Management Meetings Minutes, 2010'. Pwy fyddai byth yn y byd yn agor yr un hon? Mae 'na dudalen mewn poced plasteg gyda rhestr rhyw ugain gair. Yn ôl at yr e-bost a mae'n tanlinellu'r naw enwau cyntaf. *Farmhouse. Land. Family. Property. Address. Space. Tranquility. Room. Dogs.*

'*Farmhouse* = Anghysbell' Anwybydda'r ail air. '*Family* = o fewn tri diwrnod' Anwybyddu'r pedwerydd gair. '*Address* = dileu' Anwybyddu'r chweched gair. '*Tranquillity* = 'byddwch yn ofalus iawn' '*Dogs* = mwy nag un preswylydd'

Wrth law mae map Ordnans Explorer 255. SY107NZ yn ardal Llechrydau. Ei lygaid yn ysguba'r map i arlunio yn ei feddwl y dirwedd. Anghysbell, uwchdiroedd, anhysbys, anwybyddus, llaith, corsydd, coedwigoedd, milltiroedd hir o borfeydd a defaid a dyfroedd beision. Mae Google yn anhygoel. Ar y ffin rhwng Powys a Gwynedd ymddengys, a dim mor bell o Loegr o ran hynny, ond yn y parth yna y lle mae'r ffin yn ymddangos fel nyth o nadroedd.

Cysidro'r gair 'dordell' am sbel bach, er nad ydi'n dweud unrhywbeth iddo yn syth, mae o'n dechrau chwarae gyda'r llythrennau. Amser yn pasio. Mwy o e-byst yn cyrraedd a chnoc ar y drws sy'n cael ei anwybyddu. Edrych ar y map ac ar ei dudalennau o drynewidiadau, heb dynnu ei sylw oddi ar y pwnc.

'Dyn twp,' daw o'r diwedd y cri allan o ei geg, 'dyn twp! Mor amlwg,' medd o'n dawel, 'dordell = Lledrod. Dyna fo ar y map. Mae edrych ar y map yn fwy cynhyrchiol na chwarae gêm mwy cymhleth. Dim ond gwrth-droi'r holl lythyrau. Y Lledrod-du. I lawr wtra arw sy'n stopio cyn iddi gyrraedd y plastŷ, yn ôl Google. Bydd rhaid iddo wneud ychydig ymchwil. Ond i'w wneud o fewn tri diwrnod bydd yn dynn iawn. Mae'n ymateb i'r e-bost:

*Dear Sir/Madam,*
*Thank you for your enquiry concerning a property in this postcode. We can confirm that we do have properties in this area and that we will send you the details over the next three days.*
*We hope this meets with your requirements. Best wishes,*
*Gwilym*
*Managing Director*

Edrycha ar ei watsh. 2.35. Ac ar ei ddyddiadur. Os bydd yn cychwyn yn syth bydd bron yng Nghroesoswallt ymhen tair awr ac hanner. Bydd'n colli'r traffig, cael cyfle i gael golwg ar y lle a'r ardal cyn iddi nosi, trefnu'r holl beth o'i gartref a bod yn ôl yn y swyddfa yfory cyn cŵn Caer. Efallai bydd hyd yn oed yn cael aros dros nos yn annisgwyl yn ei dŷ ei hun. Perffaith. Mae'n mynd i'r derbynfa ac yn dweud wrth Jane, ei sgrifenyddes, fod rhywbeth wedi codi ac i ganslo'i drefniadau ar gyfer heddiw a phob apwyntiad yfory. 'Mater teuluol brys,' medd, 'gallai fod yn ddiwrnod neu ddau.'

'Wrth gwrs, Mr. Williams.'

Mae'n taflu popeth at ei gilydd y bydd ei angen arno ac yn mynd i lawr i'r maes parcio tanddaearol. Cân ei ffôn llawrydd ar ei ffordd allan.

'Ie?'

'Gwilym, Dylan sydd yma, dy gyfrifydd.'

'Dwi'n gwybod, Dylan, mai fy nghyfrifydd ydych chi. Felly, be sy'n bod?'

'Gwilym, dim ar y ffôn mi ddylswn i wneud hyn.'

'Lle ydych chi eisiau gwneud be?'

'Tydwi'm wedi ffonio i neud jôc, Gwilym. Mae gen i gyfrifoldeb i wneud fy ngorau i ti er cof dy annwyl dad. Mi wnes i addo iddo mi fuaswn i'n gofalu amdanat ti, felly, mi fyddaf.'

'Sori, Dylan, do'n i ddim eisiau'ch ypsetio chi, iawn?'

'Anfonwyd sawl llythyrau i roi gwybod i ti pa mor ddifrifol ydi'r sefyllfa ynghlŷn a'r ystad a dy sefyllfa ariannol bersonol di hun. Elli ti mo'i osgoi ymhellach.'

Saib.

'Iawn, Dylan, fel arfer, chi'n iawn.'

Saib.

'Gwilym, ti yna o hyd?'

'Ie.'

Saib.

'Mae'r traffig yn wael yma. Addo bydda i'ch ffonio, océ?'

'Iawn.'

Mae Gwilym yn canolbwyntio tra ei fod yn troi ar yr A10.

'Gwilym? Gwilym?'

'Ie, yma o hyd. Dywedwch, Dylan, mewn ffigurau *ball-park*, pa faint – faint ydych chi'n, *just tell me the fucking damage*, ie?'

'Tydwyt ti ddim wedi darllen y dogfennau a wnes i'u gyrru atat ti?'

'Dim pob un.'

'Gwilym, Iesu Grist, bydd dy dad yn troi yn ei fedd.'

Saib.

'Oi, *you knob, watch what you're doing!* Sori, Dylan, dim i chi i fod i glywed hynny. Mae'n ddrwg gen i, mae 'na lot o idiotaid ar y ffyrdd i lawr 'ma.'

''Sgen i mo'r ffigurau wrth law, ond efo tollau marwolaeth, llog, benthyciadau, cyflogau, costiau misol rhedeg yr ystad a biliau, mae arnoch chi mwy na phum can mil o bunnoedd. Mi fuaswn i'n awgrymu bod angen i ti ddod o hyd i'r swm hwnnw

138

o leiaf i fynd yn ôl ar dy draed a dechrau, fel petai, eto.'

'Jesus, Dylan, pam chi ddim wedi dweud hyn o'r blaen?'

'Fel ddywedais ynghynt, dim yr adag orau ar y funud.'

'Ie, ond, Dylan, dwi 'di bod yn llafurio fel, fel –'

'Caethwas?'

'Ie, Dylan, coeliwch fi neu beidio –'

'Gwilym, dim fy lle i drafod pethau felly, yn enwedig ar y ffôn. Dim rŵan. Be am fynd adra, agor yr holl gyfatebiaeth gan ein cwmni a meddwl am be wyt ti isio neud. Ond, cofia dy dad, oedd o'n hoff o'r hen ddywediadau, cofia?'

'Ie. Ychydig yn rhy hoff, fel dwi'n cofio.' Oedd Gwilym yn casáu'r ffordd oedd Dafydd bob amser yn awgrymu cyfrinachau tywyll na ellid eu datrys ond mewn corneli tywyll hen adeiladau tywyll.

'Wel, erioed chawson ni, dy dad a fi, y math hwn o sgwrs, ond ta waeth, dyma ti, mor blaen â phosib. Onid bai wyt ti'n dod o hyd i'r bres mi fydd yr Henfache, yr ystad a thitha'n mynd yn sarn. Dwi'n dweud hyn er cof dy dad.'

'*God, that old one.* Heb glywed hynny ers iddo basio.'

'Dim ond dy gyfrifydd teuluol, Gwilym. Dim byd mwy na chyflawni fy nyletswydd.'

'Diolch, Dylan. Ffonia i chi wedyn.'

'*Shit, fuck, bastard bastard,*' dywed Gwilym ar ôl iddo orffen y galw wrth iddo ddyrnodio'r olwyn llywio nes i'w law boeni.


Penderfyna Gwilym i beidio ffonio ymlaen i roi wybod iddynt ei fod ar ei ffordd adref. Byddai'n neis i weld eu wynebau pan mae'n cerdded trwy'r drws. Stopia yn y gwasanaethau ar y draffordd i biso a chael coffi.

Anfona neges ar ei ffôn personol i rywun arall: **Ydyn ni'n chwarae golff yn y dyddiau nesaf? Gwilym** Byddai'r bos yn gwybod y dylai gadw draw a daearu beth bynnag sy'n codi. Mae'n cael ei dalu yn dda i wneud dim mwy na dim. Mae Gerry, pennaeth mawr yn Heddlu Powys, yn anfon neges yn syth yn ôl i Wilym, cyn i'r llall orffen ei goffi du. Emoji 'Bawd i fyny'.

Neges olaf. Y tro 'ma ar y llosgwr i Weasel: **Gwaith cartref yfory neu diwrnod wedyn? Cael gwared o hen drawstiau. Rho wybod yn fuan. Mae'r perchennog yn aros am ymateb**

Dim ond unwaith y mae Gwilym wedi cyfarfod ag o, a roedd yr achlysur mor annymunol ag y gallai ddychmygu. Roedd Weasel i fod i ddod ar ei ben ei hun ond pan dynnodd y boi ato wrth ei ymyl yn ei gar cachlyd yn y maes parcio tanddaearol yn Amwythig, roedd merch yn ysmygu yn y sedd flaen. Taniodd Weasel rolio hefyd a chafodd Gwilym don o dôp yn chwythu i mewn i'w gar. Estynnodd ei law a rhoi ffôn *burner* iddo.

'Ti wedi ffwcin siarjio fo ne' be?'

'Be?' meddai Gwilym.

'Ti,' pwyntiodd ar Wilym, 'siâr-ji-o, y?'

'Do.'

Saib.

Chwifiodd ei law gan geisio chwalu'r niwl o fwg sy'n dod o gariad hyfryd Weasel.

'Dileua bob neges yn syth. Paid â'i ddefnyddio ac eithrio ffonio i fi. Actiwali, paid â ffonio, jyst textio, iawn?'

Ond a all yntau ddarllen ac ysgrifennu? Gwilym holi ei hun.

'*What you lookin at, sicko?*' yn hollol annisgwyl holodd y greadures yn y sedd flaen.

Ysgwydodd ei ben.

'*I swear he's fuckin lookin' like a perv at me*, Weez.'

'Ti'n llygadu rhywun, *matey?*'

Roedd Gwilym eisiau dweud, Yndw, achos nad ydwi erioed wedi gweld rhywbeth mor rwff, ond yn lle hynny, taniodd yr injan a dywed yn dawel, 'Ti'n gweithio i fi, ti'n gwneud y job, ti'n cael dy bres, iawn?' a gyrrodd i ffwrdd.

Mwy na phedair blynedd yn ôl roedd hyn. Ers hynny, dim gair o'i le, dim yr un cam gwael. Mae Gwilym wedi talu am y gwaith bob tro mewn amlen wedi'i wthio i mewn i flwch post ffug ar bostyn fferm cyfeillgar rhyw ddeg mil y tu allan i'r Amwythig, ger Coedway. Wedi gweithio yn berffaith hyd yn hyn, dim rheswm i'w newid nawr.

Wrth iddo gyrraedd yr Amwythig, dechreua'r glaw. Glaw bras. Mae Gwilym wedi bod yn meddwl am yr hyn a ddywedodd Dylan am ei sefyllfa ariannol. A fyddai'n rhaid iddo werthu rhyw ddarn o dir neu dŷ ystad neu waith celf teuluol? 'Duw a'n gwaredo!' Dywediad arall ei dad. Pam ar wyneb y ddaear ddylai orfod talu treth dim ond oherwydd fod ei dad wedi marw, yntau a oedd yn talu pob ceiniog i'r bastardiaid yn Llundain, HMRC, yn barod? 'Colli tad, colli ffortiwn', nid yw hynny un o ei ddywediadau ond yn wirach byth. Gallai glywed ei ffôn yn derbyn negeseuon ac e-byst ond nid oedd am stopio nes iddo ddod o hyd i'r man cychwyn ar gyfer ei orchwyl nesaf.

Mae'r car yn arafu ychydig heibio i'r bont ym mhentrefan del, Rhydycroesau. Prin fod tŷ i'w weld. Yna cymer droi i'r chwith a dilyna'r ffordd i fyny'r bryn, mor lwyd ydi pob dim o'i gwmpas, neb yn fyw yma, dim byd i'w weld a llai byth i'w wneud. Ar ôl deng munud try'r car o gwmpas a chyrraedd yn ôl at y bont. Y tro 'ma cymer y ffordd i'r dde yr ochr arall i'r bont. Pum munud arall a stopia o dan yr arwyddbost sy'n dangos y ffordd i'r gronfa fechan, Pen y gwely. Mae'r Lledrod-du i fod ar ymyl y coed ac yn edrych dros ddŵr y gronfa, wedi'i guddio y tu ôl i glogwyn yn edrych tua'r gorllewin, yn ôl ei ymchwil yn gynharach heddiw. Mae rhywbeth o'i le. Does dim ffordd i'r Lledrod-du, does dim ffordd o gwbl, dim ond llwybr cyhoeddus â giat fach i atal ceir a lôn gul yn troelli trwy'r coed.

Siecia'r map a'r côd post. Yn y golau llwyd hwn mae'n gorfod syllu o ddifri. Ydi o wedi gwneud camgymeriad? A oes slabyn o lechwedd a rhostir rhwngddo a'r tŷ hwn? A ydi o wedi rhoi'r enw iawn gyda'r thŷ anghywir at i'w gilydd? Ac os felly, pa un ydi'r tŷ cywir a sut mae'n ei gyrraedd? Craffa Gwilym ar y map, edrycha ar Google dro ar ôl tro. Dechrau nosi a'r gwynt yn codi. Tynnu llun o'r map i'w weld yn fwy manwl. 'Cachu baw', medd wrtho'i hun, wedi treulio bron awr bellach heb ffeindio'r blydi lle.

Felly, yn ôl i Rydycroesau, i'r bont nesa dros yr Afon Mordra ac mae'n trio ei orau i gymryd y chwith cywir y tro hwn. Araf iawn eto ar ffordd droellog â chenllif yn rhedeg ar ei hyd wrth iddo ddringo bryn hir a thywyll arall. Yn hollol annisgwyl daw tractor yn taranu i lawr yr allt tuag ato a rhaid iddo wyro oddi wrth y gwallgofddyn, gan hanner glanio yn y ffos. Pum milltir ymhellach a stopia Gwilym unwaith yn rhagor. Ni all weld mwy na waliau a gwrychoedd a phrin y mae wedi pasio mynedfa i fferm neu dŷ. Edrych ar gloc y car. 6 yp. Amser i fynd gartre. Tri chwarter awr bron o yrru o hyd. Edrych ymlaen at dân a phryd o fwyd da ac ei wely ei hun. Byddai'n rhaid i'r lle anfodol hwn aros tan yfory ac unwaith eto, gyr drwy Rydycroesau a thry tuag at y gorllewin.

Cartref. Nid oedd ei gartre wedi bod yr un fath ar ôl i'w fam farw. Roedd ei dad wedi bod yn fwyfwy anodd i gysuro, fel pe bai wedi colli'r ewyllys i fyw, ond ar yr un pryd, wedi tyfu hyd yn oed yn fwy ymosodol a beichus a bron yn amhosib gofalu amdano, fel pe bai'n aros am un safiad godidog olaf, fel Custer ar Little Big Horn. Yn lle hynny bu'n yn gorwedd ar ei wely angau, ar drengi, am chwe mis. Ai dyma'r rheswm iddo briodi Darcy? I roi rhyw fath o ddyfodol iddo? Iesu Grist, pa fath o hurtrwydd nad ydi dyn yn barod i'w wneud?

Arefi ar y dreif i'r tŷ. Nid oes bron unrhyw oleuadau'n disgleirio, dim ond yr un uwchben y prif ddrws a'r holl le'n dawel iawn. Ond nid ydi'n siŵr o gwbl o beth i'w ddisgwyl ac nid ydi'n gwybod pam. Rhywbeth yn teimlo'n od. Stopia o dan y dderwen hynafol hanner ffordd i lawr y dreif, stopia'r car a dechreua gerdded tuag at y tŷ. Beth bynnag sydd o'i le nid ydi am darfu arno. Chwyrlia'r gwynt o'i gwmpas ac erbyn iddo gyrraedd y tŷ mae'n wlyb i'r groen. Mae'n ymwybodol o bresenoldeb llechwrus ond ni all roi'r rheswm pam, yn union. Cysgodion, coed yn chwifio, y tywyllwch amheus. Efallai y diffyg cynefindra o gwmpas ei gartre ei hun. Am y tro cyntaf yn ei oes erioed teimla Gwilym ei fyrhoedledd ei hun ar bridd y blaned hon. Plyga i gydio yn y glasswellt a dyrnaid o ddaear. Gwlyb, tywyll, aroglau nerthol, dieithr, ychydig yn ei atgoffa o ryw. Lle llaith da i ffwcio. Ond eiddo a thir a thai, mae'n chwerthin, sut allai unrhyw un feddwl eu bod yn berchen ar hynny i gyd?

Ymddengys golau mewn stafell ym mhen pellaf y tŷ. Saif a rhed i'r tŷ. Mae'r drws ffrynt ar gau. Ni ddylai fod. Rhed at y drws cefn. Ar ei ffordd sylweddolia bod car wrth wal y maes parcio yn cuddio yn y cysgodion. A oes rhywun ynddo? Mae'n dal i fynd. Yn y tŷ ni chlyw na sŵn na llais ond mae pob ystafell mewn tywyllwch a nid oes argoel yr howsgiper na bywyd na thân. Fel arfer y buasai Beti, y howsgiper, yn cadw'r tân i fynd yn y brif ystafell ac yn y gegin gan ei bod bob amser yng nghanol pethau, yn pobi a choginio rhywbeth arbennig. Ond dim gwres, dim tân, dim bwyd ffres. Heno, nid beth bynnag sy'n digwydd yn y tŷ ydi'r hyn sy'n digwydd fel arfer.

Mae'n mynd yn dawel iawn trwy'r tŷ gan osgoi'r estyll y gwyddai eu bod yn gwichian. Os oes rhywun yn y tŷ, mae am ei synnu. Pan mae'n cyrraedd y prif gyntedd mae'n edrych i lawr y coridor i'r dde ac i lawr yr un i'r chwith. Roedd yr ystafell â'r golau ymlaen ar y ffrwnt yn y pen pellaf, felly, mae'n mynd i'r gegin. Prin y gall weld dim byd ond nid ydi am adael i'r 'ymwelwr' wybod ei fod ar ei ffordd i'w ddal, felly, sleifia yn araf bach, gan wasgu ei fysedd ar hyd y muriau i'w helpu i weld yn y tywyllwch. Ar ddiwedd y coridor gwêl olau o dan ddrws ar ei chwith. Ei stydi, ei guddfan.

Pwy yn y byd y fyddai yno ar adeg hon o'r nos? Nesâ at y drws ac erys. Bron dim sŵn o gwbl. Mae'n sefyll yno mewn tawelwch llwyr.

Yna agorir y drws yn chwim ac mae Darcy yn camu allan. Mae'r ddau yn camu ôl mewn syndod am eiliad.

'Jesus', medd o, yn union fel dywed Darcy, '*Ooh, god.*'

'Be ti'n neud yma?' gofynna Gwilym.

'*What are you doing here?*' medd hi.

'*For God's sake, Darcy, you frightened the life out of me.*'

'*Well, I could say the same about you*,' medd hi.

Edrych ar ei gilydd maent.

'Mae'n drwg yn i, *I have to go*,' a gwthio heibio iddo.

'Be? *What?*' a dechreua o redeg i lawr y coridor ar ei hôl.

'*Where you going?*'

Dim ateb.

'Darcy, Darcy, Darcy!'

Gwilym yn ei gweld hi'n symud rownd y gornel i'r tywyllwch. Mae hi'n rhyfeddol o ysgafn a chyflym. Mewn eiliad mae hi wedi diflannu'n llwyr. Erbyn iddo gyrraedd y drws cefn gall glywed sŵn injan car yn cael ei danio. Y tu allan eto yn yn yr awyr wlyb, ffres mae'n rhedeg nerth ei goesau tuag at y car, wrth iddo droi allan o'r maes parcio, ond mae'r car yn mynd yn rhy gyflym ac mae'n rhaid iddo adael iddi fynd ac yn diflannu i lawr y dreif mewn tacsi. Ymddengys ei gwyneb am eiliad yn y ffenestr gefn gan droi'n ôl i edrych arno. A oes gwên ar ei gwyneb? Ni all fod yn sicr yn y tywyllwch hwn.

Saif yna yn y glaw trwm nes i'r goleuadau cochion ddiflannu i'r gwacter. Â yn reddfol at y drws ffrynt ond nad oes ganddo allwedd. Dim allwedd i'w dŷ ei hun. Nid ydi'r tŷ hwn erioed wedi'i gloi mewn pedwar can mlynedd, ni fu erioed yn angenrheidiol. Nes i ryw greadures haerllug ddehori cyw gog yn y nyth.

Mae'n gorfod mynd rownd at y drws cefn. Yn ôl yn y gegin gwna dân a phaned o de iddo'i hun. Pam ddaeth hi, tybed, ar noson fel hon? Mae'n mynd â'i baned i'w swyddfa.

Llanast ym mhob man. Papurau, ffeiliau, pob dim ym mhob man.

Mae'n cofio ei bod yn cario bag ar ei chefn ond roedd wedi synnu gymaint ar y pryd fel na heriodd o hi yn ei gylch.

Mae atgasedd tuag ati yn ffrwydro mor ffyrnig ynddo nes iddo daflu ei gwpan at y wal. Mae'r peth dieuog yn chwalu'n ddarnau gan adael te'n diferu i lawr y papur wal a dros y carped.

Cwpan *Dad Gorau Erioed*, anrheg gan Lewelyn, wedi'i brynu gan Ddarcy.

# 17

## *Tylluan Cwm Cawlwyd*

Mae hi'n nosi bellach yng Ngheulan a'r gwynt yn chwipio coesau y bobl sy'n brysio prynu bwyd munud olaf neu docyn loteri ac ambell botel o Fargen Bŵz. Pobl hen a wan yn aros i groesi'r stryd fawr wrth i'r traffig dibaid wthio heibio, rhai â goleuadau yn disgleirio, rhai hebddynt. O'i sedd yn y car gall Dwynwen gyfrif y wynebau cyfarwydd a'r rhai sy'n perthyn i rywle arall, neu ella nad ydan nhw'n perthyn i unman. Teimla bod hithau wedi bod yma am byth yn y dyffryn hwn. Ar ochr arall y stryd, mae Magi Tŷ Bach, y druan fach gefngrwca, yn ceisio clymu'i chi cyfarthgar at y postyn yn ymyl y Spar. Cyn gynted ag y bydd hi rownd y gornel, dechreua'r ci gyfarth, mor unig ag enaid coll heb ei feistres. Dydi Dwynwen ddim am fod fel y ci 'na, ynghlwm wrth bost trosiadol, yn methu gweithredu oherwydd absenoldeb cariad.

Ar ei rhestr mae bwyd i Halwn, Gwyndaf a hithau a llefrith ac ambell bethau i fynd i oergell gorsaf yr heddlu. Edrych yn y drych â'r golau bach am yr arwyddion ei bod yn heneiddio ac unrhyw ffordd posib o esbonio pam ei bod mor wedi ymlâdd yn swrffio trwy ei meddwl. Diffyg dŵr? Diffyg cysg? Diffyg amsar i ymlacio? Diffyg pres? Y pethau arferol, fel biliau, misglwyf trwm, gwaith, y tywydd, ei hwyl, y fflat? 'O, 'rargian,' meddai hi wrth ei hun yn uchel, 'traed brain fel 'tase haid gyfan o frain wedi nythu yno,' gan dynnu'r croen o amgylch ei llygaid wrth iddi riddfanu gyda siom a phoen, 'yn ddiau mae rhai dynion yn

145

caru rhychau man a bagiau dan y llygaid fel y rhain mae Magi Tŷ Bach yn cario o'r siopau efo wsnos o fwyd, Iesgob Mawr, be sy'n bod efo 'ngwallt i? Nyth aderyn blêr bach ydi 'wan. Ai wlad y brain ydi Cymru?' Siarad â hi ei hun yn uchel eto mae, yn syllu mewn siom.

Uwchben y dre mae'r lloer yn ymdrochi mewn môr o dduwch ac ychydig yn agosach i'r ddaear mae'r jac-y-dos yn hopian a dawnsio o gangen i gangen a thrwy'r amser maen nhw'n clebran ac yn galw ac yn hel clecs ac yn trafod digwyddiadau'r dydd ac am nad oes dail i'w gweld o hyd gall Dwynwen weld y perfformiad hudolus uwchben y strydoedd moel yn erbyn cefndir o anfeiroldeb.

'Medrai fod yn waeth, un ohonyn nhw fedrwn i wedi bod,' meddai, wrth edrych i fyny.

Egyr hi ddrws y car, ei gwallt wedi'i anghofio a chama i'r gwynt. Yn sydyn sŵn brêcs yn gwichian a metel ar fetel a'r distawrydd rhyfedd hwnnw sy'n dilyn. Moment. Ac un arall. Ac yna un arall. Hyd yn oed stopia'r adar eu broliau a thry i wylio'r peth. A Dwynwen hefyd. Eiliad o syndod, eiliad arall o arswyd, eiliad o wrthod derbyn, eiliad o ias i lawr yr asgwrn cefn.

Yna pob dim yn digwydd yn yr eilliad nesaf. Gyrrir y car i ffwrdd ar gyflymder uchel, mae llais o ochr arall y ffordd yn sgrechian, gwinga'r corff ar y tarmac ychydig, stopia ceir eraill ar ddwy ochr y ffordd a dechreua'r jac-y-dos wawchio eto.

Dwynwen ydi'r cyntaf i gyrraedd. Hywel ydi o. Mae hi'n ei adnabod am y rhesymau di-dda arferol. Hywel ddrwg. Mae'n edrych fel ei fod wedi llewygu. Mae gwaed wedi casglu mewn pwll y tu ôl i'w ben. Teimla Dwynwen bobl yn pwyso i mewn o'i chwmpas.

'Sefyll yn ôl, plîs. *Stand back, please*,' bloeddia mwy nag unwaith. Ffonia hi am ambiwlans a phlygu i weld cyflwr Hwyel.

'Hwyel, ti'n nghlywad i? Hywel, agor dy lygaid.'

Am y tro cyntaf erioed gwna Hwyel yr hyn mae Dwynwen gofyn iddo ac yn agor ei lygaid. Gall hi weld braw yn ei wyneb.

'Be? 'Nghoes. Be sy?' meddai fo yn wan.

'Da iawn, Hwyel. Paid â symud, byddi di'n iawn, ond paid â symud dy goes, OK?'

Mae'n gorwedd o dan ei feic, sydd, mae'n debyg, wedi'i amddiffyn rhag y gwaethaf o rym y car.

'Helpwch fi i symud ei feic, ond yn araf iawn ac yn ofalus iawn.' Siarada hi â'r bobl yn y dyrfa fechan. Yn hollol annisgwyl, gwêl ferch sy'n dal i grynu, dim mwy na hanner metr i ffwrdd o Hwyel, mewn gwisg ysgol, mewn cyflwr o sioc lwyr, fel pe bai hi wedi rhewi yn y fan â'i llaw yn estyn iddo. Maent yn dal sylw ei gilydd. Yna yr un mor sydyn diflanna'r ferch i'r hwyr.

Codir y beic oddi ar Hwyel. Mae'r olwyn flaen wedi'i phlygu yn ôl ar ongl sydyn. Gwiria hi'i bwls a gwna yn siwr ei fod mor gyfforddus â phosib. Mae'n siarad ag o wrth iddi siecio nad oes dim byd yn ddifrifol yn digwydd iddo. Ar un adeg, mae'n teimlo'i bod yn gwylio'i hun yn gweithio fel math o beiriant, dim ond greddf a hyfforddiant, dim meddwl, dim emosiwn. Trwy'r amser yn siarad yn dawel, siarad mân, siarad ag o ac yn ceisio ei atal rhag gwaedu nes i'r ambiwlans ddod.

Clyw hi'r seirenau a gwêl y golau glas wrth iddo ddod i lawr y stryd. Mae Jo and Mic ar ddyletswydd y noson hon ac esboni Dwynwen iddynt gymaint ag y gwyr hyd yn hyn. Saif y dyrfa fechan o hyd mewn cylch o gwmpas Hywel a gofynna Dwynwen iddynt i fynd draw i'r palmant i adael i'r parameddygon wneud eu job.

Gostwng y gwynt ond dechreua'r glaw wrth iddi ofyn a chofnodi manylion yr hyn mae pawb wedi'i weld. Yr un a welodd y car yn taro Hywel ond methodd weld y plat rhif ond oedd yn sicr mai Audi oedd o, Audi S6 arian, yn debygol. Yr un a oedd yn siarad â'i ffrind ond clywodd sgrech y teiars ac yn meddwl fod ci wedi cael ei ladd. A'r un a oedd yn aros am lifft adra ond yn anffodus bu'n sbio ar ei ffôn pan ddigwyddodd y damwain ond gwelodd y ferch ifanc a oedd yn siarad efo Hywel mewn ffordd fflirti.

'Ffordd fflirti?' gofynna Dwynwen i'r ddynes leol ganol oed.

'Wel, 'swn i ddim isio i fy merch actio felly nghanol y stryd.'

147

'Ie, dach chi'n nabod y hogyn?'

'Wedi clywad amdano fo.'

'Be dach chi wedi clywad?'

'Dwi'm am ddeud.'

'Be am y hogan? Chi'n ei nabod hi 'fyd?'

'Nagdw.'

"Ffordd flirti,' dywedoch, be oeddan nhw'n ei neud?'

'Wel, o'n i'n meddwl ei fod o'n rhy hen iddi hi ond o'dd'n nhw'n actio fel *boy* a *girlfriend* o'r lle o'n i'n sefyll.'

'Wel, diolch i chi,' meddai Dwynwen wrth y tyst. 'Ma' gen i'ch rhif chi. Os oes unrhywbath arall yn dod i'r meddwl, gadewch i mi wybod.'

Mae Jo yn cau drws yr ambiwlans a chodi llaw ar Ddwynwen.

'Diolch, Jo. 'Na i alw i weld sut mae o, iawn?'

'Iawn, bydd o'n iawn, mae'n siwr. Gobeithio mai dim ond tipyn o *concussion* ydi hi ond byswn ni'n rhoi wybod iti pan fyswn ni 'di cael golwg dda arno fo.'

'O, diolch, cariad. Wela i ti. Diolch.'

Yn sydyn ar ôl i'r ambiwlans gychwyn am yr ysbyty, cama dyn o'r tu ôl i Ddwynwen. Nid oedd hi wedi'i sylwi o'r blaen, ond oedd o'n amlwg yn gwybod yn union beth oedd wedi bod yn mynd ymlaen.

'Weles i be ddigwyddodd. Glaniodd rhywbath o dan y car 'na,' a phwyntia at y car yn agos iawn i'r man lle cafodd Hwyel ei daro. 'Pethau eraill yna 'fyd ond dwi'm am faeddu fy nillad.' Cerdda o i ffwrdd.

'Mistar, mistar!' bloeddia Dwynwen ar ei ôl ond diflanna o'n ddeheuig i'r tywyllwch.

'*Shit*, dyma ni, unwaith eto,' yn melltithio'r swydd sydd byth yn dod i ben. Mae hi'n dechrau meddwl am job yn y Spar. Sifft wyth awr ac adra. Bob nos a phob penwythnos yn rhydd heb feddwl am ddim byd ar wahân iddi ei hun. Heblaw Halwn a Gwyndaf. Ac amsar heb unrhyw feddyliau euog, y teimlad nad ydi hi wedi wneud digon a'r pethau nad ydi wedi'u gwneud o gwbl, y gwaith papur sydd ar ôl i'w neud sydd byth yn mynd i ffwrdd, yr adroddiadau sydd yn llawn tyllau, bysedd wedi'u croesi nad oes neb yn busnesu neu *audit* – pa bynnag ydi *audit* yn Gymraeg, bydd hi'n gofyn i Halwn – y sioe cachu gyfan sy'n dal i ddigwydd ac mae hithau i fod i wybod beth i'w wneud ac yn barod bob amser i glirio llanast pobl eraill.

Ond am y tro, y tu allan i'r Spar, mae'n gorfod sortio allan y sefyllfa hon. Mae'n penlinio i lawr ar ei phedwar i weld beth sydd yno, heb fod yn siwr beth mae'n chwilio amdano. Gwlyb, budr, grudiog, oeliog, tywyll. Dim byd. Try'i phen i edrych i'r ochr arall. Dim byd. Saif ac â i'r ochr arall. I lawr ar ei phedwar ar y palmant. Be yn uffern ydwi'n gwneud? gofynna iddi ei hun. Reit yn ymyl yr olwyn flaen mae rhywbath yn disgleirio, felly, mae'n estyn ei braich i gael gafael arni. Mae'r pecyn yn fwy na'r disgwyl. Saif â bag plasteg llaith yn ei chrafanc. Ai dyma beth oedd y dyn yn siarad amdano? Nid ydi hi'n ei agor. Nid ydi hi'n mynd i'w agor yma ar y stryd, y tu allan i'r Spar, gan ei bod yn gwybod beth sydd ynddo.

Yn ôl yn y car mae hi am sgrechian ond yn teimlo fel teiar fflat. Am ryw reswm meddylia am ei mam. Mae'n ddoniol ond po hynaf mae hi'n mynd y mwyaf mae hi'n dallt ei mam. Ond ni fedr hyn hyd yn oed wneud iddi garu hi. Ond mae'n gwneud iddi sylweddoli pa mor anodd ydi hi i ddod dryw'r dydd.

Yn ôl yn y swyddfa mae'n sgwennu ei hadroddiad. Defnyddia'r gair 'damwain' ond nid ydi hi'n siwr. Disgrifia'r hyn a welodd a'r disgrifiadau a roddwyd iddi. Gwna nod o'r rhifau ffôn sy'n ei hatgoffa nad ydi wedi gwirio'r hyn a ddywedodd y dyn wrthi. A nodyn i drafod y digwyddiad gyda Lovenuts.

Mae'r fflat yn bron hollol dywyll pan mae hi'n agor y drws.

'Halwn? Gwyndaf? Eich edmygwraig sydd yma!'

Cyneua'r golau yn y stafell fyw. Bocsiau cardbord hanner llawn a rhai yn barod i'w llenwi. Tomennau bach o bethau ym mhob man. Dillad, llyfrau, papurau, cynfasau gwely, gobenyddion, stwff a deunydd o bob math ym mhob man.

Tafla focs gwag sy'n gorwedd ar y soffa ar draws y stafell ac

149

eistedd. Be sydd 'wan? meddylia. Pam wyt ti'n neud hyn? Llanast a lol a phob math o gachu yn pentyrru. Esgob mawr a phob un o ei seintiau, dim ond diwrnod o lonydd, awr o heddwch! Onid does cornel o'r byd lle all dynes ddod o hyd i ofod, neu noddfa, na all neb arall gyffwrdd ag o? â'i phen yn ei dwylo, daw ciw o atgofion am ei mam i'w meddwl, yn symud o dŷ i dŷ ar frys gefn nos gan adael ar ôl pethau yr oedd hi wedi ymladd i'w brynu efo oriau maith yn y gwaith ond wedi'u hanghofio, ar frys i ddianc oddi wrth ddyn treisgar, neu berchennog tŷ ymladdgar, neu ddeliwr lloerig neu gymuned dywyllodrus. Y briwsion o atgofion o gario bagiau'n llawn hen drugareddau ac addewidion o le newydd, bywyd newydd sbon, pob dim gwell. Byddai gan ei mam job newydd yn rhwyle, ffrind newydd yn aros, mae wastad rhywun mae hi newydd gyfarfod yn aros efo goriad mewn maes parcio cachu'n chwerthin yn ormod ac yn edrych arni gormod. Bocsiau, sylweddolia, mae gynni ffobia o focsiau. Nid ydi bocsiau'n golygu Nadolig iddi, nag anrhegion penblwydd, na llawenydd a chariad. Maent yn golygu ofn. A'r ofn yn perthyn i ofn dynion. Am grio mae hi ac yn sgrechian a thaflu unrhyw beth bod wrth law a tharo'r llawr â'i dyrnau. Ei phlentyndod a aeth i mewn i'r bocsiau hynny a'r cyfan gall hi feddwl amdano ydi sut i'w chwalu yn llwch y ddaear a'i sathru i gyd i ddiddymdra. Yn lle hynny mae hi'n ymbelennu yn y gofod bach y mae hi wedi'i wneud ar y soffa ac yn cysgu.

Hanner awr yn ddiweddarach daw Halwn drwy'r drws ond Gwyndaf sy'n dod o hyd i Ddwynwen, wedi'i hannar claddu o dan gôt a blanced.

'Be sydd gen ti, Gwyndaf, 'wan?' gofynna Halwn.

Cyfarth Gwyndaf i wyneb Dwynwen. Mae hi'n ei wthio i ffwrdd, heb yngan gair.

'Dwynwen, helo, shwmae? Lle dach chi wedi bod?'

Dim ymateb.

'Helo, chi'n iawn? Be sy'n bod?'

Cod hi i'r wyneb.

'O, diawch, Dwynwen, be sydd wedi digwydd? Chi wedi bod yn crio, yndach?' ac mae'n ceisio rhoi'i freichiau o'i chwmpas ond ni fydd hi'n gadael iddo. Peswch hi.

'Rho *tissue* i mi, plîs.'

Chwytha hi'i thrwyn.

'Chi'n iawn, 'ngeneth i?'

Dechreua hi feichio wylo. Mae'n gadael iddi wneud hynny wrth iddo ei dal yn dynn.

Ar ôl peth bach o amser dechreua Gwyndaf udo ar yr un pryd â phwyso'i ên ar goesau Dwynwen. Yn reddfol mwytha hi'i ben a dweud na dylsai wneud y fath o sŵn. Ond mae hynny yn ei wneud yn waeth. Yna yr ill dau yn dweud, 'Paid, Gwyndaf.'

'Chi 'sio panad?'


'Be sy'n bod?'

Gan ddal ei mwg mae hi ar fin wylo eto ond dweud, 'Bocsiau, Halwn, y bocsiau, pam y bocsiau?'

Mae'n gadael iddi ymdawelu cyn ymatab. 'I roi bethau i mewn.'

'Wel, dwi'm am focsiau yn y fflat. Dwi'm isio pacio popeth a symud allan. Dim isio mynd i rywle arall, dim isio symud o gwbl, Halwn, plîs, plîs. Ti'm yn dallt, 'sneb yn dallt, ond dwi angen lle saff a neis i ni, dim byd mwy, ti'n dallt? Plîs, dweud wrtha i ti'n ei ddallt.'

'Ie, wrth gwrs, dwi'n dallt be dach chi'n ei ddweud.'

'Wel, pam 'sgen ti gymaint o focsiau yn y fflat? Yli, deg, ugain ohonyn nhw, hannar llawn llyfrau a phob dim arall. Dim isio nhw, Halwn, plîs.'

Oedia Halwn am funud cyn ymatab.

'Ddigwyddodd rhywbath yn y gwaith heddiw? Chi ddim yn swnio fel dach chi'n ei wneud fel arfer.'

'Pam dan ni'n siarad am fy niwrnod pan dwi 'di gofyn am y bocisau?' gan edrych arno yn heriol.

'Dwi ddim isio ymladd, Dwynwen.'

Ei thro i oedi. Edrycha arni gan drio gweld gwraidd y boen.

'Mae beth bynnag ti'n ei neud efo'r bocsiau yn jyst cachu, 'ndoes? Y peth cyfan yn gachu mawr ac yn fy ninistrio i, ar ben popeth. Ti ddim yn dallt pa mor wael mae hyn yn effeithio arna i. A'r job, y ffwcin job hwn, mae'r job fy mlino i yn hollol, mae'r lol i gyd yn ddigon i fy llethu i, ti'n dallt? Dod adra i hwn i gyd ar ôl diwrnod arall o rwystredigaeth. Alla i ddim oddef mwyach.'

'Dwi'n eich dallt chi. Wir, dwi'n ei ddallt.'

'Ia, o wir.'

'Sori, Dwynwen, chi wedi bod mor brysur a chymaint wedi digwydd, dan ni ddim wedi cael digon o amsar i drafod hwn i gyd. Mae'n ddrwg gen i.'

Oedia'r ddau.

'Pam ti wedi bod yn rhoi pethau mewn bocsiau?' medd hi.

'Dan nhw'n mynd i'n gorfodi ni i symud allan.'

'O'n i'n meddwl mai y boi 'ma ydi'r ffrind gorau yn y byd.'

'Oedd, oedd o.'

'A felly?'

'Addawodd o na fysa dim byd yn digwydd.'

'Be, hyd yn oed pan oeddet ti'n cael llythyrau'n ofyn i ti adael y fflat?'

'Dywedodd fasa'n siarad â'i fam.'

'Be sydd gan ei fam i'w wneud ag o?'

'Ei fam sy'n biau'r tŷ.'

'Be fydd hi'n neud â'r tŷ?'

'Mae'r teulu yn berchen ar lawer o dai yma ac yn yr ardal'

'Fedri di ddim siarad â hi?'

'Dywedodd Osian, na, fasa yntau'n siarad ar ein rhan ni.'

'Ond pam rwan, pam y fath frys?'

'Daw yr adeiladwyr yn fuan, yn ôl yr asiant tai.'

'So, dan nhw'n mynd i neud y pethau i gyd ti wedi gofyn amdanyn nhw am byth cyn gynted â byddan nhw'n cael ni allan? Iesu, Halwn, dim yn deg ydi hyn, t'mod?'

Â hi i'r gegin i wneud panad arall. Pan ddaw hi'n ôl mae Halwn yn meddwl ei bod yn edrych yn hŷn ond yn fwy egnïol.

'Dan nhw'n mynd i'w werthu fo, felly?'

'Ddim mor sicr. Yr hyn sy'n sicr ydi, medran nhw'i osod i dwristiaid am wythwaith a mwy nag a dalwn y mis.'

Dechreua Gwyndaf rwgnachu.

'Mae arno chwant bwyd, dwi'n meddwl.'

'Halwn, ti'n ddyn da, *ok*, ond wyt ti'n mynd i dderbyn be mae'r ast honno, mam Osian, yn ei ddweud a'i neud? Fedr hi ddim jyst *come along* a dweud '*Ok*, ffwc off, dim rheolau i ni, ni sydd y bosis,' a ni sy'n gorfod i neidio fel ci mewn syrcas yn neud yn union yr hyn mae hi'n ei ofyn, a fedr hi?'

'Be dach chi'n awgrymu?'

'Gwneud rhywbath, o leia, yn lle o jyst fflitio yn y nos i neud eu bywydau yn haws.'

Tawelwch.

'Mae Gwyndaf angen ei swper.'

Daw Halwn yn ôl yn dal panad.

'Mi driais i siarad ag Osian ac wedyn ei fam. Erbyn hyn, fydd o ddim yn atab ei ffôn a allaf i ddim ei ffonio hi, 'sgen i mo ei rhif hi, felly, mi nes i fynd at y cyfreithiwr ac oedd o isio wyth cant o bunnoedd o flaen llaw.'

'Be? *Eight hundred up front*? Am be?'

'Am y gwaith nad ydi o wedi gwneud eto, dwi'n meddwl.'

'Halwn, be dan ni'n mynd i'w neud?'

'Dwi hefyd wedi siarad â Thwm, asiant tai, ond yn anffodus, aeth y sgwrs ddim yn rhy dda, rhaid i mi gyfadde.'

'A ddylswn i ofyn?'

'Gwell peidio.'

'*So*, os oedd rhywbath ar gael i'w rentu, fydd yr unig *estate agent* yn y dre ddim yn gadael i ni ei gael, felly?'

'Ni wna, na. Ddim ar ôl yr hyn nes i'i ddeud iddo fo.'

'Halwn, cariad, ni wn i a fedra i gario ymlaen heb do uwch fy mhen, efo job dwi'n casáu, mewn dre fel hon. Mae fel cael dy wasgu di'n araf i farwolaeth. A be amdanat ti? Ti'n licio'r sefyllfa 'ma heb bres, heb dŷ, heb job da, heb lawer o ddyfodol?' Syllu arno mae Dwynwen.

Mae Halwn yn codi dyrnaid o lyfrau ac yn eu rhoi mewn bocs.

Mae hi'n ei wylio wrth iddo lenwi tri arall, tra fod Gwyndaf yn gwylio'r ddau o'i sedd yn y gadair siglo. Mae Dwynwen yn rhoi'r gorau i orfeddwl am yfory ac yn taflu ambell beth meddal at ei gilydd cyn eu rhoi yn fwy gofalus mewn bocs gwag. Gweithiant yn dawel. Pentyrra Halwn y bocsiau llawn wrth ymyl y drws.

Petrusa cyn dweud ei feddyliau.

'Dwi wedi trefnu carafán i ni.'

Mae hi'n edrych i fyny arno.

'Sori, ddywedest ti *beth* am garafán?'

Petrusa Halwn cyn dweud gormod.

'Carafán. Y peth gorau fedrwn i ddod o hyd iddo i ni'n gyflym.'

'Dwi'n mynd i gogio na ddywedest ti ddim byd am unrhyw garafán, iawn?'

# 18

## *Y Gweddwdŷ*

Gwawria'r dydd mor araf fel rhywbeth o ffilm Rwsiaidd. Tuag at y golau gwan mae Gwilym yn gyrru, tuag at y llwydni uwchben y bryn, tuag at fath o nunlle a'r ffin. Ond achos fod rhywbeth dwfn y tu mewn iddo yn ei orfodi i gyflawni pob tasg, mae'n dilyn y ffordd sy'n arwain i'r de-dwyrain ac er ei fod yn gwirio'i ffôn bob pum munud, nid ydi o hyd wedi clywed dim byd gan Weasel, y ffwcin jôcwr pedler cyffuriau, a oedd i fod i wneud jobsyn yma iddo heddiw ynteu yfory. Mae hanner awr wedi chwech yn y bore yn amser gwely i foi tebyg iddo, ar ôl noson hir o *shagging* a chyffuriau a dwsin o ganiau o seidr rhad. Beth amser yn ddiweddarach, mae Gwilym yn cael ei hun wrth y bont yn Rhydycroesau, unwaith eto.

Parcia'r car mewn cilfan heibio'r hen eglwys. Tania sigâr. Nid ydi'n ei wneud yn aml ond pan fydd'n gwneud hynny, mae'n ei fwynhau. Wedi colli'r signal. Gwthia'i sedd yn ôl. Rhwng dau feddwl ydi, gan bendroni pa un o Ddarcy a Dylan mae'n ei gasáu fwyaf. Mae Dylan yn ei atgoffa o'i fam, a Darcy o fam Grendel o'r ffilm, *Beowulf.* Cafodd o lot o gega gan Ddarcy am ddangos y ffilm i Lewelyn a'i ddychryn, yn ôl Darcy, ond am fisoedd wedyn roedd Gwilym wedi efelychu Darcy fel pe bai hi'n siarad fel mam Grendel a chwerthinodd y hogyn yn dawel wrth gwneud siwr nad oedd hi o fewn clyw. Am ryw reswm ymddengys llun o Ddarcy yn noeth yn ei ben, efallai achos fod y car yn llawn o fwg sigâr yn debyg i'r tarth yn y sin pan mae

Angelina Jolie yn camu allan o'r pwll lle mae'n byw, yn noeth ar wahân i'r haen denau o aur ac yn benderfynol o ladd cymaint o bobl â phosib yn neuadd Beowulf, er mwyn dial am farwolaeth ei mab gwrthun, Grendel ei hun. Allan o unman yn ei ffantasi, mae Dylan yn mynd i mewn i'r olygfa ac yn tynnu sylw Darcy/mam Grendel erchyll ar ei ffordd i'r neuadd ac mae Dylan yn dechrau ei threisio, fel march pwerus yn mynd ar gefn caseg, ond nid ydi hi'n ei wrthwynebu. Mae hi'n ymddangos yn fwy na pharod. Flynyddoedd yn ôl, roedd Gwilym wedi amau fod Dylan yn darparu cymwynasau rhywiol ar gyfer ei fam, er bod Dylan yr un oed â Gwilym a dad Gwilym yn dal yn fyw. Er nad oedd gynno mo'r prawf, roedd wedi gweld y cipolygon rhyngddynt a'r gwreichion ac egni neilltuol pa bryd bynnag y byddent gyda'i gilydd yn yr un ystafell. Y tro nesa bydd Dylan yn gwneud iddo deimlo fel idiot, byddai'n codi'r pwnc ohono'n ffwcio'i fam ugain mlynedd yn ôl. Wedyn, buasai'n dangos y ffordd fawr iddo, yn annymunol. Efallai byddai'n gofyn i Weasel i'w slapio cryn dipyn. Yr hyn y ddylai'i wneud â Darcy roedd ar y foment honno yn amhendant, y peth pwysicaf oedd, gwneud yn siwr nad oedd y bachgen gweld dim ohono. Mae'r sigâr yn darfod a rhaid iddo agor drws y car a chwifio'r mwg allan. Y glaw erbyn hyn wedi troi'n ddafnau mawrion, tewion. Mae car yn gyrru heibio, felly mae'n troi'i ben i ffwrdd.

Mae Gwilym yn gyrru'n ôl i fyny'r lôn droellog sydd heddiw yn llai o genllif yn rhedeg i lawr y tarmac, yn arafach y tro hwn, gan wneud yn hollol siwr nad ydi'n colli un arwydd tŷ. Yn union fel ddoe, does unrhyw olwg o bobl na thrigfan yn y gornel od hon o'r wlad. Heidiau o ddefaid, caeau a chlystyrau trwchus o goed i gyd yn fud o dan carped o law.

Neges yn cyrraedd. Mae'n ei ddarllen wrth iddo yrru.

*NOCANDOO THE RAIN IN SPAIN* (wyneb gwenu)

'Wancar,' medd Gwilym. Gyr neges yn ôl, **Pryd ti'n ôl?**

**FFWCNOS MAN CHILLINN** (sawl wylys)

Pam y priflythrennau, y twpsyn? medd o.

Wyth o'r gloch. Dylai o frysio. Dylai fod yn ôl yn Llundain

cyn gynted â phosib. Ond, ar y law arall, nid ydi erioed wedi methu, erioed wedi dweud nad ydi'n bosib, erioed wedi troi cefn arnynt, erioed wedi eu siomi. Mae'n stopio'r car, agor y map ac yn ei astudio unwaith eto. Gyda'i fys, mae'n dilyn ei daith o'i gartre i Rydycroesau ac wedyn dros y bont i fyny'r lôn fechan i'r rhostir i'r union fan lle mae ar hyn o bryd.

Mae cnoc ar ffenest y car. Mae ei sylw wedi'i hoelio ar y map gymaint nad ydi wedi gweld y car yn tynnu i mewn y tu ôl iddo.

Mae Gwilym yn agor y ffenestr.

'Ie?'

'Bore da i chi hefyd' a'r ddynes yn gwenu, 'wedi mynd ar goll, fyddwn i ddim yn synnu?'

'Erm.'

'*O, don't speak Welsh? Well, are you lost?*'

'Ie, no,' mae'n penderfynu y byddai'n well peidio â siarad Cymraeg. '*Just looking at the map, Ledrod is that hill over there?*'

'*Yes, that's right. Anything in particular?*'

Mynd ar ei nerfau mae hi ar ôl tair brawddeg, meddylia.

'*Ie, er, no, not really. Not many houses around here.*'

'*No, that's why we love it. One there, can you see the smoke rising just above that wood, that's mine. Well, my aunt's. The hill you want is behind it, Lledrod.*'

Mae hi'n syllu arno oherwydd bod rhywbeth nad ydi'n iawn.

'*Thank you,*' medd o gan gau'r ffenestr.

Mae hi'n mynd yn ôl at ei char. Mae Gwilym yn siwr ei fod yn ei gweld yn gwneud nodyn o'i blât rhif wrth iddo symud ei gar yn agosach i'r wal i adael iddi fynd heibio. Mae'n ei gwylio'n gyrru ddau gan metr a throi i'r chwith ac yn araf mynd tuag at y mwg sy'n codi yn hamddenol o'r tŷ anweledig, er gwaethaf y glaw.

Edrych ar ei ffôn. 'Mae gennych chi ddewis bob amser', roedd Lleucu, ei gyn-wraig, yn hoff o ddweud, hyd yn oed ar eu hoed cyntaf, fel rhyw fath o broffwydoliaeth. O'r diwedd, trodd ei geiriau'n fersiwn wedi'i newid ychydig. 'Mae gen finnau ddewis bob amser', meddai hi, 'dewis nad ydi'n dy gynnwys ti,' a hi a gerddodd allan o'i fywyd. Sylweddolodd ar droen ar ôl hynny mai dim ond yn llawer hwyrach y cafodd arwyddocâd llawn ei geiriau a bod wastad rhywbeth a ddylai o'i ddysgu gan ei geiriau a gweithredau. Yr unig berson yn ei fywyd a gafodd yr effaith honno arno, erioed.

Opsiwn: dianc, anwybyddu'r negeseuon, mynd yn ôl i Lundain

Opsiwn: ffonio rhywun yn lle Weasel

Opsiwn: ffonio'r pobl sy'n anfon y negeseuon ac esbonio'r sefyllfa

Dewis: fo sy'n gwneud y peth

Dewis: peidio â gwneud dim byd

Am funud, mae'n edrych o gwmpas. 9.30 yyb. Glaw trwm yn mis Mawrth, y mis hiraf a gwlypaf iddo brofi erioed.

Wrth gwrs, i bob dewis mae canlyniad. Ac i bob canlyniad mae canlyniadau sy'n cynhyrchu canlyniadau eraill ac yn y blaen, *ad infinitum*. Nid ydi'r dewis a wnewch bob amser ydi'r peth pwysicaf, weithiau'r canlyniadau y byddech chi'n disgwyl iddynt ddigwydd sydd bwysicaf. Yr hyn a ddewiswch mewn gwirionedd ydi'r anfeidroldeb o bosibiliadau anweledig, sydd prin yn ddewis o gwbl. Y meddwl hwn a barodd iddo sylweddoli nad oedd gynno ddewis yr oedd yn werth yn meddwl amdano. Dylai ymddiried yn ei reddfau, nid oeddent wedi'i siomi hyd yn hyn.

Mae o'n symud yn gyflym, medru camu oddi wrth ei hun a gweld y stori'n datblygu o'i flaen fel pe bai'n actor yn chwarae rhan mewn pictiwr y mae o hefyd yn ei gyfarwyddo. Synhwyriad cyffrous ac yn od ar yr un pryd, fel camu ar y llwyfan ac eisiau cyflawni disgwyliadau'r gynulleidfa yn ogystal â bod yn ansicr sut y daw'r holl stori i ben. Rhaid bod rhyw fath o esboniad seicolegol ond dydi Gwilym ddim hidio botwm corn unwaith mae'n dechrau codi stêm.

Mewn fflach mae'n parcio'r car, newid ei ddillad a'i esgidiau. Yna, yn y ffilm yn ei feddwl, mae saethiad llydan yn dangos dyn, Gwilym, yn rhedeg yn gyflym drwy'r coed, hanner gorchuddiedig o'r golwg gan boncyffion a changennau'r coed noeth gaeafol a gwau fel cysgod yn esgud i fyny'r llethr serth.

Saethiad agos yn dangos y dyn ar ymyl y goedwig yn swatio i lawr gan gysidro ei symudiad nesaf. Does neb yn gallu'i weld a does neb arall i'w weld yn y dirwedd. Mae'n sefyll ac yn dilyn y ffens nes cyrraedd hen wal lle medr rolia ar draws y ffens weiar i lanio tu ôl i'r hen wal, allan o olwg y ffermdy. Yna, saethiad pell yn ei ddangos yn gwibio fel llwynog ar hyd hen feini uchel y wal. Yna, giat mewn cornel o'r cae sy'n fynediad i'r buarth. Swatia i lawr unwaith eto, gan feddwl am y cam nesaf, a'r cam ar ôl hynny. Saethiad agos ar wyneb penderfynol.

Penderfyna gael gwell golwg. Uwch. Â o gwmpas y buarth i ddringo'r llethr serth gan gadw'n isel y tu ôl i'r waliau. Ar ei daith mae'n darganfod rhywbeth annisgwyl, hollt rhyw dri deg metr oddi wrth y buarth. Mae hynny yn berffaith, fel pe bai'r ddaear wedi datguddio gwendid miloedd o flynyddoedd yn ôl, a oedd wedi syrthio i ffwrdd i adael ffos yn ddwfnach na dyn a lletach na lôn cefn gwlad ond yn beryglus ac yn ddirgel. Yn y saethiad pell hwn, byddai'r gwyliwr yn gweld golygfa hyfryd o gefn gwlad Cymru yn ymdrochi yn y glaw ysgafn a'r niwl ysbeidiol wrth i bluen o fwg ddriftio uwchben y to.

Mae angen arno eu sylw. Maen tynnu tortsh o'i fag ac anelu'r golau at bob ffenestr. Dim ymateb. Gwna sŵn cri aderyn. Gall glywed ci'n cyfarth o'r tu mewn. Gwna'r un sŵn ond yn uwch. Cyfarth y ci'n uwch. Fflachia'i dortsh ambell waith ar y ffenstri. Tawel. Mae silwét yn ymddangos wrth y drws cefn. Clyw siarad merched. Tafla olau i fyny o'r ffos. Lleisiau annelwig a gollir yn y tywydd yma.

'Fan 'na' medd un.

'Be ti'n ei neud yn mynd allan yn y math hwn o dywydd?'

'Mae 'na wbath fan 'cw, dwi'n siwr.'

Mae'r llais yn agosáu at ei guddfan. Dringa o allan o'r ffos yn chwim iawn. Mae wal a giat ar agor rhwng y ffos a'r tŷ. I fyny, wedi'i guddio y tu ôl i'r wal, â o. Daw'r hen ddynes i weld beth sy'n mynd ymlaen drwy'r giat i'r ffos. Saif hi ar yr ymyl gan syllu i'r gofod aflonydd, gwag trwy'r glaw a'r gwynt yn gofyn yn wan, dro ar ôl tro, 'Is there anyone there? Helo! Pwy sydd yna?"

Rhuthra Gwilym at yr hen ferch gyda nerth ei enaid a chorff a gwthia hi dros y dibyn. Mae hi'n glanio heb fawr o sŵn yn y ddaear feddal, laith. Gorwedd ar ei gwyneb a ni all Gwilym ddweud a ydi hi'n ymwybodol ai beidio. Llithra o i lawr i'r ffos. Un jobsyn olaf. Mae o'n cipio'i throed dde ac yn ei throi'n sydyn, yn dreisgar, nes iddo glywed clec finiog asgwrn yn torri. Hynny sy'n ei ddeffro, felly mae hi'n dechrau griddfan fel rhywun yn breuddwydio. O'r tŷ mae o'n clywed y llais cyfarwydd, yr un sy'n perthyn i'r ddynes a wnaeth cyfarfod â hi ar y lôn. Mae Gwilym yn dal i ddychmygu golygfeydd o'i ffilm. Saethiad agos. Gwyneb dynes bryderus.

'Agnes, lle wyt ti, 'wan? Agnes, ti'n nghlywad i? Agnes!'

Clyw'r cŵn yn cyfarthu a'r ddynes sy'n trio eu rheoli. Saethiad agos iawn o ddyn pryderus, yn cyrcydu'n dynn yng nghysgod y ffos, ei wyneb dan straen, ei lygaid mewn braw yn disgwyl y peth gwaethaf y gall ei ddychmyg ei gynhyrchu: cŵn dig. Tra bod y ddynes wrth ei ymyl ar y llawr yn dal i wingo mewn poen.

'Paidiwch, 'wan, stopiwch neidio. Doswch yma i gyd.'

Mae'n ei chlywed gweiddi ar y cŵn. Cafodd ei rybuddio. Mwy nag un. 'Peidiwch â rhyddhau'r cŵn, os gwelwch yn dda, peidiwch,' mae o bron â gweddïo'n dawel.

'Agnes, ti'n iawn, cariad? Mi ddo i allan, 'wan, paid â phoeni! Agnes!' Mae ei llais ar goll yn y gwynt a'r glaw ond mae Gwilym yn sicr y all ei chlywed yn agosáu. Rhaid iddo ddianc nawr, cyn gynted â phosib. Mae'r ddynes yn dal i alw am ei modryb gan fod y cŵn yn dawnsio o'i chwmpas, yn cyfarthu yn wyllt, ac ar waelod y ffos mae'r hen ddynes yn griddfan. Mae'n siwr o ddod o hyd iddi'n fuan.

Cychwyna Gwilym ar hyd ochr serth y ffos i'r cyfeiriad o le y daeth gan anelu at y goedwig islaw'r caeau isaf. Mae'r glaswellt yn wlyb a llithrig a'r llwybr o farciau ar ei ôl a fyddai ddiflannu yn y glaw. Yna clyw sgrechod dynes. Rhaid ei bod wedi dod o hyd i'r hen fodryb. Edrych yn ôl i weld a all hi'i weld, ond na, mae allan o'r golwg. Mae'n aros yn llonydd, yna, gan droi ac yn cadw yn isel at gysgod y wal gerrig a diogelwch y coed.

Ond achos ei fod wedi cymryd ffordd arall oddi wrth y ffermdy, mae'n ei gael ei hun mewn cae wedi'i amgylchyni gan waliau enfawr. Lle mae'r giât? Swatia yng nghornel y cae. Uchel iawn ydi pob un ohonynt a does dim giât na bwlch i'w weld. Mae'r waliau yn ymestyn i lawr ac o gwmpas heb arwydd o ffordd allan.

Clyw Gwilym sŵn cyfarth yn gyntaf, yna, sŵn rhedeg. Yn dod ato ar draws y caeau ar gyflymder brawychus mae dau gi. Bleiddgi mawr, daeargi llai. Sytha Gwilym yn rhewi gan ofn. Mae ei feddwl yn methu gweithio. Rhedant yn uniongyrchol tuag ato, cegau agored, tafodau'n hongian allan a ni all yntau wneud dim mwy na thynhau ei hun am yr hyn y maent ar fin ei wneud iddo.

Eiliad ac yna eiliad arall ac yna deffroa. Try at y wal, rhy droed mewn rhygn rhwng dwy garreg a chod ei hun yn ddigon i fedru cydio yng ngharreg drom ar ben y wal a chod ei droed arall i fyny i ddod o hyd i wefus carreg ar y funud y neid y bleiddgi wrth ei ffêr a sudda'i ddannedd i'w gnawd. Mae'r daeargi yn bownsio i fyny ac i lawr yn anelu trwy'r amser at ei ffêr arall. Gwasga Gwilym ei ddannedd yn dynn er mwyn peidio â sgrechian allan a thynnu sylw ato'i hun. Mae'n trio gwanhau gafael y ci ond po fwyaf yr mae'n ysgwyd y bwystfil y mwyaf y mae'n brifo. Mewn perygl o gael ei dynnu i lawr i'r llawr ydi. Bron trwy ddamwain, mae un o'r cerrig ar ben y wal yn syrthio i lawr ac yn glanio ar y ci bach sy'n cilio yn dal i gyfarth. Tra ei fod yn cadw ei afael ar y garreg drom ag un llaw, mae'n dechrau gwthio carreg eraill ar ben y ci mawr, nes o'r diwedd ei daro yn galed iawn, reit rhwng y llygaid, sy'n gwneud iddo ollwng ei ffêr gan wichian mewn poen. Rolia Gwilym ar draws y wal a glania ar y ddaear, hefyd yn gwichian mewn poen wrth iddo lanio ar ei droed gwaedlyd.

Mae'n archwilio'r difrod. Pedwar neu bump marc brathiad yn ogystal â chleisiau brown tywyll, ond prin ei fod yn gwaedu sy'n beth da. O ochr arall y wal all glywed y cŵn yn cyfarth ac yn crafu'n wallgof. Amser i redeg er gwaethaf y boen.

Mae'r ffordd yn ôl i'r car yn llafurus iawn i Wilym. Mae'n

rhaid iddo roi'r gorau i redeg sawl gwaith oherwydd bod y boen yn annioddefol. Unwaith y bydd yn eistedd y tu ôl i olwyn ei gar mae'n gyrru i ffwrdd mor gyflym ag y gall. Mae'n ddiolchgar ei bod hi'n dywyll a'r glaw yn drwm a'r ffyrdd yn wag. Os bydd y ddynes yn ffonio'r Heddlu, bydd yn cymryd oriau iddynt gyrraedd yno a bydd pob olion ohono wedi diflannu. Mae bron yn mwynhau'r boen yn ei goes bob tro mae'n gorfod newid gêr.

Yn ôl yn Henfache, mae Gwilym yn arllwys wisgi *stiff* iawn. Wedyn, i mewn i'r stafell ymolchi ac yn arllwys rhywfaint o'r un hylif ar ei ffêr chwyddedig, goch. Dewis. Canlyniad. Dewis. Canlyniad. Dewis nesaf yn seiliedig ar ganlyniadau'r dewisiadau blaenorol ac yn y blaen ac yn y blaen. Felly y bu ac felly y bydd. Unwaith eto mae'n teimlo'n fyw. Ni all oddef y gwastraffwyr hynny sy'n gwneud esgusodion.

Darcy ydi gwrthrych ei feddyliau wrth iddo orffwys yn y bath, yn socian yn y dŵr poeth iawn. Darcy gyda'i hanawsterau a'i beichiau a'i chymlethion. Diolch i Dduw nid ydi yntau'n debyg iddi o gwbl, ac ni all unrhyw un ddweud nad ydi yntau'n cyflawni.

Erys y cwestiwn beth mae'n mynd i wneud â hi.

# 19

## *Gwyn y Gwêl y Frân Ei Chyw*

Ni all Dwynwen orfod ei hun i yngan gair dros frecwast. Yn fud ac yn gynddeiriog. Na, ddim yn gynddeiriog, yn hytrach yn fud ac yn berwi gan ddicter gan fod ei bywyd yn troi yn bendramwnwgl. Ni all hi edrych ar y bocsiau sy'n llenwi pob wal a chornel o'r fflat. Ciledrycha Halwn arni heb ddal ei llygad. Mae pob sain wrth i'r llwy grafu'r ddesgyl a'r cyllell lanio ar y plât yn swnio fel trwst orchestr yn nawelwch eu bore, y bore 'ma. Mae Halwn isio gofyn iddi os oes bethau yn fflat Enfys y dylid eu symud allan ond yn gwybod y bydd un gair anghywir o'i le a'r bom tician yn ffrwydro. Mae'n meddwl y byddai'n well gyrru gwpl o negeseuon ati yn hwyrach yn y bore pan fydd yn bell i ffwrdd o'r posibilrwydd o unrhyw ffrwydriadau peryglus.

'Coffi?'

'Ie, diolch.'

'Ti'n dawel iawn, popeth yn iawn, 'te?'

Ddim yn siwr be ddylai o ddweud mewn ateb.

'Ia, popeth yn iawn. A be amdanoch chi? Chi sy'n dawelach.'

'Nid gystadleuaeth, Halwn, plîs.'

Saib.

'O'n i'n meddwl nad ydan ni wedi –' ond stopia achos nad ydi'n siwr beth nad ydynt wedi'i wneud sy'n ddiogel i siarad amdano.

'Ie?'

'Na, dim byd o werth.'

163

'Rhaid i mi fynd,' a chod â phanad yn ei llaw.

'Diwrnod prysur?'

'Fel arfer.'

'Dach chi isio wneud rhywbath i mi?'

'Dibynnu.'

'Wel, pan o'n i'n ar y wé yn chwilio am hawliau tenantiaid –'

'Sori, egni diflanedig, diddordeb wedi mynd, *so*, jyst paid dweud dim byd am ddim, iawn, 'te? Dwi'n mynd i fynd drwy'r dydd, gwrando ar ryw *shit*, siarad rhyw *shit*, sgwennu rhyw *shit* ac wedyn dod adra – haha – i fwy o *shit*!'

'Dwynwen, mae'n ddrwg gen i –'

Slamio'r drws gwnaeth hi ar ei ffordd allan.

Yna, clyw Halwn iddi droi'r agoriad yn y drws a rhedeg nôl i fyny'r grisiau.

'Ffwcin het,' dywed a diflanna unwaith eto â'r het yn ei llaw.

Saif Gwyndaf ar dop y grisiau yn sbio i lawr ac yna ar Halwn, fel pe bai'n ceisio dallt pam mae cymaint o frys a gweiddi.

'Paid â gofyn, gyfaill.'

Teyrnas Tangnefedd ydi'r orsaf heddlu, yn drefnus, yn or-wyn, yn llachar. Teyrnas Nefoedd rhywsut. Mae'r lle yn ei hatgoffa o dŷ ei nain, tŷ rhywun sydd am anghofio'r rhan fwyaf o'r gorffennol, heb luniau a phethau man a allai fradychu hanes mynwesol a datguddio emosiwnau. Annedd rhywun sydd bron wedi pasio i'r ochr arall. Ar drengi. Dywedodd ei mam bod ei nain wedi bod yn dwstio'r tŷ pan fu farw. Yn farw ar lawr y stafall fyw â brwsh plu yn ei llaw. Ystyried eiliad ei drengi yn mae Dwynwen yn union wrth i Lovenuts ddod i fewn.

'Wel, helo, *are you on the missing person's list?*'

'Helo i ti 'fyd. Be sy'n bod?'

'Dim byd o'i le efo fi ond ti'n edrych fel ti wedi dy dynnu drwy *hedge backwards*.'

'Diolch. Ie, wel, wranda 'te, oes na stafell fach lle fedra i adael rhai bocsiau tan ddiwedd y mis? Cariad.'

'Cariad, 'wan, rhaid bod yn bwysig! Be am y garej? Dim byd

ynddo, hyd y gwn i. Allweddi yn y cabinet yn y swyddfa.'

Pum munud yn ddiweddarach gyr hi neges at Halwn. H, wedi siarad efo Lovey yma, wedi ffeindio garej i'r bocsiau, gobeithio bydd yn iawn. Sych éniwé.

Anfona hi neges arall yn syth wedyn: Sori am y perfformiad bore 'ma. Methu dweud faint mae hyn i gyd f'ypsetio i. Sori.

Mynd i swyddfa Lovenuts. 'Diolch yn fawr. Ti ddim yn wybod faint mae hyn yn ei olygu i mi.'

'Dim probs o gwbl. Nid garaj fi. Mwynha.'

'O, diolch. Ti'n gariad go iawn, ti'n wbod?'

'Gwbod. *Love you too*. Nawr 'te, amser gwaith ond cyn hynny amser te i'r bos.'

'Barod mewn eiliad.'

Dros y panad mae hi'n dweud hanes y boi ar ei feic wrtho a'r ferch ysgol y mae'n amau ei bod yn pedlo cyffuriau yn yr ysgol.

'Ti'n siwr?'

'Dwi'n mynd i'r ysgol i siarad â'r pennaeth a'r ferch ei hun.'

Bwria olwg arni. 'Gweda'r gwir nawr, ti'n iawn? Ti ddim yn edrych yn hapus o gwbl.'

Saib.

Dechreua hi siarad ond ni ddaw'r geiriau allan yn iawn, dim ond isio crio ond stopio'i hun.

'Hé, cariad, paid â *ruin your shirt*, mae'n edrych fel dy bod wedi'i smwddio hi yn ddiweddar, eitha *recently*, dwi'n meddwl, efallai y wythnos ddiwetha.'

'Echdoe,' ond chwerthina yn uchel rhwng y beichiadau bach.

'*Ooo*, ti'n dod yn *posh*.'

'Sori, bos, dwi wedi gadael pethau yn fy llethu i yn llwyr ers sbel 'wan. Bydda i'n iawn. Jyst angen sortio fy hun allan a ffeindio lle i fyw a bydd pob dim yn well. Sori am fod fel hyn, byddaf i'n ôl i normal yn fuan.'

Nid ydi o'n dweud gair. Erbyn iddi sychu'i hwyneb mae o wedi mynd. Felly mae hi'n mynd i'r swyddfa ac yn craffu ar y sgrin gan ganolbwyntio'n bwrpasol.

'Cicia benolau i fyny yn yr ysgol, wir ddim yn hoff iawn o'r ast sy'n ei rhedeg,' meddai Lovenuts gan brocio ei ben dros ei chyfrifiadur yn ddeng munud yn ddiweddarach.

'Ie, byddaf.'

'Ffwrdd â thi, nawr! Mae 'na fwy o waith i ti pan ti'n dod yn ôl.'


Gan fod y maes parcio yn llawn, mae'n rhaid iddi adael y car mewn stryd gefn gul. Pan mae'n cyrraedd yr ysgol mae'n cau ei llygaid i wrando, ond mae'r cyfan yn rhyfedd o dawel. Mae'r ddynes yn y derbynfa yn ei hadnabod.

'Ydi'r Pennaeth ar gael, os gwelwch yn dda?'

'Wela i, Dwynwen, neis gweld chi, dwi ddim wedi'ch gweld chi ers y tanau yn y biniau mawrion.'

'Naddo, sbel 'wan ers hynny.'

Funud yn ddiweddarach mae Dwynwen yn sefyll o flaen pennaeth ysgol fawr Ceulan, yn ei swyddfa felynlwyd.

'*Please, take a seat, Officer.*'

'Cymraeg?'

'Wrth gwrs. Jo-May Edwards Griffiths,' ac estyna'i llaw.

'Dwynwen Jones, Cwnstabl.'

'Neis cwrdd â chi. Sut alla i helpu chi heddi?'

Adrodda Dwynwen hanes y ddamwain yn ymwneud â Hywel a'i hamheuon fod merch o'r ysgol yn helpu Hywel yn y busnes cyffuriau.

'Byddwn yn eich atal rhag mynd ymhellach, gwnstabl. Yn gyntaf, does dim tystoliaeth gyda chi fod merch o'r ysgol hon yn ymneud â'r busnes hwn, fel yr ydych chi'n ei ddisgrifio. Yn ail, dylech chi droedio'n ofalus iawn yn lle taflu cyhuddiadau at aelodau o'r ysgol a'u teuluoedd, oherwydd os ydych yn cyfeirio at y person rwy'n meddwl eich bod yn cyfeirio ato, yna mae aelodau o'i theulu'n aelodau o'r ysgol hon ar hyn o bryd a fyddwn i ddim yn caniatáu i'r ysgol gael ei tharfu gan gyhuddiadau di-sail o'r fath. Gadewch i ni fod yn gwbl glir ynghlyn â hynny.'

'Yn gwbl glir fod 'na bosibilrwydd bod un o'ch merched yn ymneud â deliwr cyffuriau adnabyddus a gallai fod yn dod â chyffuriau i'r ysgol? Dydach chi ddim yn meddwl bod hynny yn bwysig?'

'Oes tystiolaeth o unrhyw fath gyda chi i gefnogi'ch cyhuddiadau? Dych chi'n siwr bod y ferch wnaethoch chi ei gweled yn un o'n myfyrwyr o gwbl?'

'Mrs Edwards Griffiths, ein job ni ydi amddiffyn pobl fregus a gyda 'ch help –'

'Peidiwch â gweud wrthaf i be yw fy job, os gwelwch yn dda, gwnstabl.'

Maent yn syllu ar ei gilydd am eiliad hir. Yna mae'r ffôn yn canu. Mae'r Pennaeth yn ateb ond cyn iddi ddechrau siarad mae'n dweud yn dawel wrth Ddwynwen, 'Rwyf yn meddwl fod y sgwrs wedi dod i ben, on'd dych chi?' ac yn troi i ffwrdd i ateb ei galwad.

Mae Dwynwen yn bymtheg oed eto. Ac yr un mor flin.

Yn niogelwch ei char y cyfan y gall wneud ydi sgrechian, 'Yr hen ast, ast ast!'

## 20

## *Deiliad a Pherthyn*

Bore o 'Panad a Sgwrs' ac Halwn wedi addo dangos ei wyneb. Teimla'n eitha euog ei fod yn rhydd i fynychu, o ystyried y sefyllfa ynghlyn â'u digartrefedd ac ymddygiad Dwynwen. Er ei fod yn medru maddau iddi a'i dallt, mae'n poeni mwy bod y broblem wirioneddol yn y gwaith, gan ei bod wedi mwynhau ei swydd drwy'r amsar y mae wedi'i hadnabod.

Cyn gadael y tŷ mae'n rhoi Gwyndaf ar y dennyn gan nad ydi'n mynd i adael iddo fod yn ddrwg heddiw. Er mwyn esmwythu ei sarugrwydd, rhydd iddo ei hoff ddanteithfwyd, sef moronen wedi'i stemio. Saif ar ei goesau ôl pan mae'n ei weld.

Cerddant yn ddistaw yn y glaw mirain, y diferion yn ymgartrefu ar flew du cefn Gwyndaf fel miliwn o sêr bach yn awyr y nos. Mae tonnau cariad yn golchi dros Halwn wrth edrych ar ei hen gydymaith. Medrai bron wylo ar y modd tyner y mae o'n dal y foronen mor ddifrifol yn ei enau.

Cyfarfod cymdeithasol wythnosol a gynhelir yn yr hen Neuadd ydi'r Panad a Sgwrs ac heddiw, oherwydd y glaw, efallai, does dim mor brysur ag arfar. Caiff Gwyndaf filwaith mwy o sylw nag y mae'n ei haeddu ac fe'i cyfarwyddir i eista wrth ymyl fwrdd gwag tra bod Halwn yn cael panad a thafell o gacen gartref gan Mrs Hampton, gwraig y ficar lleol. Mae Hunydd eisoes yn plygu i fwytho Gwyndaf.

'Fydd o ddim yn ad-dalu'r cariad pan mae gynno fo foronen.'

'Helo, Halwn. Rwyt ti mor olygus, n'd wyt ti, Gwyndaf?'

'Dach chi isio panad, Hunydd?'

'Oes, dim siwgwr, diolch.'

Daw Halwn â'r te a detholiad o gacennau.

'Cacen gri, neis, on'd ydyn? Bwyd pobl dlawd, siwr o fod,' medd Hunydd, 'am nad oedd ffyrnau 'da nhw y badell frio oedd y peth gorau nesaf at bobi go iawn.'

'Wir, a ydi pobl yn defnyddio'r gair 'cri' mewn unrhyw gyd-destun arall?'

'Dim yn hollol siwr, ond 'brethyn cri', dwi wedi clywed hynny yn cael ei weud, ond ar wahân i hynny, dwi ddim yn meddwl. 'Amrwd' dach chi'n clywed hynny'n amlach.'

'Hmm. Dach chi wedi bod yn brysur, heb gweld chi ers tro.'

'Roedd fy wythnos at yr Opera yn fendigedig, lan yn Llandudno, mor arbennig, perfformiadau anhraethadwy, gogoneddus. *Madame Butterfly* a *The Bartered Bride* gan fy hoff gyfansoddwr Tsiec, Smetana, wythnos gyfan o bleser a chyfle i foddi'ch gofidiau mewn cerddoriaeth.'

Mae Halwn yn gwenu arni. 'Da iawn chi!'

Mae'n rhaid iddi frwydro yn erbyn y dymuniad i rannu rhywbeth o'i gorffennol ag o. Y daith bersonol a gafodd hi o gwmpas Prague gan ei ffrind, Václav, a wnaeth ddangos iddi'r golygfeydd gorau ymhell cyn i'r twristiaid ddod yn y nawdegau. A'r gerddoriaeth swynol mewn adeiladau annaearol, a'r cyfan am ddim. Opera, cerddoroiaeth siambr, y cerddorfeydd anhysbys gorau yn y byd, yn ogystal â chyngerddi am ddim gan gerddorion o ansawdd eithriadol a berfformiodd mewn lleoedd megis capeli, mynachlogydd a hen balasau'r brenhinoedd. Fe a gyflwynodd opera Siec iddi, yn enwedig Smetana, a dangosodd iddi leoliad y baricadau yn y Chywldro 1848 pan gyfarfu Smetana â'r chwyldroadwr ifanc, Sabina, a fyddai'n mynd ymlaen i ddod yn libretydd iddo ar gyfer operâu fel *The Bartered Bride,* ar ôl iddo gael ei garcharu a'i orfodi i fynd i ymguddio. Ers hynny mae hi wedi cael ei denu i bobl a aeth yn groes i'r drefn. Ers Václav.

'Chi'n edrych fel bod angen cael gwyliau. Popeth yn iawn?'

'Ie, diolch am ofyn.'

'Ydych chi'n darllen unrhyw beth diddorol? Be am y peth diwetha i chi'i ysgrifennu?' Gwell newid y pwnc, mae'n meddwl.

'Na, 'sgen i ddim amser. Be amdanoch chi?'

'Wel, yn rhyfedd iawn, dwi wedi bod yn darllen darn am sgrwt o'r enw John Peckham.'

Edrycha Halwn arni dros ei gacen gyda fflach o ddiddordeb tra bod hi'n rhythu arno, er nad ydi hi byth yn siwr a ydi'n ei phrofi trwy adael iddi siarad yn rhydd.

'Archesgob Caergaint, yng nghyfnod Llewelyn Ein Llyw Olaf. *Lovely fellow.* Un o'i orchestion pennaf oedd gorfodi Esgob Llundain ar y pryd i ddinistrio pob synagog yn Llundain. Pobl eraill nad oedd o mor hoff ohonyn nhw oedd y Cymry. Oedd yn meddwl eu bod yn ddiog, yn yfwyr trymion, yn anniwair, ac yn y blaen, hyd yn oed bod ganddyn nhw ormod o ddefaid. Beth bynnag, roedd o wedi cymryd yn erbyn y Cymry am rywbeth arall yn benodol. Yn groes i gyfraith Moses a chyfraith y Testament Newydd oedd hen gyfraith Hywel Dda. Ein esgob mawr ni, felly, roedd o'n ddig iawn gyda'r syniad y dylai pobl geisio dod i gytundeb mewn achosion o lofruddiaeth, yn lle condemnio a chosbi'r troseddwr, fel sy'n drefn yng nghyfraith Saeson.'

'Wylit, wylit, Lywelyn, wylit waed pe gwelit hyn.'

'Dim dowt. A chi sydd wedi darllen ac ysgrifennu am bwnciau annifyr yn ein hanes ni ac agweddau'r bobl drws nesaf drwy'r canrifoedd, ond erioed wedi clywed amdano fe?'

Cilwenu mae Halwn. 'Bwlchau mawrion yn aros i'w llenwi.'

'Dwi ddim yn medwl felly, fy ngwas i, 'mond meddwl byddech chi'n ymddiddori'n y peth bach 'na.'

'Mae'n ddrwg gen i, Hunydd, 'wan, d'wn i'm isio bod yn wawdlyd ond wedi hen flino ar bob dim ar y funud.'

Mae hi'n aros am funud iddo barhau.

'Y byd a fu, Hunydd, dach chi'n meddwl bod ni'n treulio cymaint o amser ynddo achos mai'r un go iawn ydi mor wirion?'

'Mae astudio hanes fel dal drych i adlewyrchu'r byd rydych

170

chi'n byw ynddo. Gwagedd ac arswyd yn gyfartal.'

'Ia, a fu erioed mor ddrwg â hyn?'

'Be sydd mor ddrwg?'

Chwerthina fo. 'Be sydd mor dda?'

'Y gacen. Y gwres. Ond dwi ddim yn argyhoeddedig ynghylch a fyddai'r hen Iesgob Peckham yn cymeradwyo gwres canolog. Mae angen i ni ddioddef mwy yn ei farn e, byddwn i'n gweud.'

'Ie, mae dioddefaint yn bendant wedi dod yn llai poblogaidd y dyddiau hyn, ond mae bod yn dlawd, naill ai nawr neu yn y gorffennol, yn dal i fod cynddrwg.'

'Efallai, oes. Ond wrth sôn am yr hen Gyfreithiau Cymreig, un peth rydwi wedi bod yn meddwl amdano ydi safle, neu statws. Y dyddiau hyn, rydan ni'n cymryd arnon ni'n bod ni i gyd yn rhydd ac yn gyfartal ond yn ôl yr hen Gyfreithiau Cymreig y man cychwyn oedd safle, nid egwyddor, os mynnych.'

'Be dach chi'n ei feddwl wrth hynny?'

'Wel, nid safle ydi'r gair y dylem ni'i ddefnyddio, ond braint, sy'n golygu gwerth, gradd a hawl, ac yn y blaen. Ar y brig, mae 'na frenhin a boneddigion, ar y gwaelod caethion, ac yn ei chanol i gyd mae'r 'aillt' neu 'taeogion', a chi byddai'n un ohonyn nhw. Byddwn i'n gweud 'taeog' ond chi 'aillt'. Y pwynt ydi taw, oherwydd eich genedigaeth, byddech chi'n Gymro, gyda phob braint eich gradd, ac oherwydd eich genedigaeth i deulu 'aillt', deiliad caeth byddech chi'n gosod yn gadarn yn eich gradd.'

'Yn wahanol i heddiw, lle mae pawb i fod yn rhydd a neb yn cael ei gaethiwo ac mae gan bawb yr hawl i bob dim,' meddai Halwn.

'Ar bapur. Ond, wrth gwrs, gallech chi ddadlau taw yr unig peth rydan ni wedi'i ennill ar ôl canrifoedd o frwydro, mewn gwirionedd, ydi'r rhyddid i fod yn gaethweision tra bod yr arglwyddi wedi ennill yr hawl i ryddhau ei hun o gyfrifoldebau.'

'Po fwyaf o ryddid a ennillir, y mwyaf o gyfrifoldeb a gollir.'

'Fe allech weud hynny, ie. Yn ôl yr hen gyfreithiau, mae'n debyg, tŷ, gwaith, statws, hawliau, lle i fod, arferion, perthnasoedd, tir i'w amaethu, braint, teulu, y cyfan yn glir, a'r cyfan yn cael ei drosglwyddo o genhedlaeth i genhedlaeth.'

'Y filltir sgwâr. Y fro?'

'Mewn ffordd, ie.'

'Yn wahanol i heddiw, lle mae bron i dri chan mil o bobl yn ddigartref.'

'A phwy sydd gan y cyfrifoldeb amdanyn nhw?'

'Yn yr hen ddyddiau, wel, yn sicr roedd 'na bobl oedd yn byw y tu allan i gymdeithas ond roedd y rhan fwyaf ohonyn nhw yn byw yn ddiogel.'

'Yn wahanol i mi. Ni.'

'Gwyndaf, be sy'n bod?' a Halwn yn troi i'w fwytho. Mae o'n mwynhau'r mymryn o sylw ar ôl cyfarth am ddim rheswm.

'Dan nhw'n mynd i'n taflu ni allan o'r fflat. Yfory, yn debyg.'

'Na, mae hynny yn ofnadwy. Ond o'n i'n meddwl bo' chi'n nabod y teulu reit dda, on'd o'dych chi? Onid yw'r mab yn ffrind i chi? Beth yw'i enw fe?'

'Osian,' medd Halwn.

'Osian, ie. Ofnadwy. Taflu chi mas am unryhw reswm?'

'Achos bod nhw'n medru. Mae'n digwydd ym mhobman, n'di?'

'A ydych chi wedi gwirio'ch hawliau, siwr o fod?'

'Pa hawliau, Hunydd?'

'Wel ie, fel o'dd'n ni'n ei weud, mae'n hawliau ni wedi diflannu heb adael na migwrn nac asgwrn.'

'Dydych chi ddim yn nabod rhywun sydd â fflat neu dŷ i'w osod?' gofynna Halwn.

'Gallech chi aros gyda fi.'

'Dach chi'n garedig iawn ond oes 'na gofod i'r tri ohonon ni? Fi, Gwyndaf a Dwynwen, chi'n siwr? 'Swn i ddim isio –'

'Chi'n iawn, a thipyn o alergi i gŵn mae gyda fi. Be fyddwch chi'n ei wneud, felly?'

'Carafán. Mewn cae ar gyrion y dref.'

'Halwn, wyddoch chi, rydwi'n meddwl bod y boi yn yr asiant tai yn gyfrifol am hyn i gyd.'

'Pam bo' chi'n dweud hynny?' gofynna Halwn.

'Cymaint o fynd a dod yn mynd ymlaen yn y dref hon, credwch i fi. Ac fe glywais i oddi wrth rywun, a fydd yn aros yn ddienw, fod y darn hwn o waith, yr hen Twm yr agent, wedi bod yn gweithio gyda rhai pobl ddiethr a bu'n gwneud y gwaith budr i rai mewn grym, os ydych chi'n deall perwyl fy meddyliau.'

'Na, Hunydd, 'swn i ddim yn meddwl y bysai o'n gallu wneud rhywbath mor –'

'Mor beth, 'machgen i?'

'Mor sinistr.'

'Rydych chi'n gwybod bo' llawer o ffrindiau gyda fi, rhai'n hen gyda theuluoedd a rhai ar eu ben eu hun, cofiwch? Wel, dwi'n clywed gormod o straeon am y problemau ma' e'n eu peri ar hyn o bryd. Nid yn unig yn yr ardal hon chwaith, ond ar draws y sir.' Mae hi'n syllu yn wyneb Halwn.

'Rhech mewn potel, 'swn i'n ei alw fo, Hunydd.'

Mae hi eisiau gweud y cyfan y mae hi'n ei wybod ond rhaid iddi droedio'n ofalus. Gwenu mae ill dau.

'Cytûn. Yn hollol. Mae nhw'n gweud na fyddai'i wraig, a fu'n sâl am amser maith, yn ei ganiatáu fe yn yr un ystafell â hi am ei chwe mis olaf ar wyneb y ddaear. Am ba resywm, hoffwn i wybod? Gwaeth na rhech mewn potel iddi hi, siwr o fod.'

Y tro yma, chwerthina Halwn yn uchel.

Gwna hi'n siwr nad oes neb o fewn clyw a gostwng ei llais. 'At deulu chwaer ei nai e anfonodd lythyr i'w rhybuddio ynghylch cynydd yn y rhent. Pedwar cant o bunnoedd mwy y mis bron yn syth. Pan ffonion nhw eu ffrindiau a chymdogion roedd pob un ohonyn nhw wedi derbyn yr un llythr ond rhai wedi cael codiad yn dwblio eu rhent. Dwblio, Halwn. Mae o wedi dechrau cloi ei siop rhag ofn i bobl droi i fyny i gwyno. Mewn rhai achosion maen nhw wedi colli'u tymer a rhaid iddo alw'r heddlu.'

'Od iawn nad ydwi wedi clywad dim byd felly.'

'Wel, clywais i amdanoch chi.'

'Be?'

'Fe golloch chi'ch tymer gyda fe, on' do fe?'

173

Tro Halwn i lygadrythu ar Hunydd.

'Taflu chi ar y strydoedd, ydyn nhw, Halwn? Byddwn i wedi colli mwy na fy nymer.'

'Dwn i ddim, be arall sydd i'w neud, toes 'na neb i'n helpu ni, Hunydd.'

'Mae'n sefyllfa anobeithiol sy'n teimlo yn anochel.'

Daw Mrs Partington draw atynt. 'Rhoi'r y byd yn ei le, ydach chi? Mwy o gacen, Hunydd? 'Mond ychydig ar ôl, os mynnwch chi un ola,' ac yn cynnig plât iddynt. 'Cewch.'

'Dim diolch, ond neis iawn, diolch.'

'Oes gynnoch chi'r rysáit ar gyfer y bisgedi Pasg hyfryd 'na a naethoch chi'r llynedd?'

'Pa fisgedi?' medd Hunydd.

'Chi'n cofio'r rhain hynny efo wynebau arnyn nhw ac yr un efo wy perffaith arni, aeth y wyrion yn wallgo' drostyn nhw.'

'Yr adeg honno o'r flwyddyn eto'n barod?'

Mrs Partington yn cerdded i ffwrdd heb gael y rysáit ac mae Hunydd yn aros nes ei bod allan o glyw. 'Glywes i hefyd fod yr Heddlu yn cael eu tynnu at bob pwynt y cwmpawd.'

'Wn i ddim, Hunydd.'

'Sut mae eich Dwynwen chi? Prysur, buaswn i'n gweud.'

'Ymddangos felly.'

'Ie, mae'n f'atgoffa i o eiriau y Beibl, fel byddai'r byd a'i bobl yn troi'n erbyn ei gilydd, yn dwyn y peth lleiaf, yn taflu'r weddw allan ar y strydoedd, yn dal dig yn erbyn rhywun heb reswm, yn byw heb feddwl am unrhyw un heblaw eu hunain. Beth am y dyfodol, Halwn, eich un chi? A Dwynwen a phlant?'

Mae'n meddwl am eiliad cyn troi'n ôl ati gyda gwen. 'Tydach chi ddim yn anghywir yno. Ond be i'w neud am yr holl lol a phroblemau'r byd? Mae rhan ohona i isio mynd i fyw mewn tîpî a siarad dim ond Ojibwe, rhan ohona i isio llosgi pob un o'n gelynion ni i'r ddaear a serio'u llygaid nhw fatha Basil Lleiddiad Bwlgariaid, rhan arall isio sefyll i fyny a phregethu'n erbyn anghyfiawnder ac er mwyn chwyldro ond y rhan fwyaf ohona i am gloi'r drws a pheidio byth â chamu allan eto.'

'D'ddwn i ddim yn bwriadu ypsetio chi, Halwn. Mae'n ddrwg gen i, 'mond cynnig bach o gymorth trwy wrando a siarad, chi'n gwybod hynny, nac'dych, Halwn? Dwi'n hoff iawn ohonoch chi. Dwynwen dwi ddim yn ei nabod cystal.'

'Mae llawer o bobl iau yn meddwl nad ydi pobl hŷn yn poeni am y dyfodol os ydan nhw eisoes wedi byw'r gorau o'u bywydau.'

Chwerthina Hunydd. 'Chi'n iawn mewn ffordd ond hefyd rydych chi wedi gwneud cymaint yn y gorffennol, fel petai, i blannu hadau ar gyfer y dyfodol, mewn ffordd, rydych chi wedi bod yn gwneud dim byd arall heblaw paratoi am y dyfodol gyda phob gweithred o'ch bywyd.'

Nid ydi'n ateb.

'Felly, mae pob plentyn yn perthyn i bob un ohonyn ni. Does dim modd i gyfyngu ar effeithion ein gweithredion, byddan nhw'n anfon crychdonnau trwy fywydau pobl a phlant mewn ffyrdd annisgwyl ac anweledig. Felly, rydwi'n poeni amdanoch chi a Dwynwen a'ch plant yn y dyfodol fel petaen nhw'n blant i fi fy hunan.'

Gall Halwn glywad sgwrsiau pobl eraill o'i gwmpas yn dilyn eu llwybrau eu hun. Dyhead i adael yn syth yn llenwi'i ben. Oedd o'n gwybod pe bai'n aros byddai'n datgelu gormod ond pe bai'n gadael na fyddai byth yn y lle hwn efo neb byth eto.

'Mi ga i afael yn mwy o de,' a sefyll i fynd at y cownter.

'Wrth gwrs,' meddai hi, 'mae'n sychu'r dafod gan siarad yn fanwiaidd.' Tra ei fod yn hel y te mae hi'n meddwl sut allai arwain y sgwrs i'r nod anghenrheidiol

Pan ddaw yn ôl, mae'n rhaid iddi ychwanegu tipyn o siwgr at ei the oherwydd y chwerwder ohono ac mae'n dal ei olwg a'r math o glyfaredd ei feddwl. Gwnaeth iddi deimlo rhywbeth crynu tu mewn, felly mae hi'n syllu eto ar ei chwpan a'r llwy.

'Hunydd, oeddach chi ar y bont?'

'Pa bont?'

'Yr unig un sy'n cyfri. Yn Aberystwyth yn 1963. Medra i bron â gweld eich wynab o mlaen i, 'wan, fatha fy llaw yn y fan a'r lle, chi sy'n dal poster neu faner.'

'Sut ydych chi'n gwybod am hynny, tybed?'

'Aderyn bach yn canu'n iawn.'

'Ymladd dros egwyddorion.'

'Nid yn hollol falch ohonon ni a barnu'n ôl tinc eich llais,' meddai hi.

'I'r gwrthwyneb, hollol hollol i'r gwrthwyneb, tydwi ddim yn mynegi pa mor siomedig ydwi wrth ystyried be...'

Arhosa hi am y gweddill.

'Y gwacter. Y diffyg dicter. Y gwacter annherfynnol.'

Pe bawn i hanner can mlynedd yn iau, mae hi'n meddwl, fel cri mewn coed dywyll anghysbell a throi gwaddod ei the yn benderfynol.

'Halwn, alla i weud peth pwysig wrthoch chi mae'n rhaid iddo aros yn gyfrinach lwyr? *Cards on the table.*'

Mae hi'n falch y gwna o fath o ebychiad. Mae o'n sensitif, ac yn ôl pob tebyg, bydd o'n dallt ei bod yn siarad o ddifri.

'Yn gyfnewid, liciwn i glywed cyfrinach sydd gynnoch chi. *Cards on the table?*'

Craffa arni. Daw delwedd i'w feddwl o ddynas yn gwarchod ffynnon gysegredig mewn byd sydd wedi hen fynd. Efallai ei bod yn ymddiried ynddo i achub ei hun, ac efallai y bydd o'n colli allan trwy beidio â rhannu. Nid ydach yn clywad y math hwn o beth yn aml, mae'n meddwl.

'Dwi'n ymddiried digon ynddoch chi i beidio â throi'ch cefn arna i. Yn yr un modd, fydda i'm yn troi 'nghefn arnoch chi.'

Nodia fo. 'Taw piau hi.'

'Ma' llyfr gyda fi, yn y cartre. Pan rydwi wedi pydru yn y ddaear bydd rhywun yn ei ddarganfod o. Gobeithio. Ynddo mae adroddiadau. Ma'n teimlo eitha od fy mod i'n gweud wrthoch chi am hwn ar yr adeg hwn. Liciwn eich clywed chi nawr. Fel cyflwyniad.' Gwena'n bert.

'Mi ges i brofiad eitha annisgwyl 'fyd. Pe dwedais i wrthoch chi fy mod i wedi mynd i fyd arall, be fasach chi'n ei ddeud? Dwi'm yn siwr a hwn oedd y byd arall go iawn 'ta byd arall ymhlith llawer o fydoedd eraill y fedrai unrhyw un yn mynd iddo. Cyfeiria i at Bwyll Pendefig Dyfed a phobl o'r math hwn.'

Amneidia Hunydd ac â ymlaen gyda ei stori. 'Diolch am beidio â gofyn cwestiynau. Ynyn nhw, dylwn i weud taw mwy nag un llyfr sydd gyda fi, tri ohonyn nhw nawr ac ynyn nhw rydwi wedi cofnodi, croniclo, os liciwch, pob gweithred a phob achos y bûm yn ymneud ag ef. Erioed. Pob un yn drosedd a dweud y gwir, oherwydd dyna beth oedden nhw mewn gwirionedd, gweithredoedd anghyfreithlon. Rydych chi'n iawn iawn pan dych chi'n sôn am y bont. Dechreues i sgrifennu'r adroddiadau yn y cyfnod hwn, rhoi'r manylion am beth ddigwyddod ar ddu a gwyn. Cymint oedd yn digwydd ar y pryd a chymint fu'n ei anghofio hefyd.'

Erys nes i'w geiriau ddod i orffwys.

Tro Halwn i siarad. 'Sut ydan ni i fod i wybod a oes ein fersiwn ni o brofiad yn gywirach na fersiwn unrhyw un arall? Tasach chi wedi fy nghweld i yn gorwedd ymysg y cerrig a'r glaswellt gwlyb tu fewn i furiau Cae Murddun 'sach chi byth wedi medru dallt yr hyn o'n i'n mynd drwyddo. Dim math o freudwydd oedd hi o gwbl, cnawd a gwaed dynion a thafodau lleithion cŵn mewn adeilad clyd a chynnas yn llawn o bobl ac yng nghanol y llawr oedd 'na dân yn llosgi ond llawer o weiddi 'fyd fel tasan nhw'n cyfarfod ond oedd gan bob un gyfle i siarad ac annerch ei geraint. Anhygoel. Yna, aethon ni allan i weld rhes o gyrff, pob un wedi'u trefnu yn daclus, breichiau dros eu brestiau, anafiadau wedi'u glanhau ac yno syrthiodd tawelwch nerthol dros y holl fan cyn i'r menywaid ddechrau oernadu.'

Gyda ef yw Hunydd wrth iddo ailfyw ei brofiad. Yn ei chof mae marwor o ddelwedd o'i hen nain yn galaru yn uchel wrth ymyl arch agored mewn bythyn oer ar ben rhostir y gwanwyn uwch uwchben eu pentref. Crynu nawr mae hi yn yr un modd ag y gwnaeth hi yna.

Ymddengys Mrs Partington wrth y bwrdd. 'Cyd-dynnu yn dda ydach chi'ch ddau heddiw, ond gan fod amsar yn hedfan dan ni ar fin cau mewn pum munud. Mae 'na grŵp *mummies and toddlers yhoga* yn ymgynnull ar y trothwy.'

'Diolch, Carys,' meddai Hunydd, ond wedyn wrth Halwn a than ei gwynt ar ôl iddi fynd, 'uchafbwynt ei hwythnos yw'r frawddeg honno.'

'A ffordd od o ddweud yoga. Oes 'na 'h' yn yoga?'

'Gwell i ni fynd, ond, peth olaf cyn hynny, Halwn, ydych chi wedi gweud y cyfan hwn wrth Dwynwen? Mae'n wirioneddol rhyfeddol, wyddoch. Chi'n iawn erbyn hyn?'

'Dwi'n iawn, ia. A naddo, dim un gair wrthi hi. Pethau gwaeth ar ein plât ar hyn o bryd, n'does?'

'A rydwi'n dal i fynd.'

Edrych o'n syth yn ei llygaid.

'Dal i fynd,' medd hi, 'dim stopio. Dim eisiau stopio. Wedi prynu llyfr newydd bach i nodi'r gweithrediad nesa.'

'Wow, wel da iawn chi,' gan feddwl tybed beth mae hi'n ei olygu.

O'u cwmpas maent yn gallu clywed crafu cadeiriau a chyfarchion a ffarwelio. Edrych hi o'i chwmpas. Nhw ydi'r rhai olaf.

'Galla i'ch cynorthwyo chi. Gyda phethau. Yn gyfnewid, gallech chi fy nghynorthwyo.'

'Tŷ. Gwybodaeth. Gelynion. Maes Ysfa.'

'Wir chi?'

'Mae chwaer gyda fi oedd yn briodi â thwpsyn o'r dyffryn drws nesa ond mae e'n berthynas i gymdoges boi Maes yr Ysfa.'

'Yr un sydd wedi marw?'

'Ie. Roedd gyda fe ferch oedd yn byw yn Llundain neu Portsmouth neu blebynnag ond collodd hi'i mab ac ei gŵr mewn damwain peth amser yn ôl. Rydwi wedi clywed ei bod hi wedi bod yn byw yn y tŷ 'na ers sbel nawr. Dewch i fy ngweld yn fuan.'

Sefyll a chasglu ei phethau mae Hunydd, yn ofalus ac yn araf. Mae criw o famau a phlantos wrth y drws yn aros am yr arwydd oddi gan Mrs Partington i ddod i mewn.

Ymranna'r dorf i adael Hunydd i fynd o'i blaen megis Moses.

# 21

## *Cefnogi a Gwarchod*

Daeth galw ar y radio oddi gan Lovenuts yn gofyn i Ddwynwen ddod i'r orsaf cyn gynted â phosib. Cnoi ar frechdan arbennig o ddiflas oedd hi ar y pryd. Tafla'r peth allan o'r ffenest gan fod rhywbath ynddi yn achosi llid ar ei gwefusau. I'r adar, meddylia, gan obeithio nad ydan nhw'n cael unrhyw lid ar eu pigau.

Yn y swyddfa erys Lovenuts hanner cuddio o dan domen o waith papur. Gellir gweld ar ei golwg a symudiadau ei bod yn ymwybodol y ni fyddai'r hyn sy'n dod yn beth da. Gall Lovenuts wastad ganfod y ferch dan y wyneb, y ferch chweched dosbarth.

'Hi, cariad,' meddai o, yn smalio dros ben nad oes dim byd o'i le. *'Nice to see you, to see you nice.'*

'Wastad isio dyrnu Brucie pan oedd o ar y teledu.'

'OK, mae'n ddrwg gen i iawn, *in that sort of mood are we?* Wel, dwi'n cofio'r hen gachwr Saville pan oedd e ar y teledu a phawb yn ei addoli fe ar wahân i fi. *Changed their tune pretty sharpish*, on'do?'

'Ti ddim wedi fy ngalw i fan hyn i siarad am hen raglenni teledu, naddo?'

'Cant y gant, cariad,' meddai fo.

'Bobl bach, Lovey, dweda be sydd angen a fedrwn ni i gyd symud ymlaen.'

*'Not easy* i mi, cofia 'fyd. Dwi'n gwbod mae'n hollol bolwcs ond mae'r Prif *Top-dog* wedi ffonio i ofyn – i ddweud – i ordro fi i ordro ti i aros i ffwrdd, felly, i gadw draw o'r ysgol. Ein hysgol

ni yn ein dref ni. Am beth amser. Dim am byth ond am amser *big*, ok?'

'Pam?' gofynna hi.

'Cariad, wyddost ti cystal â fi, does dim pwynt gofyn pam. 'Pam' wedi cael ei rwbio allan o'r Geiriadur Cymraeg Heddlu. 'Pam' o hyn allan yn cyfeirio at Baywatch a dim bellach. *Understood? Good.*'

'Ti'n meddwl –'

'Dwi ddim yn meddwl, del, a dylet ti wneud yr un fath.'

'O'n i'n meddwl bod yr Heddlu yma i amddiffyn pobl rhag rywbath.'

'Bron yn iawn, ond yn bennaf rydyn ni yma er mwyn rhywun rhag ofn y bydd rhywbeth. Llenwa'r frawddeg gyda beth bynnag sy'n siwto. Ond mae hyn i gyd *off the record*, ac erioed ni ddywedes i'r geiriau hynny. Erioed.'

Rhaid iddi chwerthin. Does dim modd i'w gasáu.

'Dwi'n hollol siwr bod plant yn yr ysgol, disgyblion bregus iawn, yn ymwneud â'r fasnach gyffuriau.'

'Da iawn, Constabl, a dwi'n hollol siwr taw os ti'n mynd ar diroedd yr ysgol ti'n mynd i gael y sac. *Comprendo, comrade?* A mwy nag hynny, paid â chael y sac i fi. Dyna fydd diwedd hyn. Edrycha ar y wyneb gwenog.' Nid yw'n gwenu o gwbl.

Chwerthina hi.

'Addo. Amser panad?'

Tra bod y tecell yn berwi cysidra hi ei sefyllfa. Tra eu bod yn sipian eu panadau mae Dwynwen yn cysidro sut i ddechrau.

'Darren, fel ffrind dros banad, be faset ti'n meddwl taswn i'n cynnig ymddiswyddo, fel yn y man a'r lle?'

Taga'r Sarjant. 'Be? Be ti'n ei weud? Paid!'

'Dwi'n siarad o ddifri.'

'Dwynwen, paid â chymryd popeth mor ddifrifol. *Shit happens*, ti'n gwbod. Tria anwybyddu pob un ohonyn nhw. Jyst chwarae *games* ydyn nhw.' Ond, dydi o ddim yn canolbwyntio pan mae'n rhoi ei de ar y desg ac yn colli hanner y cwpanaid. Mae hi'n teimlo'n anghyfforddus wrtho iddo syllu arni dros ei bapurau wedi eu staenio, yn corddi a chwyno ac yn patio pob dim mewn golwg.

Da iawn, meddai hi wrth ei hun, llynca di hwnna.

Mae hi'n parcio car yr Heddlu wrth y giat ac yn cerddad i'r carafán. Yn y dyddiau diwethaf maen nhw wedi troedio llwybr dros y cae ac wedi dod i adnabod y pwllau anweledig a'r clytiau o laswellt llaith iawn wrth i'r glaw cyson yn socian pob cornel o'r cae. Hyd yn oed y cam metal wrth ddrws y carafán yn dechrau suddo â phob ymweliad a phwys pob ymwelwr.

'Hi,' medd hi.

'Helo,' medd Halwn, 'panad? Dwi 'di mynd i'r afael â'r nwy a, dyma chi, dwr poeth a phanad perffaith o de.'

'Dim diolch. Dydi hi ddim mor boeth o ran tymheredd, Halwn, 'di?'

Eistedd hi ar y gwely soffa. Sboncia i fyny ac i lawr ac mae'r holl garafán yn crynu ac yna'n suddo yn un o'r corneli.

'Mae hyn yn mynd i fod yn hwyl.'

Gorwedd Gwyndaf wrth ddrws y toilet a medr Dwynwen ei anwesu heb symud o'r gwely soffa. Smalia Halwn fod 'na rywbath i'w neud o dan y sinc er mwyn peidio ag edrych arni. Mae olion pawennau ar gefn ei hwdi coch. Wrth edrych o'i chwmpas mae olion eraill pawennau a thraed yn dal i'w gweld, rhai yn dal yn wlyb ar y soffa a'r llawr.

'Nuh nuh na na nu nuh...*I-no-wot-yu-doin*..' mae hi'n hanner canu yn bryfoclyd.

Mae Halwn yn troi rownd i'w gwynebu â chyllell byddin y Swistir yn ei ddwylo wrth iddi ganu. Mae mwd ar ei wyneb. Am ryw reswm rhyfadd dechrau chwerthin a dechrau canu y mae'r tri ohonynt, pob un yn cyfarth neu yn canu neu yn gwneud twrw i gyd yn chwerthin efo'i gilydd fel bod cornel y garafán yn suddo ychydig mwy a'r defaid yn y cae yn ymuno â nhw mewn dathliad o anobaith bywyd a thawelwch unigrwydd a grym a moethusrwydd mwd.

Yna dri munud yn ddiweddarach ymddengys Halwn yn ei

drôns y tu allan i ddrws y garafán a chlyma Wyndaf â raff i un o goesau metel ei annedd newydd ac neidia yn ôl i mewn. Eiliadau wedyn dechreua'r garafán siglo gyda'r symudiadau cyfarwydd sy'n cyfoethogi bywyd, yn adnabyddus ledled y byd.

Tincia ffôn. Deffroa'r sŵn Halwn. Gorwedd Dwynwen wrth ei ochr yn dal i wisgo ei chrys heddlu. Cyfarth Gwyndaf o rywle. Tincia'r ffôn eto. Lle yn y byd ydi o? meddylia o, a sut ym myd mor fach â charafán allai ffôn fynd ar goll? Mae'n edrych o'i gwmpas. Tomennau o bethau. Eistedd yn syth yn y gwely soffa. Cofia rŵan. Cân ffôn. Ydy pob dim yn lefel? Gogwydda ei ben. Pum gradd ar ugain o dan y llorweddol ydi'r llinell y ffenest. Iesu Grist, be ddigwyddodd? meddylia, tra ei fod yn dilyn tinc y ffôn.

O'r diwedd.

'Helo, Halwn sydd yma.'

Deffroa Dwynwen. Mae Gwyndaf yn dal i gyfarth. Gwna Dwynwen nodyn meddwl. Mae Halwn yn siarad yn Saesneg. Dringa Dwynwen i ymyl y gwely. Mae hi wedi cysgu'n ddwfn ac ni all agor ei llygaid.

'*Thanks for the call,*' dywed o.

'Be oedd hynna? Angen dŵr. T'isio dŵr?' gofynna hi.

'Chi'n cofio y boi 'na oedd yn arfer cymryd ambell erthygl gen i, jyst y rhai Saesneg am bethau o ddiddordeb i bobl yn Sir Amwythig sy'n darllen y papur, the *Shrewsbury Herald,* wel, mae gynno fo ddarn o waith i mi mae'n meddwl y byddai gen i ddiddordeb ynddo. Chi'n rhydd am wibdaith i Amwythig?'

'Mae'n swnio'n well na fy *day job.* Ond, Halwn, cyn hynny, paid ag anghofio dy gyfaill gorau.'

'Be?'

'Nest ti mono fo glywad yn gweiddi am dy sylw?'

'O, esgob annwyl! Wyndi, drueni,' ac yn rhuthro allan.

Ymwisga'r ill dau yn gyflym. Caiff Gwyndaf fag o danteithion.

Ar y daith i Amwythig mynna Gwyndaf eistedd ar lin Dwynwen

er mwyn iddynt wneud iawn am eu hesgeulustod. Mae'n pwdu pan na fydd hi'n gadael iddo ond yn gwneud iddo eistedd ar y llawr yn lle hynny. Mae wedyn yn gwrthod edrych arni am weddill y daith ar ôl hynny.

'Felly, dyweda wrtha i, be mae'r person dirgel hwn isio? A pham ti?'

'Doedd o ddim am ddweud gormod ar y ffôn. Cryn dipyn o waith i'w neud ond dim manylion am be yn union oedd dan sylw. *Discreet*, dwedodd, rhaid i chi fod yn gynnil ac yn fantgaead.'

'Y?'

'Mantgaead, tawedog, cadw dy fant yn gau, 'swn i'n meddwl.'

'Cau dy geg, 'lly?'

'Efallai'

'I'w neud be yn fanwl?'

'Mae gynno fo gleient sydd ddim isio codi ffws. Rhaid bod rhywun sy'n siarad Cymraeg. Mae'r goddrych yn unigolyn yn adnabyddus o ystyried safon y cyfrinachedd. Ar wahân i hynny, dwn i ddim rhagor.'

'Wow. A thithau am dy fod di'n siarad y iaith ac yn fusneslyd. Sut mae'n wbod dy fod di'n mor *nosy*, wyt ti'n feddwl?'

'Gwybodaeth leol ydi un peth, busneslyd yn beth arall. Soniodd o am wybodaeth leol. Chithau sy'n heddwas, rhaid i chi fod yn fusneslyd.'

'Ie, wel, am faint yn rhagor bydd hyn yn para, pwy a wyr.'

'Dwni, peidiwch â dweud pethau felly.'

'Halwn, weithiau ti'n swnio fel fy nhad.'

'Does gynnoch chi dad, 'ta felly dywedoch.'

'Wel, fel Uncle Clayton,' medd hi.

'Pwy ydi o? Erioed wedi sôn amdano o'r blaen.'

'Uncle Clayton oedd cariad mam ond smaliodd hi mai brawd iddi hi oedd o.'

'Neis iawn. Pryd nathoch chi ddarganfod y gwir amdano?'

'Pwy sy'n bod yn fusneslyd 'wan, 'te?'

Cyfarth Gwyndaf.

'Ti'n meddwl ei fod angen pi-pi bach arno?'
Stopia Halwn y car wrth iddyn nhw groesi'r ffin.
'Dyma ti, Wyndaf, lle da i ti bisio.'

Yn Amwythig eistedd Dwynwen mewn caffi a sylla allan o'r ffenest efo Gwyndaf wrth ei thraed. I fod ar ddyletswydd mae ond ar ôl y sgwrs amser cinio efo Lovenuts gadawodd iddi gymryd y pnawn i ffwrdd. Prynhawn rhyfaddol o hwyl, cyffrous oherwydd y rhyddid annisgwyl. Ac wedyn, wrth iddi syrthio i gysgu ym mreichiau Halwn yn yr hen garafán fudr, ddrewllyd sy'n gollwng dŵr ac sy'n suddo yn y mwd, caeth hi fraslun o syniad newydd ohoni ei hun yn ei phen. Daw llawer o gwestiynau i'r meddwl wrth iddi ystyried y dyfodol: pres, tŷ, lle yn union y mae isio bod, pa swydd arall y gallai ei wneud. Teulu. Plant. Y rhai mawrion. Cerddad i ffwrdd oddi wrth yr Heddlu. Un drws yn cau ac un arall yn agor, 'ta waeth. Yn ôl pob tebyg. Mae gynni hi hogyn da. Anobeithiol ond meddal. Mae 'meddal' yn beth da, meddai. A'r ci yn gallach na'i berchennog, hynny yn bwysig.

Allan o'r ffenest siop mae hi'n gallu gweld bod pobl i gyd yn mynd o gwmpas eu pethau. Mae pawb wrthi, wrthi'n egnïol. Dynas yn pasio, dal ac yn dywyll fel Dwynwen, yn dal dwylo efo bachgen pump oed yn cerddad ac yn canu efo'i gilydd ac yn siglo eu breichiau, gan gadw amsar. Ond pwy a ŵyr beth sy'n dod ac yn aros amdanom? Weithiau ar ôl awr efo ei mam ei hun oedd Dwynwen yn teimlo bod pethau wedi'u tynghedu yn barod, fod y we o bethau wedi'i gwau a na ddeuai unrhyw dda ohoni. Ac a fyddai'r profiad syml o gerddad i lawr y stryd yn dal dwylo efo ei phlentyn hardd yn cael ei wadu iddi?

Yna mae gwr tal a golygus yn dod i mewn i'r caffi yn anelu yn syth ati gan ddal ffeil bocs.

'Dach chi wedi gorffen?' gofynna iddi.

'Y coffi, ia. Ond jyst cychwyn arnat ti, del,' medd hi.

Yn y car oedd gynni ormod i'w ofyn.

'Pwy, beth a faint?' gofynna hi, 'yn gyflym, plîs!'

'Cwestiynau eitha da. Tydi'r golygydd ddim am ddatgelu enw'r cleient ond, teimlad yn unig ydi, ond dwi'n meddwl mai dynas ydi'r cleient. 'Beth?' ydi'r peth mwy cymhleth. Rhywun, ac ni chaniateir i mi ddweud yr enw wrthoch chi, ond boi fatha hoelen wyth y plwyf, ac mae'r cleient wedi dwyn, am wn i, gwybodaeth a phapurau, yn y bocs 'ma – wel, dwi i fod i ymchwilio iddo.'

'Da iawn ti, felly math o *private investigator* wyt, 'wan. Bendigedig. A pham nad ydi hi, y cleient, yn mynd i'r heddlu?'

'Nes i ddim ofyn.'

'A faint?'

'Dau gan punt y diwrnod, ynghyd â'r holl gostau wedi'u talu ynghyd â thal ychwanegol os ydwi'n gwneud llwyddiant o'r peth.'

'*Halwn Holmes here we come!* Pryd oedd y tro diwethaf i ti ennill cymaint o bres, Sherlock?'

'Erioed, Watson.'

'Ond, wedi gosod amod arna i. Wsnos, a dim mwy.'

'Wsnos? Be fedrai rhywun neud mewn wsnos?'

'Peidio â chysgu? Oo, Wyndaf, be sy'n agosáu? Ia, ti'n gwbod, ia, y ffin? T'isio piso?' Cyfarth o obaith.

Ugain munud yn ddiweddarach maen nhw'n cyrraedd droad ac mae Halwn yn arafu.

'Be sy'n bod?'

'Chi'n gwbod be sydd i fyny y ffordd hon?' medd o, gan gyfeirio at y ffordd sy'n mynd i fyny i'r chiwth.

Craffa Dwynwen y troad am awgrym. Yna meddai, 'Yndw. Maes yr Ysfa. Awn ni? 'Sgynnon ni ddim byd gwell i'w neud.'

Felly, try'r car i fyny'r lôn.

Mae'n dechrau glawio pan arafi'r car. 'Mi fyddai'n well gen i i adael Gwyndaf yma yn y car a cherddad y chwarter milltir sydd ar ôl, be dach chi'n meddwl?' medd Halwn.

'Cytûn.'

Pum munud wedyn mae'r lôn yn tro i lawr at y bont. Does

dim sŵn heblaw am y gwynt a'r glaw meddal a'r adar ar fin clwydo. Cerddant yn gyflym yng nghysgod y gwrychoedd, yn gyfarwydd â'r randir hon. Maes yr Ysfa. Mae'r giat ar gau.

'Sbiwch,' hisia Halwn, gan gyfeirio at y clo clap a'r gadwyn ar dynn o gwmpas y postyn gan ynysu'r fferm.

'Paid â throedio'n y mwd a gadael olion,' medd Dwynwen.

'Doeth.'

Cama'r ddau'n ysgafn ar war yr wtra a llithro dros y giat. O lan yr afon daw hŵt y dylluan yn debyg i gyfarth ci.

'Mae o wedi'n gweld ni, 'lly.'

'Pwy?'

'Y gwdihŵ 'na. Dan ni wedi'i frawychu.'

Lle mae'r wtra yn troi maen nhw'n aros a sleifio rownd y gornel i gael gip ar y tŷ a'r buarth. Hollol lonydd, heb arwydd o fywyd. Ymlaen ond yn ofalus, ofnus y byddai'r un ohonynt yn torri brigyn neu faglu. Wrth giat y buarth swatiant yn gwrando yn astud, ond does dim byd i'w glywad a dim symudiad heblaw'r ystlumod yn gwledda uwch eu pennau'n ddistaw.

'Be nesa?'

'Dros hwn ac anelu at y tŷ?'

Llithro dros y giat ac yn mynd dros y buarth maent. Dim yr un smic, dim plwc o olau, nid siffrwd o unrhyw fath. Â Halwn yn gyntaf at y drws tra bod Dwynwen yn aros yng nghysgod yr hen sgubor.

'Dowch,' dywed o a rhed hi ato.

'Gwydr ar y llawr, yliwch, o dan ein traed a rhywun wedi cau'r drws o'r tu mewn ag estyll ac wedi'i gloi.'

'Mae'n edrych fel pe bai rhywun 'di trio gwthio yn ei erbyn o. A awn ni rownd y cefn?'

'Iawn.'

Stopia Halwn wrth y gornel.

''Sneb yna?' gofynna hi.

Ysgwyd ei ben. 'Does, decini.'

Ânt o gwmpas y tŷ. Pob ffenest wedi'i chau â darnau o goed.

'A oedd o fel hyn pan ddaethon ni'r tro diwethaf?'

'Nagoedd, bron yn sicr nagoedd. A awn ni i sbia i mewn i'r llefydd eraill? Pwy a ŵyr Be sydd yna? Honglad o le, 'nde?'

Yn yr hen sgubor maent yn dod o hyd i ddim byd ar wahân i hen dractor, peiriannau wedi'u rhydu a phethau hynafol yn y cytiau moch a'r beudy a'r rhes o siediau brics. Yna stopia Dwynwen wrth ddangos wal arall i Halwn y tu ôl i'r beudy. Wal gerrig fawr, fain. Gwna Dwynwen wynab, fel pe i ddweud, *beth*? Yn y bwa isel mae drws pren, hynafol a thrwm fatha drws castell. Dan glo. Edrychant i fyny. Pedwar metr, o leiaf. Math o ardd gaeedig gyda waliau uchel.

'Ysgol.'

'Yn y sgubor?'

'Da iawn chi. Dyna ni.'

Pum munud wedyn maen nhw'n trafod pa un ohonynt ddylai fynd i fyny gyntaf.

'Chithau?'

'Tithau.'

'Ni fedra i.'

'Halwn!' Felly, cychwynna hi i fyny'r ysgol. Ar y top, 'Wow,' medd hi.

'Unrhywbath i'w weld?'

'Tyrd i fyny. Sbia dros di hun.'

Dringa yntau i dop y wal ac eistedda yn ymyl Dwynwen. Islaw iddynt mae gardd daclus yn dangos eginyn gwyrdd newydd wedi'u trwsio yn ofalus. Ac yn erbyn un o waliau adeilad fach.

'Sied.'

'Mae hwnna'n edrych yn fwy cysurus na'n carafán ni.'

'Be sy'n mynd ymlaen?'

'Clwb Garddio Nantbant? 'Swn i'n rhoi gwobr gyntaf iddi.'

Tynnir yr ysgol i fyny ac fe rhoir hi i lawr y tu mewn i'r wal.

Y tu mewn i'r ardd, mae'r byd yn teimlo'n wahanol iawn. Cymaint o awyr a llonyddwch. Mae pwy bynnag sy'n gofalu am y lle hwn yn haeddu clod gan fod digon yn tyfu yma i fwydo rhywun am flwyddyn gyfan a hyd yn oed dŵr, ffynnon fechan a chasgen i gasglu glaw. Mae'r sied yn y gornel dan glo.

'Sssss,' medd Halwn, 'mi fedrai fod rhywun y tu mewn.'

'Go brin,' meddai hi. 'Dim golau, dim byd yna, fel arall pam ydan nhw ddim wedi wneud sŵn?'

'Ga i guro ar y drws?'

Cod hi'i hysgwyddau. Cnocia o ar y drws. Dim ymatab. Gwthia'r drws heb ei agor. Cnocia ar ffenest y drws. Tawelwch. Gwthia'i drwyn yn erbyn y gwydr. Tywyllwch y tu mewn. Fflachia'r golau o'i ffôn y tu mewn. Adlewyrchu'r gwydr y golau'n ôl. Yna mae'n syllu ar siâp yn y düwch. Gallai fod yn droed.

Mae'n dweud wrth Ddwynwen yn dawel iawn. 'Troed yn y gornel, sbiwch.'

Cama hi at y gwydr a thry yn ôl, 'Ia. A?'

Mae'n curo'n ysgafn ar y gwydr ond ni ddaw ymatab.

'Paid, Halwn. Meddylia am funud. Tasa hi wedi marw, bydd rhaid i ni dorri i mewn, tasa hi'n byw, wel, dydi hi'm am gael ei ffeindio –'

'Ond ar a y llaw arall ni fedrwn ni dim ond ei gadael hi yno.'

Nodia Dwynwen a thry i'r ardd. Eiliadau yn ddiweddarach mae hi'n curo ar y gwydr â charreg fatha bwyell finiog ac yn malu dau gwarel yn deilchion cyn iddynt glywad llais main o'r tu mewn, 'Paid, plîs, *stop, stop. Leave me alone. Please. please, please,*' cyn iddi ddechrau beichio wylo.

'*Open the door, we won't hurt you, we are the Police,*' medd Dwynwen, yn pendant ac yn glên.

'*Why are you here?*'

'Agor y drws, os gweli'n dda, Heddlu Gogledd Cymru ydw i, Constabl Dwynwen Jones. Dwi'n cymryd dy fod ti'n Gymraes yn ôl dy acen di, n'dwyt?'

Agorir y drws yn dipyn ac mae pâr o lygaid coch mewn wyneb ofnus yn eu cyfarch.

'Gawn ni ddod i mewn?'

Cama hi'n ôl ac â i eistedd ar y soffa.

'PC Jones ydwi a dyma Halwn. A phwy wyt ti?'

'Jennifer. Jennifer Jones.'

'Ti'n byw yma?'

'Wel, yndw ond, wel, mae'n gymhleth.'

'Jennifer, mae rhaid i ti fod yn onest gyda ni, iawn?'

'Ie, wrth gwrs, ond mae'n gymhleth.'

'Ai Gwyn Jones ydi dy dad?'

'Yndi, sut wyt ti'n gwbod hynny?'

'Wel, mae'n bosib bod rhywbath wedi digwydd i dy dad.'

Tawela Jennifer ac edrych i ffwrdd.

'A allet ti'n helpu ni? Oes gen ti unrhyw wybodaeth am ble mae o, er enghraifft.

Dim ymateb.

'Jennifer, os oes gen ti wybodaeth a nad wyt ti'n rhoi gwybod i ni ar y pryd, gallai hynny gyfrif fel trosedd yn nes ymlaen, ti'n deall hynny?'

Edrych hi i ffwrdd eto.

'Dwyt ti'm yn wisgo iwnifform?'

'*Plain clothes* heddiw, fel petai.'

''Sgen ti *badge* 'ta prawf o fod yn gonstabl?'

'Nagoes, dim ar hyn o bryd. Ond, Jennifer, dan ni yma i helpu ti, iawn?'

'Iawn,' gan droi i ffwrdd.

Mae Dwynwen yn edrych ar Halwn yn ddiamynedd.

'Jennifer, lle mae eich tad chi?' dywed Halwn.

Mae hi'n troi'i wynebu fo. 'Ar ei wyliau dwi'n meddwl.'

'A phryd oedd y tro diwetha' i chi'i weld o?'

'Cwpl o wythnosau yn ôl, efallai.'

'Ydi o'n byw yma?'

Mae hi'n sefyll ond yn edrych yn flinedig iawn. 'Weithiau.'

'Be mae hynny yn ei olygu, Jennifer?' dywed Dwynwen, ag ychydig o ddiffyg amynedd yn codi yn ei llais, 'weithiau'?'

'*Sometimes*, del. Weithiau ydi *sometimes*, n'de?'

'*Stop pissing about!* Os nad ydi o'n byw yma, lle mae o'n byw?'

Mae hi'n rhoi ei phen yn ei dwylo ac nid ydi'n siarad am ennyd. Fel cadach coch i darw ydi ymddygiad Jennifer i Ddwynwen ac mae'n mynd ati gan geisio gwneud iddi edrych arni.

189

'Jennifer, os gweli yn dda, be sy'n digwydd fan hyn? Mae golwg gofidus arnat ti ond gallwn ni dy helpu di ond rhaid i ti ddweud wrthon ni be yn uffern sy'n digwydd fan hyn. Os wyt ti'n cael dy fygwth gallwn ni helpu, os ydi dy dad yn fyw, dyna'r cyfan sydd angen i ni wybod. Ond rhaid i ni ofyn i ti pam wyt ti'n byw mewn sied fel hon mewn gardd furiog pan mae gynnot ti dŷ cyfan drws nesa nad ydi'n edrych fel bod neb yn byw ynddo.' Gedy Dwynwen i'w geiriau setlo ym meddwl Jennifer.

'Dwynwen,' medd Halwn, 'ymdawelwch, dwi'n siwr fod 'na esboniad hollol dda am y cyfan.'

Bwria Jennifer gipolwg ar Halwn gan obeithio y bydd yntau'n deall. Yna mae ei wyneb yn mynd yn dynn gyda ofn a phanig. Nid ydi Dwynwen yn deall yn syth ac mae rhaid i Jennifer roi ei bys dros wefusau Dwynwen. 'Sssshhh! Yma ydan nhw rwan, paid â siarad!' medd hi, yn isel iawn. Am ryw reswm, teimla Dwynwen ias drwy ei chefn ac am eiliad stopia'i chalon guro. I gyd maen nhw'n clustfeinio. Mae hi'n gywir. Mae sŵn car wedi'i barcio gerllaw a drws car yn agor ac yna un arall cyn i'r ddau gau. Mae Jennifer yn gwasgu bys ar ei gwefusau ei hun ac yn amneidio ar y ddau arall i gadw allan o'r golwg yn y sied. Maen nhw'n reddfol yn gwneud fel mae hi'n gofyn.

'Jennifer, be yn uffern sy'n mynd ymlaen. Pwy ydan nhw? Pam ydan ni'n cuddio?'

'Dwn i ddim, wir i ti, dwn i ddim.'

'Pam bod ni'n swatio yn y cwt hon, 'te?' gofynna Halwn.

Dechreua Jennifer fwmian, fel claf mewn poen. Trwy ei dagrau mae hi'n trio dweud geiriau. 'Poeni ydwi, dwi'm yn siwr pwy, pam ddaethon nhw yma? wedi difetha ein bywyd ni, poeni Be fedran nhw neud, ond pam? pam? pam yma? pam ni? pam fysa rhywun yn lladd –'

'Jennifer, pwy sy'n lladd pwy? Dywedest tithau 'pam fysa rhywun yn lladd'. Be wyt ti'n ei olygu? Ydan nhw wedi lladd rhywun? Ydan nhw wedi lladd dy dad? Dyweda wrtha i, plîs.'

Mae Jennifer yn dal ei phen yn ei dwylo heb ateb.

'Ty'd, Halwn, awn ni i wynebu'r gelyn, ia?'

Safant i fyny.

'Peidiwch, plîs, gadewch iddyn nhw fynd, plîs.'

'Arhosa yma,' medd Dwynwen, 'mi fyddi di'n iawn yma.'

Y tu allan i'r cwt maen nhw'n rhoi'r ysgol yn erbyn y wal. Dwynwen sy'n mynd gyntaf. Ar y top ciledrycha ar yr olygfa: car du mawr wedi'i barcio yn y buarth a synau o ochr arall y tŷ fatha coed sy'n cael ei hollti. Gwna hi arwydd ar Halwn i ddod i fyny. Munud yn ddiweddarach safant ar dir y buarth.

'Cudda'r ysgol,' sibrydith hi, 'rhag ofn.' Gesyd Halwn y peth tu ôl i wal y sied.

'Be nesa, bos?'

'Dyweda i wrthyn nhw mai ni ydi'r heddlu a gofyn pwy ydan nhw a be dan nhw'n ei neud ar eiddo preifat,' dywed Dwynwen.

'Iawn, ond 'sgynnoch chi *exit plan* os troith y sefyllfa yn ddrwg? Dywedodd Jennifer y gair 'lladd' ac mae'n bosib bod 'na rywfath o gysylltiad rhyngddyn nhw a diflaniad tad Jennifer yma a'r lleill sydd wedi diflannu.'

'Be ti'n meddwl?'

'Byddwch yn ofalus yn gyntaf ac yn ail, byddwch yn gallach na nhw.'

'Iawn. A be, 'lly?'

'Be am smalio mai dim ond pâr o gerddwyr sydd wedi mynd ar goll?' awgryma Halwn.

'Iawn. Brysia.'

Gwena Halwn wrth ryfeddu pa mor ddigymell ydi hi.

Maent yn cerdded i mewn i'r buarth ac yn anelu am y trac sy'n arwain at y ffordd gan ddal dwylo. Mae Dwynwen yn stopio i dynnu llun â'i ffôn. Mwy nag un llun o Halwn yn chwerthin ac yn gweiddi arni yn gellweirus. Mae hyn yn tynnu sylw dyn â gwep fflamgoch sy'n ymddangos wrth gornel y tŷ.

'*Wha' the fuck you doing?*' gwaedd o.

'O, hei,' medd Dwynwen, yn felys, 'dan ni wedi mynd ar goll, sori."

'*Fuck off, it's private land.*'

Ymddengys dyn wrth ei ochr gan ddal trosol enfawr.

'*Just tellin' 'em to leave, fuckin' politely,*' medd yr un cyntaf.

'Byddwch yn ofalus, Dwynwen, mae'r twpsyn efo'r trosol yn globen o hurtyn.'

'*I said fuck off, you nonce. Now.*'

'Dwi'n meddwl bo' chi'n siarad Cymraeg, y twpsyn mawr,' medd Halwn, yn camu yn ôl yn ofalus iawn. '*Excellent work,*' mae'n ychwanegu, '*the work you are doing here is excellent!*' Amnedia ar Ddwynwen i ddal ei law.

'Doswch, 'wan, ffwrdd a ni,' a thyn ei llaw i redeg o nerth eu carnau ar hyd yr wtra i'r giat olaf cyn i'r ffordd droi'n galed o dan eu traed. Nid ydynt arafu nes cyrraedd y car chwarter milltir o bell o fynedfa Maes yr Ysfa.

Prin y gall Dwynwen anadlu wrth iddynt eistedd yn niogelwch y car. 'Jeeez,' dywed hi, gan besychu ac ymladd am wynt, 'rhaid i'r bastard hwnnw fod o leia saith troedfedd a hannar.'

'Dwynwen, o'n i'n ofni mewn gwirionedd ein bod ni'n mynd i gael curfa yna.'

'Efallai, ond yn hwyr neu'n hwyrach, dwi'n mynd i'w arestio oherwydd does dim rheswm da iddyn nhw fod yna.'

'Mae'n debyg iawn, swn' i'n dweud, nagoes, does dim un.'

'Ond beth am Jennifer, dwi'n poeni'n arw bydd ei diwedd hi yn debyg i'r un ei thad os na wnawn ni rywbath.'

'Ond dydi hi ddim i'w gweld yn gofyn am amddiffyniad yr heddlu, n'dydi?'

'Mae'n digwydd drwy'r amser, pobl yn dweud eu bod yn iawn heb feddwl am eu sefyllfa mewn gwirionedd a fedrwn ni ddim neud unrhyw beth yn ei gylch.'

Tania Halwn y car. 'Mae'n debyg.'

# 22

## Mr Phormula a'r Cacennau Cri

'Ma g'da ti flawd ar dy fest di, cariad,' medd Hunydd.

Fel ymateb mae Ceidwen yn cydio yn dipyn o flawd o'r potyn ac yn ei daflu at Hunydd. Mae hithau wedi ei synnu ychydig ac yn esgus peidio â sylwi ond pan mae hi'n meddwl fod rhywbeth arall yn tynnu sylw Ceidwen mae hi'n cydio mewn nirnad o flawd ac yn ei daflu yn wyneb ei chyfeilles. Yn y fath fodd dechreuodd Brwydr y Blawd yn nghegin Hunydd ar noson y Cyfarfod Cyffredinol Blynyddol Merched y Wawr, Cangen Ceulan.

Maent yn gorwffwyso ill dwy ar y llawr leino'n anadlu yn ddwfn, yn chwerthin o hyd, wedi'u gorchuddio â haen anwastad o wyn. Prin y gall Hunydd godi, dim ond yn araf ar un glin ac yna ar un troed, mae hi'n tynnu ei hun i fyny ac yna'n sychu'r llanast o'i llygaid a'i gwefusau cyn mynd i'r sinc i olchi'i dwylo ac yn sblashio'i gwyneb â dŵr. Yn dal i chwerthin mae Ceidwen yn aros ar y llawr.

'Helpu fi, plîs, dwi'm yn siwr a bydda i'n gallu codi heb help,' medd y llall.

'O, dere i fyny!' ac mae Hunydd yn estyn ei llaw i Geidwen ar y llawr ac â rhagor o chwerthin a mwy byth o ymdrech o'r diwedd fe gaiff y ddwy osod eu hunan wrth y bwrdd cegin yn syth.

'Drycha faint o'r gloch yw, rhaid brysio neu fydd'n rhy hwyr.'

'Iawn, rho'r cymysgedd yn y badell tra fi'n dechrau glanhau.'

'Cyn ni ddechrau, be am gryn dipyn o anogaeth?'

'Be ti'n meddwl, y roces ddrwg?'

'Newydd gael hon,' dywed Hunydd, a rhy CD yn y teclyn.

Sôn am hwyl, mae'r ddwy fenyw yn neidio a dawnsio a gweiddi o gwmpas y bwrdd cegin yn frwd wrth i Hunydd gydganu â Mr Phormula, '*Faint ohonoch chi sydd wedi gofyn, Beth yw'r ffordd orau i fyw fy mywyd?*' ac maent yn taflu eu hunain i mewn i ddawnsio unwaith eto nes i Geidwen sylwi y gall Hunydd gadw i fyny gyda Mr Phormula ei hun ac yn gwybod pob gair a phlygu a symud a gwneud yr holl arwyddion gyda ei dwylo gan drawsnewid ei hun yn fersiwn hŷn o'r *rapper* mwyaf bywiog erioed ar lwyfan ddirgel, wedi'i chuddio mewn cegin gefn ar stad dai barchus.

Ar ôl ei pherfformiad, cura Ceidwen ei dwylo yn werthfawrogol. 'Waw, Huni, ti'n fendigedig. Byth fyddwn i wedi meddwl gallet ti wneud hyn mor dda, ti'n jyst ffantastig...' a chura'i dwylo unwaith eto.

'Y cacennau cri, Ceidwen! Diolch, ond drycha ar y lle hwn a'r holl lanast yma,' mae Hunydd yn stopio dawnsio ac yn dechrau ffwdanu.

Felly, glanheir cegin Hunydd yn gyflym i sŵn bygythiol curiadau mawr Mr Phormula ac ugain munud yn ddiweddarach, mae'r merched yn cyrraedd y cyfarfod misol mewn pryd, gan fod Mrs Hughes, y Gadeiryddes, ar fin croesawu pawb.


Pan gyrraedd Dwynwen y garafán gall glywad criw o bobl yn gweiddi yn uchel iawn o du mewn ei chartref newydd. Paratoa ei hun i roi pryd o dafod i bwy bynnag sy'n brefu fel yna.

'Be sy'n mynd ymlaen?' gofynna i Halwn, wrth iddi agor y drws.

Does neb ar wahân iddo yng nghofod cyfyngedig y garafán. Mae Halwn yn troi'r CD yn is. Ni all Dwynwen atal ei hun rhag gwneud yn siwr nad oes unrhyw un yn cuddio mewn cwpwrdd. Neu o dan y sinc. Nid ydi Halwn yn dallt yn iawn yr hyn mae hi'n ei wneud. O'r diwedd mae hi'n stopio chwilio ac yn eistedd.

'Beth yn y byd ydi'r nonsens hwnnw?' gofynna yn angharedig.

'*The Armed Man*. Gwaith gan Karl Jenkins. Cymro o Fro Gŵyr. Dach chi newydd ddal ychydig o'r darn 'Charge'.

'Iesgob Mawr, oedd o'n swnio fatha episod o Jeremy Kyle. O'n i'n meddwl tybed sut oeddat ti wedi ymwthio cymaint o bobl i le mor fach,' meddai hi.

'Ia, ha!'

'Halwn, pam nad wyt ti'n meindio ista mewn lle mor oer 'fyd.'

'Wedi bod yn brysur,' meddai fo yn ddifeddwl.

'Dwi'n rhewi i farwolaeth yn barod a 'mond am funud ydwi 'di bod fan hyn.'

'A finnau. Panad?

'Plîs,' dywed Dwynwen, 'dwi'n mynd i newid.'

Wrth iddo wylio'r tegell, mae'n gallu ei gweld hi'n newid. Dim ond am eiliad gall weld y fenyw iau y mae hi wedi bod a'r un hŷn y bydd hi. Dylsai ddweud pa mor hardd ydi wrthi, ond ni fedr. Dylsai ddweud rhywbath i fynegi teyrnged o rywfath, ond nid ydi'n gwybod sut.

'Bisged?' medd o.

Mae hi wedi newid ei dillad ac wedi camu metr a hanner i ista wrth y bwrdd efo fo.

'Fi i ddechrau, iawn? Pam wyt ti'n gwrando ar y rwtsh hyn?'

'Wel, pawb a'i farn ond uchel ei barch ydi Karl ymhlith ei gymheiriaid, ond yn fwy diddorol byth ydi'r ffaith, yn y ffeil o bapurau mi ges i o'r golygydd yn Amwythig, cofiwch, fod perchennog y papurau'n cyfeirio sawl tro at y cyfansoddiad cerddorol hwn. Diddorol, 'nte?'

'Os dywedes felly,' medd Dwynwen.

'Be ydach chi wedi palu i'r wyneb?'

'Wel, o'n i'n lwcus iawn achos pan nes i dynnu'r lluniau ym muarth Maes yr Ysfa efo'r dyn wyneb coch a'r cawr efo'r trosol mawr nes i ddal y ddau gar, a hei ho, yr un ohonyn nhw wedi'i ddwyn, fel faset ti'n disgwyl, ond yr un arall, y Audi Q8, yn perthyn i gwmni datblygu, Lhuyd Vales Developments, sydd â'i leoliad yn Llundain. Diddorol, 'nte?' yn chwerthin.

'O leiaf mae hynny'n gwneud synnwyr bod y llabystiaid sy wedi bod yn brawychu Jennifer ac yn chwalu tŷ ei thad yn gweithio i gwmni, ac nid dim ond yn ei wneud o er mwyn cael ychydig o sbort.'

'Dywedais i 'fyd wrth Lovenuts be nes i weld yna ond doedd o ddim mor hapus ag yr o'n i 'di gobeithio. Doedd o ddim fy nghredu i am yr hyn nes i ddweud am Jennifer a'r ffaith bod hi'n byw mewn ofn mewn math o dwr heb do ac yn rhy ofnus i fyw yn ei thŷ ei hun. Yn ogystal â hynny nes i'i atgoffa fo nad ydan ni wedi dod o hyd i Gwyn, ei thad, eto.'

'Be ddwedodd 'lly?' gofynna Halwn.

'Wel, ar ôl i mi ffeindio'r cysylltiad rhwng y llabysty –'

'Llabystiaid.'

'Y llabystiaid yn y buarth a'r cwmni yn Llundain, dywedodd Lovenuts, 'Ie, mae hynny'n gwneud synnwyr, *just sorting out another welsh ruin*, cariad, 'nd ydyn nhw?'

'Wir?'

'Ie. Felly, 'sdim pwynt gwastraffu mwy o amser chwilio am foi sydd ar ei wyliau ac os mae Jennifer angen help rhaid iddi hi ffonio wrth adael i'r adeiladwyr wneud eu jobsyn, ie? Yn ôl Serjint Lövnitz. 'At hynny,' dywedodd, 'helpu fi gyda'r domen o waith papur, os gweli'n dda.' Felly, nes i wirio a theipio a llenwi tair tudalen o bapur efo lot o lol.' Mae Dwynwen yn gwenu.

Tawelwch.

'Colli amynedd, colli diddordeb, colli popeth, colli'r rheswm i godi yn y bore,' parha Dwynwen gan syllu allan o'r ffenest.

Mae'r golau yn y garafán yn gwingo tra bod y tu allan draenog neu lygoden y maes yn crafu drwy'r hen ddail a'r hen ddiferion o law yn disgyn ar y to metalaidd, fesul un, yn y distawrwydd.

'Be am symud i ffwrdd, dechrau eto, gwneud rhywbath arall yn hollol wahanol, gwneud y pethau dan ni wedi breuddwydio amdanyn nhw. 'Swn i'n licio mynd dros y môr, i rywle gwyllt a gwallgof lle maen nhw'n siarad math o rwdl-mi-ri sy'n swnio yn rhamantus ac angerddol a ffyrnig yn lle y lol, y ffycin lol, sy'n dod o'r gegau pobl fel Serjint Lövnitz. 'Mond syrffedu o'r cachu mae pobl dod allan efo o'm cwmpas, Halwn. Dwn i ddim a fedra i wneud mwy o hyn.'

Llygad i lygad am funud a mwy, heb air, heb smic. Yna, mae'n cusanu ei llaw. 'Chi ydi'r un cyntaf dwi wedi ymddiriaid ynddo ers...' dywed Halwn, yn betrusgar.

'Ers?'

'Ers talwm. Ers amser maith yn ôl pan o'n i'n ymddiriaid yn fy mam.'

'Bysai'n neis ei chyfarfod, na fysai?'

'Siwr, awn ni i'w chyfarfod cyn bo hir. Yn y cyfamser, a oes gynnoch chi gydwybod lân yn gwybod bod Jennifer yn byw yn ei sied tra bod ei thŷ hi yn cael ei ddifetha gan giang o grwcs?'

'Nag oes,' cyfeddyf hi.

'Cytûn. Cynorthwyo Jennifer byddwn ni ac wedyn i le bynnag mae'r gwynt yn ein chwythu ni, iawn?'

Cusana ei dwylo. Ymuna Gwyndaf â nhw a gwthia'i drwyn yn erbyn eu dwylo.

'Gwyndaf, be ti'n neud, ti'n slobro drosom ni yn ofnadwy. Ach!'

'Mae o'n genfigennus, n'dydi? Dim yn licio os bydd rhywun arall yn cael tipyn o gariad,' meddai hi, a sychu ei dwylo a thrwyn a wynab Gwyndaf â hances papur.

'Nes i ddim ofyn i ti am be ti 'di bod yn neud?' gofynna hi.

'Cwestiwn da. Yn y papurau o'r golygydd yn Amwythig mae 'na lawer o bethau rhyfadd dwi'm yn eu dallt eto, ond er ei fod o'n gwneud nodiau yn Gymraeg, mae'n cyfeirio hefyd at *Y Dyn Arfog* sawl gwaith. Mân bethau o bapur heb eu trefnu ond dyddiadau, enwau a, fel o'n i'n sôn amdano, crybwyllion am rannau o waith Karl Jenkins. Mae iddo dair rhan ar ddeg a hyd yn hyn darn o'r enw 'Charge!' ydi'r un olaf â'r dyddiad olaf.'

'Mae hyn i gyd yn fy mhoeni i.'

'Pam ydach chi'n dweud hynny?'

'Am fod mae'n swnio'n terrifying, fatha *serial killer.*'

'Na, tydi o ddim, Dwynwen.'

'Wel, ti wedi ffeindio cymaint mwy o achosion o bobl sydd

wedi diflannu neu wedi cael eu hanafu neu beth bynnag a rwan ti'n sôn am *lunatic* sy'n gwrando ar fath o *deathwish music* ofnadwy ac mae'n wrthi yn gweithio ei ffordd drwy'r holl opera. Efallai ei fod o'n ail-greu'r sbri lladd gwaedlyd cyfan?'

'Wel, nid opera mohoni, math o gylch o ganeuon 'swn i'n ei alw fo. Ac yn ail, does dim profi o gwbl bod unrhyw un wedi'i ladd.'

'Pwy fasa byth ar wyneb y ddaear yn wrando ar y math hwnna o gerddoriaeth beth bynnag?'

'Mae Jenkins yn ei ddisgrifio fel 'Offeren dros Heddwch' ac mae'r neges i fod yn un o heddwch. Felly dwi'm mor siwr fysai rhywun yn ei ddefnyddio fatha patrwm ar gyfer llofruddiaeth, yn llai byth fatha patrwm ar gyfer llofrudd cyfresol.'

'Hm. Dwi'm mor bendant. Ond amsar cerddad y ci, ynte, Wyndi, cariad?'

'Mae 'na dri ohonom ni yn y berthynas hon, n'does?'

Ar fin dweud rhywbeth profoclydd ydi hi pan ddiffydd y golau.

'Bendigedig, mae'r nwy 'di mynd a 'sgynnon ni mo' potel arall.'


Mae Gwilym yn ystyried ei opsiynau. Y rhai da a'r rhai drwg. Dim ond golau cannwyll sy'n taflu cysgodion ar waliau y stafell fyw. Mae'r tân wedi'i osod ond mae o ar goll gymaint o feddwl, does dim eisiau arno i fynd i drafferth o'i gynnau. Llais ei fam yn chwythu o gwmpas y stafell yn ei annerch fel pregethwres gecrus i wneud pethau anodd eu deall. Gall o glywed y rwystredigaeth yn cynyddu yn ei dull o siarad, tinc ei haraith yn dwysáu nes iddi'i atgoffa o delyn anghywair wedi'i chanu gan wraig orffwyll sydd wedi colli'r holl ystyr o'r hyn oedd hi'n ceisio'i ddweud. Mae'n dal i deimlo y gallai un o'i brawddegau fynd ymlaen am fwy nag ugain munud heb gyrraedd y prif pwynt a thrwy'r amser mae hi'n cerdded coridorau didiwedd y tŷ wrth iddi'i geryddu ac ni all o wneud dim i'w rhystro. Ni chaiff heddwch byth.

Mae ei ffôn yn canu ar y bwrdd. 'Ie?'

'Helo, Gwilym, shwmae y noson aeafol 'ma?'

'Pwy sy 'na?'

'Owain, Owain Maes y Gawr.'

'O, shwmae, Owain, sori, dwi ar goll mewn môr o feddyliau.'

'Barddol iawn, fel arfer, Gwilym, sy'n gwmwys iawn i rywbeth dwi ar fin dweud. Wel gofyn, yn fwy cywir.'

'Be wyt ti am ofyn, Owain bach?'

'Wel, fel mae'r byd yn troi nad oes dim byd byth yn sefydlog nac yn sicr, oes, Gwilym bach?'

'Ie, nag oes.'

'Wel, o ran y Genedlaethol eleni, un o'n cymwynaswyr, fel petai, wedi mynd i lawer o anawsterau, fel petai, a ti sy'n fwy wybodol na'r rhan fwyaf ohonon ni pam mae'r sefyllfa mor anodd ar hyn y bryd o ran rhedeg busnes ac ymdopi â'r polisïau llywodraeth a'r cyflyrau masnachol presennol, wel, bod yn honest, mae arnon ni angen – eitha *urgent* – fel gallet ti ei ddweud – cryn tipyn o arian ar ôl i un o'n cyfranwyr wedi mynd i'r wal, wel, fe â i'r wal cyn bo hir, ond mae'n *top secret* ar hyn o bryd cyn i'r Wasg gael gafael ar y stori, a fe fyddai'n hollol hollol well i'r Genedlaethol – wel, i'r trefnwyr a'r pwyllgor a hoelion wyth y plwyf, fel petai, pe gallent fod yn sicr i gyd o dy gefnogaeth di i ddarparu cefnogaeth ariannol i ddodi rhywfaint yn debyg yn lle y swm a gollwyd, fel petai.'

'*So*, t'eisiau pres, Owain? Achos mae rhywun wedi mynd yn *bankrupt*?'

'Mwy neu lai, felly. Oes. Diolch.'

'Dydwi ddim wedi dweud ie, eto, Owain.'

'Sori, doedd neb eisiau gweud y peth 'ma wrthot ti, felly, mae'n boenus iawn i mi orfod gwneud hyn.'

'A beth alla i ddisgwyl yn gyfnewid, felly?'

'Gwilym, 'machgen i, sôn am yr Eisteddfod Genedlaethol rydyn ni, byddi di'n dodi rhywbeth mor pwysig yn ôl i galon fyw Cymru, o'n byddi?'

'Faint wyt ti eisiau a pha fath o elw ga i'i ddisgwyl? Eitha syml yw'r *equation*.' Mae'n sylwi pa mor oer y mae'r ystafell wedi dod.

'Mewn egwyddor, a fyddai diddordeb gyda thi? Ac os byddai, bydd rhywun yn ysgrifennu atat ti. Gyda'r manylion.'

'Diolch, Owain.' Mae'r alwad yn dod i ben. '*Tosser*,' dywed wrtho'i hun ac mae'n arllwys sblash mawr o bort ac yn cynnau'r tân yn y grât. Ar ôl y sgwrs honno mae'n teimlo yn falch na allai byth fod mor druenus ag Owain Maes y Gawr ac yn fwy parod i ymdrin â'r holl bethau eraill.

Wedi hynny mae'n edrych o gwmpas ei stydi ac yn cael gwell syniad o'r hyn y mae hi wedi'i ddwyn. Darcy. Nid ydi'n ateb ei alwadau nac yn ymateb i'w negeseuon nac yn dangos unrhyw awydd na pharodrwydd i gyfathrebu mewn unrhyw ffordd o gwbl, felly, does ganddo ddewis. Ffonio Weasel. Yna cofia ei fod wedi galw Weasel ychydig ddyddiau ynghynt a dywedodd y llesgyn ei fod yn dal yn Sbaen. Mewn cylchoedd, o gwmpas mewn cylchoedd blinedig mae'n teimlo ei fod yn mynd. Ond byddai'n dod o hyd i Ddarcy ac yn ei hatgoffa na ddylai hi fod wedi ei fychanu mor aml ac o flaen pobl mor bwysig iddo a'i deulu. Byddai'n dod o hyd iddi, does ganddi gymaint o leoedd i gladdu ei hun. Ond cyn hynny byddai'n symud a thrawsglwyddo arian o gyfrif i gyfrif, o le i le, o wlad i wlad achos os oes un peth mae'n gwybod amdani byddai hithau yn chwilio am yr arian, ei arian. Efallai ei bod wedi cymryd rhai o'i bapurau ond byddai'n cymryd wythnosau iddi wneud unrhyw synnwyr ohonynt a'r peth arall mae'n gwybod amdani oedd ei bod yn dwp, twp iawn â'i hymennydd yn ei blwmars. *Brains in her bloomers*. Mae'n swnio gymaint yn well yn Saesneg a byddai'n rhoi cymaint o bleser i'w fam ei glywad yn cael ei yngan yn uchel ganddo. Amdani.

Oriau yn ddiweddarach mae'n deffro ar y soffa. Nid ydi'n cofio sut na pham. Mae eisoes wedi gwawrio a'r awyr yn frith o goch i'r dwyrain a llwyd i'r gorllewin a'r gwyntoedd cryfion yn addo glaw a chesair.

## 23

## *Diwrnod Gwael yn y Swyddfa*

Mae rhaid bod rhywun wedi clirio ffordd drwy'r llanast, mwy na thebyg un o'r gyrwyr fan sy'n danfon nwyddau yn gynnar yn y bore. Ond mae rhai bagiau plasteg du wedi rhwygo a'r cynhwysion yn cael eu socian yn y glaw a'u chwythu yn y gwynt. Papurau, nodiaduron, ffeiliau, post-its, coflenni, ffeiliau crog gwyrdd hen ffasiwn, llyfrau, mapiau yn wlyb i gyd, yr inc wedi'i ysbrychu ar draws a thryw'r papur bellach yn annarllenadwy. Wrth i bobl y dref gychwyn ar eu ffyrdd i'r gwaith neu i'r ysgol neu lle bynnag sydd angen maen nhw'n stopio i drafod y sioe o'u blaenau. Pam mae cadeiriau swyddfa yn sefyll ar y palmant ger y gofeb rhyfel ac un arall y tu allan i'r siop sglodion? Pam mae prif heol Ceulan yn edrych fatha lleoliad digwyddiad tipio anghyfreithlon? Pwy allai fod wedi gwneud rhywbeth mor wael i'n tref barchus? Pryd wnaeth rhywun gymryd y cyfle i adael dodrefn drud fatha desg, pethau trydanol fatha lampiau a thecelli – hefyd yn ddrud – yn ogystal ag offer swyddfa yng nghanol y dref yn ystod y nos? Pwy fyddai'n gwneud y fath beth? Pam? Yn y fath fodd y croesawodd dinasyddion y dref mewn cynnwrf anarferol iawn a drafodwyd ym mhob stafell ddosbarth, gweithle, siop, swyddfa a chartref cyn i rywun feddwl am ffonio'r heddlu.

Cymer Lovenuts yr alwad. 'Be? Be sydd wedi digwydd? Ti'n siwr?'

Mae Dwynwen wedi cerddad i'r gwaith y bore 'ma achos bod

y garafán yn agosach at yr orsaf na'i fflat ac achos nad oes lle parcio yn agos at y garafán. Try ymlaen ei chyfrifiadur heb roi gormod o sylw i sgwrs Lovenuts.

'Iesu Crist, Mair Fadlen a'r Doethion o'r Dwyrain,' meddai fo.

'Be sy'n bod?' meddai hi yn chwerthin.

'Nest ti ddim sylwi bod rhywun wedi *fly*-tipio holl gynnwys eu tŷ ar draws stryd fawr y dre ar dy daith yma?' Swnia yn fwy blinedig na normal. 'A ti'n hwyr, Dwynwen. Sorti dy hunan allan, plîs, wedi bod yma ar ben fy hun yn cymryd *calls from the general public, if you hadn't noticed.*'

Nid ydi hi'n dweud dim.

Bum munud yn ddiweddarach mae hi'n gwthio allan 'Sori' wrtho. Yn y cyfamser llafuria hi drwy ychydig o'r wythdeg o e-byst yn ei mewnflwch, prin yn darllen ymhellach nag ail linell yr un ohonynt. Y cyfan mor ddiflas. Mae rhai'n awdurdodol, rhai'n herllyd, rhai'n sych ac undonol, rhai'n amherthnasol a rhai eraill ni fedrir eu disgrifio.

Rhy ddarn o bapur iddi. 'Nodiadau yn ymneud â'r llanast i lan y stryd fawr. Awr *maximum*. Sortia fo ac wnei di'r gwaith papur *asap*, os gweli'n dda.'

'Paid â gweld bai arna i am dy hwyliau drwg, os gweli'n dda. Dim ond am ddeg munud ydwi 'di bod yn y swyddfa a ti wedi cegau arna i ddwywaith yn barod.'

'Fi yw'r bos. Cer i grafu, Dwynwen! Dwi'n boddi yn fy ngwaith, océ, a does dim golwg ohonat ti *anywhere* o gwbl. *So*, gwna dy job di, *lady*.'

Mae o'n dweud *darling* pan mae o'n ei olygu'n goeglyd ac mae'n dweud *lady* pan mae o'n ei olygu mewn gwirionedd, mae hi'n meddwl. Un rheswm yn rhagor i ymddiswyddo. Sbia hi ar ei watsj a chymer ei nodiaudau oddi ar y ddesg a gedy heb air.

Erbyn hyn mae tipyn o dorf wedi ymgasglu o gwmpas lleoliad y trosedd. A boi o bapur newydd Gogledd Cymru yn tynnu lluniau. Ni all Dwynwen gofio i ba un mae o'n perthyn. Stopia hi'r traffig ar un ochr i'r ffordd a symuda'r olaf o'r bagia du. Rhywun yn plygu i godi'r baneri bach Cymru o'r gwter. Chwifia'r traffig i symud ymlaen ac ar ôl munud stopia hi'r traffig ar ochr arall i'r ffordd a gwna'r un fath eto, gan gael gwared o rwystrau. Wedyn tyn hithau luniau o'r llanast a gwna nodiau. Mae rhai pobl yn dechrau siarad â hi ond mae hi'n mynd o gwmpas ei phethau'n broffesiynol. Wrth iddi sgwennu mwy o nodiau mae rhywun yn torri ar ei thraws a thapio yn ysgafn ar ei hysgwydd.

'Mae Twm yn aros amdanat ti,' mae o'n dweud a chyfeirio at siop Twm Roberts, Asiant Tai, yr ochr arall i'r stryd fawr.

Does dim golau yn y siop a'r llenni ar gau. Cnocia Dwynwen ac agorir y drws gan Twm, yn welw ac yn crynu. Prin y gall o agor ei geg i yngan gair.

'Steddwch, Mr Roberts. Dwi'n cymryd bod y pethau y tu allan yn perthyn i chi?'

Mae o'n amneidio.

'Be am banad?'

Mae o'n chwifio ei fraich yn wan.

'Mae popeth ar y stryd. Iawn felly, be am ddod â'r pethau sydd y tu allan yn ôl i'r siop, allan o'r glaw, a dechrau rhoi trefn ar y byd, ia?'

Mae'n amneidio.

'A oes unrhyw un a all eich helpu chi, Mr Roberts? 'Na i ffonio nhw, iawn?'

Mae'n amneidia eto.

Mae hi'n galw am ambiwlans ac yn esbonio bod Mr Roberts mewn cyflwr o sioc ac mi fyddai'n syniad da iddo gael *once over* gan y parafeddygon.

'Wedi ffonio am ambiwlans, Mr Roberts, dach chi wedi cael cryn dipyn o sioc,' meddai, 'ond byddwch chi'n iawn. A ydi'ch mab yn wybod am y llanast 'ma, Mr Roberts? Mi ffonia i'ch teulu i ddod draw.'

Mae'r mab yn addo i ddod ar unwaith. Â Dwynwen i chwilio'r siop i ddod o hyd i arwyddion bod rhywun wedi torri i mewn, ond yn amlwg, nid oedd yn weithred o ddwyn gan nad oes unrhyw pam y byddai lleidr tŷ'n ysbeilio eiddo gan adael pob dim ar y palmant er mwyn i'w weld gan bob enaid byw y dre. Siecia hi'r drws cefn a'r drws ffrynt. Dim byd o'i le. Dim telchyn o wydr, dim ôl o waed, dim difrod i'w weld o gwbl. Felly, mae rhywun, neu fwy nag un unigolyn, wedi cael ei hun i mewn ac yna wedi mynd â bron pob dim yn rhydd allan ac ei adael ar y stryd fawr. Pam? ydi'r cwestiwn cyntaf a Phwy? ydi'r un ail. Canol y nos ydi'r ateb i'r trydydd cwestiwn o ran pryd wnaethpwyd. Sgwennu ei sylwadau er lles Lovenuts.

Gedy hi Mr Roberts yng ngofal Mair, y parameddyg, ac â Dwynwen allan i ddechrau siarad â phobl sydd ar ôl yn sefyll yn sownd yn dal i drafod digwyddiau. Pan mae hi'n dechrau cario'r pethau i mewn i'r siop asiant tai mae hi'n cael cynnigion o help. Deng munud yn ddiweddarach mae'r stryd yn wag a'r siop yn llawn o fagiau a phethau gwlyb. Cael peth bach o *TLC* ydi Mr Roberts yn yr ambiwlans.

'Pwy nath hwn, Dwynwen?' gofynna Siân, perchnoges y siop sglodion. '*Should be bloody shot*, os ti'n gofyn fi.'

'Ddim yn gwybod, Siân.'

'Medru digwydd i bob un ohonon ni mae hyn, Dwyn, timod, pam fasa rhywun yn ei neud o?' medd Gary Siop Anrhegion.

'Efallai,' medd Dwynwen.

'Os ga i ofyn i bawb, os oes gan unrhywun ohonach chi wybodaeth ynghlyn â'r digwyddiad hwn, rhowch wybod cyn gynted â phosib, os gwelwch yn dda. Ond, 'fyd, plîs, peidiwch â mynd ar *social media* yn estyn bys ar rywun, chimod, mae angen arnon ni eich cymorth ond mewn ffordd bositif, iawn?'

Hoelion wyth y stryd fawr ydi'r criw 'ma a oedd yn gwrando arni, felly mae hi'n eitha sicr y byddent yn lledaenu'r hyn a oedd hi wedi ei ddweud wrthynt.

Yn ôl yn yr orsaf mae Lovenuts yn chwerthin ar y ffôn, yn amlwg mewn hwyl well. Ar ôl iddi orffen yr adroddiad gesyd hi'r peth ar y bwrdd o'i flaen a barnu oddi wrth ei wyneb mi fydd popeth yn iawn. Yna, yn ôl wrth ei desg, daw e-bost iddi gan feddyg yn yr ysbyty yng Nghonwy yn adrodd cyflwr Hywel Hughes, y boi ar y beic a oedd wedi cael ei anafu ychydig dyddiau yn ôl. Coes wedi'i thorri, dwy asen wedi'u torri, arddwrn de wedi'i dorri. Tystiolaeth cyffuriau yn ei system: cocâin, alcohol, canabis a MDMA. Mewn cyflwr cyfforddus ar hyn o bryd ond gall ddioddef anafiadau tymor hir. Claf yn gaeth i gyffuriau, adnabyddus i'r heddlu, mae gynno hanes cythryblus o fân droseddu gyda sawl euogfarn am feddiant a gwerthu. Ers pump oed wedi bod mewn ac allan o ofal. Gwna Dwynwen nod i ofyn i Lovenuts yn rhagor amdano.

E-bost nesaf yn dod â'r un teitl: Cyflwr Hywel Hughes a Rhif Achos 207023678752. Ar fin ei hanwybyddu oedd hi pan sylwa restr hir o enwau eraill yn y bocs cyfeiriad. Llawer o enwau anghyfarwydd. Agora'r ebost. Adroddiad yn hollol wahanol gan DC Kev Holland o'r NCA yn Saesneg: *The investigation into the accident involving Mr Hywel Hughes has turned into a possible attempted murder investigation after information was received about events that led up to Mr Hughes being severely injured in an accident that was in reality a deliberate attempt to dispose of, or warn, Mr Hughes. All officers involved in this case at local level are to desist from further investigation concerning Mr Hughes and any incidents involving him and his known contacts in the drugs or firearms business. It may be that officers in our department will either be in your area or will need your assistance with local information but until further notice all investigations regarding this suspect must remain in the hands of the National Crime Agency.'*

Yn y bôn, math o warden traffig ydi hi, meddylia Dwynwen. Amsar panad. Tonnau o ymostyngiad yn cymysgu â rhwystredigaeth a dicter. O'r gegin, medrai glywad Lovenuts ar y ffôn o hyd. Pan rhy'r llefrith yn y te, cod oglau drwg o'r cwpan. Wedi suro. Teifl hi bob dim i lawr y sinc yn syth.

'Mynd i'r siop', medd hi wrth Lovenuts, heb ymateb. Yn y Coop does dim byd ar ôl ar wahân i lefrith oes hir y mae hi'n ei gasáu. Mae peiriant coffi yn y fynedfa. Mae'n dewis latte mawr.

Yn ôl yn yr orsaf mae Lovenuts yn aros amdani.

'Ble ti wedi bod? Mae rhywun wedi bod yn gofyn amdanat ti.'

'Y llefrith wedi suro. Yn debyg iawn i ti.' Daw hi â'i choffi at ei desg gan wenu arno yn hollol sbeitlyd.

'Ble mae'r un i fi?'

'Yn yr un lle â hwn. Yn y peiriant yn y Coop.'

'Pam wyt ti'n actio mor annifyr, Dwynwen?'

Ni allai hi ymateb. Ping ei ffôn symudol. Neges llais. Halwn. Mae'n cerdded allan o'r swyddfa i'r coridor. 'Dwynwen, mae rhaid i mi ffonio chi, mae'n ddrwg gen i am yr hyn dwi'n mynd i ddeud. Dwi wedi cael hi'n arw ar y ffôn y bore 'ma mewn sgwrs hir hir efo fy nghyfaill sy'n pia'r garafán. Mae'n dweud bod rhaid i ni adael y garafán oherwydd Gwyndaf yn syth, wel, cyn diwedd yr wsnos. Yn ôl iddo, mae pobl wedi bod yn cwyno fod Gwyndaf wedi bod yn cyfarth ac 'yn udo' oedd y gair a ddefnyddiodd, drwy'r amser dan ni ddim yno ac mae fy nghyfaill wedi cael ei'n arw oddi wrth fab y maer sy'n rhedeg sawl *AirBnBs* dim ond ochr arall y ffens lle mae'r garafán. Dywed nad oes ganddo ddewis ond gofyn i ni adael neu bydd rhaid i ni dalu iawndal i bobl *AirBnBs*. Waeth na hynny, dwi wedi cael sawl galwad gan fab Twm Roberts, yr asiant tai, oherwydd y llanast i'w swyddfa. Maen nhw'n fy meio i am dalu'r pwyth yn ôl i Twm am iddo ein taflu ni allan o'm fflat. Llanast ym mhob man, cariad, mae'n wir ddrwg gen i drosoch chi. Faswn i ddim yn eich beio chi tasach chi'n dod o hyd i...tasach chi'n neud y pethau...tasach chi'n newid yr holl sefyllfa efo mi a Wyndi. Mor hen flino arna i fy hun a fy methiannau i. Maddeuwch i mi.'

Â Dwynwen i'r toilet ac eistedda yn y ciwbicl. Nid ydi hi'n barod i siarad â Halwn eto, nid isio siarad â neb, a dweud y gwir. Ni ŵyr beth i'w feddwl. O'i blaen saif Mr Roberts â'i wyneb gwelw, ei holl fyd wedi'i ddifetha mewn eiliad a'r unig deimlad sydd ar ôl ydi sioc. Mae hi wedi darllen am sioc yn yr ysgol hyfforddi heddlu. Gostyngiad sydyn yn llif y gwaed trwy'r corff. Gall organau gael eu niweidio o ganlyniad. Ni all deimlo ei horganau a chyferfydd atal ei hun rhag codi braw arni ei hun ymhellach. Anadla yn ddwfn, mae hi'n dweud yn uchel, anadla yn ddwfn. Meddwl am rywbath hurt. Tellytubbies. Corgwn. Clustiau Gwyndi. Cariad. Cariad yn hurt, ynte? Paid â meddwl am gariad. Rhai pobl yn hurt iawn. Y dyn dall, er enghraifft, sy'n medru darllen gwefusau, mae hynny'n hurt. Gwenu. Chwerthin. Yna crio.

Mae Lovenuts yn gweiddi i mewn i'r toiled, 'Dwynwen?'

'Be?' mae hi'n arthio arno drwy ddrws y toiled, 'Be t'isio?'

'Beth sy'n bod?'

'Dim byd.'

'Yn anffodus, Dwynwen, mae rhaid i mi drafod rhywbeth gyda ti. Dwi'n deall taw ti yw cariad Halwn.'

'Ia, *felly*? Allet ti ddim fy ngadael ar fy mhen fy hun am funud a pheidio â siarad â mi tra bydda i mewn ciwbicl toiled?'

'Wel, rydyn ni wedi cymryd dwy alwad yn awgrymu fod Halwn yn rhan o ddigwyddiadau yn siop Twm Roberts.'

'Hurt. Hollol dwp. Efo fi yn y garafán wirion drwy'r nos oedd. Gad lonydd i mi nes i mi ddod allan.'

'Dwynwen, dwi'n deall dy gonsyrns di ond, plîs, cadw yn brofessiynol. Dy agwedd di yn peri pryder i mi ar hyn o bryd.'

Mae hi'n brathu ei gwefus mor galed mae'n gwaedu.

'Wel?'

'Bydda i allan mewn pum munud.'

'Iawn, felly, fe'i ffoniaf i nawr ond byddaf i'n disgwyl dy *cooperation* llawn.'

Mae o'n hollol amhosib, medd Dwynwen wrth ei hun, a phob dim arall felly. Mae hi'n aros iddo adael ac yna'n dod allan, ac yn tasgu ei hwyneb ac yn tacluso ei gwallt. 'Tyrd ymlaen, ferch, paid â gadael iddo wneud dim byd gwirion. A phaid â gadael i mi wneud dim byd gwirion chwaith,' meddai wrth y wep yn y drych.


Ddwy awr wedyn, mae Dwynwen ar ei ffordd yn ôl i'r orsaf, ei ffeiliau yn llawn geiriau, a phob dim ar y restr oedd Lovenuts wedi rhoi iddi wedi'i dicio. Nid oedd o wedi edrych arni pan rododd o drosodd. I ryw radd oedd yn teimlo fel buddugoliaeth. Nid oedd hi wedi cymryd galwadau Halwn chwaith i osgoi clywad ei gwynion. Yr un fath â'r galwadau eraill gan ei mam, y siop trin gwallt, a rhif anhysbys. Ond mae ei bos yn wên i gyd pan mae hi'n cyrraedd y swyddfa.

'Panad?'

'Ie', a rhy'r restr a'r ffeiliau iddo.

'Gwaith da. Da iawn ti. Gwranda, dwi wedi cael datganiad gan dy Halwn di, neis iawn, os ga i ddweud hynny, ac ma'n amlwg bod ganddo alibi, sef ti. Er mwyn osgoi unrhyw fath o chwa o *police corruption*, ma' rhaid i ti ysgrifennu datganiad 'fyd. Iawn?'

Chwerthina.

'Pam ti'n chwerthin?'

'Dim rheswm, syr. Beth bynnag, sgwenna beth bynnag t'isio.'

Daw Lovenuts â'r te at y bwrdd. 'Dyma ti. Yn rhyfedd ddigon, tra oeddet ti allan fe gymerais i alwad gan Heddlu Gwynedd. Yn ddiweddarach derbyniwyd menyw i ysbyty bach yn rhywle ar yr arfordir, Morfa Madoc, yn gofyn amdanat ti. Wedi bod mewn cyflwr eitha difrifol ond bellach yn llawer gwell ac yn awyddus iawn i siarad gyda thi cyn gynted â phosibl. Ble mae'r nodyn? Jennifer rhywbeth...'

'Jennifer Jones, ar siawns?'

Edrycha arni. 'Ie, yw, Jennifer Jones yw. Wyt ti'n ei nabod hi? Beth bynnag, mae'n amlwg bod hi'n dy nabod di. Dwi'n meddwl dylet ti *scoot over* i weld yr hen ferch.'

'Onid ydi'n canu cloch efo ti, syr?'

'Paid galw fi syr, Dwynwen.'

'Dywedest ti wrtha i y bore 'ma i am dy alw di syr, syr...'

'Wel, byddan nhw'n dy ddisgwyl yno o fewn yr awr, iawn?'


Ar y ffordd i'r ysbyty ffonia hi Halwn.

'Halwn, ti'n iawn? Sori o ddifri am yr holl helynt hyn.'

'Dwi'n dda, diolch, A lle ydach chi?'

'Ar fy ffordd i'r ysbyty ym Morfa Madoc, maen nhw wedi dod o hyd i Jennifer Jones. Rhaid bod yr un o Faes yr Ysfa.'

'Be yn uffern ydi hi'n 'neud fanna?' gofynna Halwn.

'Bydda i'n rhoi gwbod i ti pan dwi'n clywad ei hanas. Ond, os oes rhywun wedi'i chamdrin fe allai fod yn brawf bod rhywun wedi camdrin, neu hyd yn oed ladd, ei thad a'r lleill. Wnei di rywbath i mi? Casgla bob tamaid o wybodaeth ynghlyn â phob achos ti'n ystyried yn gysylltiedig â'r eiddo hyn, Maes yr Ysfa a'r un o Nantglyn, y llall Roberts. Gormod o Robertses. Wst ti be, dwi'n dechrau meddwl mai crib y rhewfryn ydi'r rhain.'

'Waw, ia, wrth gwrs, Dwynwen. Ond dach chi'n swnio'n ddynas wahanol.'

'Be wyt ti'n ei olygu?'

'Mi fedra i glywad mwy o egni a phositifrwydd yn eich llais chi. Ydach chi'n iawn?' gofynna Halwn.

Ei hymateb uniongyrchol ydi chwerthin. 'Pwy a ŵyr? Dyma'r Dwynwen newydd!'

'Hyfryd. Mi ddylech chi dderbyn rhai pethau eraill yn fuan dwi 'di bod yn gweithio arnyn nhw. Gwiriwch eich negeseuon.'

'Perffaith. Ond Halwn, oeddat ti'n sôn am orfod symud allan o'r garafán oherwydd fod Gwyndaf yn cyfarth pan mae o ar ei ben ei hun?'

'Gawn ni'i drafod heno pan fyddwch chi'n dychwelyd.'

Ond collodd hi'r signal ychydig y tu allan i Flaenau Ffestiniog a ni chlywodd yntau ei hymatab.


Yn y stafall olau ac awyrog gorffwysa Jennifer Maes yr Ysfa.

'Neis gweld chi, Jennifer. Ychydig o wahaniaeth i'ch cwt chi ym Maes yr Ysfa.'

'Dwynwen, dwi'm yn dda, wir i ti. Maen nhw wedi fy sodra i yn wag, taro taro taro nes bu fy mhen ar fin ffrwydro. Prin fedra i gofio'r peth ola dwedes i ac ae'n dal i guro yn fy nghlustiau.'

Edrycha hi i fyny i lygaid y plismones.

'O, Jennifer fach, druan chi. Be ddigwyddodd? Nath y dynion ymosod arnoch chi, y rhain oedd yn gweithio yna ym Maes yr Ysfa pan o'ddan ni yna?'

'Dwi'm cofio gormod. Chi oedd wedi mynd, o'n i'n ista yn yr hen gaban ac ar ôl hannar awr nes i fwrw ati i balu yn y ddaear yn dawel iawn a'r peth nesa dwi'n ei gofio oedd rhywun yn fy naro i ar fy mhen a gwthio fy wyneb i'r pridd. Dwi'n cofio cael cegaid o bridd yn fy ngheg a phrin cael fy anadl pan un ohonyn nhw, dwy lais o'n i'n clywed, pan osododd un ohonyn nhw hen fag garddio ar fy mhen a chario fi allan i'r buarth ac yn syth i mewn i gar. O'n i'n pesychu fatha hen fuwch oedd gen i gymaint o bridd yn fy ngheg a'm gwddf yn fy nagu i.'

'Jennifer, yn gyntaf, rhaid i mi ymddiheuro i chi, ddylsen i byth wedi'ch gadael chi yn eich caban gardd tra bod y fath o ddynion o gwmpas. Wir i chi, mae'n ddrwg iawn gen i. Ac yn ail, be ddigwyddodd i chi i fod yn gorwedd yn yr ysbyty fel hyn?'

'Oeddan nhw'n gyrru ac yn gyrru ac yn gyrru rownd a rownd yr ardal yn fy mygwth i, yn gweiddi arna i ac yn dweud pethau drwg, ofnawdwy, wrtha i...ac yn ofyn i mi –'

'Yn ofyn i chi be, Jennifer?'

Petrusa Jennifer. Try i ffwrdd. Yna gan ddechrau crio, 'Mae fy mhen yn poeni, Dwynwen, dwi mor sal, sori, di'm yn cofio pob gair.'

'Jennifer, dwi wedi dod fan hyn i'ch helpu chi achos eich bod chi'n gofyn amdana i. Os ydach chi'n cofio unrhyw beth bydd hynny yn helpu.'

Mae Dwynwen yn aros iddi ddal ei gwynt.

'Ofynnodd o am eich tad, 'ndo? Tydach chi ddim yn dweud y gwir amdano fo.'

Pesycha, sycha'i thrwyn ac ei cheg. Rhy Dwynwen hances bapur iddi.

'Ydi o'n fyw? Jennifer?'

Tydi Jennifer ddim yn ymateb yn syth.

'Fe ddaw'r gwir i'r golau, Jennifer. Dwedwch wrtha i be ddwedon nhw a be dach chi'n ei gofio. Er cof eich tad.'

Mae Jennifer yn syllu arni yn ffyrnig.

'Ydi eich tad wedi marw? Lle mae o, Jennifer? Dwi'm yn meddwl bo' chi wedi ofyn i mi ddod yr holl ffordd fan hyn i sychu'ch trwyn a hel clecs. Os ydi o'n fyw, dwedwch, os ydi o 'di marw, dwedwch. Er mwyn eich tad.'

Byrstia'r argae ac mae hi'n dechrau beichio wylo.

Daw nyrs i mewn i'r stafell. 'Peidiwch â chynhyrfu'r claf, swyddog, os gwelwch yn dda.' Twtia hi'r gwely a rhy hances bapur i Jennifer. 'Ti'n iawn, Jen? Dwi yma os oes angen.'

Mae Jennifer yn gwenu'n wan. Mae'r nyrs yn mynd allan

Cana ffôn Dwynwen. Sbia ar ei watsj. 'Jennifer, dychmygwch be sy'n digwydd i'ch tŷ tra byddwch chi'n gorwedd yn yr ysbyty. 'Sgynnon ni ddim amsar i'w wastraffu, chi'n gwbod be fedran nhw neud. Mewn wsnos bydd eich tŷ yn rwbel tra byddwch chi'n cael eich clustogau wedi'u fflwffio i fyny fan hyn. Meddyliwch, Jennifer, er mwyn pawb!'

Gwingodd Jennifer sawl gwaith yn ystod araith Dwynwen.

'Yn y tŷ mae Dad,' sibrwd hi, llygaid yn goch ac yn diferu, 'rho'r gorau i ofyn cwestiynau i mi a gadawa lonydd i mi,' gan syllu arni hi'n ffyrnig.


Yn Reidr Caffi dros amser cinio erys Halwn amdani. Lleisiau'n gwawchio o'i gwmpas yn uchel iawn, lleisiau pobl unig, fel parotiaid, yn lliwgar yn eu gêr tywydd glawog ond araf ac yn sarrug. Mae'n well gynno balod, maen nhw'r un mor liwgar ond yn brysurach ac yn ddistawach. Mae gwylio Dwynwen yn dynesu yn creu'r un cyfareddiad tyner â gwylio'r palod. Bydd yn gofyn iddi pa aderyn mae hi'n meddwl amdano wrth edrych arno. Hwyaden ddanheddog? Mor dawel. Neu hwyaden lletchwith, uchel? Weithiau mae'n casáu seiniau dynol, yn enwedig y rhai sydd angen dominyddu'r rhai hynny sydd wedi dod yn dawel. O'i flaen, mae o'n gweld cyrff y rhai sy'n taflu eu hun dros y rhaeadr enfawr, dro ar ôl tro, fatha ffordd allan.

Daw Dwynwen ato. Llawer mwy cain yn ei cherddad na phâl. Sibrwd hi yn ei glust, 'Mae'r tad yn y tŷ.'

'Côd am siocled poeth?'

'Haha, ia, sut wyddost ti?'

Daw Halwn â siocled poeth iddi.

'Dywedodd Jennifer mai yn y tŷ ydi'i thad.'

'Be? Chi'n siwr ei bod hi'n dweud y gwir?' gofynna Halwn.

'Wel, pwy a ŵyr nes i ni chwilio'r blwdi lle. Dwi'n awgrymu i ni fynd ar unwaith.'

'Bron pum punt mi wariais i ar y siocled poeth 'na,' meddai.

'Sori. Dwyeda wrtha i ar y daith i Faes yr Ysfa be ti 'di bod yn ei wneud tra fy mod i'n yfad y siocled poeth drud ac yna mi ddweda i wrthat ti be dwi 'di bod yn ei neud. Fargen?'

Mae Halwn yn gofyn i'r siocled poeth ei roi mewn cwpan i fynd.

Yn y car mae Halwn yn egluro'r hyn mae wedi dod o hyd iddo y bore hwnnw. 'Mae pethau mor gymhleth, fel fedrech chi ddisgwyl. Cwmni sy'n perthyn i gwmni arall ac yn y blaen. Byth yn glir pwy sy'n meddu beth, 'fyd. Bydd angen mwy o amsar ond mae'n mynd mor flinedig yn pysgota drwy'r ddrysfa papur ddiddiwedd hon o'r celwyddau a'r anwireddau hyn. Ond, o'r diwedd, mi ges i wybod bod Maes yr Ysfa'n perthyn i gwmni o Lundain, o'r enw, paratowch ar ei gyfer – Galanas Holdings Ltd.'

'A be ti'n ei olygu, 'paratowch ar ei gyfer?"

'Mae Galanas yn ddoniol iawn, mewn ffordd annoniol.'

'Dwi'n colli rhywbath yma.'

'Mae Galanas yn eitha bwysig yn yr hen gyfraith. Hywel Dda a phethau felly. Mae pwy bynnag sy'n gyfrifol am yr enw'n gwybod ei Gymraeg. Cyfeiriad at yr hen gyfraith ydi'r gair ac yn golygu math o iawndal am lofruddiad neu elyniaeth sy'n codi rhwng dau deulu neu ddau dylwyth.'

'Enw od iawn, felly, am gwmni sydd am roi cartrefi i bobl.'

'Yn union. Felly sawl enw yn codi yn rheolaidd i fyny ond ar wahân i fod pobl busnes does dim byd yn fy nharo i fel bod mor ddrygionus â hynny amdanyn nhw. Bydda i'n dal ati. Os geith pob eiddo, pob tŷ fatha Maes yr Ysfa ei rentu, mae hyn yn golygu bod tenant yn byw ym mhob un, a'r cam nesaf fydd cael copi o'r cytundeb tenantiaeth. Dwi'n amau byddant yn ffynhonell rhywfaint o wybodaeth ddefnyddiol. Fedrwn i ofyn i Hunydd am hyn, mae gynni hi lawer o wybodaeth a diddordeb ynddo.'

'Pwy ydi Hunydd?'

'Fy hen gyfeilles. O'n i'n siarad â hi yn ddiweddar dros banad. Dach chi'n ei nabod hi, siwr o fod. Tipyn o wrthryfelwraig ydi Hunydd er ei bod hi'n bron saith deg rhywbath neu efallai'n hŷn.'

'Erioed wedi'i chyfarfod hi, Halwn. Dwi'n ymddangos ac mae hi'n ei heglu hi ar unwaith.'

'Dwynwen, mae hi mor annwyl a go swil hefyd. Cymryd amser i ddod i'w nabod hi'n dda.'

'Pa mor dda wyt ti'n ei nabod hi, ta?'

'Eitha da. Dach chi 'di gorffan y siocled poeth, dan ni yma?'

Ar y daith dros y bryniau caeth Dwynwen neges destun hir oddi wrth Lovenuts i ddweud bod rhywun arall wedi awgrymu Halwn fel troseddwr ynghlyn â'r helynt ar y stryd fawr yn ogystal â thyst arall a oedd wedi'i weld yn cerdded y ci yn y dref gyda rhywun yn debyg iawn i Ddwynwen, hwyr y nos. Roedd Lovenuts yn gwylltio'n gacwn efo hi. A roedd Halwn newydd fod yn y swyddfa yn ysgrifennu lot o nonsens yn ei ddatganiad. Mae'n mynd i roi trefn arno fo'n ogystal.

'Dwi wedi cael neges gan Lovenuts dy fod di yn ymyl siop Twm neithiwr. Mae o'n flin iawn gyda ni'n dau. Wnest ti o?' gofynna hi iddo.

'Naddo. A chithau? Wrth gwrs, nathoch chi ddim byd drwg. Weithiau mae o'n medru bod yn wirion iawn.'

'Naddo. Ond os nad ni, pwy felly?'

'Dwynwen, mae Lovenuts yn colli'i bwyll. Triwch ei anwybyddu nes i ni ddod dros yr hyn sydd o'n blaenau.'

'Iawn, ond mae'n rhyfadd iawn.'

Y tro 'ma, maen nhw'n parcio wrth fynedfa Maes yr Ysfa.

'Tawel, 'wan. Dyna'r tŷ a dylen ni fod yn wyliadurus.'

Swatiant wrth y dderwen fawr i graffu'r olygfa. Ymddengys yn dawel iawn. Cerddant tuag at y buarth a'r tŷ. Mae'r haul yn cilio ac yn ymrithio, yn chwarae mig am ei elw ei hun ond yn taflu cysgodion gwylltion sy'n gwneud yr awyrgylch yn annisgwyl o fygythiol.

'Araf, 'wan, Halwn. Dwi'm yn wbod pam ond dwi'n disgwyl *baseball bat* yn fy wyneb ar unrhyw eiliad, wir.'

'Ia, rhywbath annearol fan hyn. Medrwch chi weld pam mae Jennifer y fath beth.'

Rhedant yn ofalus at wal y buarth. Dim ceir, dim arwydd o'r dynion a oedd yn gweithio ar y tŷ. Daw yr unig sŵn o'r coed sy'n cael eu chwythu gan y gwynt. Arhosant am y si lleiaf o bresenoldeb pobl. Yn ofer. Nodia'i phen ac anelant at y drws cefn. Hoelir tâp ar draws y drws yn gweiddi *NO ENTRY STAY OUT.* Yr un fath ar draws pob ffenest. Cais Halwn agor y drws ond ni fydd yn ildio. Mae Dwynwen yn ei gicio ac mae'n ildio. Y tu mewn mae'n dywyll a llwch ar y llawr. Yn y gegin ceir pot mawr o stiw ar y bwrdd a phlât â haen ysgafn o lwch.

'Gad lonydd i bob dim,' sibrwd hi.

''Sdim rhaid i furmurio.'

'Mi nathon nhw adael ar frys.'

'Mae'n f'atgoffa i o Yr Ysgwrn.'

'Fatha amgueddfa.'

'Ar ôl holl doriadau'r Torïaid.'

'Halwn,' gweiddi a dechrau rhuo chwerthin. 'Gwbod yn union be wyt ti'n ei olygu.'

'Dywedodd Jennifer ei fod o i fod fan hyn, yn y tŷ hwn?'

'Ia.'

'Tydi o ddim wedi bod yn bwyta cymaint yn ystod yr wsnosau diwetha, do?'

'O, Iesgob Mawr, Halwn, ti'n wbod be mae hyn yn ei olygu, 'ta?'

'Fydd o mor denau â chribyn?'

'Bydd, neu wedi marw? Rhaid siecio'r tŷ cyfan.'

'Dwynwen, chi'n siwr, onid achos i'r heddlu ydi hwn?'

'Paid â thrio bod yn ddoniol, Halwn.'

'Ddim yn bod yn ddoniol. Mae hwn yn ddifrifol, mwy nag oeddan ni wedi meddwl.'

'Ty'd efo fi a phaid â phoeni. Os bydd Mr Roberts fan hyn rhaid i ni ddod o hyd iddo cyn gynted â phosib.'

Gwichian a chrecian mae'r grisiau wrth iddynt fynd i fyny. Tair lloft a landin. Yr un gyntaf yn fach ac yn llawn hen lyfrau a phapurau. Yr un ail yn fwy â wardrob mahogani enfawr a ddwy gist yn ogystal â gwely plaen gyda matres noeth.

'Diddorol,' medd Dwynwen.

'Mae gen i deimlad drwg am yr hyn sydd yn yr un honno,' medd Halwn, yn cyfeirio at y drydedd stafell wely.

'Halwn, paid bod mor *wimpy*.'

'Llipryn. Tydi 'llipryn' ddim yn sarhad y dyddiau hyn.'

Safant wrth y ddrws. Mae'r drws ar gau. O'r tu mewn daw sŵn rhywun yn crafu, siffrwd fel aderyn yn gadael cangen coeden.

'Dyna ni.'

'Shuh!'

Gwthia Dwynwen y drws ac wrth iddo agor mae'n gwichian yn ofnadwy. Mae'r matres ar y gwely sengl wedi'i gnoi gan ryw lygoden ac mae gronynnau bychain o lwch yn codi o'r llawr ac yn hofran yn yr awyr. Sbiant ym mhob cornel o'r stafell ond does unrhyw awgrym o gorff. Mae Dwynwen yn eistedd ar y gwely.

'Dwy, chi'n iawn?'

'Mor rwystredig.'

'Dwi'n meddwl ei bod yn ddiogel dweud nad ydi'r tad Jennifer yma yn fyw. Cytûn?'

'Golwg o ryddhad ar dy wyneb, 'nde?'

'Efallai. Ond, tasach chi am ei guddio, achos ei fod wedi marw, fasach chi ddim yn ei adael o'n swatio'n ei wely, fysach? Lle fasach chi'i roi fo, dyna'r cwestiwn.'

Dwynwen a naeth ei ddod o hyd iddo ddeng munud yn ddiweddarach.

'Ty'd, 'wan, ty'd. Halwn. Siapia hi.' Mae hi'n sefyll yn nrws y pantri, un o'r mathau hen ffasiwn, hanner oergell, hanner storfa i grogi helfil.

'Tu ôl i'r llen yn y gornel ydi o, o dan y maen.'

Sylla Halwn o gwmpas y stafall ond mae hi'n ei wthio i godi'r llen. Y cyfan sydd i'w weld ydi bag plastig du mawr.

'Chi'n siwr, Dwynwen, mi fedrai o fod beth bynnag?'

'Dwi'n siwr, ymddiried ynof, cariad, mae 'na gorff ynddo fo. Dyma'r reswm nad ydi'n drewi yn y tŷ. Mae pwy bynnag a'i lapiodd wedi 'neud yn siwr eu bod nhw 'di 'neud job dda.'

'Wow.' Mae Halwn yn sylweddoli'n sydyn ei bod wedi gwneud hyn o'r blaen tra ei fod yn teimlo'n gwbl ddiymadferth. Edrychant ar ei gilydd.

'Dychmyga dy fod ti'n mynd i ddarfod mewn bag plastig du mewn cornel felly. Jyst *shitty* ydi hynny, n'de?' medd Dwynwen.

'Trist meddwl bod unigolyn A yn medru gwneud peth cynddrwg â hyn i unigolyn B.'

'Pwy a ŵyr be ddigwyddodd iddo fo.'

'Be fydd'n digwydd nesa?'

'Dwi'n mynd i yrru i gael signal i roi wybod i Lovenuts tra byddi di'n aros fan hyn ac yn gwarchod y lle nes i mi ddod yn ôl. Iawn?'

'Iawn,' dywed Halwn, 'a fyddaf i ddim yn cwffwrdd â dim byd.'

# 24

## *Talu'n Hallt*

Go brin ei fod wedi cysgu yn dda ers dyddiau bellach ond mae o'n teimlo mor fyw, mor llawn egni, mor barod i gofleidio'r ddaear a grym natur a gwau'i ysbryd â'r holl rymoedd o'i amgylch. Mae'n gosod ei wn i lawr yn ofalus ar lan yr afon ac yn tynnu ei ddillad a phlymio i'r dŵr a chyda strociau pwerus mae'n tynnu'i hun i lawr i waelod yr afon ac yn dilyn ei harwyneb fwdlyd, feddal yr holl ffordd i'r ochr arall lle mae'n torri wyneb yr afon gyda chri uchel wyllt sy'n chwalu'r llawenydd y bore. Wedi'u dychryn mae'r adar yn gwasgaru yn sgrechian, gan ofni'r annisgwyl. Ond ei afon, ei ddŵr, hyd yn oed y coed lle maen nhw'n gwneud eu nythod, annedd pathetig dros dro o wair a brigau, ydoedd, ydi a bydd yn perthyn iddo. Yna, daw'r tawelwch yn ôl, fel rhaid. Hoff iawn ydi o amseroedd distaw, unig, ar yr adegau dirgel hynny ar doriad y dydd neu yn y gwyll rhwng dau liw, rhwng dau fyd lle holltir rheolau.

Mae'n sychu ei hun yn arw ac ar ei lwybr yn ôl at y tŷ mae'n saethu pum ffesant a deg neu bymtheg o gwningod a'u gadael i gael eu bwyta gan fermin eraill.

Brecwast ar ei ben ei hun, wedi'i baratoi ganddo'i hun ar ôl iddo ddiswyddo y howsgiper, Beti, y mae'n ei hamau ei fod wedi cynorthwyo Darcy pan dorrodd hi i mewn i'w dŷ. Nid dweud celwydd ydi'r drych yng nghyntedd Henfache. Cadarn, golygus ac urddasol. Yr hyn sydd angen yn barod yn y car. Wedi trefnu wythnos i ffwrdd o'r gwaith gan ddweud bod yn rhaid iddo fynd i'r Alban am sbel i ddelio â rhai materion teuluol brys. Mae'n cau drysau'r lle i gyd ac yn agor gist ei gar: bag, pabell, gynnau. Hynny yn dda. Hyd yn oed ei basport.

Wrth iddi droi'n ddeg o'r gloch a llais Aled Hughes yn dod ar Radio Cymru yn cyflwyno'i sioe am y diwrnod, mae Gwilym yn stopio am eiliad ychydig y tu allan i fynedfa'r ysgol. Gellir gweld yr ysgol ar ben rhodfa hir o hen goed sy'n arwain yr holl ffordd at waliau hynafol yr ysgol ei hun. Mae'n gyrru i mewn yn araf ac yn barchus. Tarmac bellach, yn ei ddyddiau oedd y dreif yn gerrig, meini gwynion graenog mân.

Chwarter awr wedyn gyr ei ffordd allan. Da iawn, medd Gwilym wrtho'i hun, os ydi Darcy yn meddwl ei fod yn dod amdani mae hi'n ymddiried yn ddigon ynddo i beidio â chyffwrdd â Llewelyn. 'A, do, mae Darcy wedi bod yn picio Llewelyn i fyny bob penwythnos,' dywed y pennaeth neywdd sbon, Mrs Williams. 'Diolch am eich amser a'r wybodaeth. Peidiwch â son am fy ymweliad wrth Darcy neu Llewelyn.' 'Wrth gwrs,' meddai'r pennaeth. Mae pawb yn bod yn normal. Da iawn.

Mae o wedi dilyn Darcy o'r blaen, sawl gwaith mewn gwirionedd. Naill ai o neu Weasel. Caru ar y slei doedd hi a'i synnodd a nid oedd ganddo brawf o gwbl fod ganddi gariad. Ond, ar y llaw arall, oedd yn ddefnyddiol gwybod lle mae ei mam yn byw a bod ganddi le cyfrinachol nad ydi hi erioed sôn amdano wrtho. Mae hynny'n ei synnu yn llwyr. Oedd gwybod bod ganddi gartref arall cudd, lloches yr oedd hi wedi'i gadw oddi wrtho yn beth oedd yn ei yrru'n wallgof. Annheg, creulon ac amheus iawn yn ei farn. Beth arall mae hi'n cuddio oddi wrtho? Yn ferw mae ei feddwl wrth iddo yrru trwy'r strydoedd canoloesol bychain Amwythig. Mae'n taro bag hen wraig â'i gar wrth iddo droi cornel ger Pont y Cymry. 'Yr wrach wirion,' mae'n gweiddi arni drwy'r ffenestr. Mae ei amynedd yn toddi.

Mae'r adeilad yn drawiadol iawn, pedwar llawr o uchder, brics coch â ffenstri codi Sioriaid sy'n sefyll yn bert iawn gyda golygfeydd hyfryd o'r Hafren. Mae wir yn lloches hyfryd. Mae

Gwilym yn lwcus ac yn dod o hyd i le parcio oddi tano. Mae'n gadael ei hun i mewn ag allwedd y daeth o hyd iddo yn ei bag llaw yn Henfache ac yr oedd wedi'i gopio ychydig fisoedd yn ôl. Y tro diwethaf iddo fod yno oedd wedi dwyn bra a nicer i weld a fyddai hi'n dweud wrtho ei bod wedi colli rhywbeth. Dim yr un gair o'i cheg. Ond bellach cynhyrfiad gwahanol sy'n ei gymell.

Mae'n eistedd mewn pelydryn o heulwen ar y balconi gan ddychmygu ystod eang o bosibiliadau'n ei ffantasïau: gallai falu pob darn prydferth o wydr drud a'r holl addurniadau tlws a drychau steilus yn chwilfriw a stampio pob ysgwr ffres yn ddwfn i mewn i'r carpedi ffasiynol dros y *lounge-kitchen-diner* puteinllyd neu daflu cynnwys ei chwpwrdd dillad allan o'r ffenestri i weld a allai eu taflu'n ddigon pell i gyrraedd yr afon a'u gwylio'n siglo i lawr i Fryste. Neu allai wneud rhyw fath o brotest fudr fel gwnaeth yr IRA yn eu celloedd pan oedd yn fachgen – '*just imagine the bitch coming home to that*', dywed yn uchel – a chwerthina, arogl a blas cachu'n llenwi'i ben am y milfed tro wrth iddo gael ei gludo'n ôl i gyfnod ei lencyndod pan fe'i tynnwyd allan o'r ysgol am faeddu â chachu'r ystafell wely Wallace, Jones, Unwin a Ward. Ffwcin conts, heddwch i'w lluwch, gorffwysed mewn tail! Wythnos wedyn, cafodd ei hun mewn ysgol arbennig ym mhen draw'r byd, nid nepell o Ddolgellau. Pan ddaeth ei fam i'w weld dri mis yn ddiweddarach, dyna oedd dweud wrtho ei bod wedi ei gael yn ôl i'r un ysgol ofnadwy. Doedd dim dadlau gyda hi.

Cana ei ffôn. Y cyfrifydd.

'Gwilym, dyma Dylan, dim syniad gen i am be wyt ti wedi bod yn ei wneud, yn wir, ond ni thaliwyd ein bil ni am yr eildro.'

'Sori.'

'A phryd, ga i ofyn, fydd gen ti'r amsar a'r awydd i'w dalu?'

'Cyn bo hir, *I promise.*'

'Tydi hi ddim yn ddoniol, Gwilym, mae braidd yn warthus.'

'Nid wyf i'n ceisio bod yn ddoniol.'

'Gwilym, mae'n swnio dy fod di 'di bod yn yfad?'

'*None of your fucking business.*'

'Byddi'n deg, Gwilym. Yn ogystal â phopeth arall, mae gen ti fil treth gan HRMC sydd bellach wedi'i godi ychydig filoedd.'

'Gwn i.'

'A'r peth sy'n fy mhoeni i fwyaf ydi'r ffaith nad ydych chi wedi anfon yr un darn o waith papur ers bron i dri mis. Pam, Gwilym, be sy'n bod? Fel ffrind i'ch teulu am fy holl yrfa, mae gen i a'r cwmni hawl i fynnu gonestrwydd. Heb hynny ni fydd byth yn gweithio.'

'Nawr chi sy'n trio bod yn ddoniol. Dim y fath beth â gonestrwydd.'

'Wel, tala'r bil, Gwilym, 'ta...'

'"Ta beth?'

'"Ta byddwn ni yn y pen draw yn y llys. Hefyd ti fydd yn delio â HMRC ar dy ben di hun.'

'Bendigedig, felly mae 'na ffordd allan ohono nad ydi'n cynnwys fy marwolaeth? Dywedwch faint arna i, wedi anghofio yn yr holl gyffro.'

'Mwy neu lai, hanner milion o bunnau.'

'Iesu, mae'n codi bob tro dwi'n siarad â chi.'

'Yn union, dyna'r reswm dan ni'n dy blagio di.'

'*Goodbye,* Dylan,' ac mae'n dod â'r alwad i ben.

Mae o'n bodio trwy'r rhestr o enwau ar ei ffôn. Fe wnaiff Tristan y tro 'ma, ei hen ffrind, Tristan Jones-Norris, siwtiau wedi'u mesur, pen iawn o wallt. Hen ffrind o'r ysgol.

'Wils, *hiya.*'

'Hei, Tristan, sut ydych chi heddi?'

'*Oh, bit rusty on the old Welsh by now,* hen cyfeillgar!'

'*Not that rusty, I can see. Listen, great opportunity to make some money. How is London, by the way, still bigging it up?*'

'*Surrey now, mate, yeah. What can I do you for?*'

'*Haha, yeah. I need 400K asap.*'

'*We can do something. Against what? I won't ask why, haha.*'

'*Yeah, haha. I need it to hit my account like this week and I need it against the estate, you know, up here we got a bit to go out before the whole thing belongs to the taxman, but, yeah, against a few cowsheds and, haha, put down whatever you want.'*

*'You mean the family estates? I thought they'd been in the family for like 500 years or something, Aren't you related to William the Conq, haha?'*

*'Yeah, yeah, haha. Best not to ask.'*

*'I'll send someone up next week and have the money with you a week later, but listen, I'll have to do it legit, yeah?'*

*'Yeah, haha, yeah, of course, thanks, Trist. We have to catch up over a bottle of cheap Burgundy, I know you love that sort of thing.'*

*'Haha, yeah, yeah. Sure. I'll let you know details when I've sorted it, yeah?'*

*'Yeah, yeah, thanks, Trist, you're a good mate.* Hwyl fawr.'

Gwyneb ei fam yn ymddangos ar sgrin ei ffôn. Gosodiadau papur wal. Nid ydi'n gwybod sut i gael gwared â'i llun. '*Fuck you*, hefyd,' meddai wrthi, yn uchel. Sŵn ei ffôn drachefn.

'Gwil, dwi'n llwglyd,' dywed llais Gerry.

'O, shwmae, Gerry? Sut mae'r olygfa o'ch desg ar frig cwnstabliaeth anrhydeddus Gwynedd?'

'Ie. Cinio? Ti'n nabod y Clwb Golf tu allan i'r Wyddgrug? Bydda i yno mewn awr. Ddim eisiau siarad ar y ffôn.'

'Da iawn,' ond mae'r llais ar yr ochr arall wedi hen fynd.

Mae'n edrych ar ei watsj. Gwell iddo gychwyn nawr. Mae'n dal i feddwl pa fath o arwydd y gallai ei adael i roi gwybod i Ddarcy ei fod wedi bod yno yn ei fflat. Mae'n gadael y drws ffrynt yn llydan agored. Pan fydd yn cyrraedd ei gar mae tocyn parcio ar y sgrin.

Mae Gerry yn aros amdano pan mae'n cyrraedd. Dyn mawr ydi Gerry, clamp o ddyn na all byth gael crysau i'w ffitio. Heddiw yn ei ddillad pob dydd. Mae Gwilym yn cael ei daro sut mae o bob amser yn edrych mor chwyslyd a blêr, dim ots faint o arian mae'r dyn yn ei wario ar ei ddillad.

'Gerry.'

'Gwrando, 'sgen i'm llawer o amsar, dwi 'di ordro yn barod.'

Amneidia Gwilym. Mae Gerry wedi rhoi pwyso ymlaen ond mae'n chwysu hyd yn oed yn y bar oer hwn. Mae rhôl fawr iawn yn hongian dros ei wregys. Doedd mam Gwilym byth yn gadael i neb fod yn dew yn ei thŷ. Nid hyd yn oed y staff. Mae'r lle yn dawel, dim ond criw o hen fois yn yfed haneri ac yn tynnu coesau ei gilydd ar ochr bellaf y bar lolfa.

'Dwi'n cymryd mai dy waith di ydi'r bag plastig du a ddaethom ni o hyd iddo ddoe mewn rhyw *shitty* ffermdy yng nghanol unman.'

Cael ei synnu mae Gwilym. Nid ydi'n disgwyl hyn mewn gwirionedd ac mae'n rhaid iddo brosesu'n union beth mae bos yr heddlu yn ei ddweud. *Bag plastig du? Shitty ffermdy? Ddoe?* Nid ydi'n gwybod be ddylwn i ddweud.

'Paid â malu cachu efo fi, Gwilym, ti'n 'wbod yn iawn at beth dwi'n cyfeirio.'

'Gerry, mae'n ddrwg iawn gen i, ond rydych wedi fy synnnu i braidd, dim cweit mor siwr beth ydych chi'n ei olygu.'

'Corff hen dyn, ffermdy yng nghanol nunlle, *coppers* yn rhedag o gwmpas fatha ieir di-ben, yr un sioe *shit* â'r rhai eraill mewn rhes hir o sioeau cachu anffodus. *Carnage*, Gwilym. Rhaid stopio. Mae'n rhaid i ffwcin stopio.' Mae'n hisian erbyn hyn ac mae ei wyneb coch wedi chwyddu. Edrych drosodd o ochr arall y stafell mae'r hen fois.

Ar ôl i'r bwyd a'r diodydd gyrraedd, mae Gerry yn ymladd i gael ei eiriau allan wrth fwyta brechdan ŵy enfawr, ond nid ydi'n ei atal rhag dweud beth sydd ganddo i'w ddweud. 'Dyna'r un olaf, iawn, yr un olaf, does gen i ddim –' rhaid iddo chwilio am y gair priodol, '– lle i symud i wneud rhagor o hyn. Dan ni 'di gorffan 'wan, ti'n dallt, dyna'r diwedd, fydd neb yn derbyn rhagor,' ond yn anffodus, ni all reoli grym ei ymadrodd rhag yrru darn o ŵy ar draws y bwrdd i lanio yng nglin Gwilym. Mae yntau'n smalio nad ydi hyn wedi digwydd ac yn ei fflicio'n ddistaw bach i'r llawr.

'Dwi'n deall, Gerry, a dwi'n falch iawn y gallwch chi fod mor agored a chymwynasgar, ond dwi ddim yn deall y cyfeiriad at y bag plastig o hyd.' Golwg o syndod gwirioneddol ar ei wyneb mae gan Wilym.

Mae Gerry yn teimlo fel ei fod yn mynd i ffrwydro. 'Gwilym, weithiau ti'n wancwr o'r fath.'

Mae Gwilym yn penderfynu gadael i Gerry orffen ei frechdanau cyn iddo ddechrau clirio'r darnau o frechdanau eto. Mae'n esgusodi ei hun ac yn mynd i'r toiled. Pan ddaw yn ôl, nid ydi Gerry wrth y bwrdd. Pwyntia'r weinyddes at y teras. Cerdded yn ôl ac yn ymlaen yn ysmygu sigâr dew mae Gerry.

'Gerry, gadewch imi egluro'r sefyllfa o'm safbwynt. Ar fy llw, does dim syniad gyda fi am y bag plastig du, does dim syniad bod rhywun wedi'i ladd a ddoe adawais i ddim y tŷ, dyna pam dwi'n synnu cymaint am y digwyddiadau hyn a'r bag plastig du.'

'Maes yr Ysfa. Cofia'r enw. Bag. Corff plws 1. Ti sydd yr un plws un gorau sydd gen i ar hyn o bryd,' yn edrych arno'nheriol.

'Bydda i'n gant y cant yn honest gyda chdi, Gerry. Cefais i gais gan y bobl sy'n ein talu i ddelio â'r eiddo hynny, ond roedd hyn fis yn ôl ac do'n i ddim yn ymwybodol – gadewch i mi ei roi mewn ffordd arall – wnes i ddim hyd yn oed awgrymu bod unrhyw un i ddod yn gorff mewn bag plastic du.' Yn ei ben mae'n melltithio Weasel. 'Ond, bydda i'n gwirio'r manylion gyda'r gweithiwr. Fel arfer, mae'n frwdfrydig ond yn ofalus iawn i ufuddhau i mi i'r llythyren.'

'Dwi isio dwywaith yr arferol.'

'Gerry –'

'Paid â ffwcin *Gerry* mi. Os wyt ti am i hwn gael ei sortio, dwbl yr arferol.' Mae o'n rhoi'i wyneb fodfedd o wyneb Gwilym ac yn chwythu llond ceg o fwg sigâr ato ac yn cerdded i ffwrdd.

Nid ydi Gwilym siwr ers faint mae'r hen bois wedi bod yn syllu ar y sioe drwy'r ffenestr teras ond mae'n ceisio'i orau i'w hanwybyddu, yn dal sylw'r weinyddes ac yn talu gydag arian parod. Ond mae'n dymuno y byddai'r ddaear yn ei lyncu.

223

## Apwyntiad yn Amwythig

Halwn a Dwynwen yn cyfnewid negeseuon:

H: Dwi angen Peiriant Enigma i ddehongli cynnwys y papurau ges i gan yr golygydd yn Amwythig.

D: Lle wyt ti? Dwi'n gwrando ar Lovenuts yn cwyno am bob dim dan yr haul. Pryd wyt ti'n gorffan?

H: Yn union. Dim sôn am orffan, prin wedi dechrau.

D: Ffonia fo. Dweud bo gen ti broblem a methu gwneud na rhych na rhawn ohono.

H: Syniad da, diolch. Be amdanoch? Be sy'n digwydd yn rhengoedd y llu heddwch?

D: Be ti'n meddwl? Dim byd. Maes yr Ysfa wedi'i selio. Neb yn cael siarad amdano, dim yr un gair i'r wasg. *Business as usual.* Y peth pwysica i Lovenuts ydi sut i reoli popeth fel ei fod yn edrych yn dda. 'Sdim ots am y gwir. Isio siarad efo ti yn nes ymlaen. Dwn i'm pryd.

H: Twpsyn. Teimlo yn flin iawn fel un o'r hen bobl hynny sy'n cwyno am yr hyn mae'r heddlu yn ei neud yn lle dal troseddwyr go iawn. Mr Roberts druan yn y bag plastic du hynny.

D: Coffi, cacen ac adroddiadau, dyna ni heddiw. Ac yn mynd i gael pryd o dafod pa mor ddrwg ydwi.

H: Hahaha. Be dach chi'n wybod am wyngalchu arian?

D: Dwi'n gwbod bod Beti yn dwyn o'r siop sglods ac alli di'm yn defnyddio pres go iawn ac eithrio mewn mannau amheus, fel arall dim llawer. Pam?

H: Bob tro dwi'n ymchwilio i gwmni sy'n cael ei grybwyll mae enwau cwmnïau eraill yn ymddangos ac yn esgor ar fwy o enwau cwmnïau nes i mi ddechrau gweiddi a cholli'r ewyllys i fyw.

D: A?

H: Fatha pysgodyn mae pob cwmni yn silio deng mil o rai eraill a phob dim dwi wedi darllen am hyn yn arwain at yr un casgliad, sef, gwyngalchi arian. 'Sgynnoch y syniad lleiaf am faint o bres sy'n cael ei wyngalchi ym Mhrydain bob blwyddyn?

D: Milionau?

H: 88 biliwn o bunnoedd ydi'r amcangyfrif bob blwyddyn. Gallwch ei ddyblo mewn gwirionedd 'swn i'n dweud.

D: O, naaaa, mae'r boi dall newydd ddod i mewn. Bydd rhaid i mi ddiflannu i'r cefn. Ffonia'r dyn yn Amwythig.

H: Tara am y tro.

Hanner awr wedyn:

H: Dwynwen, wedi neud fel gofynnoch chi a siarad â'r golygydd. Be fyddwn ni'n ei neud am ddarn o bres, e? Dywedodd bod y ddynas â'r papurau am gyfarfod yfory am 1yp yn ei fflat, dim am i'w gweld allan. Be chi'n meddwl?

D: Da iawn, Mr Reporter. Gobeithio nad ydi hi'n rhy neis. 'Sgen ti ei rhif? Dwi'n *serious*. Mynna ei manylion cysyllt, peth pywsica! Dwi'n dy nabod, rhy neis o lawer.

H: Gwnaf. Chi'n broff go iawn. Haha. Diolch. Sut mae'r dyn dall?

D: Mae'n siarad o hyd. Ar fy 3ydd panad wrth iddo rwdlio.

## 26

## Gair i Gall, Ffon i Angall

'*How's yer dog, young lady?*'

'*Not my dog, but he's fine, thanks. How can I help you today, Mr...?*'

'*Royston, remember.*'

Sut gallai Dwynwen ei anghofio? Mae o'n byw yn y caffi drwy'r dydd o'r wawr i'r cyfnos, un o'r eneidiau coll, y di-farw sy'n byw yn y cysgodion. Ond y llais hyn, fatha hen ddrws gwichlyd nad ydi byth yn llonydd. Mae ton o euogrwydd yn golchi drosti ac mae hi'n gwneud i'w hun wenu.

'Wrth gwrs,' mae hi'n dweud, yn meddwl pa mor brofoclyd ydi'i lais. '*You know what, Royston, when I see your face I just want to speak Welsh.*'

'*Wel, sorry luv, bin here nearly thirty year an' still don' un'erstan' a bloomin' word. It jus' sounds blllwll y pfthhff if you ask me.*'

Saib.

'*No offence, like.*'

Ydi hi'n digio? Nagdi. Meddwl di-feddwl, dyna i gyd. Ond i fod yma deng mlynadd ar ugain ac yn dal i fod mor ddi-feddwl, dyna'r trosedd.

'Sut gallaf i'ch helpu chi?'

Mae'n adrodd y stori yn ei ffordd arbennig ei hun am eu cyfarfod cyntaf yn y caffi ac yn ei hatgoffa y bu'n helpu Halwn pan fu'r angen fwyaf ac am ei gorchymyn iddo wedyn i sgwennu popeth oedd yn ei wybod am Wyn Maes yr Ysfa, ac yna mae'n rhoi tudalen o bapur iddi. Dechreua ei ddarllen ond cyn gynted ag y bydd Lovenuts clywed enw Maes yr Ysfa mae yntau'n neidio ar draws yr ystafell ac yn ei fachu oddi wrthi.

'Diolch, Royston, mae hynny'n gynorthwyol iawn.'

Ar fin ffrwydro mae Dwynwen.

'*Bear with me, I just need to nip to the toilet*,' ond cilwgu ar ei bos ar ei ffordd allan.

Yn y toiled anadla hi'n ddwfn ac yn rheolaidd ac yn y pen draw gall dawelu ei hun. Sgrechian, sgrechian mor uchel ydi'r cyfan mae am ei wneud, dim ond sgrechian yn ddigon gwyllt i ddeffro'r meirwion. Yn lle hynny ni wna hi ddim byd heblaw mynd am gael pisiad a thrwsio'i gwallt heb unrhyw ymdrech wironeddol.

Yn ôl yn y swyddfa mae Lovenuts yn cyhoeddi, 'Mae gan Royston y gallu mwyaf rhyfeddol i ddarllen gwefusau. O'ddet ti'n gwybod, Dwynwen?'

'Ia.' Plentyn diflas ydi Lovenuts ar adegau, meddylia hi.

'Ma' e'n gallu darllen gwefusau'n berffaith. Rydwi newydd fod yn ei brofi.'

'O'n i'n meddwl ei fod i fod yn ddall?'

'Wel, ma' ffon gyda fe, mae'n debyg.'

'Gweda rywbeth, Dwynwen, gweda a fe weli di pa mor glyfar yw Royston.'

'Syr, mae'n hurt, sôn am wastraff amser yr heddlu.'

'Wnei di fe, jyst gweda beth bynnag er mwyn iddo allu dangos pa mor glyfar yw fe. Plîs. Yna bydd ar ei ffordd wedi.'

Meddylia hi.

'Beth yw'r ots gennyf i am Gymru? Damwain a hap yw fy mod yn ei libart yn byw.'

'*Royston, what do you make of that*?'

'*Can her do it agen, please? I wasn't quite sure what was happenin*.'

Ailadrodda hi'r llinellau unwaith eto. Gwylia hi Royston wrth iddo fwmian ynghyd â hi. Cofia'r profiad o fod ar lwyfan drama'r geni yn yr ysgol yn gwylio'i mam yn y cynulleidfa.

'*Go on, Royston, what did she say?*'

'Beth eer otskeni amgumtree damwayn aharp eefuhmoad yneeleebartynbeeoo. *Something like that.*'

'*Wowow, Royston, you're amazing, man, where did you learn to do that, and you blind and all. Great stuff, isn't it Dwynwen?*'

'Ffantastig. Da iawn y dyn hwwnw. Be am y gwaith ddylsem ni fod yn ei wneud?'

'Mae Royston wedi casglu tipyn o wybodaeth i ni.' Mae'r sarjant yn edrych arni'n hunanfoddhaus iawn.

'Dwi'm yn coelio hynny.'

'Pam ddim? Wel, gwranda ar hwn. *Royston, tell me what you told me earlier.*'

Mae'r druan yn tynnu wyneb. Mae hi'n dal i feddwl tybed sut gall dyn dall weld. Mae Lovenuts yn edrych fatha barnwr ar sioe dalent deledu. Tebyg iawn i Simon Cowell.

'*The woman says*: Teensharadahvuhpawl. *The boy says*: Yahteenoobo.'

'Lovenuts, stopia, mae hwn yn hollol boncwrs. Pam yn y byd ydan ni'n gwrando ar y lol hyn? Mae 'na fatha video o Instagram ac mae pawb yn cherthin ac yn gwneud hwyl am ein pennau ni. Fedra i ddim gymryd dim mwy o hyn a'r dyn lloerig 'ma.'

'*One moment, please, Royston, we are just deciding how to take this forward.*'

'*Her sounds very annoyed. Am I annoying 'er?*'

'*Not a bit, Royston, but I think we need a bit of context.*'

'Dwynwen.'

'Sarsiant.'

'Mae'r cyfan yn ymneud â chyd-destun, a dweud y gwir, ar ddiwedd y dydd. Yr hyn dwi'n moyn yw – defynyddia dy ffôn, recordio be ma' e'n gweud a gallwn ni drafod y cyfan ar ôl iddo fynd, iawn? Ac wedyn, gelli di ddweud dy ddweud.'

Mae'n aros nes iddi osod ei ffôn ar y ddesg a phwyso '*Record*'.

'*Royston, tell me everything you saw and who said what.*'

'*Cafe Lovin Muffin, one day a few week ago. Two blokes come in and went through the back with the owner lady. She came out*

*later and was in a very bad mood. Then, an hour later, a boy
come in. He parks his Welsh Water van outside the caff. He speaks
to the owner lady at a table next to me. There was only me and
three English ladies there at the time.*

*Lady says*: teensharadahvuhpawl.

*The boy says*: yahteenoobo.

*The lady says*: hlhlehuhdeehoh.

*The boys says*: unuhdehvasoonhheethwayd.

*The lady doesn't respond.*

*The boys says*: manoonmindeelathuhbobulossdooeemmynnay-
dpethuh.

*The lady says*: beh.

*The boy says*: sumeeduhstuffdwaydhlhlehmypawlagarethamy-
noonubodhlhlemycerees.

*The lady says*: fwk.

*The boy says*: vuhngaysundawdunuhhlhleesmeesnesahdooee-
mangunmooeehoshit.'

Mae Dwnwen yn syllu arno.

'*Is that it?*' medd Lovenuts.

'*More or less.*'

Distawrwydd.

'Sarsiant, cwestiwn cyflym, ond sut yn uffern fedr dyn dall,
uniaith, braidd yn hen, gofio brawddegau o'r hyn, iddo fo, sy'n
hollol lol, bron fis ar ôl iddo ddigwydd? Dydi hynny ddim yn
normal nac yn naturiol. Taswn i'n ofergoelus, faswn i'n dweud
bod rhywbath rhyfadd iawn yn digwydd.'

'*Excuse my colleague, Royston, she is just putting the whole
thing into a police officer's context.*'

'*Awright, mate.*'

'*Royston, how is this possible that you can remember these long
sentences in a language you don't know? And being a bit blind.*'

'*Registered blind, officer. Dunno how to explain it, really. But
you ever 'eard of Rodrigo, Concierto de Aranjuez and all that?
He's my 'ero, he is. Blind from the age of three and just listen to the
things he could hear, hahaha!*'

229

Ac wrth i'r plismon helpu Royston i adael yr orsaf mae Lovenuts yn diolch iddo yn wenieithus. Yn ôl yn y swyddfa mae'n dal yn llawn brwdfrydedd. 'Wel, Dwynwen, be ti'n meddwl am hyn i gyd? *Who the hell is Rodrigo, though?* Rhaid i mi googlo fe.'

'Dwi'n dal i feddwl ei fod yn lot o nonsens ac o'n i isio chwerthin sawl gwaith. Mor ddifrifol oedd o pan oedd o'n llafarganu'r *mumbo jumbo*. Oedd o'n swnio fel pregethwr o Mississippi yn llefaru â thafodau. Be wyt ti'n ei feddwl?'

Oedd Lovenuts wedi mynd yn rhyfedd o dawel ac oedd awyrgylch anesmwyth yn cwympo trwy awyr y swyddfa. Gallai Dwynwen deimlo'r *tumbleweed.*

Mae Lovenuts yn oedi cyn iddo ateb. 'Dim syniad, ond fel ti'n gweud, dyn eitha dawnus, ac o bosib, ma' e'n cynnig gwybodaeth defnyddiol y dylen ni ei dilyn orau gallwn ni, yn fy marn i. Rydym am gael ein gweld yn gweithio gyda phobl ag anableddau.'

Mae hi'n nodio.

'Dwynwen, gwranda ar y recordiad hyn a gadwa i mi wybod os elli di wneud unrhyw synnwyr ohono. Erbyn yfory, os gweli'n dda.'

Mae hi'n edrych arno'n ofalus. Nid ydi o'n cymryd sylw ohoni o gwbl. Sut fedr person drawsnewid ei bersonaliaeth o funud i funud heb ddod yn ymwybodol o effaith ei ymddygiad ar bobl o'i gwmpas o gwbl?

'Bron amser gwely. Wela i ti cyn bo hir.' Mae bron yn canu ei eiriau olaf.

## 27

## *Croeso Mawr*

Erbyn y fore mae'r 'cyfieithiad' wedi'i gwblhau. Dros dost a jam yng nghegin y garafán darllena Halwn y sgwrs yn uchel. Hanner gwrando mae Dwynwen wrth iddi baratoi'i hun i'r gwaith ac mae cyn leied o le y tu mewn i'r garafán fel y mae Halwn yn cael ei hun yn ymddiddan â'i phen ôl. Sydd ddim yn beth mor ddrwg.

'Barod?' mae Halwn yn gofyn i Ddwynwen. 'Mae'r ddynas yn dweud', mae'n cyfeirio at Siriol, mae'n debyg, 'ti'n siarad efo fy Paul?' Mae Halwn yn dal i chwilio am sylw Dwynwen. Nesaf, mae'r bachgen yn dweud, 'Ie, ti'n gwbod.' Yna, mae hi'n dweud, 'Lle ydi o?' Y hogyn dweud, 'Yn y De, fedra i'i ddweud.' Tydi'r ddynas ddim yn ymatab. Yna, mae'r hogyn yn dweud, 'Maen nhw'n mynd i ladd y bobl os dwi'm yn neud pethau.' Y ddynas dweud, 'Be?' Y hogyn dweud, 'Symud y stwff, dweud lle mae Paul a Gareth a mae nhw wbod lle mae Cerys.' Y ddynas dweud, 'Ffwc.' Y hogyn dweud, ''Nghais i'n dod yn y llys mis nesa, dwi'm angen mwy o shit.' Dyna fo.'

Mae Dwynwen yn syllu arno. 'Iesu Crist a'r esgobau i gyd. Dwi'm yn coelio fo. Halwn, dyweda 'to, yr holl beth ac yn well, llai fatha zombi.' Mae o'n ailadrodd yr holl beth, y tro hyn yn llai fatha zombi ac â dau lais gwahanol.

'Pam yn uffern naeth o ddim dod atom ni â gwybodaeth felly yn gynt?'

'Ella oherwydd eich bo' chi'n meddwl ei fod o'n *nutter* ac yn ei osgoi fo?' Mae Halwn yn syllu i fyw ei llygaid gwylltion.

'O, ia. Duw, Halwn, be am Cerys druan?'

'Pwy 'di Cerys?'

'Stori hir. Rhaid mynd,' dywed hi a thaflu'r drws yn agor.

'Un peth bach arall.'

'Dim amsar, 'wan. Gyrra neges,' a diflanna hi ar draws y cae gwlyb.

Yn yr orsaf awr yn ddiweddarach, mae Lovenuts yn gwneud nodiadau o ddatganiad Halwn. 'Felly, ti'n dweud dy fod ti'n cymryd cyfrifoldeb llawn am yr holl fandaliaeth yn siop Mr Roberts, Asiant Tai Ceulan, yn gynharach yr wythnos hon a dy fod gweithredu fel hyn oherwydd dig yn erbyn Mr Roberts a oedd wedi dy droi di allan o dy fflat sawl diwrnod ynghynt ac ti wedi gweithredu'n unig a heb annogaeth na chymorth neb arall?'

'Yndw.'

'A pryd nest ti y fandaliaeth hon, Halwn?'

'Yn oriau tywyllaf y nos, dwi'm yn siwr pryd yn union.'

'A pam nest ti y fandaliaeth hon, Halwn?'

Yn wir, mae Lovenuts yn ddyn rhyfadd iawn, medd Halwn wrtho'i hun. Dyn sydd wedi sgwennu gormod o adroddiadau wedi'u hanwybyddu.

'Dial. Isio dangos iddo pa mor annifyr mae cael dy daflu oddi allan dy gartref.'

'A sut nest ti fynd i fewn i'r siop, Halwn?'

Doedd Halwn ddim wedi rhagweld y cwestiwn hwn, oedd wedi disgwyl ymagwedd fwy ddidaro gan Lovenuts.

'Ŵ, dim cofio.'

'Wel, oedd gen ti allwedd? Torri gwydr? Iwsio *crowbar*? Malu'r clo?'

'Dim cofio.'

'Dim cofio, e? Oeddet ti wedi bod yn yfed? Cyffuriau?'

'Naddo.'

'Ti'n sicr?'

'Dim cofio.'

Mae Lovenuts yn gwenu. "Dim cofio.' Hmm, gallwn i dy gyhuddo di o wastraffu amser yr Heddlu, Halwn.'

'Torri gwydr. Ceisiais i dorri'r gwydr ond thorrodd o ddim.'

'Wyt ti'n siwr rwan nad siarad nonsens yn unig wyt ti? Dwi'n siwr dy fod di'n moyn amddiffyn Dwynwen, n'dwyt, sy'n very laudable, ond dwyt ti ddim yn gweud un peth wrthaf i sy'n awgrymu iti gyflawni'r drosedd hon. Ti ddim yn gwybod sut wnest ti dorri i mewn, pryd wnest ti hynny na sut wnest ti symud y pethau trwm o gwmpas ar dy ben dy hunan. Ond ma' syniad 'da fi. Yn hytrach na gwylltio gyda thi rydwi'n mynd i ddefnyddio dy ddatganiad. Rydwi'n mynd i ryddhau'r wybodaeth yn dawel iawn dy fod di wedi gwneud hynny ac yna aros i weld beth sy'n digwydd.' Mae'n gwenu ac yn rhwygo'r datganiad, cyn dweud yn dawel, 'Wela i ti'n fuan.'

'Ia.' Mae Halwn yn teimlo'n dwp wrth iddo adael yr orsaf.

Ar y llwybr i'r garafán gellir glywad sŵn ci'n cyfarth. 'Ti'm yn hoffi bod yn y lle hon ar dy ben dy hun, wyt, Windy?' meddai Halwn wrth y ci, wrth iddo agor y drws a'i fwytho a siarad yn dawel ag o. Yn syth, maen nhw'n cychwyn i lawr y lôn at yr afon. Mae'r coed a llwyni yn dod yn fyw, y gaeaf yn troi a'r lliwiau'n newid o arlliwiau llwydog o frown. Mae'r dadmer yn dechrau fel math o addewid cudd o dwf, ond yn hwyr iawn. Mae Halwn yn eistedd ar fainc tra bod Gwyndaf yn brysur yn ogleuo cwningod yn y ffos.

**Dwyn, dros y penwythnos bydd rhaid i ni symud eto, sori. Mi wna i drefnu popeth. Wedi siarad â ffrind arall ac mae ein lle newydd gael ei drefnu. Peidiwch â phoeni a chofiwch fod gynnon lawer llai o bethau i'w symud. H.x** Gwasga *Send.* Mae'n difaru bron popeth ar unwaith, cymaint fel na all byth gofio teimlo'n rhydd o euogrwydd.

Cyrraedd neges bron yn syth wedyn. Nid oddi wrth Ddwynwen ydi, ond un di-enw. *I might be running a little late, but please be patient. You have the address I think.* Nid oes enw ynghlym wrth y neges. Edrycha ar ei watsj. Mae'n rhaid mai'r ddynas o Amwythig sy'n cysylltu, mae'n debyg.

Mae Halwn yn gyrru neges testun ati yn ôl: *No probs. See you around 1. Halwn* Yna, mae'n gadael Gwyndaf yn y garafán efo plât o fwyd a chychwyn am Amwythig.

Yn y cyfamser mae Dwynwen yn chwilio am rywle i barcio, ond mae heddiw'n brysur iawn ac mae hi'n gorfod gadael y car ym maes parcio Spar. Rheda mor gyflym ag y gall gan ddal ei het fenywaidd wirion yn ei lle. Bum munud, ond mae'n teimlo'n hirach, cyn iddi gnocio o'r diwedd ar ddrws 17, Rhodfa Begw. Yr un profiad – y reolwraig swta, y tŷ yn yr un cyflwr – digynnwrf, tywyll, mwll, neb o gwmpas, wedi'i gadael i aros wrth fwrdd y gegin. Mae Dwynwen yn darllen neges Halwn yn fud. Dyma ni'n mynd 'to, mae hi'n meddwl. Be ydi'r pwynt yn wylltio? Dim arno ydi'r bai. Medrai fod yn waeth. Medrai hi orfod byw yma.

Y tro yma mae Cerys yn ymddangos ar ei phen ei hun ac yn smocio heb ddweud dim byd ac yn parcio ei hun yn y gadair yn gyferbyn â Dwynwen. 'O dan ddylanwad' byddai Dwynwen wedi dweud.

'Ti'n iawn, Cerys?'

'Ie. Pwy wyt ti?'

'PC Dwynwen Jones, mi fûm yma beth amser yn ôl.'

'Ie? Neis.'

'Cerys, ti'm yn edrych yn iawn. Ti wedi cymryd rhywbath?'

'Y doctor wedi rhoi fi tabledi. *So*, ie, iawn, diolch.'

'Cerys, ydi rhywbath wedi digwydd i ti yn y cyfamsar?'

'Be ti'n meddwl, cariad?'

Mae modrwyau du o amgylch ei llygaid a dydi hi ddim yn gwisgo yr un colur â'r tro diwethaf ac mae ei chroen yn flinedig ac yn flotiog.

'Oes unrhyw un wedi dod i dy weld di?'

Ysgwyd ei phen fel doli glwt.

'Wyt ti wedi siarad efo Bleddyn?'

Ysgwyd ei phen eto.

'Wyt neu wyt ti ddim wedi siarad efo Bleddyn, Cerys?'

234

Mae Dwynwen yn ei gwylio wrth iddi sefyll ar ei thraed ac yn symud yn araf allan o'r stafall a munud yn ddiweddarach mae'n ailymddangos yn gafael yn darn o bapur y mae hi'n ei roi i Ddwynwen. Darllena hi fo. Fel cerdyn post ond heb lun. 'Cerys, rydw i'n dod ar dy gyfer di yn fuan. Dywed wrth Bleddyn rydw i am wbod pob dim. Nunlle yn ddiogel. Cariad, Gareth Xx'

'Cerys, cerdyn o Gareth, ie? Gareth, dy ŵr di, ia?'

Chwerthina a pheswycha.

'Sori, y ffags 'ma yn *cheap shit*. Nag ydi. Na, na gan Gari.'

'Ond mae o wedi'i sgwennu fo.'

'Naddo, nes i ddeud na a nath o ddim ei sgwennu.'

'Be ti'n feddwl, dwi'm yn dy ddallt di.'

Mae hi'n edrych yn fwy blinedig byth.

'Rhywun arall sgwennodd hwn.'

'Ond mae Gareth wedi'i arwyddo fo.'

'Prin medru sgwennu Gareth.'

'Be?'

'Mae o'n dislecsic, n'dydi? Ac amser maith yn ôl nathon ni stopio deud 'cariad' a pethau felly, n'de. Fi oedd'n arfar sgwennu bob dim yn y busnes, dim fo,' a chwerthina'n chwerw a phesycha cyn tynnu mygyn arall.

'Cerys, os nad ydi Gareth wedi sgwennu'r cerdyn hon atat ti, yna pwy? A pam?'

'Dim syniad. Nhw, ella?'

'Pwy ydi 'nhw'?'

'Ffeindia Bleddyn. Gofyn iddo fo.'

'Cerys, dan ni'n mynd rownd mewn cylchoedd yma.'

Ysgwyd ei phen.

'Y bobl oedd'n dyrnu ei ben o. Dal i ddweud fydd rhaid iddo fynd i ffwrdd.'

'Be?'

'O, *for fuck's sake*, plîs, gad lonydd i mi, plîs. Offiser, mae gen i gur reit erchyll reit fan hyn,' gan bwyntio at ei phen.

'Cerys, mae'n ddrwg gen i, océ, ond i di helpu di a Bleddyn, dyweda pwy sy'n neud hyn i gyd.'

'Os dwi'n deud y tipyn dwi'n ei wbod wrthat ti wnei di adael llonydd i mi?' Mae Cerys wedi heneiddio yn ystod y sgwrs hon. Tro Dwynwen i nodio'i phen.

Prin sibrwd y mae hi'n siarad â'r llawr. 'Y gwerthwyr bastard ydi. Ma' nhw 'di addo delio efo fi a Bleddyn achos ma' nhw'n meddwl bod Gari wedi blingo nhw ond nath o ddim. Dim Gari a gurodd fi. Gad lonydd i Gari, wnei di? A gad lonydd i mi. Mi ddweda' i wrth y bobl yma dy fod di yn fy hasslo i os doi di fan hyn 'to.' Mae hi'n dechrau pesychu eto tra bod Dwynwen yn aros yn dawel. 'Crocs. Nest ti ddim clywad dim byd oddi wrtha i. A paid dod yn ôl,' gan syllu heibio Dwynwen wrth iddi ymlusgo i ffwrdd.

'Diolch, Cerys, brysia wella, iawn.'

A chlyw Dwynwen synau ei chamau wrth iddi gerdded i lawr y coridor ac i fyny'r grisiau. Y tu allan y drws ffrwnt, yn yr awyr ffres, anadla Dwynwen yn ddwfn. Peth da ydi bod yn rhydd.


Yn ôl yn yr orsaf mae hi'n rhoi ei hadroddiad i Lovenuts. Mae'n ei ddarllen heb edrych arni. 'Roedd'n i'n meddwl dy fod di wedi cael dy rybyddu i gadw draw o bethau felly, Dwynwen?'

'Wel, o'n i'n meddwl bod Cerys mewn peryg.'

'Mewn lloches i ferched yw hi, yn saffach na thi yn dy garafán di, mae'n siŵr.'

'O'n i'n meddwl y gallai fod wedi cael ei bygwth, neu ei hanafu.'

'Wel, yn amlwg ddim.'

'Tydi hi ddim yn edrych mor dda.'

'Elli di ddim mynd o gwmpas yn helpu pobl sy ddim yn edrych yn dda, Dwynwen. Byddai ciw gyda ti rownd y gornel am hanner milltir.'

'Na, alla i ddim, syr.

'Dwynwen, ma' peth arall wedi dod i'm sylw.'

Arhosa hi.

'Ti wedi penderfynu ymddiswyddo o'r heddlu?'

'Syr.'

'Pam?'

'Rhesymau personol.'

'Wyt ti'n siwr?'

Ysgwyd ei phen mewn symudiad niwtral. Wedi'i ddysgu gan Gerys.

Edrycha Lovenuts arni'n amheus.

'Dwi'n mynd i ofyn iti ailystyried. Meddwl am y peth.'

Nid ydi hi'n ymateb. Distawrwydd. Dydi hi'm yn mynd i ildio'n gyntaf.

'A paid â gwneud dim mwy ynghlŷn â'r achos yma. Cytûn?'

Ysgywd ei phen fel doli glwt.

Dim angen bellach i wneud unrhywbath mae'n gofyn i mi ei wneud, mwy neu lai, meddwl hi, ac yn mynd allan heb syniad clir o beth yn union mae'n mynd i wneud nesaf. Yn y car heddlu mae'n troi ymlaen Radio Cymru a chlywir Sian Cothi'n adrodd limrig. Mae hi wastad yn gweld isio'r jôc a'r holl beth yn mynd heibio iddi. Siecia hi'i ffôn. Neges oddi wrth ei mam. Bin. Gwyndaf yn dod i'r meddwl. Rhaid iddi siecio arno nesaf. Lle mae ei bag â'r agoriadau? Dim byd yn y car. Rhaid bod ar ei desg. Â hi'n ôl i mewn i'r orsaf. Wrth fynd heibio swyddfa Lovenuts mae hi'n clywad rhywun yn beichio wylo. Mae'n gwrando y tu allan i'r drws yn dawel. Mae Lovenuts yn hanner crio hanner siarad i lawr y ffôn. Arhosa am funud, heb wybod yn union beth dylai'i wneud. Ar flaenau'i thraed â at ei desg, â hi â'i bag ac allan cyn daweled â phosib. Pam fysa o'n beichio wylo fel 'na? gan feddwl yr holl ffordd adra i weld Gwyndaf.


Yn y cyfamser mae Halwn wedi bod yn meddwl am ei ddyfodol, eu dyfodol a sut bydd modd llywio'r peth sy'n mynd o dan enw syml, sef 'bywyd'. Dihunir gan sŵn ei ffôn. Yn rhyfadd iawn mae car heddlu'n ei ddilyn a'r ail beth rhyfadd ydi bod y ffôn yn canu a nid yn gwneud dim ond sŵn neges. Mae'n gorfod gyrru'n ofalus a pheidio â'i atab wrth yrru. Araf, araf, mor araf. Coedway. Mae'r ffôn yn dal i ganu. 30 mya. Dim lle i dynnu i mewn. Gyr yn ofalus, peidia â mynd dros ddeg ar ugain. Canu'r ffôn o hyd. Bron wedi cyrraedd y parth 50 mya. Medr weld yr arwyddion. Sbia ar gloc y car. Chwarter i un. Tafarn, ar y dde, yn ymddangos o nunlle, sbia o yn y drych, mae'r car heddlu'n aros amdano. Mewn amser, mae'n cofio rhoddi'r arwydd. Mae'n gyrru'n araf i mewn i'r maes parcio. Canu'r ffôn o hyd. Gwylio'r car heddlu'n mynd heibio a heb stopio'r car, mae'n atab o'r diwedd y ffôn.

'Be? Ie? Halwn sydd yma.'

'*Hello, hello. Can you – help, please, help. Tell them –*' llais dynas yn sgrechian i lawr y ffôn, yna, distawa'r ffôn. Yr un rhif â'r un a anfonodd neges iddo y bore 'ma. Y ddynas o Amwythig. Mae o'n ffonio hi'n ôl ar unwaith. Dim ymatab. Canu a chanu. Tria sawl waith eto.

'*Hi, Halwn here, I have an appointment today at one with your client.*' Mae'n trio'r golygydd yn Amwythig bellach.

'*Yes, Darcy. Everything all right?*' medd y golygydd.

'*She's just rung me screaming down the phone. Asking for help and –*'

'*O, Jesus, no. Go to her flat and ring me if there's no answer.*'

Ugain munud yn ddiweddarach mae Halwn yn sefyll wrth brif ddrws yr adeilad fflatiau, unwaith eto ar y ffôn at y golygydd.

'*Noone here, no one answering,*' meddai Halwn.

'*Look, this never happened, you never spoke to me, OK, I never really wanted to get involved in this, she told me the shit that's been going on, I know her sister.*' Mae'n petruso am beth amser. '*Henvache is probably where she's gone. Google it, there's only one big place like that in North Wales.*' Mae'r llais a'r llinell yn diflannu.

Henfache. Enw rhyfadd. Rhy Halwn yr enw i mewn i Google. Wir, dim ond un ag enw hyn. Tua awr i ffwrdd, ella, heb draffig. Darllena'r erthygl fach am y lle: '*...tŷ bonedd mawr, afreolaidd o gymeriad Jacobeaidd, ar ffurf T yn fras ag arysgrif o 1616, er bod prif res y tŷ yn dyddio o ganol y 17eg ganrif, gan y tŷ hefyd ychwanegiadau Fictoriaidd arwyddocaol ac mewn lleoliad hyfryd yn edrych dros un o isafonydd niferus y Dyfrdwy...*'

Petrusa. Mae'n galw Dwynwen. Dim atab, dim ond cana'r ffôn. A fedrai o wir fyw efo ei hun tasai rhywbath yn digwydd i'r dynas o Amwythig? Cychwyna i'r cyfeiriad a ddangosir ar y map Google. Ardal braidd yn anghysbell nad ydi'n ei hadnabod yn dda.

Mae'r ffordd yn droellog ag yn araf, tractorau ym mhob man yn tynnu ôl-gerbydau, maint anarferol o hen bobl yn mwynhau'r dirwedd, wedi anghofio eu bod yn gyrru cerbydau modur. Amser i Halwn i feddwl. Be yn union y mae'n trio'i wneud? Pam yn y byd y dylsai ymwneud â dau unigolyn nad ydi erioed wedi cyfarfod â nhw, mewn gwirionedd? Lol lodes mewn loes? Ddim mewn gwirionedd. Mewn gwirionedd? Pe bai Dwynwen yn yr un sefyllfa be fasai'n disgwyl i rywun ei wneud? Mae'n atgoffa ei hun mai dim ond wsnos fach yn ôl y gwnaeth hi'i gyflogi. Y peth lleiaf y medr ei wneud ydi trio'i helpu. Ond, ar y llaw arall, ni fedrai feddwl am unrhyw beth arbennig y medrai ei gynnig iddi o ran cymorth. Wrth iddo yrru mae'n gwneud sawl ymdrech i ffonio Dwynwen ond cael yr un canlyniad bob tro. Pan fydd o'r diwedd yn tynnu i mewn i brif fynedfa Henfache ei ysfa naturiol ydi troi rownd a ffoi, oherwydd efallai mai dyma'r peth mwy gwirion a wnath erioed.

O'i flaen mae hen furiau cerrig, uchel a llwyd, yn codi yn ddwy golofn fawr ac arfbais wedi pylu ar bob un. Gyr i mewn heb syniad beth i'w ddisgwyl. Y tu mewn i'r fynedfa ceir hen dŷ porth a rhodfa lydan â choed hynafol yn arwain at y tŷ mawr a dim ond sŵn graean yn crensian o dan ei deiars. Mae car arall yn y maes parcio. Range Rover. Stopia a pharcia'n daclus wrth ei ymyl. Fel arall, tawelwch llwyr. Mae'n teimlo'n dwp iawn i fod yn canu'r gloch ond mae'n ei wneud beth bynnag.

Atebir y drws i'w syndod gan ddynes dal, yn gwisgo siwt drowsus wyrdd dywyll. Nid ydi hi'n siarad ond yn aros yn dawel nes iddo ddweud y gair cyntaf.

'Helo. Mae'n ddrwg gen i iawn am droi i fyny fel hyn, ond –' stopia siarad wrth iddo sylwi ar ochr afluniaidd ei gên. Mae hithau'n gwneud ymgais i symud ei hwyneb a siarad ond ni all.

'Chi'n iawn?' gofynna o, ond mae hi'n cyffwrdd â'i gên mewn boen. 'Ga i'ch helpu chi?' Mae Halwn yn teimlo'n anesmwyth.

'Dim pwynt nawr, mêt,' meddai llais o'r tu mewn i'r tŷ, llais dwfn fatha cantor mewn côr ond i glustiau Halwn mae'r gair 'mêt' yn amhersain, yn amhriodol i'r llais. Mae'n clywad camau yn agosáu ac yna ymddengys dyn, tal, moel, haerllug, gwatwarus, hyd yn oed yn null ei osgo a'i ymarweddiad. Estyn ei law i gydio gafael yn llaw y ddynes.

'Wnest ti ddim dweud dy enw.' Mae'n gwenu ar Halwn.

'Halwn.'

'Wel, Halwn, croeso i Henfache, croeso mawr.' Ond saif heb symud, nid ydi'i ddull yn cyfateb i'w groeso. Ceith Halwn ei daro fod y dyn hwn wedi dysgu'r geiriau ond dim byd mwy nag hynny. Geiriau'n unig ydi'r croeso. Edrych y ddau ar eu gilydd ond ni fedr Halwn weld unrhyw enaid yn ei lygaid. Mae'r hyn y mae'n ei weld yn gyrru iasau i lawr ei gefn. Mae gan ei wyneb y wên nad ydi'n wên ar wyneb y byddai pobl yn ei alw'n wyneb babi.

'Be wyt ti eisiau yma, nawr 'te?'

'Cwestiwn da,' meddai Halwn. 'Dwi isio siarad â dynas o'r Amwythig.'

'Wel, dwi'n dy ddeall achos mae 'na lawer o ferched pert o Amwythig, n'does?'

'Wel, wir. Ond un yn arbennig.'

'O, ie, pa un?'

'Wel, cwestiwn da. Dwi'm yn hollol siŵr pa un.'

'*So, why the fuck are you here then?*' yn dal i gydio yn llaw y ddynas.

'Hei, peidiwch â gwylltio. Mi ges i alwad gan ddynas o'n i i fod i gyfarfod â hi a ffoniodd fi mewn cyflwr gofidus iawn a dwi wedi glanio fan hyn. Mae'n ddrwg iawn gen i os ydwi 'di neud camgymeriad.'

Mae'r ddynas yn gwingo unwaith eto ac yn trio dweud gair.

'Darcy, paid nawr, paid, mae'r creadur hwn yn mynd yn fuan.'

'Os ca i ofyn i chi, os Darcy ydi honno, pwy ydach chi?'

'Bonheddwr a pherchennog Henfache, megis fy nhad ac ei dad o'i flaen. Ta waeth, Halwn, neis cyfarfod â thi a diolch am dy amser. Hwyl,' ac mae ar fin cau'r drws yn wyneb Halwn.

'*Darcy, did you ring me earlier?*' gofynna Halwn.

Amneidia Darcy a gwinga. Daw Halwn o hyd i'w ffôn a phwyso'r botwmau. O'r tu mewn cana ffôn yn wan o rywle ymhell i lawr y coridor.

'Felly, dwi i yn y lle cywir, dwi'n meddwl, Mistar. Dwi wedi siarad â'r ddynas 'ma o'r blaen, yn amlwg.'

Mae Halwn yn pwysa mwy o fotwmau ar ei ffôn ac mae'r bloeddiadau a'r gwaeddau am help o'i galwad yn dod allan yn uchel.

'Dwi'n meddwl bydd'n well trafod pethau tu fewn, n'dwyt ti?' medd Gwilym.

Mae Halwn yn dilyn Gwilym yn llusgo Darcy i mewn i'r tŷ, i lawr coridor tywyll i'r drysau dwbl derw sy'n agor i mewn i ystafell enfawr â wal o ffenestri o'r llawr i nenfwd yn edrych dros yr afon, coed a bryniau ym mhob cyfeiriad.

'A gymeri di ddiod, Halwn?' yn dal i gydio yn llaw Darcy. 'Sieri? Port? Rhywbeth cryfach, efallai?' Mae'n gwthio Darcy ar un o'r soffas moethusion ger y tân.

'Dŵr, plîs.'

'Pefriog yn iawn?'

'Ia, diolch.'

'Dyna ti,' ac yn rhoi gwydraid o ddŵr iddo. Nawr 'te, os mai ti yw'r un dwi'n meddwl mai ti yw, yna, gallwn ni fynd yn syth i fusnes, fel petai.' Gwena.

'Dwi wedi bod yn gweithio i'ch gwraig i'w helpu hi efo tipyn o waith papur.'

'O, da iawn ti, a da iawn ti, Darcy,' yn ciledrych arni. 'Cyn ei damwain gyda'i gên roedd hi'n dweud wrthaf i ei bod hi'n trawsglwyddo rhai ffeiliau i ti, trwy'r idiot hwnnw yn y papur newydd yn Amwythig, a yw hynny yn wir?'

'Ie.'

'Be ti'n feddwl oedd ei bwriad wrth wneud hynny, Halwn?'

'Ddim yn siŵr.'

'Palu rhyw fath o faw, efallai? Ffroeni tipyn o bres, efallai? Hoff iawn o ffroeni fel gair, Halwn, mae o'n fy atgoffa i o ffroenau, ffroeni, ffroeni fel ast, efallai, yr hyn y mae ci ast yn wneud. Cytûn? Beth bynnag, cafodd hi ddamwain, yn anffodus a nawr mae hi'n dioddef gan ên wedi'i thorri, ond paid â phoeni, Halwn, wedi cael tabledi ac yn anlwcus iawn, dyw hi ddim yn gallu siarad.' Edrych arni hi gyda chymysgedd o angerdd, casineb a chariad sy'n ei llethu ac mae hi'n dechrau wylio. Gwilym yn ei hanwybyddu. 'Felly, mae gen i syniad. Rho dy ffôn i mi, os gweli yn dda.'

'Pam?'

'Achos bod arna i'i eisiau.'

'Na, diolch.'

'Bydda'n rhesymol, Halwn, does dim ots gen ti ynghlŷn â'r achos yma.'

'Na.'

'Iawn. Dŵr arall? A oes ots gen ti os af i gael un arall i fy hun, dyn ni wedi rhedeg allan.'

Wrth iddo adael y stafall mae Halwn yn sibrwd wrth Ddarcy. 'Darcy ydach chi? Nathoch chi ffonio fi? Be ddigwyddodd i chi?'

Mae o'n aros am ymatab ond mae hi'n dechrau crio a chyfeirio at ei gên, ei llygaid wedi chwyddo ac yn goch. Ar yr un pryd, mae tri chi enfawr yn ymddangos wrth y ffenestri ond yn rhyfedd o dawel. Mae Halwn yn meddwl tybed sut yn union y mae wedi caniatáu i hyn ddigwydd, gan ganiatáu iddo'i hun ddod mor fregus mewn sefyllfa fel hon. Daw Gwilym yn ôl i'r ystafell â bwrdd pren, lemwn, cyllell a photel o ddŵr.

'Iawn, 'te,' medd Gwilym wrth iddo eistedd yn ymyl Darcy ar y soffa, rhy ei ddiod ar y llawr a chydia'n ei braich. 'Halwn, ti'n ddyn y byd, mi wrantaf, ac yn ymwybodol o ba mor hunan-ddinistriol gall menyw fod, mae'n siŵr,' a thra ei fod yn siarad mae'n tynnu llewys Darcy i fyny i ddatgelu cnawd ei braich isaf. 'Edrycha, Halwn, weli di'r creithiau, y toriadau, y marciau mae hi wedi'u gwneud arni ei hun? Wyt ti'n eu gweld? Wel, gyfaill,

242

stopiodd hi wneud yr holl nonsens i gyd ar ôl iddi gwrdd â fi. Mae'n wir, Halwn, pe tasai hi'n gallu siarad buasai'n cytuno ac yn dweud, 'Ie, stopiais i niweidio fy hun oherwydd Gwilym.'' Yna, cipia'r gyllell a dalia hi reit uwchben croen ei harddwrn. 'Halwn, rho dy ffôn i fi ac fydd Darcy ddim yn cael ei marcio oherwydd ei hunangasineb hi. Dy ddewis yw e.'

Ar Ddarcy sy'n edrych i ffwrdd ac ar Wilym sy'n ei lygadu yn fanwl sbia Halwn. Mae'n ei daro pa mor ar hap ydi bywyd a chymaint o wiriondeb sy'n aros am unrhyw un ar unrhyw eiliad. Ni ddylsai fod yna'n eistedd ar soffa tra bod dyn gwallgof nad ydi'n ei adnabod yn bygwth sleisio arddwrn ei wraig ei hun. Nid dyma ei le o gwbl.

'Gwilym, plîs, meddyliwch am funud.'

'Mae gen ti dair eiliad. Un.'

'Gwilym, plîs –'

'Dau.'

'Iawn, iawn, dyma chi,' ac yn estyn ei ffôn ato.

'Da iawn. Nawr 'te, dilea'r recordiad. Ar unwaith, gwna.'

Gwnaeth Halwn fel y dywedwyd wrtho.

'Da iawn, sieciaf i fod popeth wedi'i glirio,' ac yn fflicio drwy neges llais Halwn i wirio'i fod yn wag. 'Da iawn.' Mae Gwilym yn rhoi'r gyllell i'w boced ac yn gollwng ei afael ar Darcy ac mae hi'n syrthio'n ôl ar y soffa.

'Y peth nesaf yw'r ffeiliau hynny y gafodd eu tynnu o'm swyddfa. Dwi'n cymryd eu bod nhw yn y car?'

'Maen nhw.'

'Ddest ti o hyd i unrywbeth o ddiddordeb yn y ffeiliau?' medd Gwilym, yn gwenu.

'Dwi'm yn siŵr. Llawer o restrau, rhestrau enwau cwmnïau, cyfriflenni, hen lythyrau, nodion personol, sgribliadau a rhai enwau. Efallai eu bod yn golygu rhywbeth pwysig i chi ond ddim yn fawr iawn i mi.'

'Wel, yn union, fy machgen i, yn union,' ac yna caiff bwl o gynddaredd a dechrau sgrechian ar Ddarcy fel ynfytyn lloerig gwyllt, ac am ryw resym mae'n gafael o gwmpas ei phen fel petai ar fin ei droelli a thorri ei gwddf. Ni fedr Halwn eista ac ei wylio tra ei fod yn ei lladd, felly, mae'n neidio o'r soffa a thaflu ei hun rhwng y ddau ohonynt.

'Be dach chi'n neud, y bastart? Peidiwch! Gadewch lonydd iddi!' gweiddia Halwn, wrth iddynt rolio dros y soffa i lanio ar y llawr, Gwilym yn pinio breichiau Halwn wrth ei ochrau ac yn poeri geiriau yn ei wyneb. Mae Darcy'n sgrechian ac yn rholio dros y soffa gyda nhw cyn cropian i ffwrdd ar ei phedwar. Does dim ots gan Wilym, dim ond eisiau brifo'n wael Halwn mae o.

'Ti'n gwybod sawl gwaith dwi wedi bod yn dy sefyllfa di, wedi fy nal ar y llawr tra bod rhai bwystfilod yn ceisio fy iwsio i, fy mrifo i, fy mychanu i, fy ngwatwar i am ddim rheswm o gwbl? Ti'n meddwl nad ydwi'n gwybod beth yw diodddefaint oherwydd fy mod i'n eistedd yn y tŷ mawr hwn gyda mwy o arian nag byddwch chi'n ffwcin *peasants* byth yn ei weld mewn ugain oes? Gallaf i wneud unrhyw beth dwi eisiau i'r ddau ohonoch chi, malu chi, ffwcio chi a gwneud yn siŵr na fyddwch chi byth yn cerdded eto, felly, paid â fy ngwthio i, ti'n deall, paid â fy herio i, byth,' yn sgrechian y geiriau olaf hyn o fewn modfedd o wyneb Halwn. Ceisia Halwn ymladd ag o ond mae Gwilym yn llawer cryfach a thrwmach ac oherwydd ei bwys prin y gall Halwn gael y geiriau allan.

'Gwilym, peidiwch rŵan, tydi hyn ddim yn helpu, plîs,' teimla Halwn yn druenus gan ddweud hyn ond penlinia y llall ar ei frest ac mae'n malu ei asennau mor galed nes bod ysgyfaint Halwn ar fin hollti.

Ond Gwilym yn parhau, gan anwybyddu ei ymbil, 'Yr ysgol breifat honno, yr un ger Amwythig lle mae ei mab yn mynd, yr un dwi'n talu amdani,' try at Ddarcy sy'n bellach eistedd ar y llawr, '*that fucking school that I pay for, for your kid, not mine, that I pay for,*' ond nid ydi hi'n ymateb, mae hi wedi cau i lawr mewn sioc a syllu ar y ddau, yn ddifywyd, felly, mae o'n troi at Halwn eto, 'wel, bob dydd, bob wythnos, bob penwythnos, Halwn fach, wnaethon nhw fy nal i lawr mewn rhyw ystafell neu'r llall am bron i dair blynedd i gael eu hwyl gyda fi.

Dychmyga, y cachu bach, y teimlad o aros ac aros am yr hyn ti'n ei gael nawr, byth yn gwybod yn union pryd maen nhw'n mynd i dy gael di, yn ddiniwed ac yn wan ac yn llawn egni naïf, dychmyga, y ffwcwit, y boen, y bychanu, y teimladau o fod yn fudr, pathetig ac yn ddiwerth, mae'n flinedig.' Yn sydyn, mae o'n ei ryddhau ac yn sefyll i fyny ac yn poeri ar Halwn. Yna, mae'n codi'r soffa ac yn ei throi'n ôl

'*You disgust me,*' meddai, 'fel ti oeddwn i, yn yr ysgol, llipryn, peth comig.' Mae'n mynd at y cabinet diodydd ac yn arllwys wisgi mawr. 'Eistedda fan 'na, dwi ddim wedi gorffen eto.' Mae'n mynd ar draws yr ystafell at y ffenestri ac yn edrych dros ei dir. Mae Halwn yn codi ar ei bengliniau gan besychu, gan geisio dawelu ei hun ac adennill ei hunanfeddiant. Munud neu ddau yn mynd heibio. Mae'r cŵn wedi colli diddordeb ac wedi diflannu o'r golwg. Pan mae'n troi at Halwn, mae'n ddigynnwrf.

'A, Halwn bach, dim yr un gair i neb drwy'r holl cyfnod, ddywedais i ddim byd wrth neb am ba bethau ofnadwy naethon nhw i mi. Nid ohwerwydd fy mod i'n rhyw fath o ferthyr ond oherwydd rhywbeth arall. A elli di ddyfalu beth yw hynny?'

Meddylia Halwn am y cwestiwn. Y peth callaf i ddweud fyddai beth yn union? 'Mae gan bob unigolyn ei resymau, efallai? Dwi'm yn siŵr.' Ni ddaeth hynny allan yn iawn.

'Am beth gwirion i ddweud, ha! Halwn bach, drycha arna i, ar y tŷ, hanner y sir yn fy nwylo a ti'n methu deall y pethau lleiaf am fywyd a'r byd. Ha.'

'Chi wedi dod yn fath o sadist, hoffi achosi poen, defnyddio'ch pŵer dros bobl eraill, bod yn ddyn mawr. Dwi'm yn siwr.' Meddai Halwn, rhwng anadliadau poenus.

'Ti byth yn siŵr, Halwn, wyt? Be mae dy gariad di'n ei feddwl ohonot ti? Fod ti'n annobeithiol ac yn dda i ddim? *The lovely Dwynwen, police officer.* Mae hi'n braidd yn bert, os ti'n hoffi'r math yna o beth. Dwi'n meddwl ei bod hi'n hoffi dynion mae hi'n gallu'u tosturio,' gan chwerthin ar ei sylwadau ei hun.

'Tydach chi'm gwbod dim byd,' pesycha Halwn, 'ac yn sicr tydach chi'm yn adnabod eich hun. Oni naethon nhw

245

ddysgu hynny i chi yn eich ysgol *posh brats?*' 'Gorau adnabod, d'adnabod dy hun'.' Mae Halwn yn dal i gymryd anadliadau dwfn i weld a oes gynno unrhyw asennau wedi'u torri gan fod ei frest gyfan yn brifo.

'Gwers. Gwers oedd. Gwers i ti ac iddi, 'fyd. Felly y mae bywyd, Halwn, oni fyddet ti'n cytuno?'

'Dwi'm yn dallt.'

'Halwn, ti'n ffwcwit go iawn, n'dwyt? Ceisio dysgu gwers i ti a'r cyfan elli ti'i ddweud yw, 'Dwi'm yn dallt, dwi'm yn siwr', er mwyn dyn, tyfa bâr.'

Saib.

Mae Halwn yn sydyn yn ymwybodol y gallai hyn ddod i ben yn wael iawn.

'Pydew eirth yw'r bywyd hwn, ffwcin *bearpit*, n'te? Mae pob dim o'n cwpas ni'n fregus iawn, does dim cyfreithiau na chyfiawnder, dim byd yn y byd go iawn, a pho fwy sydd gen ti, y mwyaf ti'n poeni bydd pobl yn ceisio'i dynnu oddi wrthot ti. Pan gefais fy nal i lawr a chael fy ffwcio gan bois y chweched, o'r diwedd, gwnes i synnwyr ohono fo gan ddysgu'r wers. Ni fydd byth 'y pwerus', y bobl pwerus, yn cael ei ddal ond mae'n rhaid i ti sicrhau dy fod ti'n weithredu'n bwerus. Syml, iawn, n'does, Halwn bach? Neu wyt ti dal ddim yn siŵr?'

'I raddau, ond mae'n ffordd or-syml i feddwl. Mae 'na reolau, deddfau, yr heddlu, y llysoedd, rhai mathau o amddiffyniad i bobl gyffredin,' meddai Halwn, heb fod yn argyhoeddedig.

'Ar bapur. A oes gen ti arian, tŷ, dewisiadau, y pŵer i newid pethau sy'n dy boeni di, gobaith am y dyfodol? Dwi'n siŵr nad oes gen ti hyd yn oed un ohonyn nhw, n'does?' Ar y llaw arall, mae gen ti ddyled, problemau, diffyg gobaith, opsiynau cyfyngedig, dim pŵer o gwbl, dim mynediad i bŵer, dim mynediad i bobl pwerus, hyd yn oed y gofod, fel petai, ti'n gweithredu ynddo yn gyfyngedig. Mae'n debyg does gen ti ffwcin ardd, hyd yn oed. Onid dyna wirionedd dy sefyllfa?'

Dydi Halwn ddim am gytuno. 'Am y tro.'

'A'r peth gwaethaf ydi bod pob un o'r ffwcwits fel ti yn ei

dderbyn o fel rhywbeth naturiol, ffeithiol. Felly, mae gennym ni bob dim ac mae gen ti a'r lleill fel ti ffwcôl. Ha! *Funny, innit?*'

Mae Halwn am chwerthin am sawl reswm. Mae gan Wilym synnwyr digrifwch ond nid yr hyn y mae'n ei ddweud yn ddoniol. Nid yr acen ffug wirion chwaith na'r wynebau y mae'n eu tynnu. Darcy wedi syrthio'n erbyn y wal a llewygu ar y llawr. Deil Gwilym gipolwg Halwn.

'Gallwn i'i mygu ond, paid â phoeni, ni wnaf i. Ti'n meddwl bod pawb mewn perthynas rywiol yn dychmygu llofruddio'r llall, ar ryw adeg, neu ai dim ond fi ydyw? Ha.'

Meddylia Halwn am Ddwynwen â'i gwyneb mor berffaith a'i synnwyr o gyfiawnder a'i hiwmor hyfryd. 'Na,' ond yna, meddylia am ei fam a'r dynion yn ei bywyd ac ychwanega, 'efallai.'

'Ha, ro'n i'n meddwl hynny.'

'Os ydach chi'n berchennog hanner y sir a thŷ trawiadol a'r holl stwff i gyd, pam ydach chi wedi creu gwe o gelwyddau a thwyll o'r fath yn eich bywyd busnes?'

'Y tro fi nawr i ddweud, dwi'm yn deall.'

'Wel, yn yr ychydig bapurau a mi ges i gan Ddarcy mae'n amlwg eich bod chi wedi creu gwe enfawr o gwmnïau coeg i wneud be yn union?'

'Gan ein bod ni mor onest â'n gilydd a does neb yn mynd i wrando ar yr hyn wyt ti'n ei ddweud am unrhyw beth, dweda i wrthot ti yn blwmp ac yn blaen. Bwced, rhaid i ti ddychmygu bwced, iawn? Bwced yn llawn dŵr. Os rhoddi di fwy o ddŵr yn y bwced mae'r bwced yn gorlifo ac yn gwneud lot o lanast. Yr un peth ag arian, os rhoddi di ormod o arian yn y bwced mae'r arian yn gorlifo ac mae'r arian a oedd yno'n aros yn y bwced. Dylen nhw ddysgu hyn yn yr ysgol, n'ddylen? Os wnei di ambell i dyllau yng ngwaelod y bwced, mae'r dŵr yn llifo drwyddo yn anweledig, dim llanast yn unman ac mae'r dwr yn cael ei adnewyddu a'i adfywio. Yn anweledig, mae hwn yn bwysig. Wedi'i olchi'n llwyr. Mae'r cwmnïau yn golchi'r arian. Ond, i gadw'r holl system i weithio, rhaid dod o hyd i arian i'w roi ym mhen uchaf y bwced. Pob dim yn symud yn barhaus drwy'r amser. *You feel me?*'

Mae Halwn yn chwerthin am ben y dyn hŷn hurt hwn yn dynwared siarad du trefol. 'Pam ydach chi'n siarad felly?'

'Dwi'n falch fy mod i'n dy ddiddanu di, Halwn. Mewn byd arall, efallai, byddwn ni'n dod yn ffrindiau.'

'Ond, o ddifri, pa fath o bethau ydach chi'n eu 'symud ymlaen'?'

'Arbenigo mewn tai, eiddo, ystadau, tir, hen blasy ac yn y blaen.'

'Da iawn chi.'

'Wel, diolch, ond byddwn i wedi gwneud fy ngwaith cartref cyn troi i fyny yma, fel ti wedi wneud, heb unrhyw ymdrech wironeddol i ddysgu unrhyw beth amdanaf i.'

'Be ydi'r cysylltiad rhwng y gwaith budr ydach chi'n ei wneud yn Llundain a'r hyn dach chi'n ei neud yng Nghymru?'

'Be ti'n gwybod am yr hyn ydyn ni'n gwneud fan hyn yng Nghymru? Pwy soniodd am Gymru?'

'Neb.' Halwn yn petruso. 'Neb wedi sôn am Gymru wrthaf i am eich busnesau, ond mae'r ffordd ydach chi'n ymatab yn od iawn, pam ydach chi mor flin fy mod i'n sôn am Gymru?'

Tro Gwilym i dawelu. 'Wyddost ti be, ble mae'r ffeiliau a ddygodd Darcy? Brysia, cyn i mi dy lusgo di allan i'w nôl nhw?'

'Yn y car.' Mae bod yn neis iddo yn gwneud iddo siarad mwy, mae Halwn yn sylweddoli.

'Paid â symud un fodfedd,' ac â allan gydag allweddau Halwn.

Cysidra Halwn ei opsiynau: dianc, aros neu ffonio'r heddlu. Ar ochr arall y ffenestri mawr mae'r tri chi'n ailymddangos. Gallai Gwilym ddweud ei fod yn tresmasu; bysai ffonio'r heddlu'n syniad da oni bai does neb wedi gwneud dim byd o'i le. Nid ydi Halwn yn siŵr hyd yn oed a fyddai Darcy'n cyhuddo Gwilym o ymosod arni. Felly, efallai, y peth gorau ydi aros. Dim dwywaith amdani, aros, dewis yr eiliad, casglu gwybodaeth. Darcy'n cwyno yn ei chwsg, yn ceisio symud ei gên yn reddfol.

Daw Gwilym yn ôl yn dal y ffeiliau. Bodia trwy'r tudalennau.

'Pe bai gynnoch chi unrhyw synnwyr o wedduster, byddech chi'n ffonio am feddyg iddi hi,' medd Halwn.

'Cyn gynted ag byddet ti'n gadael ac rydym wedi gorffen hyn,' meddai, gan chwifio ei law. Mae Gwilym yn edrych yn fawnl ar y papurau yn y ffeil.

'O, ti wedi nodio fy niddordeb yn *The Armed Man* gan Karl Jenkins, n'dwyt?' Mae'n aros am ymateb ond nid ydi Halwn yn ymateb. 'Pa ran wyt ti'n meddwl ein bod wedi cyrraedd?'

'Dwi'm yn dallt,' meddai Halwn.

'Wel, ti'n iawn fy mod i wedi cael fy nylanwadu gan y miwsig, mae'r darn yn adrodd rhyw fath o stori, mae 'na dair rhan ar ddeg i'r cyfan a pha un sy'n cynrychioli'r sefyllfa ble ydyn ni'n ffeindio ein hun erbyn hyn?'

'Rhywle yn y canol, 'Angry Flames' neu 'Torches'. Dach chi'n dal i feddwl bod gynnoch chi fath o groesgad i'w chwblhau.'

'Ooh, clyfar, Halwn, a pam dy wyt ti'n dweud hynna, tybed?'

'Dal i fod yn ddig, dal i ymosod ar bobl diniwed fel Darcy a phobl eraill, chi'n meddwl o hyd bod rhywun wedi neud i chi deimlo'n fach a dach chi dal i fod isio dial arnyn nhw, n'dach?'

'Dwyt ti ddim yn gwbl anghywir, na. Mae'r peth wedi mynd tu hwnt i hynny. Dere i'r neuadd a fe ddangosaf i rywbeth i ti.'

Dilyna Halwn Wilym i'r neuadd fawr.

'Dyma ti, Halwn bach, fy mam.' Yn hongian ar y wal yn edrych dros yr holl fynd a dod yn y tŷ mae portread o ddynes lwydwallt, ffyrnig, gain gyda llaw gam wedi'i gwasgu i'w hochr. Mae ganddo ddeigryn yn ei lygad wrth iddo edrych i fyny arni.

'A'r pwynt ydi?'

Cynhyrfwyd Gwilym yn amlwg gan y sylw hwn ac mae'n rhuthro'n gynddeiriog ar Halwn gan ei binio i fyny'n erbyn y wal.

'Y cont sarcastig! Ti'n siarad fel 'na am fy mam. Dylwn i ffycin dorri dy wddf.'

Ceisia Halwn ei wthio i ffwrdd ond mae mor gryf â'r diafol.

'Be sy'n bod arnat ti, Gwilym?'

'Paid â ffycin dweud 'mond un gair am fy mam, ti'n deall?'

249

'Gwilym, gadewch i mi fynd, iawn. Does neb wedi dweud dim byd am eich mam chi. Peidiwch â gwylltio!'

Mae Gwilym yn ymlacio ychydig.

'Paid â bod yn sarcastig. Ast roedd hi ond doeddet ti ddim yn ei hadnabod hi'n dda.' Rhyddha o Halwn.

'Gwilym, dwi'n siarad o ddifri 'wan, chi angen help.'

Gostega'i ddicter megis cymylau'n mynd heibio uwchben a daw gwedd amgen dros ei wyneb. Eistedda ar y soffa'n wynebu'r portread.

'Oes gen ti'r syniad lleiaf o'r hyn a wnes i i blesio'r fenyw honno? Mae'r pethau o'n i'n arfer eu gwneud i'w phlesio hi'n swnio'n rhyfedd iawn, timod, bwyta'r un bwyd, dysgu'i hoff gerddi, glanhau'i hesgidiau, ysgrifennu darnau bach i'w chanmol hi. Ha! Wnaf i byth anghofio pan wisgodd hi fi fel nyrs mewn gwisg ffansi yn un o'r sioeau lleol ond ar ôl y sioe gwnaeth hi fy naro i dros y wyneb achos oeddwn i wedi codi cywilydd arni gan actio fel merch. Ac felly dechreuodd. Bychanu fi, taro fi, gweiddi arna i, anwybyddu fi, taflu pethau yn ôl ataf i, gwawdio fi a gofyn mwy a mwy ohonof i, hawlio marciau gwell, perfformiadau gwell, llais gwell, gwedd well, acen well, acen amgen, geirfa well, ffrindiau eraill, cyflawniadau gwell, di-baid, di-baid, Halwn, elli di'i ddeall, wyt ti'n ei ddeall pan ddaw rhywun wyt ti'n ei charu'n elyn yn y pen draw?'

Tawelwch yn disgyn dros y gofod ac yn atseinio o amgylch y grisiau mawreddog ac o'u cwmpas. Geiriau Gwilym yn taranu trwy ben Halwn. Dyma'r dyn anhapusaf iddo gyfarfod erioed, ydi'r cyfan y gall ei feddwl. Pen Halwn yn troelli mewn cymysgedd o ddirmyg a difaterwch sy'n ei atal rhag cynnig unrhyw eiriau o gysur i'r enaid wedi'i dorri ar y soffa. Efallai, i rai pobl, nad oes llawenydd gwirioneddol yn unman yn y byd. Mae'n gwylio Gwilym yn siglo gyda'i ben yn ei ddwylo am sawl munud. Sawl gwaith mae Gwilym yn gweiddi'n wyllt, wrth i'w feddyliau fynd yn sownd yn ei ben ei hun. Mae ei wylio fo'n codi ofn ar Halwn am ei ddiogelwch ei hun.

Yna, yn sydyn iawn, mae'n dechrau siarad trwy ei fysedd, ac

mae gan Halwn y synnwyr ofnadwy bod ei feddyliau'n cael eu darllen, 'Efallai, byddet ti'n disgwyl rhywfaint o ddealltwriaeth, ond na, mae 'na lai o ddealltwriaeth yn y byd na byddet ti'n ei feddwl, a dwi 'di rhoi'r gorau i geisio siarad ac esbonio, does 'na ddim esboniad sy'n wneud synnwyr,' yna mae'n tynnu ei fysedd i ffwrdd o'i wyneb a hisian, 'a hithau, y peth sy'n gorwedd ar y llawr draw acw, y person tristaf yn y byd sydd heb owns o gydymdeimlad i unrhyw berson arall yn y byd, yn byw yn unig iddi'i hun o un eiliad i'r nesaf, hithau sydd wedi dwyn pob dim sy'n eiddo i mi oddi wrthyf i. Halwn, ha, priodais i fy mam pan briodais i hi. *Isn't that so fucking funny?* Ha!'

Mae Halwn yn dawel iawn pan mae'n siarad. 'Gwilym, rhan o'r hyn dach chi'n ei ddweud wrtha i yn drist iawn. Chi'n iawn, mae 'na lawer o greulondeb yn y byd ond dwi'n meddwl dylsech chi geisio dod o hyd i rywfath o gymorth proffesiynol. A dylsech chi gael cymorth ar unwaith i Ddarcy. Rwan.'

'Pam yn uffern wyt ti yma o hyd?' gwaedd Gwilym wrth iddo godi ei ben i syllu arno.

'Y cwestiwn y dylsech chi ofyn ydi pam ydach chi'n dweud yr holl bethau hyn wrtha i? Dwi'n meddwl bo' chi'n unig iawn.'

Mae Gwilym yn ateb drwy ei ddwylo heb edrych arno. 'Ha, Halwn, ti'n iawn, ti'n iawn. Ti'n meddwl dy fod ti'n deall dy hun a'r hyn ti'n ei 'wneud? I'r diwrnod ein marwolaeth does neb yn ddoethach, ydyn nhw? Meddylia amdano fel *confession*. Be mae *confession* yn Gymraeg?'

'Cyffes.'

'Meddylia amdano fel cyffes. Y Tad Halwn. Rwyt ti ychydig yn debyg i offeiriad, braidd yn ddiflas, yn wan ac yn welw, yn hoff iawn o lyfrau a dyw'r hyn ti'n ei wybod ddim yn berthnasol i ddim byd. Ond yn llawn o gachu buwch gwag.'

'Mae'r rhan fwyaf ohonon ni'n wag, ond y peth sy'n bwysicach ydi'ch anhapusrywdd a'ch dicter. A'ch gwraig druan, Gwilym, tydi beth bynnag dach chi'n ei deimlo rwan ddim yn mynd i wella gyda'i dioddefaint.'

Nid ydi Gwilym yn gwrando ond yn dal ei ben yn ei ddwylo.

'Y peth olaf dwi eisiau ei ddweud yw nad yw menywod yn hoff iawn o ti mewn gwirionedd. *But you might go both ways.* Ha!' Mae'n siarad a chwerthin â llais sy'n bell, yn gaeth mewn rhyw fyd arall.

'Cyffeswch, Gwilym. Chi sydd dan baich euogrwydd ac anhapusrwydd, bwriwch y llwyth i'r naill ochr. Dewch o hyd i rywun i'ch helpu chi a fydd yn gwrando ar yr holl bethau hyn. Dyna chi, dwi'n siarad fatha offeiriad.'

Tawelwch.

Mae Gwilym yn suddo'n ôl i'r soffa ddwfn a sylla ar y portread o'i fam, ar goll yn ei feddyliau.

Dywed Halwn yn garedig ac yn ddistaw, 'Yn ôl pobl y plwyf mae gynnoch chi'r holl fyd wrth eich traed. Am eich gorffennol, am y perthynas efo'ch mam, 'sneb yn gwbod dim byd, am eich teimladau o euogrwydd yr un fath, neb yn gwbod dim byd, ond am eich ymdrechion i gefnogi diwylliant Cymru a'r Eisteddfod a'ch gwaith i amrywiol elusennau, dach chi'n llechu yn y cefndir. Dwi 'di darganfod bo' chi'n rhoddwr hael –'

'*Bollocks*! Ha! Pe bait ti'n gwybod y gwir.'

'A be mae'r gwir, Gwilym? Y byd yn erbyn y gwir, ella?'

'Oo, da iawn ti, gobaith y wlad, Halwn bach. Oes gen ti waith, Halwn, jobsyn fach, efallai?'

'Tydi hi'm amdana i, ond na, 'sgen i ddim un ar hyn o bryd.'

Mae Gwilym yn gwenu'n watwarus am ben ei westai. 'Felly, does gen ti ddim syniad sut mae pethau yn gweithio yn y byd go iawn, ond ti'n barod iawn i bregethu yn erbyn pobl fel fi heb wybod llawer iawn. Fel offeiriad, ti'n meddwl y gorau o bobl, ychydig o ddioddefaint yn beth da ac mae Duw yn gofalu amdanon ni i gyd.' Eistedda i fyny, ei lygaid yn fyw eto, yn dal golwg Halwn. 'Wel, dyw hynny ddim yn cadw'r potiau pensiwn i gorddi arian nac yn rhoi bwyd ar y bwrdd. Yn dy feddwl di bydd Cymru fach â'i bryniau mwyn a thyddynnod gwynion twt a thaclus yn cario ymlaen am filoedd o flynyddoedd i ddod. Nid yw Cymru ar werth, wel, *kiss my arse*, onid wyt ti ddim wedi clywed am gyfalafiaeth? Gallai Shakespeare hyd yn oed

252

weld y llun mawr bedwar can mlynedd yn ôl pan mae John of Gaunt yn dweud, '*This dear, dear land is now leased out, like to a tenement or pelting farm.*' Mae popeth a phawb ar werth. Neu a wyt ti am gadw'r holl wlad yn y canol oesoedd ble mae deg mil o ddefaid gwylltion yn llywodraethu'r lle? Ha!'

'Dwi'n cymryd fod yr hyn chi'n ei ddweud yn fath o gyffes, ond dach chi wedi'i leihau i swnio yn well nag ydi yn y byd go iawn, chi wedi tynnu'ch hun allan o'r llun, n'do?'

'A oes ots beth dwi'n ei wneud neu beth mae unrhywun arall yn ei wneud?'

'Dylsai cyffes fod yn broses bersonol o ymryddhau oddi wrth y pechodau dach chi wedi'u cyflawni. Fedrwch chi ddim cymryd cyfrifoldeb am yr holl system gyfalafiaeth.'

Nodia Gwilym ei ben.

'Fel us o flaen y gwynt, ngwas i. Pobl sy'n godro'r system, pobl ddi-werth yn eu tai rhad, y pobl hanner sâl sy ddim yn sâl, yr hen bobl sydd erioed wedi talu'n iawn i mewn i'r system, y drwgis a'r iswrs lawr y lôn sydd wedi osgoi pob math o waith ac erioed wedi cael yr hyn oedden nhw eu haeddu, y gwehilion sy'n eistedd gartre heb wneud diwrnod o waith gonest yn eu bywydau a'r bobl gyda naw o blant nad oedden yn cael eu caru achos bod eu rhieni'n dda i ddim. Ac maen nhw'n byw ar draws Cymru am ddim gan gyfrannu dim byd ond dwyn. Us o flaen y gwynt.'

Heb wybod pam, dywed Halwn yn uchel, 'Maes yr Ysfa?'

Mae Gwilym yn edrych yn graff arno.

'Sut wyt ti'n nabod yr enw hwnnw?'

'Mi fedrwn i ofyn i chi'r un fath.'

'Mae'n enw digon cyffredin.'

Saif Gwilym ac â i mewn i'r lolfa at y cabinet diodydd ac arllwys diod iddo'i hun. Dilyna Halwn o.

'Ar wahân i'r ffaith bod 'na lofruddiaeth rai wythnosau yn ôl.' Mae Halwn yn aros i weld sut mae Gwilym yn ymateb.

'Wir?'

'Be ddigwyddodd, Gwilym, ym Maes yr Ysfa?'

Mae Gwilym yn troi i ffwrdd.

'Damwain? Damwain fwriadol? Dynladdiad damweinol? Fy neimlad ydi nad oedd'n fwriadol.'

'Hunanladdiad.'

'Beth? Pam fysai dyn fel Gwyn yn lladd ei hun?'

'Dyled. Alcohol. Iselder. PTSD. Onid oedd o yn Irac? Milwr, dwi'n meddwl. Pwy a ŵyr? Mae llawer o bethau yn arwain at hunanladdiad. Dylwn i wybod, dwi wedi bod yno.'

'Gwilym, dan ni wedi siarad â'i ferch, Jennifer, a nath hi ddim dweud ei fod o wedi dioddef o iselder ond dywedodd ei fod o mewn bag plastig du pan nathon ni ddod o hyd iddo. Gwilym, rhywun a'i laddodd.'

'Wel, nid fi, *old boy*. A dwi'n meddwl y byddi di'n darganfod yn fuan bod yr heddlu'n trin yr achos fel hunanladdiad.'

Tro Halwn i weiddio. 'Ffor ffwcseic, Gwilym, fedrwch chi ddim mynd o gwmpas gan feddwl fedrwch chi ladd unrhyw un heb gosb a heb unrhyw ganlyniadau.'

'Wel, ar wahân i'r ffaith nad ydwi wedi lladd neb, dwi'n meddwl byddi di'n darganfod y gallwn ni neud mwy na lai beth bynnag a fynnwn ni. Ond, ailadroddaf i, does neb wedi cael ei ladd gennyf i. Er gwybodaeth yn unig, siaradais i â Phrif Gwnstabl Gwynedd ac mae yntau'n trin yr achos hwn fel hunanladdiad. Bydd yn rhaid i ti dynnu'r llu cyfan i lawr i brofi fel arall.'

Â Halwn at y cabinet a chymer lasiad o wisgi. Dechreua Gwilym chwerthin. 'Wyt ti erioed wedi sylwi bod yr holl beth yn diflannu i waelod y pwll yn weddol gyflym ar ôl unrhyw drafferth neu wylltiad cyhoeddus neu ddigwyddiad drwg mawr, ac yna, dyna ni, yn syth yn ôl i'r un man ble dechreuon ni? Ti'n darllen am hyn a hynny yn y newyddion ond ar ôl wythnos neu ddwy, bron dim byd wedi newid a phawb wedi anghofio'r cyfan ac yn aros am y drasiedi arswydus nesaf. Prin fod unrhyw beth yn newid. Ddim yn y byd go iawn.'

Saif Gwilym ac â â'r ffeil i'r tân.

'Dwi'n cymryd bod gen ti gopïau?' medd o.

'Dwi'm yn cofio. Ond, os oes, mi wna i'u llosgi nhw.'

'Diolch. Dwi'n falch dy fod di wedi dysgu gwers heddiw, sef, nid oes diben i'r rhan fwyaf o bethau. Ha!'

Mae Halwn yn ei anwybyddu. 'Be fydd yn digwydd 'wan?'

'Be ti'n ei olygu?'

'Darcy, Maes yr Ysfa, y llefydd eraill, y ferch?'

'Dim byd. Bydd Darcy yn dod i fyw yma ar ôl cael ychydig o driniaeth i'w gên, Maes yr Ysfa, timod, prin fy mod i'n nabod y lle ond byddwn wedi meddwl y bydden ni'n malu llawer o arian ar bapur drwyddo drwy'r llyfrau, fel petai, gwerthu'r tir i un o'n cwmnïau, moderneiddio, rhoi'r lle ar AirBnB, llenwi'r bwced ac yn y blaen ac yn y blaen. O, ie, gyda llaw, mae'r ferch wedi cael lle bach i fyw am ddim mewn fflat mewn pentre ger Llangollen, hapusach nag erioed.'

Halwn yn syllu allan o'r ffenestri mawrion. Mor ddrygionus, mor ddiflas, mor anghywir. Mor gyfleus. Pa mor daclus a didaro ydi agwedd Gwilym, pa mor ddi-rym a thrallodus ydi'r teimladau'n ffrydio trwyddo'i hun. Cerdd o at Wilym a llygadrytha arno'n meddwl am y ddynas anymwybodol ar y llawr, y bobl druenus yn y tai a'r ffermdai a'r bythynnod a oedd wedi'u taflu allan o'u hanheddau'n dreisgar ac yn anewyllysgar ac mae'i waed yn berwi.

'Fyddaf i ddim yn gadael i hyn orffwys.'

'Bydda yn ofalus, felly. Efallai byddi di'n difaru.'

Halwn yn dychmygu taro Gwilym ar yr ên gyda'i holl nerth gyda'r gwydr wisgi. Ond mae'n rhoi'r peth i lawr ar y bwrdd.

'Cadwch eich cŵn y tu mewn, mi af i adra,' a chychwyna tuag at y prif drws. Y tu allan mae'i ben yn troelli gyda'r fath dicter a ffieidd-dod. Plyga i lawr i godi llond llaw o raean gan deimlo di-rym ei blentyndod yn ysgubo drosto ac mae'n taflu'r cerrig bychain at ffenestri'r tŷ mawr. Ar ôl y sŵn ohonynt yn taro'r gwydr ac yn syrthio i'r llawr, ni ddaeth ddim. Dim byd.

## 28

## *Esgidiau Addas*

Am dywydd, meddai Dwynwen wrthi'i hun, gan fynd â Gwyndaf am dro, ond gan wrthod ei ollwng oddi ar ei dennyn ar lan yr afon, gan droedio'n llafurus yn y gwynt a'r glaw. Ei hwyneb yn pigo. Ei meddwl yn pylu ac yn fferru gan yr oerfel. Does dim llawer o gysur yn ôl yn y garafán, popeth wedi'i bacio mewn hen focsys blinedig. Dim gwres chwaith, dim ond sach gysgu yn aros i'w chynhesu. Gan ddod i ben, pob dim ym mhob man, mae'n anwesu'r syniad bod popeth yn dod i ben, ei gwaith, ei chartref, ei gyrfa, ei pherthnasau, hyd yn oed ei gobaith, a nid lleiaf, ei synnwyr o gyffro am y dyfodol. Troediant ymlaen yn dawel, ac eithrio pan mae Gwyndaf yn stopio'n annisgwyl ac yn gwrthod symud am rai munudau ar y tro.

'Be sy'n bod, Winders?'

Ni fydd yn edrych i fyny. Mae hi'n aros amdano. Byddan nhw'n mynd y ffordd gyntaf adra, y ffordd gefn trwy'r ystad ddiwydiannol. Pan mae Gwyndaf yn barod i ailgychwyn, mae'n cerdded yn gyflymach, fel pe bai wedi sylweddoli y byddant adra ac yn sych yn fuan. Gan droi'r gornel, mae hi'n gweld rhywun yn siarad ar y ffôn sy'n troi i ffwrdd pan mae'n eu gweld. Efo ei phrofiad mae hi'n gallu'i sganio mewn eiliadau. Cap pêl fas, siaced denau, jîns wedi'u rhwygo, bol crog, esgidiau gwyrdd. Mae hi'n cerdded heibio. Mae'n smocio'n drwm. Mae'n ei dilyn tra ei fod o'n siarad yn isel ar y ffôn. Mae Dwynwen yn stopio ac yn gadael iddo basio wrth i Wyndaf bisio. Â i fyny'r stryd gul tuag at ganol y dre. Dilyna Dwynwen o. Pwy sy'n gwisgo sgidiau gwyrdd plastig yn y glaw? Llawn tyllau. Â i mewn i'r dafarn, Yr Asyn. Trwy'r ffenest gall hi ei wylio wrth iddo ysgwyd llaw a chyfarch pawb. Esgidiau gwyrdd llawn tyllau yn y glaw. Mae bwrdd yng nghornel y tap ac ar y bwrdd pob math o fagiau plastig bach. Crocs. Mae o'n gwisgo esgidiau arbennig iawn, yn hynod o anaddas ar gyfer tywydd Ceulan. Crocs. Y boi mawr sy'n gwerthu cyffuriau. Gefn dydd golau â'i nwyddau ar werth ac yn weladwy iawn ar fwrdd tafarn ac mae'r boi hwn yn fath o arwr i bawb.

A ddylai hi fynd i mewn gyda Gwyndaf neu aros i ffwrdd a sôn wrth Lovenuts am y Crocs 'ma?

Ni all stopio hi'i hun ond mae'n mynd i mewn ac yn archebu hanner lager a leim ac yn mynd i ista wrth fwrdd bach. Smalia edrych ar ei ffôn ond daw y forwyn bar draw i dacluso gwydrau a dweud helo.

'Ti'n iawn?' dywed hi.

'Da iawn, a chithau?'

'Iawn, diolch.'

'Ti wedi gweld Bleddyn Tŷ Wallgof yn ddiweddar?'

'Naddo. Dim ers tro 'wan. Mae pawb isio'i weld o.'

'O, pam?'

Ond mae hi wedi symud i'r bwrdd nesaf erbyn hynny.

Mae Dwynwen yn mynd yn ôl at ei ffôn ac yn gyrru neges destun i Halwn ac yn cadw llygad ar y bois yn y gornel. Rhywun yn mynd, rhywun yn dod, pres yn newid dwylo. Does dim golwg o'r rheolwr, Osian. Mae'n tynnu lluniau, yn slei bach. Be mae'r bobl hyn yn ei wneud fan hyn, does gynnon nhw unrhyw waith? Gêm o bŵl sy'n mynd ymlaen. Gwyndaf yn ymddiddori'n arogl creision cyn troi'i ben i wylio fflach o oleuadau glas a synau sydyn seirenau mor gyfarwydd.

Dyna ni, meddai Dwynwen wrth'i hun, maen nhw wedi dod i fachu'r bechgyn mawrion i dorri'r cylch cyffuriau. Mae'n gwybod yn reddfol, yn gwybod y dril, o fewn eiliadau y bydd y lle yn llawn plismyn a bydd pawb ar eu gliniau cyn i'r brif wobr gael ei hebrwng allan o'r adeilad mewn gefynnau a lwmp arall o fudreddi dynol wedi'i dynnu o'r strydoedd. 'Hwyl fawr, Crocs', mae hi am weiddi. Ar yr un pryd, mae rhywbath greddfol hefyd wedi cicio i mewn gyda hogiau Crocs ac mae 'popeth' oedd ar werth ar y bwrdd ac mewn llefydd eraill wedi diflannu o'r golwg, yn wyrthiol. Gan gynnwys Crocs ei hun.

Yn anffodus pan fydd y plismyn yn cyrraedd maen nhw'n swnllyd ac yn ymosodol. 'I LAWR, PAWB AR Y LLAWR!' yn cael ei ailadrodd drosodd a throsodd. Bois mawrion yn eu gêr terfysg. Mae hi'n cyfri dwsin ohonyn nhw tra hi'n cael ei gwthio i'r llawr ac yn gweiddi arnyn nhw i fod yn ofalus gyda Gywndaf. Tydi Gwyndaf ddim yn hapus o gwbl am fod rhywun wedi camu ar ei gynffon ac yn troi i frathu heddwas tew. Am hanner awr mae Dwynwen yn dioddef ar ei gliniau. Dim ond un cwsmer arall sydd yn y stafall efo hi, hen ddyn gyda ffrâm cerddad, hefyd ar ei liniau. Brysiodd ymaith y troseddwyr go iawn yn syth bin. Mae Gwyndaf yn mynd yn ddiamynedd a phan mae hi'n gofyn i un o'r plismon gael mynd i'r toilet efo fo mae yntau mor elynol ac yn gynddeiriog, gan hisian trwy'i dannedd, '*Shut the fuck up and stay down.*' Gofyn iddo am ei rif mae hi ond dim ond troi i ffwrdd mae o, gan ddiflannu i stafall arall. Yn y cyfamser medr hi glywad sgwrsiau ysbeidiol uchel yn dod o'r stafelloedd eraill ond ni all symud o'i safle ar y llawr. Mae hi'n syllu o dan y meinciau ac yn ffieiddio gan faint o lwch a sothach sydd wedi ymgasglu yno heb gael ei glirio.

Rhai munudau wedi mynd heibio cyn i un o'r plismyn ddod draw i gymryd ei henw a'i chyfeiriad, er ei fod yn dechrau rhuo chwerthin pan mae'n dweud wrtho enw'r cae lle mae'r garafán. Rhagor o aros. Yna mae'n cael sefyll ar ei thraed ac yn gwylio'r heddlu'n gadael. Mae'n rhaid ei bod wedi methu'r eiliad pan wnaethon nhw hebrwng Crocs allan o'r adeilad mewn gefynnau. Yr hyn mae'n ei weld ydi eu bod yn gadael â rhai bocsys a heb siw na miw.

Â hi yn syth i'r orsaf i roi wybod am y weithred wrth Lovenuts. Wrth iddi fynd i mewn i'r cyntedd mae yna ddynas lygadgoch hŷn sy'n cerdded allan yn araf, yn craffu'n fanwl ar y llawr.

'Syr.'

'PC. Be sy'n dy dynnu di i mewn y diwrnod hyfryd hwn?'

'Nest ti ddim weld yr 'action' yn yr Asyn hanner awr yn ôl?'

'Ces i achlust o rywbeth yn mynd ymlaen.'

'Ydan nhw wedi cael Crocs a thorri'i gylch cyffuriau?'

'Dwi ddim yn meddwl hynny. Pwy ydi Crocs? Be ti'n dweud, del? Ti'n siarad trwy dy het nawr.'

'Nath dau gar heddlu ac o leiaf dwsin hogiau'n gwisgo gêr terfysg dyrru i mewn i'r Asyn yn chwilio am gyffuriau, dywedwn i.'

'Wir? Sa i'n meddwl taw cyffuria ro'dd'n nhw ar eu hôl.'

Edrych Dwynwen arno'n ddryslyd iawn. 'Na, wir i ti, Lovenuts, nathon nhw daflu ni i gyd ar y llawr, oedd fel cyrch mawr. Ers oesoedd oeddan nhw yno.'

'Dwi ddim yn meddwl felly, Dwynwen,' meddai, gan syllu arni pe bai hi'n gweld pethau. 'Ymddengys bod rhywun wedi cwyno bod rhai pethau ymhlith holl stwff pêl-droed Cymru, y jôcs a *cartoons* a'r lluniau, yn hiliol a gwrth-Saesneg a felly, fe anfonon nhw tîm o fechgyn i gipio'r cyfan ar gyfer ymchwiliad i hilaeth bosib. Rwyf eisoes wedi siarad ag Osian sydd wedi cael rhybudd am feddu ar ddeunydd sarhaus. Wedi stripio'i waliau.'

'Beth?'

'Sori, Dwynwen, dwi'n brysur iawn ar hyn o bryd, dim amser i drafod be mae pawb arall yn ei wneud, ac ar ben hynny, dwi newydd gael *confession* gan y person a achosodd yr holl lanast hwnnw y tu allan i swyddfa Twm Roberts. Os ti'n moyn gwneud dy hunan yn ddefnyddiol, allet ti fy helpu i gyda hynny.'

'Sori, rhaid i mi fynd, yfory dan ni'n symud eto, ond dim ond allan o ddiddordeb, pwy sydd wedi cyffesu?'

Bodia Lovenuts drwy'i bapurau.

'Hunydd Roberts. Efallai dy fod di wedi mynd heibio iddi hi ar dy ffordd i mewn.'

'Be? Yr un oedd yma bum munud yn ôl? Yr hen ddynas annwyl iawn honno, ffrind lwfli Halwn? Fyddai hi'n neud y fath beth byth. Hen wraig ydi hi, fatha dy hoff nain.'

'Fyddwn i ddim yn gwybod am hynny, ond ni fyddai'n syndod i fi fod dy Halwn yn ei hadnabod chwaith.'

'Wyt ti'n ei hadnabod hi?' gofynna Dwynwen.

'Dwi'n ei nabod hi o'r golwg yn unig. Pam? Dywedodd hi wrthof i yn union sut y torrodd hi i mewn, a phryd y gwnaeth hi'r weithred a pham.'

'Mewn gwirionedd? Mae hi'n tynnu at saithdeg pump oed. Dwi'm yn siŵr a fysa hi'n medru gwneud hynny i gyd.'

'Ie, saithdeg chwe i fod yn fanwl gywir.'

'A pham?'

'O herwydd bod Twm Roberts, yn ôl Hunydd, 'yn cynrychioli'r bobl sy'n bygwth ein cymunedau a'n ffordd o fyw ac fydd yn chwalu'n cymunedau ni heb ystyried unrhyw beth ac eithrio elw a dim ond am elw personol.' Dyna ei eiriau ei hunan.'

Mae Dwynwen yn meddwl ei fod yn teimlo'n falch iawn ei fod wedi gallu 'datrys' trosedd arall. 'Ti'n siŵr, 'wan? A be fydd yn digywdd iddi hi?'

'Fe ddaeth hi o'i bodd, sy'n beth da, mae hi'n hen, sy'n beth da arall ond mae hi wedi achosi lot o ddifrod ac mae Twm yn grac iawn, felly, a difrod troseddol yn drosedd eitha difrifol gyda hyd at ddeng mlynedd o garchar.'

'Deng mlynadd? Ti'n tynnu fy nghoes, 'wan? Deng mlynadd, mae hi'n dros saithdeg pump, er mwyn Duw!'

'Dwynwen, sori, dwi'n brysur iawn a dim fy mhenderfyniad yw e. Bywyd, *eh*? Cei gyfreithiwr da iddi hi os wyt ti mor bryderus.

Neidia Gwyndaf i fyny a rhy'i bawenau ar y bwrdd ond try Lovenuts yn ôl at ei sgrin. 'Dim heddiw, Windy, mae o moooooor brysur.' Nid ydi Dwynwen yn siŵr beth i'w neud. Am ryw reswm daw absenoldeb salwch i'w phen. Mae'n gadael y swyddfa gan fod Lovenuts yn teipio'n gandryll. Mae'n mynd i eistedd ar fainc yn yr arosfan bws ac yn ffonio Halwn i ddweud wrtho be sydd wedi digwydd. Does dim syniad ganddi lle mae o, sylweddolia hi.

# 29

## *Pau*

Ychydig ddyddiau yn ddiweddarach mae Dwynwen a Halwn yn eistedd ar bâr o gadeiriau plygadwy, Dwynwen yn chwerthin ac yn siglo o ochr i ochr oherwydd bod y gadair yn hen ac ar fin ysigo, a Halwn yn gwneud synau fel cyfeiliant i'r gwichian tra bod Gwyndaf yn slotian yn yr afon fas, wrth i'r hwyr ddisgyn. Y tu ôl iddynt mae drws metal y cynhwysydd llongau'n hongian ar agor gan fod y tywydd wedi troi'n fwynach a'r awyr yn dirion, bron yn gynnas.

'Dwi'n mynd i wisgo pob dim yn fy nghwpwrdd dillad heno.'

'Sgen ti ddim cwpwrdd dillad.'

'Dwi'n mynd i wisgo pob eitem yn fy eiddo.'

'Syniad da. Mi nes i ddefffro sawl gwaith drwy'r nos.'

'Na, nest ti ddim,' chwerthin Dwynwen, 'dwi'n siwr na nest ti ddeffro achos nes i ddim cysgu o gwbl. Fedra i ddim stopio meddwl am yr hyn sydd wedi digwydd i bobl fatha Jennifer a'i thad, Darcy a'i mab a phawb arall nad ydan ni'n gwybod amdanyn nhw. Mi ges i neges hir gan Jennifer am hanner nos yn dweud wrtha i be ddigwyddodd i'w thad ac yna, sut oedd y wsnosau ar ôl iddyn nhw ymosod arno fo. Ti'n gwbod bod Maes yr Ysfa'n perthyn i deulu ei nain a wedi bod yn y teulu ers 1770, neu rywbath felly, a'r unig reswm dros ei werthu oedd oherwydd dyled ar ôl i'w thaid ddod yn sal iawn, ond ei nain oedd yn ffermio'r lle fel tenant. Tydi hi'm yn hollol sicr sut nath y lle syrthio i ddwylo rhywun fel Gwilym. Felly, pan ddychwelyd

Gwyn, ei thad, o Irac, oedd y tir yn cael ei ffermio gan rywun arall a dywedon nhw wrthi hi na fasen nhw'n gallu byw yno am byth. Sydd ddim yn gywir o gwbl. Oedd gan Gwyn gytundeb y bysai o a'i blant yn gallu byw yn y tŷ am weddill eu hoes, p'un a ydi fo, y tad, yn fyw ai beidio. Ac oedd o wedi addo na fysai byth yn gadael Maes yr Ysfa yn fyw, iddo fo oedd y lle yn rhan o'r hyn ydoedd, ei enedigaeth-fraint, ond erbyn hynny oedd Gwyn wedi dioddef ymosodiad wrth giat y lle ond oedd Jennifer yn anymwybodol o'i hawliau dan y gyfraith.'

'Be ddigwyddodd iddo, felly? Nath rhywun ymosod arno?"

'Dwedodd Jennifer ei bod hi wedi dod o hyd iddo wrth droed y llethr bach sy'n mynd i lawr at yr afon ac er ei fod yn anadlu, doedd o ddim mewn cyflwr da, felly, llusgodd hi o adra ar droli bach a gofalu amdano nes iddo farw yn sydyn yn ei wely wythnos neu ddwy yn ddiweddarach.'

Halwn yn torri ar ei thraws. 'Dyna waith Gwilym, ynde? Rhoi cweir i'r hen bobl hyd at o fewn modfedd i'w bywydau ac aros iddyn nhw farw yn yr ysbyty, neu rywle, oherwydd fyddan nhw byth yn gallu byw ar eu pennau eu hun eto. Yn bendant, dyna'i ffordd o weithio.'

'Mae hynny'n neud synnwyr yn llwyr,' meddai Dwynwen, 'ac fe weithiodd. Ar ôl yr hyn a ddigwyddodd i'w thad, oedd Jennifer wedi dychryn am ei bywyd a tasai hi wedi dweud wrth yr awdurdodau fod ei thad wedi marw mewn amgylchiadau amheus, mi fasan nhw wedi cymryd ei thŷ oddi arni a'i beio am farwolaeth ei thad, rywsut. Mi fedri di weld ei sefyllfa hi, dyna hi, heb wybod y cyfraith na'i hawliau, heb geiniog i'w henw, heb ddim i fyw arno o hen fferm ei chyndeidiau a'i thad wedi marw mewn bag yn yr hen dŷ. Yna, mae'r llabystiaid yn cyrraedd ac yn dechrau rhwygo'r lle i lawr heb air o esboniad. A phob tro mae hi'n siarad am be ddigwyddodd mae hi'n beichio wylio. Mae'n ofnadwy be nath y bastads hynny iddi hi. Dywedodd hi mai dyma'r amser gwaethaf ei bywyd a'i bod yn dal i grio ei hun i gysgu bob nos. A'r peth gwaethaf 'wan ydi, dwi'm yn cael ei gweld hi ac mae hi'n rhy ofnus i fynd yn groes i'r hyn maen nhw wedi dweud wrthi hi. Ofnadwy, mae'r holl beth mor ofnadwy.'

'A phrin y mae Gwyn yn ffres yn y ddaear,' ychwanega Halwn.

'Rhaid iddo fynd i'r amlosgfa, tydi pobl sydd wedi cyflawni hunanladdiad ddim yn cael eu claddu mewn mynwent.'

'Hunanladdiad. Jôc enfawr. Nath o ddim cyflawni hunanladdiad, ond mae'n gyfleus iawn i'r bobl fawr i gelu'r gwir.'

Dros yr afon o le maen nhw'n eistedd y tu allan i'w 'cartref' sbon newydd ar ymyl ystad ddiwydiannol Ceulan, mae fan Dŵr Cymru wen dolciog yn tynnu i mewn i faes parcio bychan y gwaith trin carthion, wedi'i hanner cysgodi gan goed, ond nid ydi'r naill neu'r llall yn sylwi, gan fod Halwn yn helpu ei hun i botel o gwrw crefft a Dwynwen yn agor pecyn o frechdanau gan y Coop.

Yn sydyn clywant leisiau'n gweiddi o rywle, 'Helo, Dwynwen, helo, Halwn!' a saif Dwynwen a throi i'w cyfarch wrth i Lovenuts a Steve, ei bartner, ddod rownd y gornel yn cario rholyn trwm, enfawr wedi'i lapio mewn plastic du.

'Helo, drychwch be mae 'da ni i chi!'

'Lovenuts, be ti'n neud fan hyn?' dywed Dwynwen, yn chwerthin. 'Steve, sut wyt ti?'

'Iawn, diolch.'

'Ble wyt ti'n moyn fe?'

'Wel, mae'n dibynnu be mae o,' meddai Halwn.

'Pizza, Halwn, y pitsa mwyaf yn y byd.'

Ha!

'Dwynwen, allwn ni ddim eich gadael chi yma yn y bocs metel mawr heb fatres, felly, dyma chi, anrheg gan fi a Darren,' dywed Steve. 'Darren i fi, Lovenuts i ti, Halwn,' yn dal i chwerthin.

'Ac mae botel neu ddwy gyda ni yn y car, felly, *party-time*, PC Dwy!' Lovenuts yn gweiddi.

Tra bod Steve a Halwn yn agor y bag mawr plastig du â Dwynwen i'r car gyda Lovenuts i ddod â'r gwin.

'Rhaid i mi ymddiheuro, del. Jyst yn mynd i blwrtio fe allan, océ, ond Steve wedi cael diagnosis o gancr a dwi wedi jyst cwympo *apart* a bod yn hollol *crap* i ti ac i bawb o fy nghwmpas

i. Rydwi'n ymddiheuro'n llwyr a gobeithio ti'n gallu maddau i fi. Plîs. A paid â gadael y job twp 'ma. Rwy'n gweld dy eisiau di yn ormod. Mor hunanol yw fi!'

'O, Lovenuts bach, y druan gŵr. Sut mae Steve?'

'Mae Steve yn gryfach na charreg, dwi'n wanach na pis.'

'O, nagwyt, ddim o gwbl. Ond ti wedi bod yn ofnadwy ers sbel 'wan, ond, fel arfer, ti'n lwfli a bydd pob dim yn iawn. Wir i ti. Bydd popeth yn iawn i'r ddau ohonoch chi.'

Car arall yn tynnu i mewn wrth ymyl car Lovenuts.

'Dwynwen, cariad,' dywed Jo, y parafeddyg a'i ffrind, Eirian. 'Mi glywais i bydd parti y degawd ar y stad ddiywdiannol, *so*, cwpl o focsiaus o win gwyn i mi a chwpl arall i ti a, *Whwwhaaayyy, Amsar Parti!*'

Chwerthina Dwynwen ond, mewn gwirionedd, isio crio. Mae'r tri ohonynt yn cofleidio ac yn siarad pymtheg y dwsin.

'A hefyd, dan ni wedi clwbio at ein gilydd a phrynu rhai pethau yn anrheg i chi'ch dau,' gan ddangos bocs ar ôl bocs iddi hi yng nghist ei char.

'Jo, o, diolch! Mor garedig, dim ond mor, mor garedig ydach chi, diolch o galon.'

Hanner awr wedyn a'r maes parcio yn llawn a phau newydd Dwynwen a Halwn, y cynhwysydd metel gyda golygfeydd dros yr afon, yn orlawn â dodrefn newydd a dim-mor-newydd ac anrhegion a'r barbiciw'n gyrru colofn o fwg sawrus i'r awyr. Dwynwen sy'n rhoi CD diweddaraf Steve Eaves ar y chwaraewr bach ac maen nhw i gyd yn ymuno i ganu'r geiriau hyfryd o'u hoff gân, 'Pentref', ac mae'r byd yn ymddangos ychydig yn felysach. Ac yn y bwrlwm a chwerthin a choginio a bwyta, efallai, mai dim ond Gwyndaf sy'n dal i hela chwîd yng nghanol yr afon yn ddiog sy'n clywad sŵn y gwn o'r ochr arall i'r afon, ond nid oes neb yno i wylio wrth i ben Bleddyn Tŷ Wallgof gael ei hollti'n agored gan fwled a neb i glywad ei ebwch olaf wrth i'w waed gasglu mewn pwll du yn y ddaear.